Matías Martínez
Michael Scheffel

Einführung in die Erzähltheorie

C.H.Beck

Für F. M. B.

11., überarbeitete und aktualisierte Auflage. 2019

www.chbeck.de
Umschlagentwurf: Bruno Schachtner, Dachau
Satz: Janß GmbH, Pfungstadt
Druck: Druckerei Pustet, Regensburg
Gedruckt auf säurefreiem, alterungsbeständigem Papier
(hergestellt aus chlorfrei gebleichtem Zellstoff)
Printed in Germany
ISBN 978 3 406 74283 5

myclimate

klimaneutral produziert
www.chbeck.de/nachhaltig

Inhalt

Vorwort

Die Erzähltheorie gehört seit den frühen sechziger Jahren zu den zentralen Anliegen der internationalen Literaturwissenschaft. Damals entstanden die maßgeblichen Entwürfe im Rahmen des Strukturalismus und der Semiotik. Zur selben Zeit wurden wichtige ältere Arbeiten (von Michail Bachtin, Vladimir Propp, den Russischen Formalisten) durch erste Übersetzungen in die westliche Diskussion eingeführt. In den folgenden Jahren kamen zahlreiche Termini und Systeme für die Analyse erzählender Texte auf, die eine schwer überschaubare Konkurrenz alternativer Methoden, Begriffe und Nomenklaturen entstehen ließen – auch wenn sich die zugrundeliegenden Einsichten der Sache nach häufig ähnelten. Viele Beiträge stützten sich zudem auf Modelle und Paradigmen, die inzwischen in den Hintergrund der literaturwissenschaftlichen Diskussion gerückt sind. Diese Entwicklung führte zu der unbefriedigenden Situation, dass sich die Erzähltheorie zwar im Bewusstsein des Faches und in den Lehrplänen der philologischen Studiengänge und der gymnasialen Oberstufe als eine der wenigen Grundlagendisziplinen der Literaturwissenschaft – neben der Metrik, Rhetorik und Stilistik – etablieren konnte, sie aber bis heute weder eine einheitliche Begrifflichkeit noch eine überzeugende Systematik hervorgebracht hat. In den letzten Jahren ist nun zu beobachten, dass sich die Forschungsdiskussion im Zuge der allgemeinen Hinwendung der Philologien zu kulturgeschichtlichen Fragestellungen verlangsamt hat. Das scheint uns ein geeigneter Moment zu sein, um die vorgelegten Ansätze für eine möglichst umfassende und relevante Theorie des literarischen Erzählens kritisch auszuwerten und dabei auf Einsichten aufmerksam zu machen, die bislang nicht zum narratologischen *Mainstream* gehören. Auch die Öffnung der Literaturwissenschaften gegenüber anderen Disziplinen soll in diesem Zusammenhang berücksichtigt werden, denn einige der interessantesten Beiträge der letzten Jahre zum Phänomen des Erzählens sind in der Soziolinguistik, der Kognitionspsychologie, der Anthropologie und der Geschichtswissenschaft zu finden.

Der Aufbau des Buches ist systematisch. Im Gegensatz zu anderen Überblicksdarstellungen der Erzähltheorie leitet es zentrale Komponenten literarischen Erzählens aus dem Grundphänomen der Fiktionalität ab und umfasst sowohl das ‹Wie› als auch das ‹Was› von Erzählungen. Unter Verwendung zahlreicher Beispiele aus verschiedenen Literaturen und Epochen führt es in Begriffe und Beschreibungsformen ein, die eine differenzierte Analyse von Erzähltexten ermöglichen. Dabei finden auch solche Aspekte Berücksichtigung, die in anderen Einführungen vernachlässigt werden (u. a. ‹Selbstreflexion›, ‹unzuverlässiges Erzählen›, ‹Handlung›, ‹Motivation des Geschehens›, ‹erzählte Welt›, ‹Erzählschema›). Im letzten Kapitel werden Ergebnisse der literaturwissenschaftlichen Erzählforschung mit entsprechenden Untersuchungen aus anderen Disziplinen in Verbindung gebracht.

Unsere Darstellung ist in manchen Teilen eklektisch, aber nicht kompilatorisch. Dass sie nicht einem einzigen wissenschaftlichen Paradigma folgt, sondern Einsichten aus unterschiedlichen Traditionen zusammenfasst, um ein möglichst nützliches Analysemodell fiktionalen Erzählens zu entwickeln, werden unsere Leserinnen und Leser hoffentlich als Vorteil empfinden.

Ein letztes Wort zur Benutzung des Buches: Um den Haupttext weitgehend von Fußnoten und bibliographischen Angaben zu entlasten, weisen wir Titel und Zitate dort nur in Kurzform nach. Die kommentierten *Hinweise zur Forschungsliteratur* geben, ebenfalls in Kurzform, weiterführende Literatur an. Ausführliche bibliographische Angaben enthält das *Literaturverzeichnis*. Das *Register* ist mit Definitionen der wichtigsten Termini versehen und dient so auch als *Lexikon* erzähltheoretischer Begriffe.

München und Göttingen,
im Januar 1999

Matías Martínez
Michael Scheffel

Zur neunten Auflage

Unsere Einführung hat sich erfreulicherweise als eine Art Standardwerk etabliert, das in der akademischen Lehre unterschiedlicher Fächer Verwendung findet. Zugleich hat sich die Erzähltheorie seit dem Erscheinen der ersten Auflage weiterentwickelt und bildet inzwischen in den Literatur- und Kulturwissenschaften eine eigenständige Forschungsdisziplin. Die neunte Auflage versucht, der aktuellen Entwicklung Rechnung zu tragen, ohne das offensichtlich bewährte Konzept unseres Buches grundlegend zu verändern. Wir haben den Text an einigen Stellen leicht überarbeitet und um neue Abschnitte zu den Themen ‹Figur› und ‹Raum› ergänzt. Im Übrigen wurden vor allem die Hinweise zur Forschungsliteratur aktualisiert.

Wuppertal, *Matías Martínez*
im März 2012 *Michael Scheffel*

Zur zehnten Auflage

Für die zehnte Auflage wurden kleinere Versehen korrigiert und in gegebenem Ausmaß die Angaben zur Forschungsliteratur aktualisiert. Frau Maria Blechmann-Antweiler und Frau Gabriella Paterson danken wir für hilfreiche Verbesserungshinweise.

Wuppertal, *Matías Martínez*
im Januar 2016 *Michael Scheffel*

Zur elften Auflage

In der elften Auflage wurden im Haupttext kleinere Korrekturen sowie eine Erweiterung in Kapitel II,5 über *Unzuverlässiges Erzählen* vorgenommen. Zudem wurden die Hinweise zur Forschungsliteratur aktualisiert.

Wuppertal, *Matías Martínez*
im Juni 2019 *Michael Scheffel*

I. Merkmale fiktionalen Erzählens

1. Faktuales und fiktionales Erzählen

Wie lässt sich der Gegenstand der Erzähltheorie aus literaturwissenschaftlicher Sicht bestimmen? Der Blick in ein neueres Wörterbuch der deutschen Sprache zeigt, in wie vielen unterschiedlichen Bedeutungen und Zusammenhängen wir das Wort ‹Erzählen› in der alltäglichen Sprache benutzen:

> 1 ein Geschehnis, etwas Erfundenes erzählen *ausführlich, auf unterhaltsame Weise in Worten weitergeben*; ein Erlebnis, Geschichten, Märchen, einen Traum erzählen; den Hergang, Verlauf von etwas erzählen; (...) 1.0.1. davon kann ich etwas erzählen (fig.; umg.) *darüber weiß ich Bescheid, die Sache kenne ich* 1.0.2. er kann von seiner Reise etwas erzählen *er hat viel dabei erlebt* 1.0.3. man erzählt sich, daß ... *es geht das Gerücht, daß* ... 1.1. jmdm. etwas erzählen *im Vertrauen mitteilen, sagen*; ihm kann man wirklich alles erzählen; sie erzählte ihrer Freundin alles, was sie bedrückte; sie erzählten sich ihre Sorgen, Kümmernisse 2 jmdm. etwas erzählen (umg.) *weismachen, vortäuschen*; das kannst du anderen erzählen!; das kannst du deiner Großmutter erzählen!; erzähl mir doch keine Märchen!; mir kannst du nichts, viel erzählen! 3 (Lit) 3.1. Erzählende Dichtung, *Dichtung, die in Versen oder Prosa eine abgeschlossene Begebenheit schildert, z. B. Roman, Novelle, Fabel, Märchen*; Sy *epische Dichtung* 3.2. erzählte Zeit *Zeitraum, über den sich die erzählte Handlung erstreckt;* Ggs *Erzählzeit* [< mhd. erzeln, erzellen ‹der Zahl nach darlegen, aufzählen›; ➟ *Zahl*] (*Brockhaus Wahrig*, Bd. 2, S. 593)

Versucht man, die Bedeutung des Wortes ‹Erzählen› im Sinne eines größten gemeinsamen Nenners seiner im Wörterbuch dokumentierten Verwendungsweisen zu ermitteln, so lässt sich aus dem zitierten Artikel etwa folgendes Vorverständnis gewinnen: Als ‹Erzählen› bezeichnet man eine Art von mündlicher oder schriftlicher Rede, in der jemand jemandem etwas Besonderes mitteilt; sieht man von einer Bedeutung im weiteren Sinne von «im Vertrauen mitteilen, sagen» (1.1.) und einigen Wendungen im übertragenen und umgangssprachlichen Sinne ab (1.0.1. und 2), so heißt eine Rede offenbar eine ‹Erzählung›, wenn diese Rede einen ihr zeitlich vorausliegenden Vorgang vergegenwärtigt, der als ‹Geschehnis› oder ‹Begebenheit› bestimmt werden kann.

Neben einer allgemein gültigen Definition des ‹Erzählens› ermöglicht es der Wörterbucheintrag aber auch, Unterschiede in der Verwendung des Wortes zu benennen, die für eine Theorie des literarischen Erzählens offenbar von Bedeutung sind. Diese Unterschiede betreffen einerseits den Realitätscharakter dessen, was erzählt wird, und andererseits die Redesituation, in der eine Erzählung erfolgt. Hier wie dort weist das Wörterbuch zwei grundsätzlich verschiedene Möglichkeiten der Verwendung nach:

1. Erzählt werden kann von realen oder erfundenen Vorgängen.
2. Erzählt werden kann im Rahmen von alltäglicher Rede oder aber im Rahmen von dichterischer Rede.

Erzählungen lassen sich demnach mit Hilfe der Merkmalspaare ‹real vs. fiktiv› und ‹dichterisch vs. nichtdichterisch› spezifizieren, sodass vier verschiedene Kombinationen denkbar sind.

Für den Fall der nichtdichterischen Erzählung sind beide Möglichkeiten leicht nachvollziehbar und scheinen keiner weiteren Erläuterung zu bedürfen. Da ist zum einen der Normalfall der nichtdichterischen Erzählung, die den Anspruch erhebt, von realen Vorgängen zu berichten, also z. B. die im Wörterbuch genannte Erzählung von einer Reise, der Zeitungsbericht über einen Verkehrsunfall oder die Biographie einer historischen Person. Diese Form der authentischen Erzählung von historischen Ereignissen und Personen sei hier als *faktuale Erzählung* bezeichnet (Genette, *Fiktion*, S. 66). Und da ist zum anderen die nichtdichterische Erzählung erfundener Vorgänge, also die Lüge oder Täuschung, die hier als ein Sonderfall der faktualen Erzählung verstanden sei.

Von dem Normalfall der faktualen Erzählung deutlich zu unterscheiden ist z. B. die Erzählung im Rahmen eines Märchens oder einer Fabel, in denen in dichterischer Rede von eindeutig erfundenen Vorgängen berichtet wird. Wie aber ist die Erzählung in einem Roman wie etwa der *Blechtrommel* (1959) von Günter Grass zu werten, in dem eine offensichtlich erfundene Figur namens Oskar Matzerath die Geschichte ihres Lebens erzählt, die an historischen Orten, u. a. in Danzig, spielt und eng verflochten ist mit zahlreichen historischen Ereignissen wie z. B. der

‹Reichskristallnacht› oder der Belagerung und Eroberung der Danziger Polnischen Post im September 1939? Dass der Roman *Die Blechtrommel* ein Werk der «erzählenden Dichtung» darstellt, ist wohl unumstritten. Was aber bedeutet das im Hinblick auf unsere zwei Merkmalspaare? Stellt der Lebensbericht, den Oskar der Trommler in einer Heil- und Pflegeanstalt auf «unschuldigem Papier» (*Blechtrommel*, S. 11) niederschreibt, einen Fall von dichterischer oder nichtdichterischer Erzählung dar, und handelt etwa Oskars Geschichte vom Kampf um die Polnische Post, bei dem Oskars mutmaßlicher Erzeuger Jan Bronski getötet wird, von realen oder erfundenen Vorgängen? Berücksichtigt man, dass das zitierte Wörterbuch als Spezifikum des Erzählens in der Dichtung allein das «Schildern» einer «abgeschlossenen Begebenheit» verzeichnet, so steht hier zumindest eines fest: Mit solchen Fragen überfordern wir die Kompetenz des alltagssprachlichen Wissens und sind demnach auf Hilfe aus fachsprachlicher Sicht angewiesen.

Um die besonderen Eigenschaften und Möglichkeiten des Erzählens in der Dichtung in einem theoretischen Modell angemessen erfassen und von denen des faktualen Erzählens unterscheiden zu können, sei zunächst ermittelt, was wir gemeinhin als die Voraussetzung aller Formen von ‹Dichtung› betrachten. Werfen wir zu diesem Zweck einen kurzen Blick auf die Geschichte der Dichtungstheorie und rekapitulieren wir, mit welchen Überlegungen das abendländische Verständnis von Dichtung begründet wurde.

In seiner *Poetik* (4. Jh. v. Chr.) reflektiert Aristoteles die besonderen Aufgaben der Dichtung erstmals auf der Basis einer folgenreichen Unterscheidung. Nicht ihre sprachliche Form, sondern das, wovon sie spricht, zeichnet die Dichtung nach Aristoteles aus. So heißt es im berühmten 9. Kapitel der *Poetik*:

> Denn der Geschichtsschreiber und der Dichter unterscheiden sich nicht dadurch voneinander, daß sich der eine in Versen und der andere in Prosa mitteilt (...); sie unterscheiden sich vielmehr dadurch, daß der eine das wirklich Geschehene mitteilt, der andere, was geschehen könnte. (*Poetik*, 1451b)

Aristoteles' systematische Differenzierung zwischen Autoren, die «das wirklich Geschehene» erzählen, und solchen, die erzählen, «was geschehen könnte», ist das Ergebnis eines über mehrere Jahrhunderte reichenden kulturhistorischen Prozesses, in dessen Folge man eine Welt des Glaubens und der Dichtung von einer Welt der Wirklichkeit unterschied und für fiktiv erklärte. Diesem Prozess entsprechen zwei gegensätzliche Beurteilungen des Geschäftes der Dichter. Innerhalb der abendländischen Kultur lässt sich ihr Einfluss bis in die Gegenwart hinein beobachten. Auf der einen Seite steht der auf Platon zurückgehende Vorwurf, dass Dichtung nichts als Täuschung und insofern überflüssig, wenn nicht gar schädlich sei – konsequenterweise wollte Platon die Dichtung aus dem in seiner Schrift *Der Staat* (*Politeia*, um 370 v. Chr.) entworfenen Idealstaat ausschließen (s. 2., 3. u. 10. Buch, bes. 398a u. 595a-607b). Auf der anderen Seite gibt es die erstmals von Aristoteles vertretene These, dass die Dichtung nützlich und notwendig sei: Sie kultiviere den Trieb zur Nachahmung – den Aristoteles als einen Urtrieb des Menschen ansieht (*Poetik*, 1448b) –, und sie sei «etwas Philosophischeres und Ernsthafteres als Geschichtsschreibung», weil sie nicht, wie der Geschichtsschreiber, «das Besondere» (also diesen oder jenen kontingenten historischen Einzelfall), sondern «mehr das Allgemeine» mitteile, indem ihre Geschichten «nach der Wahrscheinlichkeit» und «nach der Notwendigkeit» gebaut seien und damit allgemeine Prinzipien menschlichen Handelns zu erkennen erlaubten (*Poetik*, 1451b).

Die Frage nach dem Wert der Dichtung, die, wie man wiederholt behauptet hat, zwar nichts Wirkliches darstelle, wohl aber eine besondere ‹Wahrheit› kundtue, wollen wir hier nicht weiter untersuchen. Für unsere Zwecke sei allein das Verhältnis von ‹Dichten› und ‹Lügen› näher betrachtet und verfolgt, mit welchen Argumenten sich die Dichter gegen den Vorwurf der Lüge verteidigt haben. Schon die griechischen Dichter haben diesem Vorwurf den Boden zu entziehen versucht, indem sie den Fiktionscharakter ihrer Werke in diesen selbst offen eingestanden. So beginnt z. B. Lukian das erste Buch seiner *Wahren Geschichten* (um 180 n. Chr.) mit einer Vorrede, in der er sich wie folgt von den Erzählungen seiner Kollegen abzugrenzen versucht:

> Da ich nun der Eitelkeit nicht widerstehen kann, der Nachwelt auch ein Werkchen von meiner Fasson zu hinterlassen, und wiewohl ich nichts wahres zu erzählen habe, (denn mir ist in meinem Leben nichts denkwürdiges begegnet) nicht sehe warum ich nicht eben so viel Recht zum Fabeln haben sollte als ein andrer: so habe ich mich wenigstens zu einer ehrenfestern Art zu lügen entschlossen als *die* meiner Herrn Mitbrüder ist; denn ich sage doch wenigstens *Eine* Wahrheit, indem ich sage daß ich lüge; und hoffe also um so getroster, wegen alles übrigen unangefochten zu bleiben, da mein eignes freywilliges Geständniß ein hinlänglicher Beweis ist, daß ich niemanden zu hintergehen verlange. Ich urkunde also

> hiemit, daß ich mich hinsetze um Dinge zu erzählen, die mir nicht begegnet sind; Dinge, die ich weder selbst gesehen noch von andern gehört habe, ja, was noch mehr ist, die nicht nur nicht *sind*, sondern auch *nie* seyn *werden*, weil sie – mit Einem Worte – gar nicht möglich sind, und denen also meine Leser (wenn ich anders welche bekommen sollte) nicht den geringsten Glauben beyzumessen haben. (S. 88 f.)

Aristoteles' Bestimmung der Tätigkeit des Dichters ist hier deutlich radikalisiert. Nach Lukian lügen alle Dichter, denn sie erzählen von etwas, das nicht ist und nie sein wird. Mit dem Geständnis, die folgende «wahre Geschichte» frei erfunden zu haben, spricht Lukian sich selbst jedoch davon frei, seine Leser täuschen zu wollen.

Dass das Geschäft der Dichter mit dem Begriff der Lüge grundsätzlich nicht zu erfassen sei, diese – im Vergleich zu Lukian – zugespitzte und vom Einzelfall ins Allgemeine gewendete These wird dann viele Jahrhunderte später von dem englischen Dichter Sir Philip Sidney vertreten. Scharfsinnig schlägt dieser in seiner *Defence of Poesy* (1595) den Vertretern des Täuschungsvorwurfs die Argumente aus der Hand, indem er sich, anders als Aristoteles, weniger auf den Inhalt als auf den besonderen Status der Rede des Dichters beruft:

> (…) I think truly, that of all writers under the sun the Poet is the least liar, and though he would, as a poet can scarcely be a liar. (…) the Poet, he nothing affirms, and therefore never lieth. For, as I take it, to lie, is to affirme that to be true, which is false. So as the other artists, and especially the historian, affirming many things, can, in the cloudy knowledge of mankind, hardly escape from many lies. But the Poet (as I said before) never affirmeth, the Poet never maketh any circles about your imagination, to conjure you to believe for true what he writes: he citeth not authorities of other histories, but even for his entry, calleth the sweete Muses to inspire into him a good invention; In truth, not labouring to tell you what is or is not, but what should or should not be. And therefore, though he recount things not true, yet because he telleth them not for true, he lieth not (…). (*Defence*, S. 52 f.)

Unter allen möglichen Verfassern von Texten, so Sidneys vielzitierte These, lügen die Dichter am allerwenigsten, weil sie – im Gegensatz zu den Geschichtsschreibern – in ihren Werken erklärtermaßen nichts behaupten, sondern von mehr oder minder frei erfundenen Gegenständen handeln. Der Dichter erzählt von etwas, das nicht ist (aber sein oder nicht sein sollte); sein Geschäft ist das Erfinden, nicht aber das Lügen oder Täuschen. Mit modernen Worten: Die Werke der Dichter sind fiktional in dem Sinne, dass sie grundsätzlich keinen Anspruch auf unmittelbare Referenzialisierbarkeit, d. h. Verwurzelung in einem empirisch-wirklichen Geschehen erheben; wovon sie handeln, das ist – mehr oder minder – fiktiv, aber nicht fingiert. (Wir unterscheiden die verwandten Begriffe ‹fingiert›, ‹fiktional› und ‹fiktiv› folgendermaßen: *Fingieren* verwenden wir im Sinne von ‹[vor]täuschen›. *Fiktional* steht im Gegensatz zu ‹faktual› bzw. ‹authentisch› und bezeichnet den pragmatischen Status einer Rede. *Fiktiv* steht im Gegensatz zu ‹real› und bezeichnet den ontologischen Status des in dieser Rede Ausgesagten.)

Sidneys These, dass Dichtung die Rede eines Dichters und die Rede des Dichters in der Dichtung eine besondere, nämlich nicht-behauptende Rede ohne unmittelbare Referenz in der Wirklichkeit sei, haben neuzeitliche Theoretiker in verschiedenen Kontexten aufgegriffen und ihre Implikationen auf der Grundlage aussagentheoretischer, semantischer und pragmatischer Ansätze begrifflich differenzierter zu formulieren versucht. In diesem Zusammenhang hat man auch den alten aristotelischen Gedanken, dass das in der Dichtung Dargestellte ‹fiktiv› und die Dichtung selbst ‹Nachahmung› von Handlungen sei, neu interpretiert. So hat z. B. die amerikanische Literaturtheoretikerin Barbara Herrnstein Smith die vielbeachtete These aufgestellt, dass Dichtung in erster Linie nicht Nachahmung (d. h. Mimesis) von Welt, sondern von Rede darstelle. «The essential fictiveness of novels», schreibt Smith,

> is not to be discovered in the unreality of the characters, objects, and events alluded to, but in the unreality of the *alludings* themselves. In other words, in a novel or tale, it is the *act* of reporting events, the *act* of describing persons and referring to places, that is fictive. The novel *represents* the verbal action of a man reporting, describing, and referring. (Smith, *Margins*, S. 29)

Dichtung wäre demnach als die Fiktion einer sprachlichen Äußerung anzusehen, d. h. als Repräsentation einer Rede ohne empirischen Objektbezug und ohne Verankerung in einem realen Situationskontext. Am Beispiel der *Blechtrommel* verdeutlicht, hieße das zweierlei: zum einen, dass der reale Autor Günter Grass in seinem Roman nicht spricht (und hier schon deshalb weder der Lüge noch irgendwelcher falscher Behauptungen bezichtigt werden kann); zum anderen, dass Oskars mit dem Satz «Zugegeben: ich bin Insasse einer Heil- und Pflegeanstalt (...)» (S. 9) beginnende Erzählung als eine Rede zu verstehen ist, die niemand je geäußert hat und die sich auf keine außersprachliche Wirklichkeit bezieht. Eine solche Sichtweise scheint einleuchtend, erfasst jedoch nur die halbe Wahrheit, denn sie unterschlägt, was ganz offensichtlich zur adäquaten Rezeption nicht nur dieses Romans, sondern von Dichtung überhaupt gehört: Soll sie ihre Wirkung entfalten können, müssen wir ihre Rede als die authentische (wenn auch fiktive) Rede eines bestimmten (wenn auch fiktiven) Sprechers verstehen, die nicht auf nichts, sondern auf bestimmte (wenn auch z. T. fiktive) Dinge referiert. In diesem Sinne bedeutet etwa die klassische Eingangsformel ‹Es war einmal› am Beginn eines Märchens wie «Es war einmal ein Müller, der war arm, aber er hatte eine schöne Tochter» für uns als Rezipienten eben nicht nur ‹Glauben Sie nichts von dem, was Sie im Folgenden hören bzw. lesen›, sondern immer auch so viel wie die Aufforderung: ‹Stellen Sie sich bitte vor, dass einmal ein Müller war, etc.› Wer die Sätze der *Blechtrommel* als die Erinnerungen einer realen Person versteht, nach Oskars Geburtshaus in einer Straße mit dem historischen Namen Labesweg in Danzig sucht und Oskars Erzählung als Ganzes oder auch nur in Teilen (wie z. B. die Geschichte von der vergeblichen Verteidigung der Polnischen Post) auf ihre historische Wahrhaftigkeit hin überprüft, verwechselt die Geschäftsgrundlage und liest einen Roman nach den pragmatischen Regeln einer realen Autobiographie. Wer sich aber in keinerlei Hinsicht die Existenz eines Trommlers namens Oskar und die Echtheit seiner Erzählung vorstellt, kommt nicht ins Spiel und bringt sich selbst um sein Lesevergnügen.

Bevor wir nun darauf zu sprechen kommen, welche Konsequenzen die dargelegten Spezifika fiktionaler Rede für eine literaturwissenschaftliche Theorie des Erzählens haben, sei noch eine letzte wichtige Frage geklärt: Wie erkennt man, dass eine Rede in dem oben skizzierten Sinne rezipiert werden soll?

Sidneys These, dass die Rede des Dichters in der Dichtung eine besondere Form von Rede sei, hat unterdessen auch insofern eine Spezifizierung erfahren, als der Begriff der literarischen Fiktion (samt seiner Ableitungen) heute gemeinhin als ein relativer oder auch relationaler verstanden wird (z. B. Gabriel, *Fiktion*, bes. S. 30). Fiktional ist ein Text demnach nicht an und für sich, sondern in einem bestimmten historischen und sozialen Kontext, d. h. er ist fiktional für ein Individuum, eine Gruppe, eine Gesellschaft, in einer bestimmten Situation, in einer bestimmten Epoche. Erst als einem pragmatisch als fiktional bestimmten und rezipierten Text kommen ihm die Eigenschaften zu, die bereits

Sidney im Ansatz ermittelte und deren Implikationen unterdessen präziser formuliert worden sind. Damit eine Rede als fiktional aufgefasst wird, bedarf sie der Kontextmarkierung. Mögen die Fiktionssignale im Einzelfall auch unterschiedlich sein, so ist die Existenz metakommunikativer, für den Rezipienten erkennbarer Signale, «welche das normale Wirken der Regeln, die illokutionäre Akte und die Welt zueinander in Beziehung setzen, aufheben» (Searle, *Status*, S. 88), für das Spiel der Fiktion doch unerlässlich. Ihre Existenz allein begründet, warum im Fall der fiktionalen Rede anders als im Fall der Lüge von einem Sprachspiel nach besonderen Regeln (statt von einem bloßen Regelverstoß) gesprochen werden kann.[1]

Eine radikal relativistische Position in dem Sinne, dass «es keine Eigenschaft des Texts» gibt, «die einen Diskurs als fiktionales Werk ausweist» (Searle, *Status*, S. 90), erscheint uns jedoch übertrieben. Über eine jeweils situationsspezifische Kontextmarkierung hinaus (z. B. ganz schlicht durch bestimmte konventionelle Signale paratextueller und kontextueller Art, wie z. B. das Wort ‹Roman›, ‹Drama› oder ‹Novelle› im Untertitel oder die Publikation eines Textes in einer bestimmten Verlagsreihe) gibt es durchaus – in einem vielleicht nicht absolut gültigen, aber doch viele Epochen und Nationalliteraturen übergreifenden Zusammenhang – Textsignale, die die Rezeption eines Textes als fiktional wenn nicht erzwingen, so doch jedenfalls nahelegen. An erster Stelle anzuführen sind hier bestimmte Eingangsformeln (‹Es war einmal› u. ä.) oder auch Textschlüsse (‹Und wenn sie nicht gestorben sind ...›; das Wort ‹Ende› am Schluss u. ä.), die es, jedenfalls innerhalb der abendländischen Kulturtradition, nahelegen, einen bestimmten Text als fiktional zu rezipieren. Zu nennen wären außerdem textinterne Merkmale, die in systematischer Form erstmals Käte Hamburger in ihrer *Logik der Dichtung* (S. 65 ff.) vorgestellt hat. Anders als der reale Sprecher einer faktualen Rede ist das fiktive Aussagesubjekt der fiktionalen Rede als eine nicht-empirische Person nicht

[1] Mit gutem Grund grenzt Searle die fiktionale Verwendung von Wörtern von der Lüge ab, denn die Lüge – und mit dieser Argumentation widerspricht Searle erklärtermaßen Ludwig Wittgensteins Behauptung, Lügen sei ein Sprachspiel, das gelernt sein wolle wie jedes andere – besteht in dem bloßen Verstoß gegen eine der Regeln für den Vollzug von Sprechakten (und für einen solchen Verstoß bedarf es keiner eigenen Konventionen, denn jede Regel enthält bereits die Möglichkeit eines Verstoßes). Die Fiktion hingegen, so argumentiert Searle, ist insofern raffinierter, als das hier praktizierte Vorgeben illokutionärer Akte eigenen, nichtsemantischen Konventionen folgt.

an ‹natürliche› Beschränkungen menschlicher Rede gebunden. So gehören zu den *textinternen Fiktionssignalen* die Anwendung von Verben innerer Vorgänge auf dritte Personen (‹sie fühlte, dass er kommen würde›) sowie eine Erweiterung des Tempussystems der Sprache, zu der z. B. die Kombination von Zeitadverbien, die auf die Zukunft verweisen, mit Verben in der Zeitform des Präteritums gehört (‹morgen war Weihnachten, und sie hatte immer noch kein Geschenk›).

Schließlich kann die fiktionale Rede – und das wird in den entsprechenden Auflistungen von Fiktionssignalen zumeist übersehen – noch auf eine weitere Weise auf ihre Besonderheit aufmerksam machen: Indem sie nämlich durch verschiedene Formen der Selbstreflexion ihren besonderen Status in Form und Inhalt reflektiert und sowohl die Grundlagen ihrer Produktion explizit macht als auch Anweisungen für ihre Rezeption enthält. Für die Literatur im (post)modernen «Zeitalter der Simulation» (Baudrillard, *Agonie*, z. B. S. 15), in dem Realität und Fiktion angeblich nur noch als «Legierung» vorkommen (Marquard, *Kunst*, S. 82), hat diese von Autoren fast aller Epochen in jeweils zeitspezifischer Form genutzte Technik der Metafiktion besondere Bedeutung gewonnen (s. Scheffel, *Formen*).

Eine Erzählung stellt eine Form der Rede dar, dank derer jemand jemandem ein Geschehen vergegenwärtigt – dieses Vorverständnis vom Gegenstand einer Theorie des Erzählens hatten wir mit Hilfe eines Wörterbuchs der deutschen Sprache formuliert. Wir wollen nun dieses Vorverständnis mit Bezug auf die Besonderheit des fiktionalen Erzählens präzisieren.

Faktuale Texte sind Teil einer realen Kommunikation, in der das reale Schreiben eines realen Autors einen Text produziert, der aus Sätzen besteht, die von einem realen Leser gelesen und als tatsächliche Behauptungen des Autors verstanden werden. Fiktionale Texte sind ebenfalls Teil einer realen Kommunikationssituation, in der ein realer Autor Sätze produziert, die von einem realen Leser gelesen werden. Fiktionale Texte sind jedoch komplexer als faktuale, weil sie außer der realen auch noch einer zweiten, imaginären Kommunikationssituation angehören. Die fiktionale Erzählung richtet sich sowohl im imaginären als auch im realen Kontext an einen Leser und stellt daher eine «kommunizierte Kommunikation» dar (Janik, *Kommunikationsstruktur*, S. 12). Wie wir oben gesehen haben, traf bereits vor vier Jahrhunderten Sir Philip Sidney die Feststellung, dass der Autor eines fiktionalen Textes nicht für den Wahrheitsgehalt der in seinem Text aufgestellten Behauptungen verantwortlich gemacht werden kann, weil er diese zwar produziert, aber nicht behauptet – vielmehr ist es der fiktive Erzähler, der diese Sätze mit Wahrheitsanspruch behauptet. Die reale Kommunikation zwischen Autor und Leser ist hier nur indirekt und ähnelt dem Zitieren der Rede eines anderen. Denn auch beim Zitieren übermittelt man dem Leser Sätze, die jemand anders behauptet hat, die aber nun, im Akt des Zitierens, ohne behauptende Kraft weitergegeben werden. Der Autor produziert also Sätze, die zwar *real*, aber *inauthentisch* sind – denn sie sind nicht als Behauptungen des Autors zu verstehen. Dem fiktiven Erzähler hingegen sind dieselben Sätze als *authentische* Sätze zuzuschreiben, die aber *imaginär* sind – denn sie werden vom Erzähler behauptet, jedoch nur im Rahmen einer imaginären Kommunikationssituation. Durch das reale Schreiben eines realen Autors entsteht so ein Text, dessen imaginär authentische Sätze eine imaginäre Objektivität schaffen, die eine fiktive Kommunikationssituation, ein fiktives Erzählen und eine fiktive erzählte Geschichte umfasst. Die fiktionale Erzählung ist zugleich Teil einer realen wie einer imaginären Kommunikation und besteht deshalb je nach Sichtweise aus *real-inauthentischen* oder aus *imaginär-authentischen* Sätzen.

Aus der doppelten Kommunikationssituation der fiktionalen Rede ergeben sich zwei Konsequenzen:

1. In einer (wahren) faktualen Erzählung lässt sich das Verhältnis zwischen dem Erzählen und dem Geschehen, von dem erzählt wird, im Sinne einer zeitlichen Folge verstehen: Einer Reihe von Ereignissen (z. B. Caesars Feldzug in Gallien) folgt das *Erzählen* dieser Ereignisse (Caesars Niederschrift der *Commentarii de bello Gallico*) und, als Produkt des Erzählens, die *Erzählung*, die als Text, Tonbandaufzeichnung o. ä. den Vorgang des Erzählens überdauern und in das kulturelle Gedächtnis eingehen kann (die – ohne die Fortsetzung von Aulus Hirtius – sieben Bücher von *De bello Gallico*). Wie wir gesehen haben, gehört zur adäquaten Rezeption von fiktionaler Dichtung, dass wir sie als die reale (wenn auch fiktive) Rede eines bestimmten (wenn auch fiktiven) Sprechers verstehen, die nicht auf nichts, sondern auf bestimmte (wenn auch in der Regel fiktive) Dinge und Sachverhalte referiert. Erzähltes und Erzählen erscheint hier nur von einem fiktionsexternen Standpunkt aus als Funktion der Erzählung, während die zeitliche Folge von erzählten Ereignissen, Erzählen und Erzählung, an die das faktuale Erzählen gebunden ist, fiktionsintern Gültigkeit besitzt. Wie für das faktuale Erzählen gilt im Idealfall auch im

Rahmen der durch die imaginär-authentischen Sätze entworfenen imaginären Kommunikationssituation, dass hier von einem Erzähler in einer Erzählrede einem Hörer/Leser von Ereignissen erzählt wird, die der aktuellen Erzählsituation normalerweise zeitlich vorausliegen und die von dem Erzählakt, der sie hervorbringt, logisch zu unterscheiden sind.[2] Die Fiktion, dass die erzählte Geschichte dem Erzählen zeitlich vorausliegt, gilt bezeichnenderweise auch für Geschichten, die – von einem fiktionsexternen Standpunkt aus gesehen – in der Zukunft spielen (Geschichten in der Form zukunftsgewisser Vorausdeutungen ausgenommen, s. u. S. 39 f.). Auch erzählte Utopien sind im Präteritum verfasst.

2. Mit dem Entwurf einer imaginären Kommunikationssituation entsteht – im Unterschied zur faktualen Erzählung, deren Sätze unmittelbar an einen realen Sprecher und eine reale Sprechsituation gebunden sind – durch den Wegfall jeder unmittelbaren Einbindung in einen realen raum-zeitlichen Zusammenhang ein Freiraum, dessen Ausgestaltung im Wesentlichen der Imagination des Autors überlassen bleibt. Dieser Freiraum betrifft grundsätzlich alle Teile der Erzählung. Sowohl die für die ‹Vertextung› der Geschichte grundlegenden Aspekte der Erzählung (die Sprache, in der erzählt wird, der Standpunkt und die Perspektive des Erzählens, die Gestaltung des Verhältnisses von Erzähler und Leser usw.) als auch das Erzählte (das Realitätssystem der erzählten Welt, die Handlung, die Figuren usw.) lassen sich nach Regeln formen, die nur bedingt vorgegeben sind.[3] Zu diesem Freiraum gehört, dass die Sätze der

---

[2] Dass B. H. Smith die Möglichkeit einer Unterscheidung von Erzählen und Erzähltem für den Fall des fiktionalen Erzählens leugnet, ist eine sachlich unbefriedigende Konsequenz aus der Tatsache, dass ihr oben vorgestellter Ansatz den im realen Rezeptionskontext präsenten imaginären Kontext der fiktionalen Rede ignoriert (s. dies., *Versions*; kritisch dazu Goodman, *Telling*, und Chatman, *Reply*). Auch Hamburgers vielzitierte Bestimmung des Verhältnisses von Erzähltem und Erzählen im Sinne eines «Funktionszusammenhangs» (*Logik*, bes. S. 121 ff.) berücksichtigt allein einen fiktionsexternen Standpunkt und unterschlägt die erzähllogische Konsequenz aus ihrer andernorts vorgenommenen Bestimmung der Fiktion als «Schein von Wirklichkeit» (ebd., S. 5) im Sinne einer imaginären Objektivität.

[3] Bedingt insofern, als auch der freien Imagination Grenzen gesetzt sind, um noch verstehbar zu bleiben. Zum Problem der «Lesbarkeit eines Kunstwerkes», die sich für ein bestimmtes Individuum in einer bestimmten Gesellschaft zu einer bestimmten Zeit nach der Distanz zwischen dem «Emissionsniveau» des Werks, verstanden als «Grad der immanenten Komplexität und Verfeinerung des vom Werk erforderten Codes», und dem eigenen «Rezeptionsniveau» bemisst, s. Bourdieu, *Elemente*, hier zit. S. 177. Zur Bindung des Kunstwerks an jeweils geltende ästhetischen Konventionen s. auch Eco, *Botschaft*.

fiktionalen Erzählrede die Illusion einer faktualen Erzählung fördern (z. B. im realistischen Roman), mehr oder minder konsequent verletzen (z. B. in bestimmten Erzähltexten der Romantik) oder aber nahezu vollkommen aufheben (z. B. im französischen *nouveau roman* und in Texten der sogenannten Postmoderne) können. Schon deshalb erfordert ein Beschreibungsmodell des fiktionalen Erzählens neben einer Theorie des Erzählens immer auch eine Theorie der Fiktionalität.

2. Das Erzählen und das Erzählte

Wir wenden uns nun dem fundamentalen Gegensatz zwischen dem ‹Wie› und dem ‹Was› von Erzählungen zu und unterscheiden zwischen dem erzählerischen Medium mitsamt den jeweils verwendeten Verfahren der Präsentation einerseits und dem Erzählten (die Geschichte, die erzählte Welt) andererseits. Beim Lesen eines narrativen Textes können wir eine bestimmte Einstellung gegenüber dem Text einnehmen, in der wir von den Worten, dem Stil oder den Erzählverfahren absehen, mit denen uns die Geschichte vermittelt wird. Die Umstände der Vermittlung treten dann in der Wahrnehmung zurück zugunsten der erzählten Welt, die der Text beschreibt. In dieser Einstellung identifizieren wir uns mit bestimmten Figuren und nehmen Anteil an ihrem Schicksal, wir erklären und beurteilen ihr Verhalten nach Maßstäben unserer lebensweltlichen Praxis. Wenn und solange wir eine solche Lesehaltung einnehmen, konzentrieren wir uns auf das, *was* uns erzählt wird, und blenden die Art und Weise, *wie* die Geschichte vermittelt wird, aus dem Bereich unserer Aufmerksamkeit aus.

Aber ist denn im Falle *fiktionaler* Texte eine solche Unterscheidung zwischen dem Inhalt und seiner Darstellung sinnvoll? Verwechseln wir sie dann nicht mit faktualen Texten, die auf reale Ereignisse referieren? In welchem Sinne lässt sich in fiktionalen Texten das dargestellte ‹Was› – das außerhalb der Erzählung per definitionem keinen Bestand hat – vom ‹Wie› seiner Darstellung abtrennen? Anders als bei faktualen Berichten haben wir ja bei fiktionalen Werken nur über den Text selbst Zugang zur erzählten Welt. Wenn wir etwas über Goethes Protagonisten Werther wissen wollen, können wir uns nur an das halten, was in den *Leiden des jungen Werthers* (1774) geschrieben steht. Über den Braunschweiger Legationssekretär Carl Wilhelm Jerusalem hingegen, dessen Suizid Goethe in seinem Briefroman verarbeitete, können wir uns auf ganz verschiedenen Wegen (etwa durch Aufzeichnungen, Zeugenberichte, Geburts- und Todesurkunden) informieren. Der Inhalt eines fiktionalen Textes ist uns eben nur in der Form seiner abgeschlossenen, andere Zugänge ausschließenden literarischen Vermittlung gegeben. Zudem wird ja auch unsere Leseerfahrung entscheidend von der Präsentationsweise beeinflusst. Goethes Entscheidung, Werthers Schicksal nicht im distanzierten Bericht eines ironischen allwissenden Erzählers, sondern in der identifikationsfördernden Ich-Perspektive der Briefform zu gestalten, dürfte großen Anteil am ‹Werther-Fieber› der zeitgenössischen Leser gehabt haben, von denen manche bekanntlich ihren Helden bis in den Suizid hinein nachahmten.

Dennoch: Dass wir die erzählte Welt fiktionaler Werke nur aufgrund von Informationen, die in den Sätzen des Textes gegeben werden, konstruieren können, und dass die ästhetisch-emotionale Wirkung des Werkes von Eigenschaften der Vermittlung beeinflusst wird, ändert nichts daran, dass die erzählte Geschichte und ihre Welt von der Art und Weise ihrer Darstellung zu unterscheiden sind. Die Geschichte von Werthers Leiden könnte auch in Form eines inneren Monologes, durch die Rede eines auktorialen Erzählers usw. dargestellt werden. Franz Kafkas Roman *Das Schloß* (1922) beginnt in der ersten Fassung mit dem Satz: «Es war spät abend als ich ankam»; in der zweiten Fassung ersetzte Kafka die Ich-Erzählform durch die Er-Erzählform, sodass der Anfangssatz nun heißt: «Es war spät abend als K. ankam» (s. Kafka, *Schloß/Apparatband*, S. 120). Die erzähllogischen Implikationen und ästhetischen Wirkungen dieser Erzählformen sind sehr verschieden. Doch in beiden Sätzen erhalten wir dieselbe Information über eine Tatsache der erzählten Welt: Es wird uns mitgeteilt, dass es spät abends war, als der Protagonist ankam. Eine Geschichte, die wir als *dieselbe* Geschichte wiedererkennen, kann auf unzählige verschiedene Weisen präsentiert werden.

Wenn wir zwischen der Darstellung und dem dargestellten Inhalt narrativer Texte unterscheiden, wollen wir damit nicht auch behaupten, dass der Leser fiktionaler Texte vom Fiktionscharakter des jeweiligen Textes absieht und für die Dauer der Lektüre der Täuschung unterliegt, das Erzählte sei tatsächlich geschehen. Das Problem der ästhetischen Illusionsbildung, das damit berührt ist, hat im Laufe der Jahrhunderte viele Theorien hervorgerufen, die sich nicht erst in der Erklärung, sondern bereits in der Beschreibung des Phänomens sehr voneinander unterscheiden. So wurde die Meinung vertreten, der Leser müsse sich in die erzählte Welt imaginativ hineinversetzen und das Erzählte vorübergehend für real annehmen, um den Text überhaupt verstehen zu können. In diesem Sinne erklärt der französische Kritiker Nicolas Boileau in seinem einflussreichen *L'Art Poétique* (1674): «Den Verstand beschäftigt nichts, was er nicht glaubt» (III, V. 50). Andere Autoren hingegen halten die Annahme, der Fiktionscharakter werde im Akt der Lektüre zeitweise ausgeblendet, für eine falsche, fiktionale mit faktualen Texten verwechselnde Beschreibung; die ästhetische Erfahrung fiktionaler Literatur beruhe vielmehr gerade darauf, dass der Leser sich des fiktiven Status der erzählten Welt stets bewusst sei. Diese Auffassung findet sich implizit etwa bei Aristoteles, wenn er das Vergnügen an der Dichtkunst darin begründet sieht, dass wir dort Nachahmungen von Dingen, keineswegs aber diesen Dingen selbst begegnen: «Denn von Dingen, die wir in der Wirklichkeit nur ungern erblicken, sehen wir mit Freude möglichst getreue Abbildungen, z. B. Darstellungen von äußerst unansehnlichen Tieren und von Leichen» (*Poetik*, 1448b). Wieder andere versuchen, beide Einstellungen zu verbinden, indem sie, wie Roman Ingarden, von einem «Schillern des in die Welt Versetztseins und doch nur *irgendwo* im Schweben Bleibens und in der Realität nicht wirklich Fußfassenkönnens» (*Kunstwerk*, S. 178) oder, wie Wolfgang Iser, von einer «Dialektik von Illusionsbildung und Illusionsdurchbrechung» (*Akt*, S. 208) sprechen.

Eine befriedigende Antwort auf die Frage nach der psychischen Distanz des Lesers zu fiktiven Welten hat die Literaturwissenschaft bislang nicht gegeben. Vielleicht ist sie auch mit Bezug auf bestimmte Textsorten, Epochen und Rezipientengruppen unterschiedlich zu beantworten. Wie dem auch sei: Fiktionale Behauptungssätze enthalten eine Referenz auf Tatsachen der durch sie erzählten Welt, unabhängig davon, ob der Leser diese zeitweise für Gegebenheiten seiner objektiven Wirklichkeit nimmt oder nicht. Wenn wir zwischen der Art und Weise der Vermittlung und dem vermittelten Inhalt unterscheiden, so meinen wir mit der Rede vom vermittelten Inhalt die ‹Realität› der erzählten Welt – unabhängig von der Frage, ob der Leser glaubt, dass diesem Inhalt Tatsachen in der Wirklichkeit entsprechen. Die Unterscheidung zwischen Vermittlung und Inhalt ermöglicht und legitimiert die Analyse der dargestellten Handlung und der Welt, in der sie stattfindet, als eigenständiger Bedeutungsschicht von Erzähltexten mit spezifischen Elementen und Strukturen.

Die Unterscheidung zwischen dem ‹Was› und dem ‹Wie› eines Erzähltextes wird häufig mit dem im Russischen Formalismus formulierten Gegensatz von ‹fabula› und ‹sjužet› in Zusammenhang gebracht. In seiner *Theorie der Literatur* (1925) bestimmte Boris Tomaševskij ‹fabula› als «die Gesamtheit der Motive in ihrer logischen, kausaltemporalen Verknüpfung» und ‹sjužet› als «die Gesamtheit derselben Motive in derjenigen Reihenfolge und Verknüpfung, in der sie im Werk vorliegen» (S. 218). In den sechziger Jahren griff der strukturalistische Erzähltheoretiker Tzvetan Todorov in Frankreich das Begriffspaar der Formalisten auf und übersetzte es mit ‹histoire vs. discours›. Durch diese Namengebung verknüpfte Todorov die formalistischen Begriffe mit einer Unterscheidung des französischen Linguisten Émile Benveniste, der damit den im Tempussystem der französischen Sprache aufweisbaren Gegensatz zwischen Formen des Erzählens ohne (‹histoire›) und mit (‹discours›) deutlich hervortretender Sprecherinstanz beschrieben hatte (Benveniste, *Relations*, bes. S. 238–242). In Todorovs Definition evoziert die in einem Text erzählte Geschichte (‹histoire›)

> eine bestimmte Realität, Ereignisse, die stattgefunden haben, Personen, die, aus dieser Perspektive betrachtet, sich mit solchen aus dem wirklichen Leben vermischen. Dieselbe Geschichte hätte uns auch auf andere Weise vermittelt werden können, beispielsweise durch einen Film; man hätte sie durch den mündlichen Bericht eines Zeugen erfahren können, ohne dass sie in einem Buch fixiert sein müsste. (Todorov, *Catégories*, S. 132)

Die Ebene des ‹discours› wird von Todorov folgendermaßen bestimmt:

> Es gibt einen Erzähler (‹narrateur›), der die Geschichte erzählt; und es gibt ihm gegenüber einen Leser, der sie aufnimmt. Auf dieser Ebene zählen nicht die erzählten Ereignisse, sondern die Weise, wie der Erzähler dafür gesorgt hat, dass wir sie kennenlernen. (ebd.)

Die genannten Begriffspaare von Tomaševskij, Benveniste und Todorov ähneln einander, sind aber nicht bedeutungsgleich. Wir weisen auf zwei Differenzen hin. Erstens: Während Tomaševskijs ‹sjužet› nur die Reihenfolge der Ereignisse in ihrer literarischen Darstellung betrifft, umfasst Todorovs ‹discours› stattdessen den gesamten Bereich der literarischen Vermittlung eines Geschehens (d. h. außer der Anordnung der Ereignisse auch Perspektive, Stil, Modus usw.); Benvenistes Unterscheidung zielt andererseits auf einen linguistisch erfassbaren Unterschied *innerhalb* des Bereichs von Todorovs ‹discours›. Zweitens: Todorovs ‹histoire› umfasst nicht nur das Geschehen, sondern das umfassende Kontinuum der erzählten Welt, innerhalb dessen das Geschehen stattfindet. Damit geht er über Tomaševskijs ‹fabula› hinaus, die nur die handlungsrelevanten Teile der erzählten Welt umfasst.

Wir wollen, ohne sie zu vermischen, sowohl Tomaševskijs ‹fabula› als auch Todorovs ‹histoire› berücksichtigen und unterscheiden deshalb die *erzählte Welt* (oder Diegese)[4] von dem engeren Begriff der *Handlung*, der sich nur auf die Gesamtheit der handlungsfunktionalen Elemente der dargestellten Welt bezieht. Die andere Seite der Opposition, also die Art und Weise der Vermittlung der erzählten Welt, bezeichnen wir als *Darstellung*.

Anstelle der Opposition von fabula/histoire vs. sjužet/discours hat der französische Erzähltheoretiker Gérard Genette eine Dreiteilung vorgeschlagen (*Erzählung*, S. 15 ff. u. S. 199 ff.). Er hält an Todorovs Begriff der *Geschichte* (‹histoire›) fest, die Genette als «das Signifikat oder den narrativen Inhalt» (Genette, *Erzählung*, S. 16) bestimmt. Auf der anderen Seite der Opposition ersetzt Genette aber den von ihm als heterogen kritisierten ‹discours›-Begriff durch die beiden Termini *Erzählung* (‹récit›) und *Narration* (‹narration›). Mit ‹Erzählung› meint Genette «den Signifikanten, die Aussage [‹énoncé›], den narrativen Text oder Diskurs», während der Begriff der ‹Narration› dem «produzierenden narrativen Akt sowie im weiteren Sinne der realen oder fiktiven Situation vorbehalten sein soll, in der er erfolgt» (Genette, *Erzählung*, S. 16).[5] Für den besonderen Fall des fiktionalen Erzählens ist Genettes Dreiteilung in Form eines gleichberechtigten Nebeneinanders von ‹Geschichte›, ‹Erzählung› und

---

[4] Der Terminus *Diegese* (‹diégèse›) wurde 1951 von Etienne Souriau in die Filmtheorie eingeführt zur Bezeichnung der im Film dargestellten Welt. Gérard Genette übernahm ihn 1972 in die literaturwissenschaftliche Erzähltheorie als «das raumzeitliche Universum der Erzählung» (Genette, *Erzählung*, S. 313). Souriaus und Genettes ‹Diegese› darf nicht mit dem Begriff der *Diegesis* verwechselt werden, mit dem Platon in seinem Dialog *Der Staat* (III, 393 f.) generell die dichterische Rede bezeichnet. Als ‹einfache Diegesis› bezeichnet Platon dort eine Redeform, in welcher der Dichter, etwa im Dithyrambus, als er selbst spricht – im Unterschied zur Redeform der ‹Mimesis›, in welcher der Dichter, etwa im Drama, in direkter Rede die Äußerungen von Figuren wiedergibt. Der episch-erzählende Dichter verwendet eine Mischform von ‹einfacher Diegesis› (wie in lyrischer Dichtung) und ‹Mimesis› (wie in dramatischer Dichtung), indem er teils selber spricht (Erzählerrede), teils die Rede anderer Sprecher zitiert (Figurenrede).

[5] Genettes Trias ‹histoire-récit-narration› kehrt mit anderen Bezeichnungen, aber der Sache nach weitgehend unverändert, bei Rimmon-Kenan, *Fiction* (‹story-text-narration›) und Bal, *Narratology* (‹fabula-story-text›) wieder.

‹Narration› jedoch nicht befriedigend. Berücksichtigt man, dass die ‹Narration› in fiktionaler Rede nicht mehr als die text- und fiktions*interne* pragmatische Dimension der ‹Erzählung› umfasst (die Dimension der ‹Stimme› [‹voix›], d. h. die zeitliche und räumliche Position des fiktiven Erzählers gegenüber seiner Geschichte und seines fiktiven Adressaten), erscheint es naheliegender, Genettes Dreiteilung als Anregung für eine Binnendifferenzierung zu nehmen, welche die Seite der Darstellung betrifft. Im Rahmen der grundsätzlichen Opposition von Welt oder Handlung vs. Darstellung unterscheiden wir deshalb, innerhalb des Feldes der Darstellung, zwischen ‹Erzählung› und ‹Erzählen›.

Wie unsere theoriegeschichtlichen Hinweise bereits zeigen, ist die literaturwissenschaftliche Terminologie in diesem Zusammenhang nicht einheitlich. Um einen Überblick zu ermöglichen, fassen wir die einflussreichsten Terminologien in einer Tafel zusammen, wobei wir im Bereich der *Handlung* (verstanden als die Gesamtheit der handlungsfunktionalen Elemente des Erzählten) vier Elemente unterscheiden:

(1) Ereignis (Motiv): Die elementare Einheit eines narrativen Textes im Bereich der Handlung ist das Ereignis oder Motiv.

(2) Geschehen: Auf einer ersten Integrationsstufe erscheinen Ereignisse zu einem Geschehen aneinandergereiht, indem sie chronologisch aufeinander folgen.

(3) Geschichte: Das Geschehen als eine Reihe von Einzelereignissen wird zur Einheit einer Geschichte integriert, wenn die Ereignisfolge zusätzlich zum chronologischen auch einen kausalen Zusammenhang aufweist, so dass die Ereignisse nicht nur aufeinander, sondern auch auseinander folgen.

(4) Handlungsschema: Das Handlungsschema ist ein aus der Gesamtheit der erzählten Ereignisse abstrahiertes globales Schema der Geschichte, das nicht nur für den einzelnen Text, sondern für ganze Textgruppen (wie z. B. Gattungen) charakteristisch sein kann. Durch die Integration in ein Handlungsschema erhält die Geschichte eine abgeschlossene (Anfang, Mitte, Ende) und sinnhafte (z. B. archetypische) Struktur.

Auf der Seite der *Darstellung* unterscheiden wir, wie bereits eingeführt, zwei Aspekte:

(5) Erzählung: Die erzählten Ereignisse in der Reihenfolge ihrer Darstellung im Text. Die Erzählung unterscheidet sich von der chronologisch rekonstruierten Handlung vor allem durch die Gestaltung und zeitliche Umgruppierung der Ereignisse im Text (Erzähltempo, Rückwendung, Vorausdeutung).

(6) Erzählen: Die Präsentation der Geschichte und die Art und Weise dieser Präsentation in bestimmten Sprachen, Medien (z. B. rein sprachliche oder audio-visuelle) und Darstellungsverfahren (z. B. Erzählsituation oder Sprachstil).

	1. Ereignis (Motiv)	**2. Geschehen**	**3. Geschichte**	**4. Handlungsschema**	**5. Erzählung**	**6. Erzählen**
Bal, *Narratology*	event		fabula		story	text
Barthes, *Einführung*			fonctions + actions		narration	narration
Benveniste						histoire + discours
Chatman, *Story*	event		story	(plot)		discourse
Forster	event	story	plot			
Genette, *Erzählung*			Geschichte (histoire)		Erzählung (récit)	Narration (narration)
Lämmert	Geschehen	Geschichte	Fabel			
Lotman				Sujet (Ereignis)		
Pfister		Geschehen	Geschichte		Fabel	
Prince, *Narratology*	event		narrated			narrating
Propp	Funktion	Handlungskreis	Komposition	Struktur		
Rimmon-Kenan	event		story		text	narration
Schmid		Geschehen	Geschichte		Erzählung	Präsentation der Erzählung
Segre	motivo		fabula	modello narrativo	intreccio	discors
Sternberg, *Modes*	event	story	fabula		plot	sujet
Stierle, *Geschehen*		Geschehen	Geschichte		Text der Geschichte$_1$ (Tiefendiskurs)	Text der Geschichte$_1$ (Oberflächendiskurs)
Todorov, *Catégories*	événement		histoire		discours	discours
Tomaševskij	Motiv	Chronik	fabula		sjužet	
White, *Metahistory*	event	chronicle	story	plot		

II. Das ‹Wie›: Darstellung

Jede Geschichte lässt sich auf verschiedene Weise erzählen. Henry James hat behauptet, dass man es auf fünf Millionen Arten tun könne (*Letter*, 1899), Raymond Queneau hat es in einem kleinen Büchlein ausprobiert und eine Geschichte in immerhin 99 Varianten präsentiert. In seinen *Stilübungen* (*Exercices de style*, 1947) führt der Franzose die Gestaltungsmöglichkeiten einer Erzählung so anschaulich vor, dass wir einige seiner Beispiele als Einführung in die Analyse des ‹Wie› von Erzähltexten nutzen wollen. Gegenstand von Queneaus *Stilübungen* ist ein alltägliches Geschehen: In einem gut gefüllten Pariser Autobus der Linie ‹S› fährt ein junger Mann mit Hut; er beschimpft einen älteren Herrn und setzt sich anschließend auf einen frei gewordenen Platz; zwei Stunden später befindet er sich an der Gare Saint-Lazare, wo ihm ein Mann sagt, an seinem Überzieher fehle ein Knopf. Queneau präsentiert dieses Geschehen u. a. in Gestalt der folgenden Erzählungen:

(1) *Vergangenheit*

Es war Mittag. Die Fahrgäste stiegen in den Autobus. Wir standen gedrängt. Ein junger Herr trug auf seinem Kopfe einen mit einer Kordel und nicht mit einem Bande umschlungenen Hut. Er hatte einen langen Hals. Er beklagte sich bei seinem Nachbarn wegen der Stöße, die dieser ihm verabreichte. Sobald er einen freien Platz erblickte, stürzte er sich darauf und setzte sich.
Ich erblickte ihn später vor der Gare Saint-Lazare. Er trug einen Überzieher, und ein Kamerad, der sich dort befand, machte diese Bemerkung: man müßte noch einen Knopf hinzufügen. (S. 49)

(2) *Rückwärts*

Du solltest noch einen Knopf an deinen Überzieher nähen, sagte sein Freund zu ihm. Ich traf ihn mitten auf der Cour de Rome, nachdem ich ihn, sich gierig auf einen Sitzplatz stürzend, zurückgelassen hatte. Er hatte gerade gegen die Knüffe eines anderen Fahrgastes protestiert, der, sagte er, ihn jedes Mal anstieß, wenn jemand ausstieg. Dieser abgezehrte junge Mann war Träger eines lächerlichen Hutes. Dies geschah heute Mittag auf der Plattform eines vollbesetzten S. (S. 12)

(3) *Vorhersage*

Wenn Mittag kommen wird, wirst du dich auf der hinteren Plattform eines Autobusses befinden, auf der viele Fahrgäste zusammengepfercht sein werden, unter denen du einen lächerlichen Jüngling bemerken wirst: knochiger Hals und kein Band am weichen Filz. Er wird sich nicht wohlfühlen, der Kleine. Er wird denken, daß ein Herr ihn absichtlich anrempelt, sooft Leute vorbeikommen, die ein- oder aussteigen. Er wird es ihm sagen, aber der andere, voller Verachtung, wird nicht antworten. Und der lächerliche Jüngling, von Panik ergriffen, wird ihm vor der Nase davonlaufen, einem freien Platz zu.
Du wirst ihn etwas später an der Cour de Rome, vor der Gare Saint-Lazare, wiedersehen. Ein Freund wird ihn begleiten, und du wirst diese Worte hören: ‹Dein Überzieher schlägt nicht gut übereinander, Du mußt noch einen Knopf daran anbringen lassen.› (S. 15)

(4) *Amtlicher Brief*

Ich habe die Ehre, Ihnen folgende Begebenheit mitzuteilen, deren ebenso unparteiischer wie entsetzter Zeuge ich sein durfte.
Um die Mittagszeit des heutigen Tages stand ich auf der Plattform eines Autobusses, der die Rue de Courcelles in Richtung Place Champeret hinauffuhr. Besagter Autobus war besetzt, ich wage sogar zu sagen, er war überbesetzt; der Schaffner hatte ohne triftigen Grund und befeuert von übertriebener Herzensgüte, die ihn sich über die Dienstvorschrift hinwegsetzen ließ und folglich an Nachsicht grenzte, den Wagen mit mehreren Antragstellern überfüllt. Das Kommen und Gehen der ein- und aussteigenden Fahrgäste an den einzelnen Haltestellen führte zu einem gewissen Gedränge, das einen der Fahrgäste dazu veranlaßte, nicht ohne Schüchternheit allerdings, Einspruch zu erheben. Ich muß sagen, daß er sich hinsetzte, sobald die Sache möglich war. Ich werde meinem kurzen Bericht noch diesen Nachtrag hinzufügen: Ich hatte Gelegenheit, diesen Fahrgast einige Zeit später in Begleitung einer Person zu erblicken, die ich nicht zu identifizieren vermochte. Die sehr lebhafte Unterhaltung, die sie führten, schien sich auf Fragen ästhetischer Natur zu beziehen. In Anbetracht dieser Lage bitte ich Sie, sehr geehrter Herr, mir mitteilen zu wollen, welche Konsequenzen ich aus diesen Tatsachen zu ziehen habe und welche Haltung ich nach Ihrer Ansicht in der Führung meines zukünftigen Lebens einnehmen soll. In Erwartung ihrer geschätzten Antwort versichere ich Sie meiner zumindest diensteifrigen Hochachtung. (S. 36)

(5) *Vulgär*

'S war was über Mittag, als ich in'n Ess steigen konnte. Ch steig also ein, ch zahl meinen Platz wie sichs gehört, und schon bemerk ich da so'n bekloppten Stenz mit nem Hals wie'n Teleskop und ner Art Schnur umn Deckel. Ch glotznn an, weil ich n doof finde, als er so Knall und Fall anfängt, seinen Nachbarn anzuquatschen. Sagn Se mal, fauchtern an, können Se nich aufpassen, setzer hinzu, man könnte meinen, greinter, daß Se's absichtlich tun, blubberter, mir die ganze Zeit auf die Quanten ze tretn, sagter. Drauf gehter stolz wie'n Spanier weg und knallt sich hin. Wie'n Sack.

Später komm ich wieder an der Cour de Rome vorbei, und bemerkn, wie'r mit nem andern Stenz von seiner Sorte rumdebattiert. Sag mal, hat der Andre gemacht, du solltest, hater gesagt, nen andern Knopf anmachen, hater hinzugefügt, an deinen Überzieherdingsbums, hater gemeint. (S. 64)

Bereits die wenigen hier zitierten Beispiele geben einen Einblick, wie grundsätzlich verschieden ein Geschehen vermittelt werden kann und welche Bedeutung damit dem ‹Wie› einer Erzählung zukommt. Die Beispiele unterscheiden sich nach dem Umfang der Erzählung (viel Erzählzeit in Beispiel 4 vs. wenig Erzählzeit in den Beispielen 1 und 2), dem Erzähltempus (Futur in Beispiel 3 vs. Präteritum in den anderen Fällen), der Reihenfolge der erzählten Ereignisse in der erzählerischen Darstellung (Umkehr der chronologischen Ereignisfolge in Beispiel 2 vs. Übereinstimmung in den anderen Fällen), der Situation und Perspektive des Erzählens (Erzählung in der zweiten Person in Beispiel 3 vs. Erzählung in der ersten Person in den anderen Fällen; eine am Geschehen nicht beteiligte, schwer fassbare narrative Instanz in Beispiel 3 vs. ein beteiligter, mehr oder minder als leibhaftige Person profilierter Erzähler in den anderen Fällen) und der Gestaltung des Verhältnisses von Erzähler und Leser (Entwurf eines Erzählrahmens und dementsprechend motiviertes Erzählen in Beispiel 4 vs. Fehlen eines Erzählrahmens und dementsprechend nichtmotiviertes Erzählen in den anderen Fällen; Ansprache eines Lesers in Beispiel 3 und 4 vs. Nichtansprache in den anderen Fällen). Auch die Wiedergabe von Figurenrede innerhalb der Erzählung erfolgt auf sehr verschiedene Weise (direkte Rede in Beispiel 3 und 5 vs. unterschiedliche Formen der vermittelten Rede in den übrigen Fällen), und schließlich gibt es deutliche Unterschiede im Sprachstil der Erzählungen (u. a. Umgangssprache in Beispiel 5 vs. Hochsprache in den übrigen Fällen).

Nicht alle der genannten, für das ‹Wie› einer Erzählung relevanten Merkmale sind nun allerdings Gegenstand einer narratologischen Analyse im engeren Sinn. Fragen, die vorrangig den Sprachstil einer Erzählung betreffen (also das Sprachniveau, das verwendete Vokabular, die syntaktische Struktur der Sätze, Bildlichkeit, Redefiguren u. ä.), sind nicht notwendig an das Phänomen des Erzählens gebunden, sondern betreffen die Gestaltung von Rede überhaupt. Obwohl auch diese Fragen für die Analyse einer Erzählung von Bedeutung sind (so trägt etwa in Beispiel 5 die Verwendung einer bestimmten Art von Umgangssprache wesentlich zur Profilierung einer als leibhaftige Person vorstellbaren Erzählerfigur bei, während die Verwendung einer neutralen Hochsprache in Beispiel 1 eine solche Profilierung gerade verhindert), gehört ihre Untersuchung in erster Linie zu den Aufgaben von Stilistik und Rhetorik. Alle anderen Unterschiede in der Präsentation des Erzählten, die wir an den fünf Erzählungen beobachten konnten, führen dagegen in das Zentrum all der Probleme, mit denen sich eine Untersuchung der Erzählform, also der Art und Weise der *Darstellung* eines Geschehens, beschäftigt. Im Folgenden behandeln wir diese Probleme in einer systematischen Ordnung, wie sie in ähnlicher Form bereits von Gérard Genette entwickelt worden ist (Genette, *Erzählung*, bes. S. 17–20). Wir differenzieren innerhalb der Erzählebene zwischen der *Erzählung* (oder auch dem ‹Text der Geschichte›, verstanden als der schriftliche oder mündliche Diskurs, der von einem Geschehen erzählt) und dem *Erzählen* (verstanden als der Akt, der diesen Diskurs hervorbringt),[1] und ordnen unser Beschreibungsmodell nach drei Kategorien:

- *Zeit*: Das Verhältnis zwischen der Zeit der Erzählung und der Zeit des Geschehens.
- *Modus*: Der Grad an Mittelbarkeit und die Perspektivierung des Erzählten.
- *Stimme*: Der Akt des Erzählens, der das Verhältnis von erzählendem Subjekt und dem Erzählten sowie das Verhältnis von erzählendem Subjekt und Leser umfasst.

---

[1] Wobei auch dieser ‹Akt› – daran sei noch einmal erinnert – im Fall des fiktionalen Erzählens nur eine Fiktion im Rahmen der text- und fiktions*internen* pragmatischen Dimension des Diskurses darstellt.

1. Zeit

Wie jedes Geschehen ist auch der Akt des Erzählens selbst ein zeitliches Phänomen. Berücksichtigt man, dass Erzählen immer ein «Erzählen von etwas» bedeutet, «das nicht selbst Erzählung ist» (Müller, *Poetik*, S. 250), und dass die «Mittelbarkeit» als das Gattungsmerkmal der Erzählung betrachtet werden kann (Stanzel, *Theorie*, bes. S. 15–38), so sind wir im Fall einer Erzählung *per definitionem* mit zwei grundsätzlich verschiedenen Zeitvorgängen konfrontiert. «Die Erzählung», so lässt Thomas Mann seinen Erzähler in dem Roman *Der Zauberberg* (1924) sagen,

> hat zweierlei Zeit: ihre eigene erstens, die musikalisch-reale, die ihren Ablauf, ihre Erscheinung bedingt; zweitens aber die ihres Inhalts, die perspektivisch ist, und zwar in so verschiedenem Maße, daß die imaginäre Zeit der Erzählung fast, ja völlig mit ihrer musikalischen zusammenfallen, sich aber auch sternenweit von ihr entfernen kann. (S. 817)

Aus der systematischen Sicht des Literaturwissenschaftlers hat erstmals Günther Müller die besonderen Zeitverhältnisse der Erzählung reflektiert und für das Phänomen der «zweierlei Zeit» in Analogie zu der Unterscheidung zwischen ‹Erzähltem› und ‹Erzählen› das heute noch gebräuchliche Begriffspaar *erzählte Zeit* vs. *Erzählzeit* geprägt (Müller, *Poetik*, S. 247–268). Unter *Erzählzeit* hat man sich die Zeit vorzustellen, die ein Erzähler für das Erzählen seiner Geschichte benötigt und die sich im Fall eines Erzähltextes, der keine konkreten Angaben über die Dauer des Erzählens enthält, einfach nach dem Seitenumfang der Erzählung bemisst. Die *erzählte Zeit* meint demgegenüber die Dauer der erzählten Geschichte. Am Beispiel von Goethes Roman *Wilhelm Meisters Lehrjahre* (1795/96) verdeutlicht, bedeutet das, dass die Erzählzeit hier – in der von Erich Trunz besorgten Hamburger Ausgabe – einem Umfang von rund sechshundert Druckseiten entspricht, während die in diesem Rahmen erzählte Geschichte vom Entwicklungsgang des Kaufmannssohns Wilhelm Meister einen Zeitraum von etwa acht Jahren umfasst. Auch wenn das Bemessen von Erzählzeit in Druckseiten nicht sonderlich überzeugend erscheint, ist doch offensichtlich, dass sich Erzählungen als Ganzes oder auch in ihren Teilen durch ein jeweils spezifisches Verhältnis von Erzählzeit und erzählter Zeit und damit ein besonderes ‹Erzähltempo› auszeichnen. Müllers Unterscheidung stellt eine entscheidende Voraussetzung dafür dar, die «Bedeutung der Zeit in der Erzählkunst» (Müller, *Poetik*, S. 247–268) differenzierter zu erfassen.

Das von Müller noch vergleichsweise grob bestimmte «Zeitgerüst» des Erzählens wurde von seinem Schüler Eberhard Lämmert in einem heute noch benutzten Werk präziser beschrieben und in eine allgemeine Theorie der *Bauformen des Erzählens* (1955) eingebunden. Ähnlich wie Müller bleibt allerdings auch Lämmert einer deutschen Tradition verhaftet, die sich auf Goethes Morphologiebegriff beruft und die ein besonderes Interesse für formale Fragen der Erzählkunst mit einem, aus heutiger Sicht, problematischen Verständnis von Dichtung als etwas organisch Gewachsenem verbindet (s. Bleckwenn, *Poetik*). Im Anschluss an das von Müller und Lämmert entworfene analytische Vokabular hat schließlich der Strukturalist Gérard Genette seit 1972 ein Modell entwickelt, das auf alle organizistischen Vorstellungen verzichtet und, wie Jochen Vogt zu Recht erklärt, derzeit das «differenzierteste System narrativer Zeitanalyse» (Vogt, *Grundlagen*, S. 298) darstellt.

Folgt man Genette, so lässt sich das Verhältnis zwischen der Zeit der erzählten Geschichte und der Zeit der Erzählung im Sinne der drei Fragen *In welcher Reihenfolge?*, *Wie lange?* und *Wie oft?* systematisieren. Etwas ausführlicher formuliert, lauten die Leitfragen für die Analyse der Zeitverhältnisse in einer Erzählung:

- In welcher Reihenfolge oder *Ordnung* wird das Geschehen in einer Erzählung vermittelt?
- Welche *Dauer* beansprucht die Darstellung eines Geschehens oder einzelner Geschehenselemente in einer Erzählung?
- In welchen Wiederholungsbeziehungen stehen das Erzählte und das Erzählen, d. h. mit welcher *Frequenz* wird ein sich wiederholendes oder nichtwiederholendes Geschehen in einer Erzählung präsentiert?

a) *Ordnung* (In welcher Reihenfolge?)

Ungeachtet aller Versuche, die Gleichzeitigkeit von Geschehen abzubilden und etwa in der Tradition von Karl Gutzkow einen «Roman des Nebeneinander» (Gutzkow, *Vorwort*, S. 40 f.) zu entwickeln (Bisanz, *Linearität*; Bal, *Narratology*, S. 212 f.; Vogt, *Aspekte*, S. 133–142), ist für jeden narrativen Text ein zeitliches Nacheinander konstitutiv. Das gilt sowohl für das Erzählen (wegen der unvermeidlichen Linearität sprachlicher Äußerungen) als auch für das Erzählte (das *per definitionem* einen zeitlichen Verlauf darstellt). Betrachtet man unter dieser Voraussetzung die *Ordnung* von Erzählzeit und erzählter Zeit in verschiedenen Erzählungen (oder auch nur in den unterschiedlichen Teilen einer Erzählung), so wird schnell deutlich, dass die Abfolge eines Geschehens in der Zeit und die Abfolge seiner Darstellung im Rahmen der Erzählung durchaus nicht immer übereinstimmen. Bereits in den Auszügen aus Queneaus *Stilübungen* haben wir ein Beispiel dafür kennengelernt, dass die chronologische Ordnung eines Geschehens in einer Erzählung umgestellt und etwa durchgängig umgekehrt werden kann. Da eine so konsequente Umstellung einen seltenen Ausnahmefall darstellt, wollen wir uns hier zunächst zwei schlichteren Beispielen für die verschiedenen Formen von Dissonanz zwischen der Chronologie der Geschichte und der Chronologie der Erzählung zuwenden:

> (1) Er stand vor dem Tor des Tegeler Gefängnisses und war frei. Gestern hatte er noch hinten auf den Äckern Kartoffeln geharkt mit den andern, in Sträflingskleidung, jetzt ging er im gelben Sommermantel, sie harkten hinten, er war frei. (Döblin, *Berlin Alexanderplatz*, S. 13)

> (2) ‹You did well›, said Miss Brodie to the class, when Miss Mackay had gone, ‹not to answer the question put to you. It is well, when in difficulties, to say never a word (…). Speech is silver but silence is golden. Mary, are you listening? What was I saying?›
> Mary Macgregor, lumpy, with merely two eyes, a nose and a mouth like a snowman, who was later famous for being stupid and always to blame and who, at the age of twenty-three, lost her life in a hotel fire, ventured, ‹Golden›. (Spark, *Prime*, S. 18)

In beiden Textausschnitten haben wir den Fall einer *narrativen Anachronie*, also einer Umstellung der chronologischen Ordnung einer Ereignisfolge. Allerdings in unterschiedlichen Formen. Im Fall der Geschichte von Franz Biberkopf, dem Protagonisten aus Alfred Döblins Roman *Berlin Alexanderplatz* (1929), der an einem Tag hinter den Gefängnismauern Kartoffeln harkt und am darauffolgenden Tag als freier Mann vor dem Gefängnis steht, liegt vor, was Lämmert eine *Rückwendung* und Genette eine *Analepse* nennt. Im Fall der Szene mit dem Mädchen Mary Macgregor, das seiner Lehrerin Jean Brodie nicht zugehört hat, begegnen wir dagegen einer *Vorausdeutung* (Lämmert) oder *Prolepse* (Genette), dank derer wir noch vor Marys ebenso gewagter wie misslungener Antwort in Muriel Sparks Roman *The Prime of Miss Jean Brodie* (1961) erfahren, zu welcher Art Mensch Mary sich entwickeln und wann, wo und bei welcher Gelegenheit sie etliche Jahre später sterben wird.

Eine *Anachronie* tritt also in zwei grundsätzlich verschiedenen Formen auf: In der Form der *Analepse* wird ein Ereignis nachträglich dargestellt, das zu einem früheren Zeitpunkt stattgefunden hat als dem, den die Erzählung bereits erreicht hat; in der Form der *Prolepse* wird ein noch in der Zukunft liegendes Ereignis vorwegnehmend erzählt. Unterteilt man die Zeitachse der erzählten Handlung in drei chronologisch aufeinander folgende Ereignisse A, B, C, sieht die Form der beiden Erzählverfahren so aus:

Analepse: B A C
Prolepse: A C B

Lässt man die seltenen Fälle außer Acht, in denen so erzählt wird, dass sich aus den einzelnen erzählten Ereignissen keine chronologisch geordnete Gesamthandlung rekonstruieren lässt und wir insofern von einer *Achronie* sprechen können (Genette, *Erzählung*, S. 57–59; Bal, *Narratology*, S. 97–99), so bilden *Analepse* und *Prolepse* die beiden möglichen Formen der *Anachronie*. Wir haben diese Formen bislang nur in einer denkbar einfachen Gestalt vorgestellt und wollen unsere Unterscheidung jetzt weiter differenzieren.

Betrachtet man die beiden oben zitierten Beispiele genauer, so fällt zunächst auf, dass die Analepse in Beispiel (1) an den Wahrnehmungshorizont des Protagonisten gebunden ist – es ist Franz Biberkopf, der es als erstaunlich empfindet, plötzlich «vor» dem Tor des Gefängnisses zu sein, und nur aus seiner Sicht sind die anderen Sträflinge jetzt auf einmal «hinten» –, während die Prolepse in Beispiel (2) nicht aus der Perspektive der handelnden Figur, sondern aus der eines offenbar souverän über seine Geschichte und einen größeren Zeitraum von erzählter Zeit verfügenden Erzählers erfolgt. Solche Unterschiede in der Perspektivierung des Erzählten wollen wir weiter unten im Rahmen der Kategorien *Modus* und *Stimme* im Einzelnen behandeln. An dieser Stelle sei nur darauf hingewiesen, dass die Anachronien an die Perspektive einer Figur oder an die des Erzählers gebunden sein können und dass der mit ihnen verbundene Einschub wahlweise in der Figurenrede oder aber der Rede des Erzählers erfolgen kann. (Beim gerade zitierten Anfang von *Berlin Alexanderplatz* liegt eine Kombination von Figurenperspektive und Erzählerrede vor, deren Voraussetzungen wir im Rahmen der Kategorien *Modus* und *Stimme* ebenfalls noch genauer erläutern werden.)

Im Fall der beiden oben zitierten Textausschnitte ist mit der verschiedenen Perspektivierung auch ein aufschlussreicher Unterschied in der konkreten Gestalt der beiden Formen von Anachronie verbunden. Die Analepse in Beispiel (1) führt uns in der Chronologie der Ereignisse nur um wenige Stunden vom gegenwärtigen Augenblick in der erzählten Geschichte zurück und umfasst überdies nur einen kleinen Zeitraum von erzählter Zeit: In der Gegenwart der erzählten Zeit steht Biberkopf vor dem Tor des Gefängnisses; vierundzwanzig Stunden zuvor – und das gehört fast noch zu seiner Erlebnisgegenwart – hat er mit den anderen Sträflingen Kartoffeln geharkt. Die Prolepse aus der Perspektive des Erzählers in Beispiel (2) überspringt dagegen einen weit größeren Abstand in der Chronologie der Ereignisse und umfasst auch eine breitere Spanne von erzählter Zeit – in der Gegenwart der erzählten Zeit ist Mary ein zehnjähriges Mädchen, das seiner Lehrerin nicht zugehört hat und die falsche Antwort gibt, viele Jahre später ist sie berüchtigt für ihre Dummheit, und als Dreiundzwanzigjährige kommt sie bei einem Hotelbrand ums Leben.

Aus den beobachteten Differenzen lassen sich zwei weitere Merkmale von Anachronien gewinnen, nach denen sowohl Ana- als auch Prolepsen unterschieden werden können. Zum einen die *Reichweite*, d. h. der zeitliche Abstand zwischen der Zeit, auf die sich der Einschub bezieht, und dem gegenwärtigen Augenblick der Geschichte, sowie zum anderen der *Umfang*, d. h. die im Rahmen des entsprechenden Einschubs erfasste, mehr oder weniger lange Dauer der Geschichte. Wenn also in einer berühmten Passage im 19. Gesang (V. 393–466) von Homers *Odyssee* (8. Jh. v. Chr.) daran erinnert wird, unter welchen Umständen der junge Odysseus einst die Wunde empfing, an deren Narbe die alte Magd Eurykleia den Heimkehrer jetzt wiedererkennt, so hat diese Analepse, die in rund siebzig Versen erzählt wird, eine Reichweite von mehreren Jahrzehnten und einen Umfang von einigen Tagen.

Die Unterscheidung von Reichweite und Umfang ermöglicht eine Reihe weiterer Abgrenzungen. So lässt sich die besondere Gestalt von Ana- und Prolepsen u. a. auch danach bestimmen, ob das in den jeweiligen Einschüben erzählte Geschehen zu dem von der Hauptgeschichte umfassten Zeitabschnitt gehört[2] und ob diese Einschübe lückenlos bis an die Gegenwart der erzählten Geschichte heranführen (oder aber lückenlos von ihr ausgehen).[3] Liegt der Fall einer solch lückenlos bis an die Gegenwart heranreichenden Erzählung in Form einer *kompletten Ana-* oder *Prolepse* vor, sind Reichweite und Umfang identisch, in allen anderen Fällen sind sie es nicht.

Berücksichtigt man auch die Stellung, die Funktion und den Status von Anachronien im Rahmen der Erzählung, so lassen sich mit Hilfe von Lämmerts älterem Ansatz schließlich noch einige Typen benennen, die Genettes analytisches Modell in dieser einfachen Form nicht erfasst. Eine oft gebrauchte Form der Analepse in Texten, die unmittelbar mit einer Szene und damit – wie im Fall unseres Beispiels *Berlin Alexanderplatz* – nicht *ab ovo*, sondern *in medias res* beginnen (vgl. Horaz, *Ars poetica*, V. 147 f.), stellt nach Lämmert die sogenannte *aufbauende Rückwendung* (*Bauformen*, S. 104–108) dar. In Gestalt eines mehr oder minder langen, unmittelbar auf die Eingangsszene folgenden Einschubs wird hier eine Art Exposition nachgereicht, mit deren Hilfe die Hintergründe einer zunächst unvermittelt präsentierten Situation entwickelt werden. Im Fall der Geschichte des soeben entlassenen Sträflings Biberkopf entspräche dieser Erzählform, dass uns in der Erzähler- oder Figurenrede nachträglich mitgeteilt würde, wer die zunächst nur mit dem Personalpronomen ‹er› eingeführte Person ist, wieso dieser Mann ins Gefängnis gesteckt wurde und warum man ihn jetzt daraus entlassen hat.

Gewissermaßen den Gegensatz zur aufbauenden Rückwendung bildet ein Typ von Analepse, den wir mit Lämmert als *auflösend* bezeichnen (*Bauformen*, S. 108–112). Er findet sich nicht am Anfang, sondern

---

[2] Wenn das in einer Ana- oder Prolepse behandelte Geschehen zu dem in der Hauptgeschichte behandelten Zeitabschnitt gehört, dann ist sie nach Genette *intern*, wenn nicht, *extern* (*Erzählung*, S. 32 ff.). Die oben behandelten Ausschnitte aus *Berlin Alexanderplatz*, der *Odyssee* und *The Prime of Miss Jean Brodie* sind in diesem Sinn Beispiele für externe Analepsen bzw. eine externe Prolepse (sofern man davon ausgeht, dass zum Zentrum der in Muriel Sparks Roman erzählten Geschichte nur die Schulzeit der sechs Schülerinnen von Miss Brodie gehört).

[3] Genette schlägt für diesen Fall das Merkmalspaar *komplett* vs. *partiell* vor (*Erzählung*, S. 41 f.). Die oben zitierten Beispiele wären in diesem Sinne ‹partiell›; eine ‹komplette› Analepse läge dagegen vor, wenn etwa, während Eurykleia ihren gealterten Herrn an seiner Narbe wiedererkennt, die Geschichte von der Irrfahrt des Odysseus bis zu seiner Rückkehr nach Ithaka eingeschoben würde.

in aller Regel am Ende einer Erzählung, und mit seiner Hilfe wird ein bis dahin lückenhaft erzähltes Geschehen ergänzt, sodass sich aufklärt, was bislang unverständlich war (oder auch missverstanden wurde). Damit wird zugleich ein neuer Verstehenshorizont eröffnet, vor dessen Hintergrund das bislang Gelesene oder Gehörte plötzlich in einem neuen Licht erscheint. Dieser Form der Rückwendung begegnet man etwa in den Kriminalromanen oder Detektivgeschichten, in denen – nach dem berühmten Muster der Sherlock Holmes-Geschichten von Arthur Conan Doyle – ein Detektiv am Ende der Erzählung einem mehr oder minder erstaunten Publikum die wahren Zusammenhänge eines bis zu diesem Augenblick rätselhaften Geschehens enthüllt. Eine solche Form der Rückwendung kann, muss aber nicht mit dem Aufbau einer besonderen Art von Spannung verbunden sein. Man findet sie auch in Erzählungen eines unspektakuläreren, weniger auf inhaltliche Spannung angelegten Typs. So darf z. B. gegen Ende von Christoph Martin Wielands Bildungsroman *Geschichte des Agathon* (1. Ausg. 1766/67) der zunächst enttäuschte Held Agathon eine «unverhoffte Entdeckung» machen und zu seiner großen Freude erfahren, dass seine Jugendliebe Psyche, die er nach vielen Jahren der Trennung ausgerechnet in Gestalt der Gemahlin seines besten Freundes wiedertrifft, in Wahrheit seine Schwester ist (*Agathon*, S. 840–850).

Anders als die Rückwendung bezieht sich die *Vorausdeutung* definitionsgemäß auf ein Geschehen, das im Augenblick des Erzählens noch zur Zukunft der erzählten Geschichte gehört. Ein Fall von *zukunftsgewisser Vorausdeutung* (Lämmert, *Bauformen*, S. 143–175) liegt in unserem Beispiel (2) vor, wo ein Erzähler – anders als der unmittelbar mit dem Geschehen mitgehende Erzähler in Beispiel (1) – aus einem größeren zeitlichen Abstand heraus erzählt und uns in diesem Fall zum Mitwisser der Zukunft macht, indem er uns über den gegenwärtigen Augenblick in der erzählten Geschichte erhebt. Solche zukunftsgewissen Vorausdeutungen sind an die Perspektive eines Erzählers gebunden, der sozusagen über dem Geschehen steht und eine zeitliche Position jenseits der in der erzählten Geschichte umfassten Zeit einnimmt. Zu ihren standardisierten Formen zählt die *einführende Vorausdeutung*. Sie findet sich in allen Arten von vorausweisenden Inhaltsangaben, wie sie in Vorreden, Kapitelüberschriften oder auch einem Buchtitel, etwa nach dem barocken Muster von Hans Jakob Christoffel von Grimmelshausens *Simplicissimus* (1668/71), erfolgen können: *DER ABENTHEURLICHE SIMPLICISSIMUS TEUTSCH* / Das ist: Die Beschreibung deß Lebens eines seltzamen Vaganten / genant Melchior Sternfels von Fuchshaim / wo und welcher gestalt Er nemlich in diese Welt kommen / was er darinn gesehen / gelernet / erfahren und außgestanden / auch warumb er solche wieder freywillig quittirt (...).

Zukunftsungewissen Vorausdeutungen (Lämmert, *Bauformen*, S. 175–192) begegnet man in der Rede des Erzählers nur dann, wenn dieser auf einen übergeordneten Standpunkt verzichtet und sich auf den begrenzten Wahrnehmungshorizont der in das erzählte Geschehen verwickelten Figuren beschränkt. Denn nur aus deren Sicht ist die Zukunft, so Lämmert, «von jener echten Ungewißheit, die der Realität des *Lebens* entspricht» (ebd., S. 176). So gesehen ist der ‹natürliche› Ort dieser Form von Vorausdeutung die Rede oder das Denken von Figuren, d. h. zu diesem Typ von Anachronie zählen Prophezeiungen von problematischer Gewissheit, scheinbar zukunftsweisende Träume und alle möglichen Arten von Wünschen oder Ängsten, die sich auf die Zukunft beziehen. Ob solche Vorausdeutungen tatsächlich als zukunftsungewiss zu bewerten sind, hängt im Fall der fiktionalen Erzählung allerdings nicht von der «Realität des Lebens» ab, sondern von der Ontologie der erzählten Welt. Anders als etwa der Roman des Realismus entwerfen so z. B. das mittelalterliche Heldenlied oder das Feenmärchen eine erzählte Welt, in deren Rahmen auch die Prophezeiungen von Figuren in aller Regel zum Typ der zukunftsgewissen Vorausdeutung gehören.

Ein berühmtes Beispiel dafür, wie eine Prolepse in Gestalt der zukunftsungewissen Vorausdeutung eingesetzt werden kann, um im Rahmen der Erzählung auf zunächst verdeckte Weise eine zweite Ebene zu öffnen, ist Ambrose Bierces Kurzgeschichte *An Occurrence at Owl Creek Bridge* (1891): Ein Mann steht mit einem Strick um den Hals auf einer Eisenbahnbrücke; er wird von Soldaten von der Brücke gestoßen, der Strick scheint zu reißen, er fällt in den unter der Brücke fließenden Fluss, und es folgt die Geschichte seiner Flucht vor den Soldaten zurück in die Heimat und die Arme seiner Frau – bis es auf einmal dunkel wird und der letzte Satz der Erzählung offenbart, dass wir ab dem Moment, da der Strick zu reißen schien, der Phantasie des Delinquenten in der kurzen Zeitspanne zwischen Sturz und Tod und damit einer Anachronie in Gestalt der zukunftsungewissen Vorausdeutung gefolgt sind (die sich in Genettes Terminologie als eine interne, komplette Prolepse mit einem mittleren Maß an Reichweite und Umfang spezifizieren ließe): «Peyton Farquhar was dead; his body, with a broken neck, swung gently from side to side beneath the timbers of the Owl Creek Bridge» (*Occurrence*, S. 18).

Formal gesehen stellt Bierces Kurzgeschichte das Gegenmodell zu Ilse Aichingers *Spiegelgeschichte* (1949) dar. Diese erzählt in wenigen Sätzen vom Sterben einer jungen Frau und vergegenwärtigt in diesem Rahmen auf einer zweiten Ebene, mit Hilfe einer rückwärts erzählten Analepse von großer Reichweite und Umfang, das gesamte Leben dieser Frau, sodass am Ende der Erzählung Geburt und Tod unmittelbar zusammenfallen. Neben der oben zitierten «Vorhersage» aus Queneaus *Stilübungen* sind die Erzählungen von Aichinger und Bierce also weitere Beispiele dafür, dass Anachronien in einer Erzählung nicht nur in Gestalt von mehr oder minder langen Episoden auftreten, sondern auch die gesamte oder fast die gesamte Erzählzeit beanspruchen können. Für einen bestimmten Typ von Erzählung ist eine besondere Form von Anachronie sogar konstitutiv. So sind viele Kriminalromane, aber auch etwa die *Chronik eines angekündigten Todes* (*Crónica de una muerte anunciada*, 1981) von Gabriel García Márquez oder Uwe Johnsons *Mutmassungen über Jakob* (1959) nach einem Modell gestaltet, dessen Grundform uns schon im Aufbau von Sophokles' antikem Drama *König Ödipus* (*Oidipus Tyrannos*, um 420 v. Chr.) begegnet. Analog zum Fall des ‹analytischen› oder ‹Entdeckungsdramas› (Asmuth, *Einführung*, S. 146 f.) gehört zum Modell der *analytischen Erzählung* (Weber, *Theorie*), dass sie mit einem rätselhaften Ereignis beginnt und dann Schritt für Schritt das Geschehen *vor* diesem Ereignis rekonstruiert (oder zumindest zu rekonstruieren versucht). Den Gegentyp zu dieser Art von Erzählung bildet die grundsätzlich an keine Form von Anachronie gebundene *synthetische Erzählung* nach dem Muster von Theodor Fontanes *Effi Briest* (1895).[4] Statt mit dem Tod einer letztlich aus Kummer gestorbenen jungen Frau namens Effi Briest einzusetzen und anschließend die Vorgeschichte ihres Todes im Rückblick zu entwickeln, beginnt die Erzählung *in medias res* mit den Vorbereitungen für das Ereignis, das – rückblickend betrachtet – die ent-

4 Fontane ist übrigens dem Schema der synthetischen Erzählung so stark verhaftet, dass er sogar seine Kriminalerzählung *Unterm Birnbaum* (1885) an ihm orientiert. Dabei wird das Schema der analytischen Erzählung zitiert und kunstvoll dekomponiert: Der Fund einer halbverwesten Leiche, den ein Mann hier am Anfang der Erzählung macht, wird nicht zum Anlass, die Vorgeschichte des Toten zu erforschen, sondern ermöglicht es dem Finder, seinerseits einen für lange Zeit unaufgeklärten Mord zu begehen.

scheidende Voraussetzung für Effis frühen Tod darstellt, nämlich ihre Verheiratung mit dem ehemaligen Verehrer ihrer Mutter, dem um viele Jahre älteren Baron von Innstetten. Die folgende Geschichte einer im Unglück endenden Ehe wird in der Erzählung dann ohne größere Zeitumstellungen Szene um Szene in ihrem chronologischen Zusammenhang vergegenwärtigt.

b) *Dauer* (Wie lange?)

In aller Regel halten sich Erzählungen ebensowenig durchgängig an die chronologische Ordnung eines Geschehens wie an seine zeitliche Dauer. Eine annähernde Übereinstimmung von Erzählzeit und erzählter Zeit liegt wohl nur dann vor, wenn im eigentlichen Sinne nicht mehr erzählt, sondern szenisch dargestellt wird, das heißt wenn z. B. in einer Dialogszene die Figurenrede ohne Auslassungen oder Erzählereinschübe wörtlich wiedergegeben wird. Berücksichtigt man allerdings die unterschiedlichen Sprechgeschwindigkeiten einzelner Sprecher sowie Gesprächspausen und mögliche Überschneidungen zwischen den einzelnen Äußerungen, so stellt der von Lämmert für solche Fälle eingeführte Begriff des *zeitdeckenden* Erzählens (*Bauformen*, S. 83 f.) gewiss eine Vereinfachung dar. Dass es keine absolute *Isochronie* von Erzählung und Geschichte geben kann, bleibt für die Praxis der Analyse allerdings ohne Bedeutung. Fruchtbarer ist hier die Beobachtung, dass eine Erzählung durchaus ohne Anachronien auskommen kann (mit Ausnahme des zweiten Textes sind alle der aus Queneaus *Stilübungen* zitierten Erzählungen ein Beispiel dafür), nicht aber ohne eine Veränderung der Erzählgeschwindigkeit. Selbst bei kurzen Erzählungen kommt es höchst selten vor, dass das Verhältnis der Dauer von Erzählzeit und erzählter Zeit an keiner Stelle variiert. Setzt man die Form eines – relativ gesehen – zeitdeckenden Erzählens als Nullpunkt an, dann lassen sich im Verhältnis dazu verschiedene Typen von Variationen unterscheiden. Im Einzelnen sind fünf Grundformen der Erzählgeschwindigkeit denkbar, die wir in Anlehnung an Lämmert und Genette als *zeitdeckendes* Erzählen *(Szene)*, *zeitdehnendes* Erzählen *(Dehnung)*, *zeitraffendes* bzw. *summarisches* Erzählen *(Raffung)*, *Zeitsprung (Ellipse)* und *Pause* bezeichnen wollen.

Ein geradezu idealtypisches Beispiel für die *zeitdeckende* Darstellung in Form einer Szene stellen mehrere Passagen aus dem ersten Kapitel von Fontanes *Grete Minde* (1879) dar, das wie folgt beginnt:

‹Weißt du, Grete, wir haben ein Nest in unserm Garten, und ganz niedrig, und zwei Junge drin.›
‹Das wäre! Wo denn? Ist es ein Fink oder eine Nachtigall?›
‹Ich sag' es nicht. Du mußt es raten.›
Diese Worte waren an einem überwachsenen Zaun, der zwei Nachbargärten voneinander trennte, gesprochen worden. Die Sprechenden, ein Mädchen und ein Knabe, ließen sich nur halb erkennen, denn so hoch sie standen, so waren die Himbeerbüsche hüben und drüben doch noch höher und wuchsen ihnen bis über die Brust.
‹Bitte, Valtin›, fuhr das Mädchen fort, ‹sag es mir.›
‹Rate.›
‹Ich kann nicht. Und ich *will* auch nicht.›
‹Du *könntest* schon, wenn du wolltest. Sieh nur (...)›. (S. 7)

Die Erzählung setzt *in medias res* mit dem zunächst kommentarlosen Zitat von Figurendialog ein, der in dieser Form auch einer Dramenszene entstammen könnte. Es folgen – und damit wird der Dialog in den Rahmen einer Erzählung gestellt – eine sehr kurze *Raffung* in Gestalt einer internen, kompletten Analepse mit einem minimalen Maß an Reichweite und Umfang («Diese Worte waren [...] gesprochen worden») und ein Erzählerkommentar, der sich auf eine Situationsbeschreibung in der Art einer Bühnenanweisung beschränkt; anschließend wird die Darstellung des Figurendialogs fortgesetzt, und noch auf den folgenden Seiten des ersten Kapitels hält sich der Erzähler so weit zurück, dass man bis zum Ende des Gesprächs zwischen Grete und dem Nachbarsjungen Valtin durchgängig den Eindruck einer relativ engen Übereinstimmung der Zeit von Erzählung und Geschichte bekommt. Dieser Eindruck ändert sich auch dann nicht wesentlich, als zu Beginn des zweiten Kapitels eine komplette Rückwendung mit einem etwas größeren Maß an Reichweite und Umfang erfolgt und die Erzählform in diejenige der *summarischen* Erzählung wechselt:

In den Gärten war alles still, und doch waren sie belauscht worden. Eine schöne, junge Frau, Frau Trud Minde, modisch gekleidet, aber mit strengen Zügen, war, während die beiden noch plauderten, über den Hof gekommen und hatte sich hinter einem Weinspalier versteckt, das den geräumigen, mit Gebäuden umstandenen Mindeschen Hof von dem etwas niedriger gelegenen Garten trennte. (...) Nichts war ihr hier entgangen, und die widerstreitendsten Gefühle, nur keine freundlichen, hatten sich in ihrer Brust gekreuzt. (...)

Sie wartete, bis Grete wieder diesseits war, und ging dann raschen Schrittes über den Hof auf Flur und Straße zu, um nebenan ihre Muhme Zernitz (...) aufzusuchen. (S. 11 f.)

Die summarische Erzählung vom heimlichen Belauschen des Gesprächs von Grete und Valtin durch Gretes Stiefmutter Trud ermöglicht hier die Überleitung zu einer zweiten Szene im Rahmen der Erzählung, nämlich die sich an die zitierte Passage nahezu unmittelbar anschließende Darstellung des Gesprächs, das nun Frau Trud Minde mit ihrer Nachbarin, der Muhme Zernitz, über das Spiel der beiden Kinder im Garten führt. Nur wenige Erzählungen sind so eng am Vorbild des Dramas orientiert wie Fontanes *Grete Minde*. Gleichwohl prägt der durchgängige, jeweils mehr oder minder schnelle Wechsel von *summarischem* und *szenischem* Erzählen einen narrativen Grundrhythmus, der sich in nahezu jeder Erzählung findet.

Ein Beispiel dafür, wie die Form des *zeitdeckenden* Erzählens im Rahmen einer Szene auch auf engstem Raum mit anderen narrativen Tempi verbunden werden kann, ist der folgende Ausschnitt aus Adalbert Stifters *Der Hochwald* (1841). Die zitierte Textpassage stammt aus dem letzten Kapitel der Erzählung. Die beiden Töchter des Freiherrn von Wittinghausen sind aus der Sicherheit ihres Verstecks in einem unzugänglichen Waldhaus in die von schwedischen Soldaten zerstörte heimatliche Burg zurückgekehrt. Die folgende Passage zeigt die Schwestern am Ende eines Gesprächs mit Bruno, einem Freund des Vaters, der den Überfall auf die Burg miterlebt und ihnen soeben vom Tod des Vaters und vielen anderen Greueln berichtet hat:

Sachte wollte er hinausgehen, um den Schwestern Zeit zu gönnen, aber Clarissa hörte seine Tritte, und sah plötzlich auf, und sagte: ‹Bruno, geht nicht, es ist hier so dunkel, und wir haben Niemand, als einen alten Mann und seinen Enkel – – Bruno, lasset uns ein Fenster machen.›
‹Alles, Alles, Clarissa, werden wir machen lassen. Sehet, ich werde noch heute um Arbeiter fortreiten, wir werden für den Winter ein Nothdach auf einige Gemächer setzen, Fenster, Thüren, Stiegen, alles anfertigen – eure Harfe werde ich aus dem Waldhause holen lassen – eure Bücher, daß ihr dem Winter getrost entgegensehen könnet.›
‹Wir sehen jetzt *Allem* getrost entgegen›, sagte sie, indem sie wieder ihr Antlitz auf Johannens Schulter legte.
Der Ritter ging stille hinaus. Er sprach mit Gregor, Raimund und den

> Mägden, und nach einiger Zeit sah man ihn wieder über den grauen gefrornen Boden davonreiten.
> Ein Nothdach war gesetzt, Thore, Stiegen, Gemächer wieder eingerichtet, aber immer sah die Burg wie eine Ruine aus. Jahre kamen und vergingen, und immer sah die Burg wie eine Ruine aus. Alle Zeichen Ronald's trogen, und der Krieg, statt ein Ende zu nehmen, dauerte noch in die Jahre und Jahre, aber nie mehr erschien ein Feind vor Wittinghausen. (S. 316 f.)

Nach dem stillen Abgang des Ritters Bruno wird die Form des zeitdeckenden, szenischen Erzählens auch hier in die des *zeitraffenden* bzw. *summarischen* Erzählens überführt. In einem gleitenden Übergang umfasst die Raffung in diesem Fall jedoch einen zunehmend größeren Zeitraum, sodass am Ende nicht mehr Minuten oder Stunden, sondern viele Jahre in einem einzigen Satz zusammengefasst werden («Er sprach mit (...), und nach einiger Zeit (...) Jahre kamen und vergingen, (...) Jahre und Jahre, aber nie mehr erschien (...)»). Der Wechsel von *Szene* und *Raffung* ermöglicht hier eine markante Beschleunigung des Erzähltempos, verbunden mit dem Eindruck einer zunehmenden Distanz zum erzählten Geschehen (von diesem Phänomen soll weiter unten im Zusammenhang mit dem *Modus* noch ausführlicher die Rede sein). Vor dem Hintergrund einer entsprechend starken Raffung der erzählten Zeit gewinnt schließlich nicht nur die Szene der Heimkehr unmittelbar zuvor, sondern die gesamte bis dahin erzählte Geschichte, die mit dem Bau eines Waldhauses als Versteck für die beiden Mädchen begann, ihr Profil als eine besondere, aus dem gleichmäßigen Strom der Zeit herausragende Begebenheit.

Im Rahmen der starken Raffung in der zitierten Passage aus Stifters *Hochwald* begegnen wir einer weiteren Grundform des narrativem Tempos, die wir als die Extremform des zeitraffenden Erzählens betrachten können. Es handelt sich um den *Zeitsprung* (auch *Ellipse* oder *Aussparung* genannt; Genette, *Erzählung*, S. 76–78; Lämmert, *Bauformen*, S. 23), der hier in zwei verschiedenen typischen Formen auftritt. In dem Satz «Und er sprach mit (...) und nach einiger Zeit sah man ihn wieder (...) davonreiten» wird die Spanne der ausgesparten Zeit (also die Zeit, in der Bruno sein Gespräch mit Gregor, Raimund und den Mägden beendet, sein Pferd aus dem Stall holt, es sattelt, besteigt etc.) in etwa benannt. Damit liegt ein Fall von Zeitsprung vor, den wir mit Genette als *bestimmte* und *explizite* Ellipse bezeichnen können.[5] Er unterscheidet sich von dem in der Erzählung unmittelbar folgenden Fall einer *unbestimmten* und *impliziten* Ellipse: Welcher Zeitraum zwischen dem Wegreiten des Ritters und der notdürftigen Wiederinstandsetzung von Dach, Toren, Stiegen und Gemächern der Burg verstrichen ist, wird in der Erzählrede auch nicht ansatzweise benannt, und dass überhaupt eine Aussparung vorliegt, müssen wir aus einer nur graphisch durch einen Absatz markierten Lücke im Erzählzusammenhang erschließen.

Wie in der oben zitierten Passage aus dem *Hochwald* betreffen Aussparungen in aller Regel ein Geschehen, das für die eigentliche Geschichte nicht von Bedeutung ist. Das muss aber durchaus nicht immer so sein. So wird die Technik der ex- oder impliziten Ellipse z. B. in Heinrich von Kleists *Die Marquise von O…* (1808) nach dem Muster des Kriminalromans zur Spannungssteigerung eingesetzt, und in Fontanes *Schach von Wuthenow* (1882) bleibt das für die erzählte Geschichte zentrale erotische Ereignis wohl in erster Linie im Hinblick auf die Delikatesse des zeitgenössischen Lesepublikums ausgespart: Hier lässt sich die folgenreiche körperliche Vereinigung des schönen Schach mit der von Pockennarben entstellten Victoire zunächst nur aus einer Leerzeile zwischen zwei Absätzen erraten (*Schach*, S. 617), dort wird die Vergewaltigung der ohnmächtigen Marquise von O… durch einen russischen Offizier in Gestalt einer – jedenfalls auf den ersten Blick – *impliziten* Ellipse in den wohl berühmtesten Gedankenstrich der deutschen Literatur verbannt («Hier – traf er, da bald darauf ihre erschrockenen Frauen erschienen, Anstalten, einen Arzt zu rufen», *Marquise*, S. 11).

Während wohl kaum eine Erzählung ohne den Wechsel von *zeitdeckendem* und *zeitraffendem* Erzählen sowie verschiedene *Zeitsprünge* auskommt, stellen das *zeitdehnende* Erzählen und die *Pause* eher eine Ausnahme dar. Von *zeitdehnendem* Erzählen (Lämmert, *Bauformen*, S. 84; Vogt, *Aspekte*, S. 102 f.) sprechen wir, wenn die für die Darstellung eines Ereignisses verwendete Erzählzeit – wie in einer Art Zeitlupe – deutlich länger ist, als die Zeit, die das Ereignis selbst beansprucht. Ein schlichtes Beispiel aus dem Bereich des faktualen Er-

[5] Derselbe Typ findet sich übrigens auch in allen fünf oben auf S. 29 ff. zitierten Erzählungen aus Queneaus *Stilübungen*, wo jeweils die Zeit zwischen Autobusfahrt und Wiedertreffen an der Gare Saint-Lazare ausgespart bleibt und der Zeitsprung mit «später» bzw. «nachdem» markiert wird.

zählens finden wir in der Fußballreportage, in der das Zustandekommen eines Fouls oder eines Tores in aller Ausführlichkeit geschildert wird. In fiktionalen Erzählungen wird eine signifikante Dehnung der Dauer von Vorgängen in der äußeren Welt in der Regel durch Einschübe erreicht, die in erster Linie Vorgänge im Innern der erlebenden Figuren präsentieren (und die, für sich genommen und aus der Sicht der erlebenden Figur betrachtet, wiederum zeitdeckend erzählt sein können). Ein weniger spektakuläres Beispiel als Bierces oben erwähnte Kurzgeschichte *An Occurrence at Owl Creek Bridge* stellt hier etwa ein berühmter Abschnitt aus Virginia Woolfs *To the Lighthouse* (1927) dar. In diesem Fall ist die Wiedergabe von Bewegungen im Bewusstsein von Figuren verantwortlich dafür, dass sich die Darstellung des an und für sich kurzen und alltäglichen Vorgangs der Anprobe eines selbstgestrickten, noch nicht ganz fertigen Wollstrumpfes über mehrere Seiten des Romans erstreckt (*Lighthouse*, S. 45–51).

Bis zu einem Extremwert wird das Erzähltempo im Fall der *Pause* verringert. Diese kann insofern als der Gegensatz zur *Ellipse* verstanden werden, wo das Aussparen von erzählter Zeit das Erzähltempo maximal beschleunigt. Zur Pause gehören z. B. längere eingeschobene Beschreibungen, Kommentare oder Reflexionen eines Erzählers, die nicht aus der Perspektive einer handelnden Figur erfolgen und die insofern nicht in die Zeit der erzählten Geschichte eingebunden sind. Nicht die Erzählzeit – wie im Fall der Ellipse –, sondern die Geschichte und damit die erzählte Zeit steht in diesem Fall still.

Wir fassen die fünf Grundformen der Erzählgeschwindigkeit in dem folgenden Schema zusammen:

Erzählgeschwindigkeit	*Erzählzeit*	*Beziehung*	*Erzählte Zeit*
Szene	Dauer der Erzählung	≈ (gleich)	Dauer des Geschehens
Dehnung	Dauer der Erzählung	> (länger als)	Dauer des Geschehens
Raffung	Dauer der Erzählung	< (kürzer als)	Dauer des Geschehens
Ellipse	Dauer der Erzählung	= 0 <	Dauer des Geschehens
Pause	Dauer der Erzählung	> 0 =	Dauer des Geschehens

c) *Frequenz* (Wie oft?)

Von einem gewissen Abstraktionsgrad aus gesehen, ist ein bestimmtes Ereignis in Raum und Zeit nicht einzigartig, sondern wiederholt sich mehr oder minder oft. So geht z. B. die Sonne nicht einmal, sondern jeden Tag auf und unter (auch wenn das, konkret betrachtet, nicht wirklich dasselbe Ereignis darstellt, weil kein einzelner Sonnenaufgang oder -untergang dem anderen vollkommen gleicht). Wie oft werden sich wiederholende oder nicht wiederholende Ereignisse in einer Erzählung dargestellt? Diese letzte für die Untersuchung der besonderen Zeitverhältnisse in einer Erzählung wichtige Frage erfasst Genette unter der von ihm in die Erzählforschung eingeführten Kategorie der *Frequenz* (*Erzählung*, S. 81–114 u. S. 217 f.). Betrachtet man das Verhältnis zwischen der Zahl der Wiederholungen eines Ereignisses im Rahmen des erzählten Geschehens und der Zahl der Wiederholungen seiner Darstellung im Rahmen der Erzählung, so sind für die beiden verschiedenen Arten von Ereignissen jeweils zwei Möglichkeiten denkbar: Ein einmaliges Ereignis wird einmal oder wiederholt erzählt, ein wiederholtes Ereignis wird wiederholt oder einmal erzählt. Aus diesen insgesamt vier Möglichkeiten lassen sich wiederum drei Typen von Wiederholungsbeziehungen ableiten.

(1) Im Rahmen der *singulativen* Erzählung besteht zwischen der Wiederholungszahl des Ereignisses und der seiner Erzählung ein Abbildungsverhältnis von eins zu eins. In der Form ‹einmal erzählen, was sich einmal ereignet hat›, ist dieser Typ in Erzählungen der Regelfall. Ein Beispiel dafür finden wir etwa am Anfang von Georg Büchners Erzählung *Lenz* (1839), die mit dem Satz beginnt: «Den 20. Januar ging Lenz durch's Gebirg.» Ungewöhnlich ist dieser Typ demgegenüber in der Form ‹wiederholt erzählen, was sich wiederholt ereignet hat› (wobei jeder Wiederholung des Ereignisses eine Wiederholung seiner Erzählung entspricht, d. h. es wird *n*-mal erzählt, was sich *n*-mal ereignet hat). Wäre Lenz etwa mehrfach durchs Gebirge gegangen, also z. B. am 18., 19. und 20. Januar, dann würde die Erzählung des singulativen Typs lauten: Am 18. Januar ging Lenz durch das Gebirge, am 19. Januar ging Lenz durch das Gebirge, am 20. Januar ging Lenz durch das Gebirge. Die Problematik dieser Art von buchstäblicher Reproduktion im Rahmen des singulativen Erzählens ist offensichtlich, und schon in Miguel de Cervantes' *Don Quijote* (*El ingenioso Hidalgo Don Quijote de la Mancha*, 1605/15) wird diese Erzählweise auf amüsante Weise karikiert. Sancho Pansa erzählt hier die Geschichte eines Hirten, der mit einer Herde von dreihundert Ziegen einen über die Ufer getretenen Fluss überqueren will und der dafür nur ein winziges Fährboot mit Platz für jeweils eine Ziege zur Verfügung hat. Sancho schickt sich an, jede Überfahrt einzeln zu erzählen, als ihn Don Quijote unterbricht:

‹Nimm an, er habe sie alle übergesetzt, (…) und fahre nicht ewig so hinüber und wieder herüber, sonst wirst du in einem ganzen Jahr nicht fertig mit dem Übersetzen deiner Ziegen.› (S. 171)

(2) Der Fall der *repetitiven* Erzählung wird durch die Formel ‹wiederholt erzählen, was sich einmal ereignet hat› bestimmt. Betrachtet man Queneaus *Stilübungen* als einen zusammenhängenden Text, dessen neunundneunzig Erzählungen sich auf die jeweils gleiche Begebenheit beziehen, dann haben wir hier einen Extremfall der repetitiven Erzählung. Ein berühmtes Beispiel dafür, wie diese Form des Erzählens in einen fiktionalen Handlungsrahmen eingebettet werden kann, findet sich in William Faulkners Roman *Absalom, Absalom!* (1936), in dem das zentrale Ereignis, die Ermordung von Charles Bon durch Henry Sutpen, neununddreißigmal teils mit, teils ohne Erzähler- und Perspektivenwechsel erzählt wird. Weitere Beispiele dafür, dass die Form der repetitiven Erzählung den Aufbau eines gesamten Romans bestimmen kann, sind die Romane *Mutmassungen über Jakob* (1959) von Uwe Johnson und *Horns Ende* (1985) von Christoph Hein, in denen sich jeweils verschiedene Figuren auf unterschiedliche Weise an die Vorgeschichte eines nicht eindeutig geklärten Todesfalls erinnern.

(3) Die *iterative* Erzählung schließlich folgt der Formel ‹einmal erzählen, was sich wiederholt ereignet hat›. Ein typisches Beispiel findet sich etwa in dem folgenden Auszug aus Honoré de Balzacs Roman *Eugénie Grandet* (1834). Er stammt aus dem ersten Kapitel, in dem uns ein scheinbar allwissender Erzähler die Vorgeschichte der Familie Grandet und die Lebensgewohnheiten in ihrem Haus erläutert. Im Zusammenhang mit der Beschreibung einer Fensternische in dem großen Raum, der den Mittelpunkt des häuslichen Lebens bildet, heißt es hier u. a.:

An diesem Platz waren für Mutter und Tochter seit fünfzehn Jahren alle Tage von April bis November bei beständiger Arbeit friedlich dahingegangen. Am ersten November durften sie dann ihren Winterplatz am Kamin beziehen. Erst an diesem Tag erlaubte Grandet, daß im Saal Feuer gemacht wurde, und am einunddreißigsten März ließ er es löschen, ohne dabei auf die ersten Fröste des Herbstes oder die letzten des Frühlings Rücksicht zu nehmen. (…)
Mitte November 1819, bei Einbruch des Abends, machte die Große Nanon zum erstenmal Feuer. Der Herbst war sehr schön gewesen. (S. 24 ff.)

Bevor der Erzähler in Balzacs Roman in der Form der singulativen Erzählung von den besonderen Ereignissen seiner «Mitte November 1819» einsetzenden Geschichte berichtet, schafft er für diese Geschichte also eine Art Rahmen, indem er in der Form der iterativen Erzählung von den Ereignissen erzählt, die sich seit fünfzehn Jahren regelmäßig wiederholen. Dabei nimmt die Erzählung von der täglichen Handarbeit von Mutter und Tochter, dem alljährlichen Umzug von der Fensternische an den Kamin sowie den entsprechenden Befehlen des ungemein geizigen Grandet hier die Form der *Raffung* an – eine Form, die meist zur iterativen Erzählung (mit Ausnahme des Typs ‹Ich erzähle diese Szene jetzt stellvertretend für alle anderen, die nach demselben Muster verliefen…›) gehört, während umgekehrt die Form der *Raffung* durchaus nicht an diejenige der iterativen Erzählung gebunden ist.

2. Modus

Unter der Kategorie des *Modus* behandeln wir diejenigen Momente des Erzählens, die den Grad an Mittelbarkeit und die Perspektivierung des Erzählten betreffen. Es bietet sich an, nach zwei Leitfragen zu differenzieren und die unterschiedlichen Präsentationsformen des Erzählten nach den beiden Parametern *Distanz* und *Fokalisierung* zu erfassen.

Modus = Mittelbarkeit ↙ ↘ Distanz Fokalisierung

a) *Distanz* (Wie mittelbar wird das Erzählte präsentiert?)

Mit dem zitierten Ausschnitt aus Fontanes *Grete Minde* haben wir bereits ein Beispiel dafür kennengelernt, dass eine Erzählung im Rahmen der szenischen Erzählform die Technik der dramatischen Darstellung nutzen und die Präsenz eines Erzählers in einzelnen Passagen scheinbar bis auf Null reduzieren kann. Während in solchen Fällen die Illusion einer unmittelbaren Nähe zum erzählten Geschehen entsteht, sind die unterschiedlichen Formen des summarischen Erzählens in den zitierten Passagen aus Stifters *Hochwald* und Balzacs *Eugénie Grandet* Beispiele dafür, wie die Mittelbarkeit der Erzählung in den Vordergrund rücken und den Eindruck eines gewissen Abstands zum erzählten Geschehen hervorrufen kann.

Den unterschiedlichen Grad an Mittelbarkeit im Rahmen dieser zwei Möglichkeiten der Präsentation des Erzählten hat man schon in der Antike bemerkt und benannt. So differenziert Platon im 3. Buch seines Dialoges *Der Staat* (*Politeia*, um 380 v. Chr., s. o. S. 26) zwischen einer Präsentationsform, bei der der Dichter «selbst redet und auch gar nicht darauf ausgeht, unser Gemüt anderwärts hin zu wenden, als ob ein anderer der Redende wäre», und einer Form, bei der der Dichter «sich selbst verbirgt», seine Figuren reden lässt und insofern «irgend eine Rede vorträgt, als wäre er ein anderer» (393a f.). Im ersten Fall spricht Platon von einer ‹einfachen› bzw. ‹reinen Erzählung› (haple diegesis), im zweiten von ‹Nachahmung› oder ‹Darstellung› (mimesis). (Der epische Dichter verwendet nach Platon eine dritte, die ersten beiden kombinierende Präsentationsform, in der sowohl der Dichter selber [= ‹einfache Erzählung›] als auch die Figuren [= ‹Nachahmung›] zu Wort kommen.) Moderne Autoren haben diese Unterscheidung aufgegriffen. Otto Ludwig, der Begründer des Begriffs ‹poetischer Realismus›, spricht gegen Mitte des 19. Jahrhunderts in einem ähnlichen Zusammenhang von *eigentlicher* und *szenischer Erzählung* (Ludwig, *Formen*), und im 20. Jahrhundert hat der Anglist Franz K. Stanzel das Begriffspaar *berichtende Erzählung* vs. *szenische Darstellung* (*Erzählsituationen*, S. 22 f.; *Theorie*, bes. S. 191–194) in die deutschsprachige Diskussion eingeführt, während in der englischsprachigen Erzähltheorie im Anschluss an Henry James sowie die Arbeiten von Percy Lubbock und Norman Friedman von *showing* vs. *telling* oder auch von *simple narration* vs. *scenic presentation* die Rede ist (Friedman, *Point*, S. 1161–1165; ders., *Form*, u. a. S. 137; Lubbock, *Craft*, S. 62 ff.).

Mit den zitierten Begriffsbildungen verbinden sich theoretische Konzepte, die im Einzelnen durchaus verschieden und auch mit unterschiedlichen Bewertungen verbunden sind. Während Platons Ausführungen eine gewisse Abwertung der nachahmend-zitierenden gegenüber der (einfachen und gemischten) erzählenden Redeform nahelegen, bevorzugt etwa Friedrich Spielhagen in Deutschland für den Roman des Realismus das Ideal der zum Dialog tendierenden «objektiven Darstellungsweise» eines scheinbar abwesenden Erzählers (*Beiträge*, z. B. S. 134), und auch im englischsprachigen Raum fordert Percy Lubbock in Anlehnung an Henry James, dass eine moderne Erzählung ihre Geschichte in erster Linie nicht ‹erzählen›, sondern ‹zeigen› solle (Lubbock, *Craft*, S. 62).

Die Frage der Bewertung von Erzählformen und die Differenzen zwischen den einzelnen theoretischen Ansätzen wollen wir hier nicht weiter verfolgen. Für unseren Entwurf eines analytischen Beschreibungsmodells der Erzählung ist entscheidend, dass die unterschiedlichen Begriffspaare sich im Ansatz jeweils auf das gleiche Phänomen beziehen, nämlich einen verschiedenen Grad an Mittelbarkeit oder – anders gewendet – an mimetischer Illusion im Rahmen der Erzählung. Die entsprechenden, grundsätzlich zu unterscheidenden zwei Möglichkeiten der Erzählung wollen wir hier mit Genette unter der Kategorie der *Distanz* erfassen und im Sinne der Opposition *narrativer Modus* (= mit Distanz) vs. *dramatischer Modus* (= ohne Distanz) genauer betrachten. Dabei berücksichtigen wir, dass Erzählungen, anders als Dramen, durchaus nicht nur Dialog- oder Monologszenen zum Gegenstand haben, und differenzieren deshalb zwischen der Erzählung von Worten und der Erzählung von Ereignissen.

Erzählung von Ereignissen

Anders als im Fall der *Erzählung von Worten*, also der mehr oder minder wörtlichen Präsentation von Figurenrede, ist die *Erzählung von Ereignissen* jenseits von sprachlichem Handeln mit dem Problem der Umsetzung von Nichtsprachlichem in Sprache verbunden. Von einem ‹dramatischen Modus› und dementsprechend von ‹Unmittelbarkeit› oder ‹mimetischer Illusion› kann in diesem Fall also immer nur mit Einschränkungen die Rede sein. Gleichwohl lassen sich auch hier Unterschiede in der Distanz zum Erzählten beobachten.

Beispiele für einen gewissen Abstand zu dem Geschehen in der erzählten Geschichte haben wir im vorigen Kapitel mit den beiden unterschiedlichen Formen der Raffung bei Balzac (s. o. S. 49 f.) und Stifter (s. o. S. 44 f.) bereits kennengelernt. In der zitierten Passage aus Stifters *Hochwald*, so können wir jetzt ergänzen, ermöglicht der fließende Übergang vom *dramatischen* zum *narrativen Modus*, verbunden mit einer markanten Steigerung des Erzähltempos, überdies den Eindruck einer rasch zunehmenden Distanz zum erzählten Geschehen. Am Ende der Erzählung entsteht damit im Medium der Sprache ein Effekt, der mit der filmischen Technik einer gezoomten Ausblendung aus einer Filmszene vergleichbar ist.

Ein Beispiel dafür, wie auch im Rahmen der Erzählung von nichtsprachlichen Ereignissen der Eindruck einer unmittelbaren Nähe zum erzählten Geschehen entstehen kann, ist dagegen die folgende Passage aus Gustave Flauberts Roman *Madame Bovary* (1857). Sie ist dem Anfang des 5. Kapitels entnommen und zeigt, wie die junge Emma, unmittelbar nach ihrer Hochzeit mit dem verwitweten Landarzt

Charles Bovary, erstmals das Haus des Mannes besichtigt, mit dem sie fortan zusammenleben wird:

> Hinter der Tür hingen ein Mantel mit schmalem Kragen, ein Zügel und eine schwarze Ledermütze, und in einer Ecke lagen ein Paar hohe Gamaschen, noch ganz mit eingetrocknetem Schmutz überzogen, auf dem Boden. Rechts war die große Stube, das heißt der Raum, in dem man aß und sich gewöhnlich aufhielt. Eine kanarienvogelgelbe Tapete, oben durch eine Girlande aus blassen Blumen abgeschlossen, wellte sich von oben bis unten auf der liederlich gespannten Leinwand. Weiße, rote geränderte Kattunvorhänge kreuzten sich an den Fenstern, und auf dem schmalen Kaminsims glänzte eine Stutzuhr mit einem Hippokrateskopf zwischen zwei versilberten Leuchtern unter ovalen Glasglocken. Auf der anderen Seite des Hausflurs befand sich Charles' Sprechzimmer, ein kleines Gelaß, ungefähr sechs Schritte breit, mit einem Tisch, drei Stühlen und einem Bürosessel. Auf den sechs Regalen eines Büchergestells aus Tannenholz standen fast allein die Bände des *Wörterbuchs der medizinischen Wissenschaften*. Sie waren broschiert und noch unaufgeschnitten (...).
> Emma stieg in die oberen Zimmer hinauf. Das erste war überhaupt nicht möbliert; aber im zweiten, dem ehelichen Schlafzimmer, stand ein Mahagonibett in einem Alkoven mit roten Vorhängen. Eine mit Muscheln verzierte Schachtel prangte als Schmuckstück auf der Kommode, und auf dem Schreibtischchen beim Fenster stand in einer Karaffe ein Orangenblütenstrauß, mit weißen Seidenbändern umwunden. Es war ein Brautbukett, der Hochzeitsstrauß der anderen! (S. 44)

Der Eindruck einer unmittelbaren Präsenz, wie er dem *dramatischen Modus* entspricht, wird hier durch das Zusammenspiel verschiedener Verfahren erzielt. Dazu gehört wesentlich eine Art Selbstvergessenheit des Erzählers, d. h. das Fehlen jeglicher Kommentare und Reflexionen auf der Ebene des Erzählens und damit die scheinbare Abwesenheit einer das Erzählte vermittelnden narrativen Instanz. Im Vordergrund steht nicht die Perspektive eines Erzählers, der aus einem zeitlichen Abstand heraus erzählt, ordnet und bewertet, sondern die Wahrnehmungsperspektive einer am erzählten Geschehen unmittelbar beteiligten Figur, in diesem Fall die Perspektive Emma Bovarys, mit deren Augen wir hier das Haus von Charles zu besichtigen scheinen (die Frage der Perspektivierung des Erzählten, die ebenfalls zum *Modus* der Darstellung gehört, wird im Rahmen der Kategorie *Fokalisierung* noch genauer behandelt). Der Detailreichtum der Erzählung in Kombination mit einem langsamen, scheinbar nahezu zeitdeckenden Erzähltempo trägt ebenfalls zum Eindruck der Gegenwart des Erzählten bei. Schließlich wird die Illusion einer unmittelbar greifbaren ‹Wirklichkeit› auch dadurch unterstützt, dass hier zahlreiche Gegenstände genannt und detailreich beschrieben werden, die für die eigentliche Handlung im Rahmen der erzählten Geschichte offenbar funktionslos sind und die in einer Welt jenseits der Erzählung einfach ‹da› zu sein scheinen. Auf diese Weise entsteht im Rahmen des ‹dramatischen Modus› der Erzählung, was Roland Barthes in einer berühmten Formulierung einen *Realitätseffekt* (‹effet de réel›) genannt hat (Barthes, *L'Effet*) (s. u. S. 124 f.).

Erzählung von Worten und Gedanken

Wenn wir von der Erzählung oder auch Präsentation von ‹Worten› in einer Erzählung sprechen, so meinen wir damit all das, was eine Figur im Rahmen der erzählten Geschichte spricht oder denkt. Im Fall der *Erzählung von gesprochenen Worten* ist der Extremfall einer Erzählung im *dramatischen Modus* leicht zu erfassen. Wir begegnen ihm z. B. in dem oben zitierten Anfang von Fontanes *Grete Minde* (s. o. S. 43); dieser Extremfall liegt genau dann vor, wenn Figurenrede wörtlich, ohne Kommentare eines Erzählers, ohne *verba dicendi* (also Verben wie ‹sagte er›, ‹seufzte er›, ‹antworteten sie› etc.) und womöglich sogar ohne distanzierende Anführungszeichen präsentiert wird. In diesem Fall ist tatsächlich nur die Rede der erlebenden Figuren im Rahmen der Erzählung gegenwärtig, die Distanz zum erzählten Geschehen scheint vollkommen reduziert und jede Vermittlungsinstanz ausgeschaltet zu sein. Im Anschluss an Genette und Brian McHale sprechen wir hier von *autonomer direkter Figurenrede* (Genette, *Erzählung*, bes. S. 228 f.; McHale, *Discourse*, S. 259), während wir die weniger extremen Fälle nach dem Muster ‹Valtin sagte: ‹Weißt du, Grete, wir haben ein Nest in unserm Garten, und ganz niedrig und zwei Junge drin›› als *direkte Figurenrede* bezeichnen. Aber auch in diesen Fällen kommen die Figuren scheinbar ungefiltert zu Wort, und so haben wir letztlich zwei Möglichkeiten der Erzählung von Worten in der Unmittelbarkeit des *dramatischen Modus*. Beide Varianten der Darstellung von Figurenrede können wir unter den Begriff *zitierte Figurenrede* subsumieren.[1]

[1] Genette spricht in diesem Fall von «berichteter Rede» (ders., *Erzählung*, S. 120 ff. u. S. 225 ff.), was uns aber missverständlich erscheint, da hier ja eben nicht berichtet, sondern zitiert wird.

Im Gegensatz zur zitierten Figurenrede tritt im Fall der *erzählten Figurenrede* die Mittelbarkeit der Erzählung und damit eine mehr oder weniger große Distanz zum Erzählten in den Vordergrund. Der Extremfall der Erzählung von Worten im *narrativen Modus* liegt im Fall einer Raffung vor, die den sprachlichen Akt erwähnt, ohne seinen Inhalt zu benennen. Wir haben diesen Fall schon in der oben zitierten Szene aus Stifters *Hochwald* kennenlernen können. Im unmittelbaren Anschluss an die szenische Erzählung von Worten in Gestalt des ohne Auslassungen zitierten Dialogs von Bruno und Clarissa erfahren wir von Brunos weiteren Gesprächen nicht mehr, als dass sie stattgefunden haben: «Er sprach mit Gregor, Raimund und den Mägden» (*Hochwald*, S. 316). Übertragen auf unser Beispiel aus *Grete Minde* könnte es hier dementsprechend heißen: ‹Valtin sprach über den Zaun hinweg mit Grete im Garten›; und die Fortsetzung der summarischen Erzählung im narrativen Modus würde möglicherweise lauten: ‹Trud Minde hatte das Gespräch der Kinder belauscht und lief entrüstet zu ihrer Nachbarin, um ihr von diesem Vorfall zu berichten.› Weniger distanziert, aber immer noch ein Fall von erzählter Figurenrede ist dagegen eine, vergleichsweise, weniger reine Form der Raffung. Berücksichtigt man den Fortgang des Dialogs von Valtin und Grete, so entspräche dieser Form etwa folgender Erzählerbericht: ‹Valtin erzählte Grete von einem Vogelnest in seinem Garten, und im Verlauf des Gesprächs forderte er sie auf, es sich anzusehen.›

In einer Mittelzone zwischen dem *narrativen* und dem *dramatischen Modus* bewegt sich schließlich die *transponierte Figurenrede*. Sie stellt neben der zitierten und der erzählten Figurenrede die dritte Möglichkeit der Erzählung von Worten dar und tritt ihrerseits in zwei unterschiedlichen Formen auf.

In der *indirekten Rede* (‹Valtin fragte Grete, ob sie schon wisse, dass sie ein niedrig hängendes Vogelnest in ihrem Garten hätten, in dem zwei Junge säßen›) kann im Prinzip alles Gesagte dargestellt werden, es fehlt jedoch die Wörtlichkeit, d. h. wir wissen in diesem Fall nicht, wie die ‹wirklich› gesprochenen Worte der Figur lauten. Dadurch, dass eine narrative Instanz hier die Rede eines anderen in die eigene Rede integriert, geht der individuelle Stil der Figurenrede (der im Fall der Rede Valtins z. B. durch syntaktische Eigentümlichkeiten markiert ist) verloren. Etwas größer ist die mimetische Nähe zur Figurenrede im Rahmen der sogenannten *erlebten Rede* (auch *style indirect libre* bzw. *free indirect style* oder *free indirect speech* genannt). Diese zweite Möglichkeit von transponierter Figurenrede stellt eine Zwischenform von indirekter und direkter Rede dar. Anders als im Fall der indirekten Rede steht die Figurenrede hier im Indikativ und ist unabhängig von einem übergeordneten Verb (und damit auch nicht notwendig auf den Raum eines Nebensatzes beschränkt). Und im Unterschied zum Fall der direkten Rede ist die Figurenrede in aller Regel von der ersten Person (Singular oder Plural) Indikativ Präsens in die dritte Person (Singular oder Plural) Indikativ Imperfekt ‹transponiert›: ‹Valtin lief zu Grete an den Gartenzaun: sie hatten ein Vogelnest in ihrem Garten, ganz niedrig und zwei Junge drin.› Da die erlebte Rede kein *verbum dicendi* als Einleitung benötigt, kann in diesem Fall – wie unser Beispiel zeigt – der Übergang vom reinen Erzählerbericht (‹Valtin lief zu Grete an den Gartenzaun›) zur Darstellung von Figurenrede nahtlos sein. Und obwohl die Verwendung des Präteritums und der dritten Person eindeutige grammatische Signale für die Rede einer narrativen Instanz darstellen, die von der Rede der Figur zu unterscheiden ist, bleibt der Stil der gesprochenen Sprache in dieser Form der Erzählung von Worten so erhalten, dass der Eindruck einer großen Nähe zur Figurenrede entsteht.

In welchem Ausmaß die besonderen Qualitäten der transponierten Rede als Mischform von dramatischem und narrativem Modus genutzt werden können, zeigt etwa die folgende Passage aus Kleists *Die Marquise von O…* Im Blickpunkt der dargestellten Szene steht ein wichtiger Moment: Der Marquise von O… und ihrer Familie war gemeldet worden, der russische Graf, der die Marquise nach der Eroberung der Zitadelle vor einer Vergewaltigung durch mehrere Soldaten gerettet und sie dann selbst ohne ihr Wissen in andere Umstände versetzt hatte, sei in einem weiteren Gefecht gefallen. Jetzt ist er ganz unerwartet lebend wieder erschienen, hat sich hastig nach dem gesundheitlichen Befinden der Marquise erkundigt und ihr aus heiterem Himmel einen Heiratsantrag gemacht. Eine große Verlegenheit entsteht, und der Graf wird aufgefordert, zunächst einmal Platz zu nehmen und die Geschichte seiner wunderbaren Wiederauferstehung zu erzählen:

> Der Graf setzte sich, indem er die Hand der Dame fahren ließ, nieder, und sagte, daß er, durch die Umstände gezwungen, sich sehr kurz fassen müsse; daß er, tödtlich durch die Brust geschossen, nach P… gebracht worden wäre; daß er mehrere Monate daselbst an seinem Leben verzweifelt hätte; daß während dessen die Frau Marquise sein einziger Gedanke gewesen wäre; daß er die Lust und den Schmerz nicht beschreiben könnte, die sich in dieser Vorstellung umarmt hätten; daß er endlich,

> nach seiner Wiederherstellung, wieder zur Armee gegangen wäre; daß er daselbst die lebhafteste Unruhe empfunden hätte; daß er mehrere Male die Feder ergriffen, um in einem Briefe, an den Herrn Obristen und die Frau Marquise, seinem Herzen Luft zu machen; daß er plötzlich mit Depeschen nach Neapel geschickt worden wäre; daß er nicht wisse, ob er nicht von dort weiter nach Constantinopel werde abgeordert werden; daß er vielleicht gar nach St. Petersburg werde gehen müssen; daß ihm inzwischen unmöglich wäre, länger zu leben, ohne über eine nothwendige Forderung seiner Seele ins Reine zu seyn; daß er dem Drang bei seiner Durchreise durch M..., einige Schritte zu diesem Zweck zu thun, nicht habe widerstehen können; kurz, daß er den Wunsch hege, mit der Hand der Frau Marquise beglückt zu werden, und daß er auf das ehrfurchtsvollste, inständigste und dringendste bitte, sich ihm hierüber gütig zu erklären. (S. 23 f.)

Der zitierte Ausschnitt ist ein typisches Beispiel dafür, wie Kleists Erzählung einerseits die Illusion einer gewissen Unmittelbarkeit erweckt, die Figurenrede andererseits aber nahezu durchgängig durch den Filter eines Erzählers präsentiert, der diese Rede ihrer individuellen Form entkleidet und in der Form der indirekten Rede nach einem übergeordneten stilistischen Prinzip präsentiert (vgl. Anderegg, *Leseübungen*, S. 35–54). Die zeitraffende, summarische Erzählung des Grafen wird in der Rede des Erzählers nochmals gerafft und in eine lange Folge von syntaktischen Parallelkonstruktionen mit fünfzehnmal wiederholtem ‹dass ...› eingebunden. Damit wird ein bis zum entscheidenden vorletzten Nebensatz reichender Spannungsbogen aufgebaut, der über den Umweg der Narration ein mimetisches Abbild der Hast und der Ungeduld des Grafen gibt.

Während Kleist in seiner *Marquise von O...* für die Erzählung von Worten weitgehend nur eine Form verwendet, ist die folgende Szene aus dem berühmten ersten Kapitel von Franz Kafkas Amerikaroman *Der Verschollene* (versch. Fassungen seit 1913) ein Beispiel dafür, wie die verschiedenen Formen der Erzählung von Worten auf engstem Raum verbunden und ihr Zusammenspiel für mimetische Effekte genutzt werden können.

Karl Roßmann, der Held des Romans, hat auf dem Schiff, das ihn von Deutschland nach Amerika bringt, mit einem Heizer Freundschaft geschlossen, dem man offenbar nur infolge der Verleumdung durch seinen Vorgesetzten, eines gewissen Herrn Schubal, gekündigt hat. Zusammen mit dem Heizer dringt er in die Kapitänskajüte des in New

York eingelaufenen Schiffes ein und verschafft seinem neuen Freund dort nach einigen Schwierigkeiten das Gehör des Kapitäns und einiger anderer wichtiger Personen. Die nun folgende, alles entscheidende Rede des Heizers wird uns auf bemerkenswerte Weise präsentiert. An den einleitenden Erzählerbericht «Der Heizer begann seine Erklärungen (...)» knüpft sich nicht etwa ein längeres Zitat der Worte des Heizers, sondern die folgende knappe Darstellung mit einem gleitenden Übergang von direkter in transponierte und schließlich erzählte Figurenrede:

> Herr Schubal ist ungerecht. Herr Schubal bevorzugt die Ausländer [= zitierte Figurenrede]. Herr Schubal verwies den Heizer aus dem Maschinenraum und ließ ihn Klosete reinigen, was doch gewiß nicht des Heizers Sache war [= transponierte Rede, markiert durch die 3. Person und den Wechsel in das Präteritum]. Einmal wurde sogar die Tüchtigkeit des Herrn Schubal angezweifelt, die eher scheinbar, als wirklich vorhanden sein sollte [= erzählte Rede]. (S. 25)

Was leistet solch ein nahtloser Übergang vom dramatischen zum narrativen Modus, von der Unmittelbarkeit zur Mittelbarkeit der Narration? Der auf den zitierten Abschnitt direkt folgende Kommentar «Immerhin erfuhr man aus den vielen Reden nichts eigentliches» unterstreicht, dass hier im Rahmen der szenischen Erzählung mit Hilfe eines wiederholten Wechsels in der Form der Erzählung von Worten eine zunehmende Distanz und damit gleichsam mimetisch die nachlassende Wirkung der Rede des Heizers auf ihre Hörer dargestellt ist. In diesem Sinne heißt es denn auch wenig später: «die Stimme des Heizers regierte bald nicht mehr unumschränkt in dem Raum, was manches befürchten ließ» (S. 26).

Was wir hier für die gesprochene Rede von Figuren entwickelt haben, gilt im Wesentlichen auch für die *Darstellung von Gedanken*, d.h. von unausgesprochener, *innerer Rede* von Figuren – also einen Bereich, der, wie Käte Hamburger eindrücklich dargelegt hat (*Logik*, bes. S. 78 ff.), weitgehend der fiktionalen Erzählung vorbehalten ist (in der faktualen Erzählung kann der Erzähler immer nur um seine eigenen Gedanken und Gefühle, nicht aber um diejenigen von anderen Personen sicher wissen und mit entsprechender Gewissheit von ihnen erzählen). Auch in diesem Fall finden wir drei Darstellungsformen, die sich durch einen unterschiedlichen Grad an Mittelbarkeit und damit an Distanz auszeichnen.

Dem Fall der erzählten Rede im Ansatz vergleichbar ist hier eine Form, die Dorrit Cohn in ihrer detaillierten Studie zu den Formen der narrativen Darstellung von Figurenbewusstsein *Transparent Minds* (1978) als *Psycho-Narration* bezeichnet (ebd., S. 21–57). Im Unterschied zu der im Deutschen oft gebrauchten Wendung *Gedankenbericht* ist dieser Terminus etwas weiter gefasst und berücksichtigt, dass im Rahmen dieser Erzählform auch all die Vorgänge im Bewusstsein von Figuren sprachlichen Ausdruck finden können, die sich jenseits von klar formulierten Gedanken bewegen. Im Sinne von Schillers berühmtem Epigrammvers «*Spricht* die Seele so spricht ach! schon die *Seele* nicht mehr» (Schiller, *Epigramme*, S. 145) liegt hier also nur bedingt ein Fall von erzählter ‹Rede› vor. Im Anschluss an Cohn sprechen wir deshalb von einem *Bewusstseinsbericht*.

Eine traditionelle Form von *Bewusstseinsbericht* enthält der folgende Ausschnitt aus Christoph Martin Wielands Roman *Der Sieg der Natur über die Schwärmerei oder Die Abenteuer des Don Sylvio von Rosalva* (1. Ausg. 1764). Don Sylvio, dem jugendlichen Helden des Romans, hat die Lektüre unzähliger Feenmärchen den Kopf verdreht, und er ist in die Welt hinausgezogen, um selbst zu erleben, was dort beschrieben wird. Dabei hat er entdecken müssen, dass jedenfalls eine dieser Geschichten durchaus nicht wahr, sondern das reine Phantasieprodukt eines Freundes ist. Kurz bevor er nun endgültig von seinem Wunderglauben geheilt wird, heißt es in der Rede des Erzählers:

> Don Sylvio hatte einen guten Teil der Nacht mit Betrachtungen zugebracht, welche den Feen nicht sehr vorteilhaft waren. Die Wahrheit zu sagen, seit dem kleinen Betrug, den ihm Don Gabriel mit dem Märchen vom Prinzen Biribinker gespielt hatte, hatte sein Glaube an diese Damen und ihre Geschichtschreiber keine geringe Erschütterung erlitten. Die Geschichte des Herrn Biribinkers kam ihm jetzt selbst so abgeschmackt vor, daß er nicht begreifen konnte, wie es zugegangen, daß er den Betrug nicht augenblicklich gemerkt habe. Er fand endlich, daß die wahre Ursache davon schwerlich eine andere sein könnte, als die Ähnlichkeit dieses Märchens mit den übrigen, und das Vorurteil, so er einmal für die Wahrheit der letztern gefaßt hatte. Er konnte sich selbst nicht länger verbergen, daß, wenn auch die Ungereimtheiten im Biribinker um etwas weiter getrieben wären als in andern Märchen, dennoch die Analogie zwischen dem ersten und den letztern groß genug sei, um ihm (...) alle Märchen ohne Ausnahm verdächtig zu machen. Unter dergleichen Betrachtungen war er endlich eingeschlafen (...). (S. 352)

Hauptsächlich in der Form der summarischen Erzählung fasst der Erzähler hier die Gedanken Don Sylvios zusammen, wobei er eine immerhin grundlegende Krise im Selbstverständnis der Figur aus einem ironischen Abstand heraus wohlgeordnet und in Gestalt einer Reihe von logischen Schlussfolgerungen präsentiert. Diese Distanz zwischen der Rede des Erzählers und dem tatsächlichen Denken und Fühlen der Figur lässt sich auch auf andere Weise nutzen. So ist die Erzählform des Bewusstseinsberichts auch dafür geeignet, in die tieferen Bewusstseinsschichten einer Figur vorzudringen und zu erzählen, was sich eine Figur in dieser Form selbst noch gar nicht bewusst gemacht hat, oder sogar, was sie sich gar nicht bewusst machen kann. Beispiele für eine Nutzung des Bewusstseinsberichts in diesem Sinne finden sich vor allem in Erzähltexten der Moderne. So heißt es z. B. in Hermann Brochs Roman *Huguenau oder die Sachlichkeit* (dem letzten, 1932 erschienenen Band der Trilogie *Die Schlafwandler*, dessen fiktive Handlung auf das Jahr 1918 datiert ist) von dem geschäftstüchtigen Kriegsgewinnler Huguenau, als dieser soeben aus der Armee desertiert ist und durch die altertümlichen Straßen eines Städtchens geht:

> (…) Huguenau, der auf seinen Geschäftsreisen schon manch schöne alte Stadt besucht, aber noch keine bemerkt hatte, wurde von einem Gefühl erfaßt, einem zwar unbekannten Gefühl, das er weder benennen, noch von irgendeinem Ursprung hätte ableiten können und das ihn dennoch seltsam anheimelte: wäre es ihm als ästhetisches Gefühl bezeichnet worden oder als ein Gefühl, das seine Quelle in der Freiheit besitzt, er hätte ungläubig gelacht, gelacht wie einer, den noch nie Ahnung von der Schönheit der Welt berührt hat, und er hätte insoweit sogar Recht damit gehabt, als niemand entscheiden kann, ob die Freiheit es ist, in der die Seele sich der Schönheit erschließt, oder ob es die Schönheit ist, die der Seele die Ahnung ihrer Freiheit verleiht (…).
> Derartigen Meditationen abgewandt, belegte Huguenau ein Zimmer in dem Gasthof auf dem Marktplatz. (S. 14)

Während diese Passage zeigt, wie der mit einer Erörterung des Erzählers verbundene Bewusstseinsbericht aus einem entsprechend großen Abstand heraus Sachverhalte zur Sprache bringen kann, die weit über den Reflexionsgrad der Figur hinausreichen, ist die folgende Szene aus Arthur Schnitzlers *Traumnovelle* (1926) ein Beispiel dafür, dass sich auch in der Form des Bewusstseinsberichts die Distanz zum Denken und Fühlen der Figur relativ klein halten lässt. Der Arzt Fridolin hat ein aufwühlendes Gespräch mit seiner Frau Albertine unterbrechen müssen, da man ihn dringend an das Bett eines todkranken Patienten gerufen hat. Der alte Hofrat ist jedoch schneller gestorben als erwartet, und Fridolin, der noch nicht wieder zurück nach Hause möchte, irrt jetzt durch das nächtliche Wien:

> Er fand sich, mit einem Male, schon über sein Ziel hinaus in einer engen Gasse, durch die nur ein paar armselige Dirnen auf nächtlichem Männerfang umherstrichen. Gespenstisch, dachte er. Und auch die Studenten mit den blauen Kappen wurden ihm plötzlich gespenstisch in der Erinnerung, ebenso Marianne, ihr Verlobter, Onkel und Tante, die er sich nun alle, Hand in Hand, um das Totenbett des alten Hofrats gereiht vorstellte; auch Albertine, die ihm nun im Geist als tief Schlafende, die Arme unter dem Nacken verschränkt, vorschwebte – sogar sein Kind, das jetzt zusammengerollt in dem schmalen weißen Messingbettchen lag, und das rotbäckige Fräulein mit dem Muttermal an der linken Schläfe –, sie alle waren ihm völlig ins Gespenstische entrückt. Und in dieser Empfindung, obzwar sie ihn ein wenig schaudern machte, war zugleich etwas Beruhigendes, das ihn von aller Verantwortung zu befreien, ja aus jeder menschlichen Beziehung zu lösen schien. (S. 448 f.)

Sieht man von dem Gedankenzitat «Gespenstisch, dachte er» ab, so wird hier in der Form des Bewusstseinsberichts nicht von den geordneten ‹Gedanken›, sondern den mehr oder weniger unartikulierten, assoziativen Vorstellungen und Empfindungen eines Ehemannes und Familienvaters erzählt, der sich auch innerlich zunehmend aus einer gewohnten Ordnung entfernt. Dabei erweckt der Gebrauch von Zeitadverbien wie «schon», «nun» und «jetzt», die sich eindeutig auf den Wahrnehmungsort der erlebenden Figur beziehen, die Illusion einer geringen Distanz zu der Figur und ihren Gefühlen. (Im Rahmen der *Fokalisierung* wird von diesem Phänomen noch im Einzelnen die Rede sein.)

Mit dem Bewusstseinsbericht einer so wenig distanzierten Art, wie er uns in der zitierten Passage aus Schnitzlers *Traumnovelle* begegnet, kommen wir bereits in die Nähe der zweiten wichtigen Form der Darstellung von Figurenbewusstsein, der *erlebten Rede*. Anders als die schwerfälligere, in erster Linie für die Wiedergabe von gesprochener Rede genutzte *indirekte Rede*, stellt diese Variante der *transponierten Rede*, zumal in Erzähltexten der Moderne, eine oft gebrauchte Technik zur Darstellung von Figurenbewusstsein dar. Den besonderen Status dieser Darstellungsform zwischen direkter und indirekter Rede haben wir oben schon erläutert. Erlebte Rede präsentiert, wie Cohn herausgearbeitet hat, den Bewusstseinsinhalt einer Figur mittelbarer als direkte Rede und direkter als der Bewusstseinsbericht (Cohn, *Minds*, S. 99–140; Chatman, *Story*, S. 198–209).[2] In ihrem Fall (so Roy Pascal in seiner einschlägigen Studie *The Dual Voice*) wird mit einer ‹Doppelstimme› gesprochen. Das macht diese Form der Redewiedergabe besonders geeignet, um psychische Zustände und Vorgänge von Figuren wiederzugeben, die sich sozusagen am Rande der Sprachlichkeit bewegen. Innere Vorgänge werden hier einerseits aus der persönlichen Sicht der erlebenden Figur dargestellt und andererseits, durch die Verwendung der dritten Person und des epischen Präteritums, in die tendenziell aus einer gewissen Distanz erfolgende Rede einer ja *per definitionem* sprachmächtigen narrativen Instanz integriert. Die bereits angesprochene Möglichkeit eines nahtlosen Übergangs von Erzählerbericht und erlebter Rede erlaubt überdies besonders schnelle Wechsel zwischen Figuren- und Erzählersicht und damit eine große Beweglichkeit des Erzählens (s. Stanzel, *Theorie*, S. 54–57; Vogt, *Aspekte*, S. 166–179).

Ein berühmtes Beispiel dafür, wie unvermittelt der Wechsel von Erzählerbericht und erlebter Rede erfolgen kann, findet sich in der folgenden Passage aus Thomas Manns Roman *Buddenbrooks* (1901), die Frau Stuth bei einem großen Auftritt zeigt:

> Frau Stuth aus der Glockengießerstraße hatte wieder einmal Gelegenheit, in den ersten Kreisen zu verkehren, indem sie Mamsell Jungmann und die Schneiderin am Hochzeitstage bei Tonys Toilette unterstützte [= Erzählerbericht]. Sie hatte, strafe sie Gott, niemals eine schönere Braut gesehen [= erlebte Rede], lag, so dick sie war, auf den Knieen und befestigte mit bewundernd erhobenen Augen die kleinen Myrtenzweiglein auf der weißen moirée antique… Dies geschah im Frühstückszimmer [= Erzählerbericht]. (S. 177 f.)

[2] Anders als gemeinhin üblich spricht Cohn allerdings grundsätzlich nicht von ‹erlebter Rede› bzw. ‹free indirect style›, sondern von einem auf die Wiedergabe von Figurenbewusstsein beschränkten ‹erzählten Monolog› (‹narrated monologue›). Zur Begründung vgl. dies., *Minds*, S. 109–112. Uns erscheint es dagegen sinnvoll, erst dann von einem ‹erzählten Monolog› zu sprechen, wenn eine längere Passage von erlebter Rede vorliegt.

Während der Wechsel in die erlebte Rede hier kaum erkennbar ist und letztlich offen bleibt, ob die entsprechenden Worte (‹*Ich habe*, strafe *mich* Gott, niemals eine schönere Braut gesehen›) gedacht oder gesprochen wurden, führt die folgende Szene vor, wie auch die erlebte Rede durch einen entsprechenden Rahmen ein- und ausgeleitet und wie die auf diese Weise ermöglichte Darstellung von Gedanken über einen längeren Zeitraum hinweg fortgeführt werden kann. Dabei wird die in diesem Fall im Rahmen der szenischen Erzählform deutlich erkennbar gesprochene Rede durch einen Blick in das Bewusstsein der sprechenden bzw. nicht mehr sprechenden Figur ergänzt. Die Szene stammt aus einem der unvollendeten Kapitel aus Franz Kafkas Roman *Der Proceß* (entst. 1914/15). Es geht um Josef K., der im Zimmer seines Vorgesetzten soeben um zwei Tage Urlaub gebeten hat, um zu seiner Mutter fahren zu dürfen. Die Frage des Vorgesetzten, ob die Mutter etwa krank sei, irritiert K. so sehr, dass er nur einsilbig antwortet und über die Gründe der geplanten Reise zu grübeln beginnt:

> ‹Nein›, sagte K. [= zitierte Figurenrede] ohne weitere Erklärung. Er stand in der Mitte des Zimmers, die Hände hinten verschränkt. Mit zusammengezogener Stirn dachte er nach [= Erzählerbericht]. Hatte er vielleicht die Vorbereitungen zur Abreise übereilt? War es nicht besser hierzubleiben? Was wollte er dort? Wollte er etwa aus Rührseligkeit hinfahren? Und aus Rührseligkeit hier möglicherweise etwas Wichtiges versäumen, eine Gelegenheit zum Eingriff, die sich doch jetzt jeden Tag jede Stunde ergeben konnte, nachdem der Proceß nun schon wochenlang scheinbar geruht hatte und kaum eine bestimmte Nachricht an ihn gedrungen war? Und würde er überdies die alte Frau nicht erschrecken (...). Der Mutter wegen fuhr er also nicht hin, das war klar. Fuhr er aber in irgendeiner Hoffnung seinetwegen hin, dann war er ein vollkommener Narr und würde sich dort in der schließlichen Verzweiflung den Lohn seiner Narrheit holen [= erlebte Rede]. Aber als wären alle diese Zweifel nicht seine eigenen, sondern als suchten sie ihm fremde Leute beizubringen, verblieb er, förmlich erwachend, bei seinem Entschluß zu fahren [= Bewusstseinsbericht]. Der Direktor hatte sich indessen zufällig oder was wahrscheinlicher war aus besonderer Rücksichtnahme gegen K. über eine Zeitung gebeugt, jetzt hob auch er die Augen, reichte aufstehend K. die Hand und wünschte ihm, ohne weitere Fragen zu stellen, glückliche Reise [= Erzählerbericht mit erzählter Figurenrede]. (S. 353 f.)

Eine solche zusammenhängende, anscheinend vollständige Präsentation der Gedanken einer Figur im Rahmen einer Szene verleiht der erlebten Rede hier die Form eines *erzählten Inneren Monologs*. Damit nähert sich die erlebte Rede tendenziell der dritten Möglichkeit der Darstellung von Gedanken an. Ein wichtiger Unterschied zu dieser Möglichkeit bleibt allerdings bestehen, denn auch im Fall des erzählten Inneren Monologs wird die Mittelbarkeit und damit ein gewisser Grad an Distanz zur erlebenden Figur noch aufrechterhalten. Erst im *zitierten Inneren Monolog* wird diese Distanz scheinbar auf Null reduziert. Anders als der Bewusstseinsbericht und die erlebte Rede erlaubt es diese Form, die Gedanken einer Figur im Präsens und in der direkten Rede der ersten Person darzustellen und damit – wie im Fall der *zitierten Figurenrede* – die Präsenz einer vermittelnden narrativen Instanz scheinbar vollkommen auszuschalten.

In der Form des *Gedankenzitats* oder, im Fall der Darstellung eines längeren Gedankengangs, des *Selbstgesprächs* wird diese Art der Gedankenwiedergabe durch eine *inquit*-Formel in Gestalt eines *verbum dicendi* oder *credendi* (‹er sagte zu sich›, ‹sie dachte› o.ä.) eingeleitet und findet sich in Erzähltexten ganz unterschiedlicher Epochen. Schon Christoph Martin Wielands *Geschichte des Agathon* (versch. Fassungen seit 1766/67), der erste deutschsprachige Bildungsroman, enthält ein ganzes Kapitel, das unter der bezeichnenden Überschrift «Ein Selbstgespräch» aus einem über mehrere Seiten hinwegreichenden zitierten Inneren Monolog des soeben von seiner Jugendliebe Psyche getrennten Agathon besteht. Das Zitat dieses Monologs wird hier allerdings noch umständlich mit dem Hinweis begründet, der «Verfasser» des «Manuscripts» habe Kenntnis einer «Art von Tagebuch» des Agathon, und ist wie folgt eingeleitet:

> Unsre Urkunde meldet also, nachdem die erste Wut des Schmerzens, welche allezeit stumm und Gedankenlos zu sein pflegt, sich geleget, habe Agathon sich umgesehen; und da er von allen Seiten nichts als Luft und Wasser um sich her erblickt, habe er, seiner Gewohnheit nach, also mit sich selbst zu philosophieren angefangen:
> War es ein Traum, was mir begegnet ist, oder sah ich sie würklich, hört' ich würklich den rührenden Accent ihrer süßen Stimme, und umfingen meine Arme keinen Schatten? Wenn es mehr als ein Traum war, warum ist mir von einem Gegenstand, der alle andern aus meiner Seele auslöschte nichts als die Erinnerung übrig? (...) (S. 398 f.)

In neueren Erzähltexten werden in der direkten Rede präsentierte Gedanken von Figuren ohne vergleichbare Rechtfertigungsfloskeln oder ausführlichere Einleitungen mitgeteilt. Beispiele dafür, dass längere Monologe allerdings noch im Roman des Realismus mit entsprechenden *inquit*-Formeln als eine Art ‹Selbstgespräch› eingeführt werden und nach dem Modell des Bühnenmonologs zumeist an Konflikt- und Entscheidungssituationen gebunden sind, finden sich etwa in Fontanes *Schach von Wuthenow* (1882) und *Effi Briest* (1894/95): so z. B. die Gedanken des schönen Offiziers Schach von Wuthenow zu dem Problem, die von ihm schwangere pockennarbige Victoire von Carayon heiraten zu müssen (*Schach*, bes. S. 651), oder Innstettens Reflexionen zur Frage seiner Schuld, unmittelbar nachdem er Effis Verführer Crampas im Duell erschossen hat (*Effi*, S. 242 f.). Édouard Dujardins Erzählung *Der geschnittene Lorbeer* (*Les Lauriers sont coupés*, 1888) markiert in diesem Zusammenhang sowohl in systematischer als auch in historischer Hinsicht insofern einen entscheidenden Einschnitt, als hier jeglicher Erzählrahmen aufgegeben ist und ein Prosatext erstmals vollständig aus der Darstellung der Bewusstseinsvorgänge einer Figur besteht. (Dujardin hat übrigens später auch die erste theoretische Untersuchung zum Inneren Monolog vorgelegt [*Le monologe intérieur*, 1931] und ihn als literaturwissenschaftlichen Begriff etabliert.) Weitere Beispiele eines solchen *autonomen Inneren Monologs* sind etwa Arthur Schnitzlers *Leutnant Gustl* (1900) und *Fräulein Else* (1924) oder auch Wolfgang Hildesheimers *Tynset* (1965) und Simone de Beauvoirs *Monologue* (1967). Die Darstellungsform des dramatischen Modus ist hier so weit vorangetrieben, dass jegliche Mittelbarkeit nicht nur phasenweise, sondern durchgängig fehlt (wobei das Fehlen eines Erzählrahmens allerdings zur Folge hat, dass die Figuren wider alle psychologische Wahrscheinlichkeit wiederholt ihr eigenes Tun und Handeln kommentieren: ‹Ich stehe jetzt auf…› u. ä.). Strenggenommen kann hier gar nicht mehr von einer Erzählung die Rede sein, und tatsächlich hat man etwa den Inneren Monolog von Schnitzlers *Fräulein Else* denn auch wie ein Drama behandelt und mehrmals auf der Theaterbühne inszeniert.

Als eine Extremform sowohl der Wiedergabe von Figurenbewusstsein als auch des Inneren Monologs kann schließlich der *Bewusstseinsstrom (stream of consciousness)* betrachtet werden. Radikaler noch als im Fall der oben angeführten sogenannten ‹Monologerzählungen› (Zenke, *Monologerzählung*) ist seine sprachliche Organisation dem Prinzip der freien Assoziation verpflichtet – rational nicht gesteuerte Bewusstseinsabläufe werden hier möglichst ‹authentisch› in all ihrer Inkohärenz wiedergegeben (Chatman, *Story*, S. 186–194). Exempla-

Narrativer Modus (mittelbar)		**Dramatischer Modus** (unmittelbar)
←		→
Erzählte Rede	Transponierte Rede	Zitierte Rede

Präsentation von gesprochener Rede

	Abnahme an Mittelbarkeit ↓
Erzählte Rede	
– Erwähnung des sprachlichen Akts:	Valtin sprach mit Grete.
– Gesprächsbericht:	Valtin erzählte Grete von einem Nest.
Transponierte Rede	
– indirekte Rede:	Valtin sagte zu Grete, dass sie ein Nest in ihrem Garten hätten.
– erlebte Rede:	Ja, sie hatten wirklich ein Nest in ihrem Garten!
Zitierte Rede	
– direkte Rede:	Valtin sagte zu Grete: «Weißt du, wir haben ein Nest in unserm Garten!»
– autonome direkte Rede:	Weißt du, wir haben ein Nest in unserm Garten!

Präsentation von Gedankenrede

	Abnahme an Mittelbarkeit ↓
Erzählte Rede	
– Bewusstseinsbericht:	Valtin hatte darüber nachgedacht, ob er Grete ein Geheimnis verraten sollte, und er war nun entschlossen, es auszuplaudern!
Transponierte Rede	
– indirekte Rede:	Valtin sagte sich, dass er Grete von dem Nest erzählen wolle.
– erlebte Rede:	Doch, jetzt wollte er Grete unbedingt von dem Nest erzählen!
Zitierte Rede	
– Gedankenzitat:	«Ich will Grete jetzt unbedingt von unserm Nest erzählen», dachte er.
– innerer Monolog:	Da kommt Grete in den Garten... sie sieht traurig aus... na, da will ich ihr doch mal von unserm Nest erzählen...

risch und in der konsequenten Auflösung von nahezu jedem äußeren Geschehen in dieser Form wohl einmalig ist diese Art der Bewusstseinswiedergabe im letzten Kapitel von James Joyces Roman *Ulysses*

(1922) verwirklicht. Ohne jede Interpunktion ist hier über fünfzig Seiten hinweg der Assoziationsstrom der nachts in ihrem Bett liegenden Molly Bloom dargestellt, der – kurz bevor Molly am frühen Morgen endlich einschläft – mit der Erinnerung an ihre Jugend, an den jungen Leopold Bloom und den vielzitierten Worten endet:

> Yes and how he kissed me under the Moorish wall and I thought well as well him as another and then I asked him with my eyes to ask again yes and then he asked me would I yes to say yes my mountain flower and first I put my arms around him yes and drew him down to me so he could feel my breasts all perfume yes and his heart was going like mad and yes I said yes I will Yes. (S. 1727)

Die Ausführungen zur Erzählung von Worten sind im Schema auf der vorherigen Seite 66 zusammengefasst.

b) *Fokalisierung* (Aus welcher Sicht wird erzählt?)

Die Darstellung eines Geschehens kann nicht nur aus unterschiedlicher Distanz, sondern auch aus verschiedenen Blickwinkeln erfolgen und mehr oder weniger eng an die besondere, mehr oder weniger eingeschränkte Wahrnehmung einer erlebenden Figur (oder Figurengruppe) gekoppelt sein. Im Unterschied zur faktualen Erzählung eines realen Erzählers sind der fiktionalen Erzählung auch in dieser Hinsicht keine ‹natürlichen› Grenzen gesetzt, und so ist die Frage nach dem Standpunkt, von dem aus das Erzählte vermittelt wird, für die Analyse fiktionalen Erzählens von besonderer Bedeutung. Das Problem der Perspektivierung des Erzählten wollen wir hier unter den Begriff der *Fokalisierung* fassen. Dabei folgen wir einer wichtigen, von Gérard Genette systematisch ausgearbeiteten Anregung von Kristin Morrison und differenzieren zwischen zwei Standpunkten, die im Fall der fiktionalen Erzählung durchaus nicht identisch sein müssen, nämlich dem Standpunkt des Wahrnehmenden (‹knower of the narrative story›) und dem des Sprechers (‹speaker of the narrative words›) (Morrison, *Points*; Genette, *Erzählung*, S. 132–134; Stanzel, *Theorie*, S. 22 u. S. 151–153). Im Unterschied zu den älteren erzähltheoretischen Arbeiten zur *Erzählperspektive* bzw. zum *point of view* von Percy Lubbock, Jean Pouillon, Cleanth Brooks und Robert Penn Warren, Norman Friedman u. a. ziehen wir also die Konsequenz aus Käte Hamburgers scharfsichtiger Beobachtung, dass «die epische Fiktion (…) der einzige erkenntnistheoretische Ort» ist, wo die «Subjektivität einer dritten Person als einer dritten dargestellt werden kann» (*Logik*, S. 79), und unterscheiden – so die prägnante Formel Genettes – zwischen den Fragen ‹Wer sieht?› und ‹Wer spricht?› (wobei ‹sehen› hier im allgemeineren Sinn von ‹wahrnehmen› zu verstehen ist). Die Frage ‹Wer spricht?› und damit die Frage nach dem Erzählakt, der ‹Stimme›, der ‹Person› und dem ‹Ort› des Erzählers betrifft die pragmatische Dimension der Erzählung und gehört im Rahmen unseres Beschreibungsmodells nicht unter die Kategorie des *Modus*, sondern unter die der *Stimme*. Warum diese theoretische Unterscheidung auch von praktischer Bedeutung ist und inwiefern die Spezifika bestimmter Erzählformen überhaupt erst auf ihrer Grundlage adäquat erfasst werden können, wird sich im folgenden Kapitel *Stimme* noch zeigen. Die Probleme von Franz K. Stanzels im deutschen Sprachraum sehr einflussreichem Versuch, Fragen des *Modus* und der *Stimme* zu vermischen, um eine Typologie von sogenannten ‹Erzählsituationen› zu entwerfen, wollen wir später gesondert behandeln.

Konzentriert man sich zunächst auf die Frage, aus welcher Sicht das in einer fiktionalen Erzählung Erzählte vermittelt wird, so sind drei verschiedene Typen von Fokalisierung denkbar. Mit Genette wollen wir sie hier als *Nullfokalisierung (= auktorial), interne Fokalisierung (= aktorial)* und *externe Fokalisierung (= neutral)* bezeichnen und vorerst nur schlagwortartig erläutern:[3]

1. *Nullfokalisierung*: Erzähler > Figur (‹Übersicht› – der Erzähler weiß bzw. sagt mehr, als irgendeine der Figuren weiß bzw. wahrnimmt)
2. *Interne Fokalisierung*: Erzähler ≈ Figur (‹Mitsicht› – der Erzähler sagt nicht mehr, als die Figur weiß)
3. *Externe Fokalisierung*: Erzähler < Figur (‹Außensicht› – der Erzähler sagt weniger, als die Figur weiß)

Ein Beispiel dafür, wie ein Geschehen nicht aus dem Blickwinkel einer handelnden Figur, sondern aus der ‹Übersicht› einer am Geschehen nicht unmittelbar beteiligten narrativen Instanz vermittelt werden

---

[3] Die Begriffe ‹Übersicht›, ‹Mitsicht› und ‹Außensicht› finden sich in vergleichbarer Form erstmals bei Jean Pouillon, der zwischen ‹vision par derrière›, ‹vision avec› und ‹vision du dehors› unterscheidet (Pouillon, *Temps*).

kann, ist etwa der Erzählerbericht am Ende des bereits zitierten Gesprächs zwischen Valtin und Grete in Fontanes *Grete Minde*:

> In den Gärten war alles still, und doch waren sie belauscht worden. Eine schöne, junge Frau, Frau Trud Minde, modisch gekleidet, aber mit strengen Zügen, war, während die beiden noch plauderten, über den Hof gekommen und hatte sich hinter einem Weinspalier versteckt (...). Nichts war ihr hier entgangen (...). (S. 11)

Hier wird der Wahrnehmungshorizont der erlebenden Figuren deutlich erkennbar überschritten und im Bericht des Erzählers erklärtermaßen mitgeteilt («und doch waren sie belauscht worden»), was die Figuren selbst nicht wissen können bzw. wahrgenommen haben. Insofern können wir in dieser Passage von einer *nicht fokalisierten* Erzählung oder auch von einem Fall von *Nullfokalisierung* sprechen.

Im Unterschied zur ‹Übersicht› in einer solchen nicht fest fokalisierten Erzählung ist in Fällen wie dem *autonomen zitierten Inneren Monolog* des Leutnant Gustl in Schnitzlers gleichnamiger Novelle oder dem *Bewusstseinsstrom* der Molly Bloom im letzten Kapitel des *Ulysses* der Blickwinkel, aus dem erzählt wird, eindeutig auf die Wahrnehmung der erlebenden Figur begrenzt. Aber auch wenn eine gewisse Distanz zur erlebenden Figur vorzuliegen scheint, wie z. B. in dem bereits zitierten Anfang aus Döblins *Berlin Alexanderplatz*, kann das Erzählte eng an die Wahrnehmung der Figur gekoppelt sein:

> Er stand vor dem Tor des Tegeler Gefängnisses und war frei. Gestern hatte er noch hinten auf den Äckern Kartoffeln geharkt mit den andern, in Sträflingskleidung, jetzt ging er im gelben Sommermantel, sie harkten hinten, er war frei. (S. 13)

Das Fehlen jeglichen Hinweises auf das Äußere der Figur, die Verwendung eines Personalpronomens statt eines generischen oder Eigennamens (‹Er stand...› statt ‹Franz Biberkopf stand ...› oder ‹Ein Mann stand...›) sowie die eindeutig auf die Wahrnehmung der in diesem Augenblick vor dem Tor des Tegeler Gefängnisses stehenden Figur bezogenen Zeit- und Raumadverbien (‹vor – hinter›, ‹gestern – jetzt›) unterstreichen, dass auch hier – trotz des epischen Präteritums und der dritten Person – von einer *aktorialen* bzw. einer *internen Fokalisierung* im Sinne einer ‹Mitsicht› gesprochen werden kann. Während der Fokalisierungstyp in *Berlin Alexanderplatz* im Verlauf der Erzählung wiederholt wechselt, bleibt die Fokalisierung im Fall des *autonomen zitierten Inneren Monologs* nach dem Modell des *Leutnant Gustl* durchgängig auf die Wahrnehmung einer einzelnen Figur beschränkt. Eine solche *fixierte interne Fokalisierung* ist ansatzweise auch in Erzählungen in der dritten Person zu finden, etwa in *The Ambassadors* (1903) und *What Maisie knew* (1897) von Henry James oder in *Der Verschollene, Der Proceß* und *Das Schloß* von Franz Kafka. Von diesem Typ können wir die *variable interne Fokalisierung* unterscheiden, bei der die Fokalisierung im Rahmen eines im Wesentlichen chronologisch fortlaufend präsentierten Geschehens zwischen verschiedenen Figuren wechselt (wie im Fall von Flauberts *Madame Bovary*, wo nacheinander aus der Sicht von Charles, von Emma und wieder von Charles erzählt wird), sowie die *multiple interne Fokalisierung*, bei der im Wesentlichen dasselbe Geschehen aus der Perspektive verschiedener Figuren vermittelt wird (wie im Fall von Christoph Heins Roman *Horns Ende*, wo die Geschichte des in eine Kleinstadt strafversetzten Museumsdirektors Horn aus den sich vielfach überschneidenden Perspektiven von fünf Augenzeugen rekonstruiert wird). Variable und multiple interne Fokalisierung lassen sich unter den von Stanzel gebildeten Oberbegriff *multiperspektivisches Erzählen* subsumieren (Stanzel, *Formen*, S. 38).

Weder von ‹Übersicht› noch von ‹Mitsicht› kann schließlich in der folgenden Passage aus Balzacs Roman *Das Chagrinleder* (*La Peau de chagrin*, 1831) die Rede sein. Anders als Döblins *Berlin Alexanderplatz* beginnt dieser Roman mit einer Szene, in der das Erzählte (und damit auch der Held des Romans, Raphaël de Valentin) aus der neutralen ‹Außensicht› einer *externen Fokalisierung* präsentiert wird:

> Ende Oktober 1829 betrat ein junger Mann das Palais-Royal, in dem Augenblick, da die Spielhäuser öffneten (...). Ohne lange zu zögern, stieg er die Treppe zu dem unter der Nummer 36 angezeigten Spielsaal hinauf. ‹Monsieur, Ihren Hut bitte!› rief mit trockener, mürrischer Stimme ein kleiner bleicher Greis, der in der Finsternis eines Verschlages gekauert hatte, sich nun aber plötzlich erhob und in seinem Gesicht die Züge eines gemeinen Menschen zu erkennen gab.
>
> (...) Das Erstaunen des jungen Mannes, als er im Austausch für seinen Hut, dessen Ränder zum Glück schon etwas abgegriffen waren, einen numerierten Zettel bekam, ließ deutlich eine noch unschuldige Seele erkennen. (S. 7 f.)

Konsequent ist diese Form einer scheinbar objektiven Erzählung in Erzähltexten wie etwa *Der fromme Spruch* (1869) von Adalbert Stifter, *The Maltese Falcon* (1930) von Dashiell Hammett oder *The Killers* (1927) und *Hills Like White Elephants* (1927) von Ernest Hemingway umgesetzt. Hier ‹sehen› wir die Figuren sprechen und handeln, ohne dass ihr Wahrnehmungshorizont durch entsprechende Mitteilungen eines Erzählers deutlich erkennbar überschritten würde, aber auch ohne dass wir jemals einen direkten Einblick in ihr Denken und Fühlen bekämen.

Dass der Fokalisierungstyp, z. B. in *Berlin Alexanderplatz*, wiederholt wechselt, haben wir bereits festgestellt, und tatsächlich stellt es eher die Ausnahme dar, dass eine Erzählung den gleichen Fokalisierungstyp durchgängig beibehält. Sieht man also von der Betrachtung einzelner Passagen ab und wendet sich einer Erzählung als Ganzer zu, so kommt es im Fall einer *variablen Fokalisierung* darauf an, die jeweils vorherrschende Tendenz zu erfassen. In diesem Sinne lassen sich etwa die Romane Balzacs als in aller Regel *dominant unfokalisiert*, die von Fontane dagegen als *dominant extern fokalisiert* beschreiben (was, das sei nochmals betont, nicht ausschließt, dass wir in beiden Fällen zuweilen auch Einblick in das Innenleben der Figuren bekommen). In anderen Fällen wiederum, so z. B. in Bierces *An Occurrence at Owl Creek Bridge*, bestimmt nicht ein spezifischer Fokalisierungstyp, sondern gerade die *Polymodalität*, also das Nebeneinander von verschiedenen Fokalisierungstypen, den Modus der Erzählung (so in Bierces Kurzgeschichte das ungewöhnliche Nebeneinander von einer nur scheinbar dominanten Nullfokalisierung und einer fixierten internen Fokalisierung).

3. Stimme

> Den 20. ‹Januar› ging Lenz durch's Gebirg. Die Gipfel und hohen Bergflächen im Schnee, die Täler hinunter graues Gestein, grüne Flächen, Felsen und Tannen. Es war naßkalt, das Wasser rieselte die Felsen hinunter und sprang über den Weg. Die Äste der Tannen hingen schwer herab in die feuchte Luft. Am Himmel zogen graue Wolken, aber Alles so dicht, und dann dampfte der Nebel herauf und strich schwer und feucht durch das Gesträuch, so träg, so plump. Er ging gleichgültig weiter, es lag ihm nichts am Weg, bald auf- bald abwärts. Müdigkeit spürte er keine, nur war es ihm manchmal unangenehm, daß er nicht auf dem

> Kopf gehn konnte. (...) Alles in sich fassen, er dehnte sich aus und lag über der Erde, er wühlte sich in das All hinein, es war eine Lust, die ihm wehe tat; (...) Aber es waren nur Augenblicke, und dann erhob er sich nüchtern, fest, ruhig als wäre ein Schattenspiel vor ihm vorübergezogen, er wußte von nichts mehr. (S. 69 f.)

In der zitierten Passage aus dem Anfang von Georg Büchners *Lenz* (1839) ist die Darstellung des Geschehens so eindeutig auf die Perspektive der wahrnehmenden Figur Lenz konzentriert, dass wir von einem typischen Fall von interner Fokalisierung sprechen können. Für den durch das Gebirge gehenden Lenz dampft der Nebel «herauf» und ist «Alles so dicht, (...) so träg, so plump», aus seiner persönlichen Sicht liegt Lenz «über der Erde» und «wühlt» sich «in das All hinein». Auf diese hier nur in Ausschnitten zitierte szenische Darstellung der besonderen Wahrnehmungszustände eines vom Wahnsinn Gezeichneten folgt im Text der Erzählung allerdings ein bemerkenswerter Satz in der Form der summarischen Erzählung: «Aber es waren nur Augenblicke, und dann erhob er sich nüchtern, (...) *er wußte von nichts mehr.*» Von wem und in welcher Situation wird uns hier so eindrücklich vermittelt, was Lenz wahrnimmt, aber schon wenige Augenblicke später selbst nicht mehr weiß? Wer spricht die Sätze einer Erzählung, die einerseits eng an die Perspektive der erlebenden Figur gebunden ist und die andererseits schon durch die Verwendung des epischen Präteritums und der dritten Person deutlich macht, dass hier eine gewisse Distanz zum Wahrnehmungsstandort der erlebenden Figur besteht? Anknüpfend an die bereits im letzten Kapitel vorgestellte Unterscheidung zwischen den Fragen ‹Wer sieht?› und ‹Wer spricht?› wollen wir im Folgenden unter der Kategorie der *Stimme* all die Probleme behandeln, die den Akt des Erzählens und damit neben der Person des Erzählers auch das Verhältnis von Erzähler und Erzähltem sowie von Erzähler und Leser/Hörer betreffen. Dabei wollen wir auch in diesem Fall berücksichtigen, dass die fiktionale Erzählung – anders als die faktuale Erzählung – *per definitionem* weder an einen historischen Sprecher noch an einen realen raum-zeitlichen Zusammenhang gebunden ist. Vom realen Kontext einer fiktionalen Erzählung aus betrachtet[1] gilt dementsprechend, dass sowohl der Erzähler als

[1] Zur Bedeutung des Unterschiedes zwischen realem und imaginärem Kontext der fiktionalen Erzählung s. o. S. 19 ff.

auch sein Erzählen eine Fiktion, d.h. nicht mehr als die text- und fiktions*interne* pragmatische Dimension des Diskurses darstellen. So gesehen ist die historische Person Georg Büchner (1813–1837) der Autor, nicht aber der ‹Sprecher› der zitierten, zwischen 1835 und 1836 geschriebenen Sätze der Erzählung *Lenz*. «Der Autor», so Jean-Paul Sartres prägnante Begründung für die Notwendigkeit einer Unterscheidung zwischen dem historischen Autor und dem fiktiven Erzähler einer fiktionalen Erzählung, «*erfindet* und der Erzähler erzählt, was *geschehen ist* (...). Der Autor erfindet den Erzähler und den Stil der Erzählung, welcher der des Erzählers ist» (Sartre, *Notes*, S. 774).

Im Fall der fiktionalen Erzählung bleibt es der freien Entscheidung ihres historischen Autors überlassen, wie individuell und mit welchen Kompetenzen er eine narrative Instanz im Sinne der fiktiven ‹Person› eines Erzählers gestaltet, in welches zeitliche und ontologische Verhältnis er seinen ‹Erzähler› zur erzählten Geschichte setzt und ob er nur implizit oder auch explizit eine fiktive Kommunikation zwischen ‹Erzähler› auf der einen und ‹Hörer› bzw. ‹Leser› auf der anderen Seite entwirft. Diese Möglichkeiten des historischen Autors wollen wir nun nach vier Kriterien untersuchen: 1. *Zeitpunkt des Erzählens*, 2. *Ort des Erzählens*, 3. *Stellung des Erzählers zum erzählten Geschehen*, 4. *Subjekt und Adressat des Erzählens.*

a) *Zeitpunkt des Erzählens* (Wann wird erzählt?)

In einer fiktionalen Erzählung wie *Lenz* werden weder der Ort noch der Zeitpunkt des Erzählens genau bestimmt. Gleichwohl setzt die Verwendung des epischen Präteritums den Akt des Erzählens offenbar auch in diesem Fall in ein zeitliches Verhältnis zur erzählten Geschichte: An einem «20. Januar» ist Lenz durch das Gebirge gegangen, und irgendwann nach diesem Zeitpunkt wird von diesem Ereignis erzählt. Berücksichtigt man, dass sich jede Erzählung einer bestimmten Zeitform bedient, so lassen sich auf dieser Basis grundsätzlich verschiedene Arten des Verhältnisses zwischen dem Zeitpunkt des Erzählens und dem des Erzählten unterscheiden. Geschichten werden in der Vergangenheit, Gegenwart oder Zukunft erzählt, und im Blick auf den zeitlichen Abstand zwischen dem Erzählen und dem Erzählten können wir dementsprechend zwischen einem *späteren*, *gleichzeitigen* oder *früheren* Zeitpunkt des Erzählens differenzieren. In der Form des in die Zeit des Erzählten *eingeschobenen* Erzählens können sich die genannten

Typen schließlich mehr oder weniger mischen und die Zeitverhältnisse im Einzelfall so weit komplizieren, dass auch die Zeitabstände zwischen Erzählen und Erzähltem letztlich nicht mehr bestimmbar sind.

Einen typischen Fall des *früheren* Erzählens haben wir bereits mit der *Vorhersage* aus Queneaus *Stilübungen* kennengelernt: «Wenn Mittag kommen wird, wirst du dich auf der hinteren Plattform eines Autobusses befinden, auf der viele Fahrgäste zusammengepfercht sein werden. (...)» Sieht man von Erzählungen in der Form von Wunschphantasien ab, wie sie sich z. B. in den *Erzählungen aus den Tausendundein Nächten* finden,[2] so ist der Typ der prophezeienden Erzählung in fiktionalen Erzählungen eher selten, und er findet sich hier in aller Regel nur in Gestalt von kürzeren Binnenerzählungen.[3] Bemerkenswert und zugleich ein anschaulicher Beleg für die notwendige Differenzierung zwischen einem realen und einem imaginären Kontext der fiktionalen Erzählung ist in diesem Zusammenhang, dass auch Erzählungen, die – vom Standpunkt ihres realen Kontextes aus betrachtet – in der Zukunft spielen, neben der erzählten Geschichte auch das Erzählen so weit in die Zukunft verlagern, dass sie – vom Standpunkt ihres imaginären Kontextes aus gesehen – nach dem verbreiteten Modell der *späteren* Erzählung funktionieren. So ist z. B. die wohl erfolgreichste und wirkungsmächtigste Utopie des 19. Jahrhunderts, Edward Bellamys 1888 erschienener Roman *Looking Backward: 2000–1887*, aus der fiktiven Perspektive eines Mannes geschrieben, der 1857 geboren wurde und der erzählt, was er erlebt und gesehen hat, als er plötzlich aus einem tiefen Schlaf im Jahr 2000 erwacht.[4]

---

[2] Beispielsweise die ausführliche Erzählung des Bruders des Barbiers in *Des Barbiers Erzählung von seinem fünften Bruder*, wie er zu großem Reichtum kommen und die Tochter des Wesirs heiraten wird (*Erzählungen*, Bd. 1.2, S. 386–389).

[3] Ein typisches Beispiel ist etwa die Prophezeiung einer «Zigeunerin» in Horst Langes Roman *Ulanenpatrouille* (1940), dank derer dem Ulanenleutnant Friedrich von G. gegen Anfang der Erzählung vorausgesagt wird, auf welche Weise er am Ende der erzählten Geschichte ums Leben kommt: «‹Der Vogel!› schrie sie, indem sie die Arme neuerdings kreisen und flattern ließ. ‹Großer Vogel... wird das Pferd scheu machen, wird wegfliegen und schreien wie ein böser Geist... Der Vogel!›» (*Ulanenpatrouille*, S. 66).

[4] Dagegen berücksichtigt Harald Weinrich die Trennung von imaginärem und realem Kontext der fiktionalen Rede nicht, wenn er z. B. das Präteritum in George Orwells Utopie *Nineteen Eighty-Four* (1949) als einen Beleg für seine vieldiskutierte These benutzt, dass dieses Tempus in erster Linie nicht auf eine zeitliche Vergangenheit verweise, sondern «die Erzählsituation schlechthin» signalisiere (Weinrich, *Tempus*, S. 27).

Der Typ des *gleichzeitigen* Erzählens bedeutet in seiner Idealform die nahezu vollständige zeitliche Koinzidenz von Erzähltem und Erzählen. In der faktualen Erzählung entspricht ihm beispielsweise die Erzählung eines Radioreporters, der seinen Hörern *live* in einer Art ‹Mauerschau› von einem Fußballspiel berichtet. Im Rahmen der fiktionalen Erzählung ist dieser Typ in der Moderne populär geworden (Petersen, *Erzählen*; Cohn, *Distinction*, Kap. 6). Wir begegnen ihm etwa in Alain Robbe-Grillets klassischem *nouveau roman Die Jalousie oder die Eifersucht* (*La Jalousie*, 1957), in dem der äußere Ablauf des Geschehens im Rahmen einer externen Fokalisierung Szene für Szene scheinbar unmittelbar im Stil einer phänomenologischen Beschreibung im Präsens protokolliert ist. In der Form der Ich-Erzählung eines mit jeweils unterschiedlichen Akzentuierungen seine besondere Situation notierenden Subjekts finden wir den Typ der gleichzeitigen Erzählung z. B. in Samuel Becketts *Molloy* (1951), in Peter Weiss' *Der Schatten des Körpers des Kutschers* (1960) oder auch in Wolfgang Hildesheimers Roman *Tynset* (1965), dessen berühmter, den Zeitraum einer schlaflosen Nacht überbrückender Monolog mit den folgenden Sätzen beginnt:

> Ich liege im Bett, in meinem Winterbett.
> Es ist Schlafenszeit. Aber wann wäre es das nicht? Es ist still, beinah still. Nachts weht hier meist ein Wind, und es krähen ein oder zwei Hähne. Aber jetzt weht kein Wind, und es kräht kein Hahn, noch nicht. Dafür knackt es hin und wieder im Holz der Täfelung meiner Wände, irgendwo spaltet sich eine Füllung, wirft sich und löst sich schrumpfend aus dem Rahmen, uralter Leim bröckelt in Perlen ab oder rieselt als Mehl, oder ein Riß huscht entlang einem Balken der Zimmerdecke, von einer Ecke bis tief in die andere, und darüber hinaus, durch die hölzerne Wand, weiter dem Balken entlang, in das nächste Zimmer, das leere Zimmer, wo er versickert und verklingt. (S. 7)

Im Unterschied zum früheren oder gleichzeitigen Erzählen stellt das *spätere* Erzählen den Regelfall dar, und mit gutem Grund erscheint der Erzähler in Thomas Manns *Zauberberg* als der «raunende Beschwörer des Imperfekts» (S. 9). Die Verwendung des epischen Präteritums genügt, um eine Erzählung diesem Typ zuzuschreiben, auch wenn mit der bloßen Verwendung des Präteritums noch nichts über den genauen Abstand zwischen dem Zeitpunkt des Erzählens und dem des Erzählten ausgesagt ist. In historisierenden Erzählungen nach dem Modell von

Novalis' *Heinrich von Ofterdingen* (1802) wird dieser Abstand in aller Regel nur im Sinne eines allgemeinen Gegensatzes zwischen einer historischen, längst vergangenen Epoche und einer neueren, gegenwärtigen Zeit bestimmt.[5] Wie im Fall von Büchners *Lenz* bleibt der zeitliche Abstand zum Erzählten in fiktionalen Erzählungen aber oft auch vollkommen unbestimmt, wobei dies auch für solche Fälle gilt, in denen die Ereignisse der erzählten Geschichte – wie etwa in vielen Erzählungen des Realismus – zeitlich genau datiert sind. Das Präteritum bezeichnet hier nicht mehr als eine Art zeitlose Vergangenheit, und genau genommen ist in diesem Fall nur die erzählte Geschichte, nicht aber das Erzählen selbst nach dem Modell einer faktualen Erzählung konstruiert. Angesichts dieser scheinbaren Zeitlosigkeit spricht Käte Hamburger denn auch von einer «fiktiven Gegenwärtigkeit» des Erzählten und davon, dass das Präteritum im Rahmen einer fiktionalen Erzählung «seine grammatische Funktion, das Vergangene zu bezeichnen», verliert (Hamburger, *Logik*, bes. S. 63–78). Auch wenn eine Tendenz zur Auflösung der Vergangenheitsfunktion in vielen Fällen unbestreitbar ist, scheint uns Hamburgers These in dieser allgemeinen Form allerdings nicht haltbar zu sein. Wie später Harald Weinrich, der Hamburgers These in seiner Studie *Tempus. Besprochene und erzählte Welt* (1964/1971) aufgreift und radikalisiert, vernachlässigt Hamburger die Trennung zwischen dem imaginären und dem realen Kontext der fiktionalen Rede – im Rahmen des imaginären Kontextes gilt nach wie vor, dass der Akt des Erzählens den Ereignissen der erzählten Geschichte zeitlich nachgeordnet ist.

Bestimmte Arten von Ich-Erzählungen sind Beispiele dafür, wie neben der erzählten Geschichte auch das Erzählen dem Vorbild einer faktualen Erzählung folgen kann. So gehört es zur Fiktion von Daniel Defoes Roman *The Life and Strange Surprizing Adventures of Robinson Crusoe, of York, Mariner (...). Written by Himself* (1719), dass dessen Protagonist Robinson Crusoe gegen Ende seines Lebens zur

[5] Wobei es zu den Eigenheiten der Zeitstruktur im *Ofterdingen* gehört, dass der Abstand zwischen dem Zeitpunkt des Erzählens und dem des Erzählten im Verlauf der Erzählung zu verschwinden scheint. Novalis' Konzept einer Mythisierung der Zeit betrifft nicht allein die offenbar für den unvollendeten zweiten Teil des *Ofterdingen* geplante Aufhebung der herkömmlichen Zeitfolge im Rahmen der erzählten Geschichte, sondern eben auch den gleitenden Übergang von einem deutlich *späteren* zu einem nahezu *gleichzeitigen* Erzählen.

Ruhe gekommen ist und nun die Erzählung schreibt, die mit der Geschichte seiner Jugend beginnt und nach vielen Abenteuern schließlich mit den folgenden Sätzen in der Erzählgegenwart endet:

> And here, resolving to harrass my self no more, I am preparing for a longer Journey than all these, having liv'd 72 Years, a Life of infinite Variety, and learn'd sufficiently to know the Value of Retirement, and the Blessing of ending our Days in Peace. (Bd. 3, S. 220)

Ironisch zitiert findet sich dieses Modell, das auch die Gattung des Schelmenromans prägt, noch im 20. Jahrhundert in *Die Blechtrommel* (1959) von Günter Grass: Der Held und Erzähler Oskar Matzerath ist zu Beginn seiner Erzählung noch keine 30 Jahre alt und nutzt seine Zeit als Insasse einer Heil- und Pflegeanstalt, um die Geschichte seines Lebens zu erzählen. Dabei wird hier neben der Zeit der erzählten, den Zeitraum von Oktober 1899 bis September 1952 umfassenden Geschichte auch diejenige Zeit datiert und wiederholt angesprochen, die Oskar benötigt, um seine Geschichte zwischen September 1952 und September 1954 in der Form von drei «Büchern» zu Papier zu bringen.

Sowohl im *Robinson Crusoe* als auch in der *Blechtrommel* ist der zeitliche Abstand zwischen dem Erzählen und dem Erzählten zu Beginn des Erzählens zunächst groß und verringert sich kontinuierlich mit dem Fortschreiten des Erzählens, bis die Geschichte am Ende in der Erzählgegenwart angelangt ist. Karikiert wird dieses traditionelle Erzählmodell schon in Laurence Sternes Roman *The Life and Opinions of Tristram Shandy Gentleman* (1759–67), in dem der Held und Erzähler Tristram Shandy nach der Hälfte seines Versuchs einer Autobiographie resigniert feststellen muss, dass ihm – in Anbetracht seiner nach einem Jahr des Schreibens nur um einen Lebenstag vorangeschrittenen Lebensgeschichte – im Vergleich zum Beginn seines Schreibens jetzt nicht etwa von weniger, sondern von noch mehr Lebenszeit zu berichten bleibt:

> I am this month one whole year older than I was this time twelve-month; and having got, as you perceive, almost into the middle of my fourth volume – and no farther than to my first day's life – 'tis demonstrative that I have three hundred and sixty-four days more life to write just now, than when I first set out; so that instead of advancing, as a common writer, in my work with what I have been doing at it – on the contrary, I

> am just thrown so many volumes back (...) as at this rate I should just live 364 times faster than I should write – It must follow, (...) that the more I write, the more I shall have to write (...). (4. Buch, 13. Kap., S. 286)

Aus der Sicht des über sein Leben schreibenden und zugleich weiterlebenden Tristram Shandy wird hier reflektiert, was eine wesentliche Voraussetzung für den Typ des *eingeschobenen* Erzählens darstellt. In seiner Idealform begegnet man diesem Typ vor allem in Erzählungen, die, wie Irmgard Keuns *Das kunstseidene Mädchen* (1932), die Form des Tagebuchs oder, wie Goethes *Die Leiden des jungen Werthers* (1774), die Form des Briefs verwenden. Mit Beginn des Erzählens ist das erzählte Geschehen hier nicht abgeschlossen, und der Zeitabstand zwischen dem Erzählten und dem Erzählen ist in diesem Fall so weit verringert, dass passagenweise von einem gleichzeitigen Erzählen gesprochen werden kann. Der Erzähler unterbricht wiederholt sein Schreiben und wird zur handelnden Figur, und als Schreibender hat er eine so geringe Distanz zu seinem Erleben, dass er noch ganz unmittelbar von ihm gezeichnet ist. Anders als im Idealfall des gleichzeitigen Erzählens gibt es hier also einerseits durchaus eine erklärte Zeitdifferenz zwischen Schreiben und Erleben, während andererseits die Grenzen zwischen handelndem Helden und schreibendem Erzähler, zwischen erlebendem und erzählendem Ich verschwimmen. Ein berühmtes Beispiel dafür, wie auf diese Weise eine besondere Art von Spannung erzeugt und der Erzählprozess selbst unterbrochen und problematisiert werden kann, ist der folgende Brief Werthers an Wilhelm aus Goethes Briefroman. Werther hat erstmals über einen längeren Zeitraum hinweg nicht an seinen Freund geschrieben und will ihm jetzt endlich von seiner Seelenverwandtschaft mit Lotte berichten. Seine Erzählung über die Umstände, unter denen er Lotte vor kurzem auf einem ländlichen Ball kennengelernt hat, leitet Werther mit einem wiederholt neu ansetzenden Bericht über seinen gegenwärtigen Seelenzustand ein; ein zunächst verworfener und dann doch unternommener Besuch Lottes in der Erzählgegenwart verzögert seinen Blick in die Vergangenheit erneut; erst in der Fortsetzung des zitierten Briefausschnitts, unmittelbar nach Werthers Besuch bei Lotte und einer durch Gedankenstriche sichtbar gemachten längeren Unterbrechung des Erzählens, steht bald nur noch das erlebende Ich der Vergangenheit im Vordergrund, und es folgt eine Erzählung, die zeitlich weiter zurückgreift und eindeutig dem Typ des späteren Erzählens entspricht:

Am 16. Junius.

Warum ich dir nicht schreibe? – Fragst du das und bist doch auch der Gelehrten einer. Du solltest raten, daß ich mich wohl befinde, und zwar – Kurz und gut, ich habe eine Bekanntschaft gemacht, die mein Herz näher angeht. Ich habe – ich weiß nicht.

Dir in der Ordnung zu erzählen, wie's zugegangen ist, daß ich eins der liebenswürdigsten Geschöpfe habe kennen lernen, wird schwer halten. Ich bin vergnügt und glücklich, und also kein guter Historienschreiber.

Einen Engel! – Pfui! das sagt jeder von der Seinigen, nicht wahr? Und doch bin ich nicht imstande, dir zu sagen, wie sie vollkommen ist, warum sie vollkommen ist; genug, sie hat all meinen Sinn gefangengenommen.

So viel Einfalt bei so viel Verstand, so viel Güte bei so viel Festigkeit, und die Ruhe der Seele bei dem wahren Leben und der Tätigkeit. –

Das ist alles garstiges Gewäsch, was ich da von ihr sage, leidige Abstraktionen, die nicht einen Zug ihres Selbst ausdrücken. Ein andermal – nein, nicht ein andermal, jetzt gleich will ich dir's erzählen. Tu' ich's jetzt nicht, so geschäh' es niemals. Denn, unter uns, seit ich angefangen habe zu schreiben, war ich schon dreimal im Begriffe, die Feder niederzulegen, mein Pferd satteln zu lassen und hinauszureiten. Und doch schwur ich mir heute früh, nicht hinauszureiten, gehe doch alle Augenblick' ans Fenster, zu sehen, wie hoch die Sonne noch steht. – – –

Ich hab's nicht überwinden können, ich mußte zu ihr hinaus. Da bin ich wieder, Wilhelm, will mein Butterbrot zu Nacht essen und dir schreiben. Welch eine Wonne das für meine Seele ist, sie in dem Kreise der lieben, muntern Kinder, ihrer acht Geschwister, zu sehen! –

Wenn ich so fortfahre, wirst du am Ende so klug sein wie am Anfange. Höre denn, ich will mich zwingen, ins Detail zu gehen.

Ich schrieb dir neulich, wie ich den Amtmann S. habe kennen lernen, und wie er mich gebeten habe, ihn bald in seiner Einsiedelei oder vielmehr seinem kleinen Königreiche zu besuchen. (...) (S. 19 f.)

b) *Ort des Erzählens* (Auf welcher Ebene wird erzählt?)

Wenn in Franz Grillparzers Erzählung *Der arme Spielmann* (1848) der alte Geiger dem neugierigen Ich-Erzähler endlich das Geheimnis seines Lebens in einer längeren Erzählung enthüllt, dann sind wir als Leser ab diesem Augenblick mit einem zweiten Erzähler und einer Erzählung in der Erzählung konfrontiert. Wir lesen zunächst die Erzählung eines Mannes, der sich selbst als einen «dramatischen Dichter» und «Liebhaber der Menschen» vorstellt (*Spielmann*, S. 147 f.) und der von seinem Besuch eines Wiener Volksfestes und seiner Begegnung mit einem seltsamen Spielmann berichtet; dann folgen wir der in wörtlicher Rede wiedergegebenen Erzählung des geheimnisvollen Alten, der als ein zweiter Ich-Erzähler seine Lebensgeschichte erzählt und erläutert, auf welche Weise er, der Sohn eines einflussreichen Staatsbeamten, «unter die Musikleute kam» (ebd., S. 158 ff.). Beide Erzählungen erfolgen nicht nur zu unterschiedlichen Zeitpunkten und an verschiedenen Orten (wobei Ort und Zeitpunkt im Fall der Erzählung des Alten spezifiziert sind, im Fall der Erzählung des «Dichters» unbestimmt bleiben), sondern sie sind auch durch einen Wechsel der Erzählebene voneinander getrennt: hier die Erzählung des «Dichters» als Rahmen, dort die in diesem Rahmen enthaltene Binnenerzählung des alten Spielmanns. Zwischen den Erzählungen der beiden Erzähler und dem, wovon sie erzählen, besteht ein kategorialer Unterschied, den wir hier auf der Grundlage folgender Voraussetzung bestimmen wollen: Im Vergleich zu dem Erzählakt, der eine Erzählung hervorbringt, liegen die in dieser Erzählung erzählten Ereignisse auf einer zweiten Ebene. Die Erzählung des Rahmenerzählers erfolgt auf einer ersten Ebene, die wir mit Genette als *extradiegetisch* bezeichnen; die Ereignisse, von denen dieser Erzähler erzählt, liegen auf einer zweiten, *intradiegetischen* Ebene; die Binnenerzählung des alten Spielmanns stellt also ein intradiegetisches Ereignis dar, das seinerseits – von der Ausgangsebene der Rahmenerzählung aus betrachtet – eine dritte Ebene eröffnet, die wir *metadiegetisch* nennen;[6] mit einer weiteren Erzählung in dieser Erzählung in einer Erzählung würde eine metametadiegetische Ebene eröffnet, dann eine metametametadiegetische etc.:

metametadiegetisch (erzähltes erzähltes erzähltes Erzählen etc.)
metadiegetisch (erzähltes erzähltes Erzählen)
intradiegetisch (erzähltes Erzählen)
extradiegetisch (Erzählen)

Längere intradiegetische Erzählungen wie in Grillparzers *Der arme Spielmann* finden wir in vielen Erzähltexten. Schon in Homers *Odyssee* können wir verfolgen, wie in den ersten acht Gesängen zunächst ein ex-

[6] Der Begriff ‹metadiegetisch› ist hier synonym zu dem ebenfalls gebrauchten Ausdruck ‹hypodiegetisch› zu verstehen (Rimmon-Kenan, *Narrative Fiction*, S. 94–97; vgl. dagegen Genette, *Erzählung*, S. 253 f.).

tradiegetischer Erzähler vom Schicksal des Odysseus berichtet und wie dieser im neunten Gesang dann seinerseits zu einem intradiegetischen Erzähler wird und in einer bis zum zwölften Gesang reichenden Binnenerzählung den Phäaken von seiner Irrfahrt nach dem Ende des Trojanischen Krieges erzählt (die Erzählung des Odysseus ist demnach intradiegetisch, die mit dieser Erzählung in der Erzählung entworfene Geschichte von den Abenteuern des Odysseus' bei den Kikonen, Lotophagen, Kyklopen u. a. ist – von der Ebene der Rahmenerzählung aus betrachtet – auf einer metadiegetischen Ebene angesiedelt). Nicht nur einem, sondern vielen intradiegetischen Erzählern begegnet man in Novellenzyklen nach dem Modell von Giovanni Boccaccios *Il Decamerone* (entst. 1349–53) oder Goethes *Unterhaltungen deutscher Ausgewanderten* (1795). Das Prinzip der intradiegetischen Erzählung ist hier auf einen geselligen Kreis von Personen ausgeweitet, und die Art und Weise des Erzählens von Geschichten erlaubt in diesem Fall zugleich das Porträt einer ganzen Gesellschaft oder einer bestimmten Gesellschaftsgruppe. Eine weitere Möglichkeit, eine Folge von Erzählungen mehrerer intradiegetischer Erzähler zu verbinden, verwirklicht Pierre Carlet de Marivaux in seinem Roman *Die Kutsche im Schlamm* (*La voiture embourbée*, 1713/14). Hier unterhalten sich die Mitglieder einer Reisegesellschaft damit, eine Gruppe von Figuren zu erfinden und deren Geschichte dann reihum so zu erzählen, dass aus einer Folge von Erzählungen ein improvisierter Abenteuerroman entsteht. *Die Erzählungen aus den Tausendundein Nächten*, die Schehrezâd mit dem König Schehrijâr verbringt, sind das wohl berühmteste Beispiel dafür, dass eine einzelne Person auch als Erzähler einer großen Zahl von intradiegetischen Erzählungen auftreten kann. Außerdem führen Schehrezâds Erzählungen auf unterhaltsame Weise eine Form der Verknüpfung vor, dank derer Binnenerzählungen auf verschiedenen Ebenen ihrerseits zu Rahmenerzählungen werden und so nicht nur chronologisch aufeinander folgen, sondern auch mehrfach ineinander verschachtelt sind. Eines von vielen Beispielen für eine solche Potenzierung des Prinzips des erzählten Erzählens findet sich im Rahmen der *Geschichte des Buckligen* (24.–34. Nacht), wo im Rahmen von *Des Barbiers Erzählung von seinem fünften Bruder* die Erzählung eines metametametametadiegetischen Erzählers erfolgt, die eine noch höhere Ebene eröffnet, denn genau betrachtet erzählt hier eine uns unbekannte narrative Instanz, dass Schehrezâd erzählt, dass ihr jemand erzählt hat, dass der Schneider erzählt, dass der Barbier erzählt, dass sein Bruder erzählt, dass ... (*Erzählungen*, Bd. I, 2, S. 386–389).

Neben einer mündlichen Erzählung oder einem Brief können schließlich auch ein vorgelesenes oder zitiertes Buch, ein Manuskript, ein Traum oder sogar ein Bild oder ein Bilderzyklus eine neue Erzählebene eröffnen. Die Geschichte eines gefundenen Buchs oder Manuskripts kann – etwa nach dem Modell der in Johann Gottfried Schnabels Roman *Die Insel Felsenburg* (1731–1743) versammelten Erzählungen – in den Rahmen einer Herausgeberfiktion gekleidet oder aber unmittelbar in die erzählte Geschichte integriert sein. So findet z. B. in Balzacs Roman *Die Muse der Provinz* (*La Muse du département*, 1843) der Journalist Émile Lousteau zufällig das auf mehrere Druckbögen verteilte Fragment eines historisierenden Trivialromans, das Balzacs realistischer Roman in der Form eines auch typographisch unterschiedlich gestalteten Buchs im Buch vollständig zitiert und kritisch ergänzt. In Novalis' *Heinrich von Ofterdingen* (1802) dagegen erscheint die phantastische «andere Welt» der berühmten blauen Blume erstmals in der Gestalt eines Traums, den Heinrich zu Beginn der erzählten Geschichte träumt, und in Vergils *Aeneis* (31–19 v. Chr.) entdeckt der an Nordafrikas Küste gestrandete Held Aeneas einen Tempel, in dessen Innerem er sowohl den Kampf um Troja als auch sein eigenes Schicksal in Bildern geschildert sieht (*Aeneis*, 1. Buch, V. 453 ff.).

Schon in unserem kurzen Überblick deutet sich an, dass mit den auf verschiedenen diegetischen Ebenen angesiedelten Erzählungen in der Erzählung auch unterschiedliche Funktionen verknüpft sein können. Weitgehend unabhängig vom Inhalt der jeweils erzählten Geschichte kann dem pragmatischen Akt des Erzählens im Rahmen der erzählten Geschichte eine wichtige Bedeutung im Sinne der Zerstreuung, der Überbrückung einer Wartezeit und/oder des Hinauszögerns zukommen. Im *Decamerone*, in den *Unterhaltungen deutscher Ausgewanderten*, in *Die Kutsche im Schlamm* oder auch in Wilhelm Hauffs Märchenalmanach *Das Wirtshaus im Spessart* (1828) wird so jeweils eine unterschiedlich lange, durch äußere Umstände vorgegebene Wartezeit überbrückt, während es Schehrezâd in der Rahmenerzählung zu den *Erzählungen aus den Tausendundein Nächten* mit Hilfe des Erzählens nicht nur gelingt, den König Schehrijâr Nacht für Nacht zu zerstreuen, sondern auch Zeit zu gewinnen und dank einer spannenden, noch nicht abgeschlossenen Geschichte jeden Morgen aufs Neue ihre Hinrichtung hinauszuschieben.

In Schehrezâds Geschichten findet sich das bereits aus der Rahmengeschichte bekannte Motiv des Erzählens gegen den Tod vielfach wieder, und so haben wir hier zugleich einen Beleg dafür, dass in aller Regel – sieht man von dem seltenen Fall einer bloßen Reihung von Geschichten in Form einer *additiven Verknüpfung* ab – auch ein thematischer Bezug zwischen Rahmen- und Binnengeschichte(n) besteht. Mit Lämmert können wir hier die *konsekutive* und die *korrelative Form der Verknüpfung* unterscheiden (Lämmert, *Bauformen*, S. 43–67). Eine *konsekutive* oder auch *kausale* Form der Verknüpfung liegt in all den Fällen vor, in denen der Binnengeschichte eine explikative Funktion zukommt. Die Binnengeschichte soll hier erklären, welche Art von Ereignissen die Situation herbeigeführt haben, in der die erzählende Figur sich in diesem Augenblick befindet. Ein Beispiel für diesen Typ ist die Erzählung des russischen Grafen in der oben (S. 56 f.) zitierten Szene aus der *Marquise von O…*, der in aller Eile aufzuklären versucht, warum er noch am Leben ist, obwohl man ihn doch längst für tot gehalten hat. Auch die Erzählung des alten Geigers in Grillparzers *Armem Spielmann*, die erläutern soll, «wie es kam», dass er zum Musiker wurde, gehört zu diesem Typ. Diese Lebensgeschichte eines gescheiterten Bürgers und offenbar unfähigen, aber zufriedenen Künstlers, der die vollkommene Kunst gefunden zu haben glaubt, hat allerdings mehr als nur eine explikative Funktion. Sie steht im Gegensatz zur Lebensgeschichte des angesehenen, als Künstler und Bürger erfolgreichen Rahmenerzählers und erfüllt hier neben der Aufklärung eines Geheimnisses die Funktion einer Spiegelung. Insofern liegt auch eine *korrelative* Form der Verknüpfung im Sinne einer Ähnlichkeits- und/oder Kontrastbeziehung zwischen den beiden Erzählungen vor. Liest man Grillparzers Erzählung in der Tradition der Künstlernovelle und versucht, die in ihr gestaltete poetologische Position zu erfassen, wird man sich also nicht auf die Figur und die Geschichte des armen Spielmanns beschränken können, sondern die besonderen Spannungen und das Zusammenspiel zwischen Binnen- und Rahmengeschichte berücksichtigen müssen. Ähnliches gilt z. B. für Ludwig Tiecks Erzählung *Das Zauberschloß* (1830), in der die Binnen- und Rahmengeschichte ein im Ansatz vergleichbares Geschehen jeweils unterschiedlich nach den poetologischen Mustern der Schauergeschichte und der realistischen Erzählung präsentieren (Lämmert, *Bauformen*, S. 53 f., Scheffel, *Formen*, S. 78–83).

Ungeachtet der im Einzelfall sehr engen Beziehungen zwischen Rahmen- und Binnengeschichte wird die Grenze zwischen dem Erzählen und dem Erzähltem in allen bislang vorgestellten Beispielen eingehalten und das Prinzip einer faktualen Erzählung insofern nicht verletzt. Zu den Freiheiten einer fiktionalen Erzählung gehört jedoch, dass auch diese, eigentlich kategoriale Grenze durchaus nicht immer respektiert zu werden braucht. In Flann O'Briens *At Swim-Two-Birds* (1939) findet sich eine Geschichte in der Geschichte, in der die Figuren ihren Autor vor Gericht verklagen (*Swim*, S. 294 ff.), und in E. T. A. Hoffmanns «Capriccio» *Prinzessin Brambilla* (1820) erzählt der Fürst von Pistoja den anderen Figuren der *Prinzessin Brambilla* von einem «Capriccio, Prinzessin Brambilla geheißen, einer Geschichte, in der wir selbst vorkommen und mitspielen» (*Prinzessin*, S. 892). In beiden Fällen wird mit der Trennlinie zwischen Erzählen und Erzähltem auch die Grenze zwischen zwei Welten überschritten: der Welt, in der man erzählt, und der Welt, von der erzählt wird. Diesen in der faktualen Erzählung undenkbaren «narrativen Kurzschluß» (Wolf, *Illusion*, S. 357 f.) bezeichnen wir als *narrative Metalepse* (Genette, *Erzählung*, S. 167–174; Genette, *Métalepse*; Wolf, *Illusion*, S. 355–372). Die mit einer solchen Metalepse verbundene Grenzüberschreitung ist Voraussetzung für die paradoxe Konstruktion der *mise en abyme*, bei der Binnen- und Rahmenerzählung einander wechselseitig enthalten (Dällenbach, *Récit*; Wolf, *Illusion*, S. 295–305). Berühmte Beispiele dafür sind die Romane *Die Falschmünzer* (*Les Faux-Monnayeurs*, 1925) von André Gide und *Point Counter Point* (1928) von Aldous Huxley. In Form einer Binnenerzählung wird hier jeweils aus den Tagebüchern bzw. Notizen eines Schriftstellers zitiert, der im Verlauf der in der Rahmenerzählung erzählten Geschichte beschließt, eben diese Erzählung, d. h. den Roman *Die Falschmünzer* bzw. *Point Counter Point* zu schreiben. Auch in den Erzähltexten des *nouveau roman*, z. B. in Jean Ricardous Roman *Die Eroberung Konstantinopels* (*La Prise de Constantinople*, 1965), ist diese paradoxe Konstruktion zweier einander wechselseitig enthaltender Erzählungen, bei denen Erzähler und erzählte Figur nicht mehr voneinander zu trennen sind und der Ort des Erzählens letztlich nicht mehr zu bestimmen ist, wiederholt zu finden. In einer Extremform ist die verwickelte Hierarchie dieser Konstruktion nach dem Modell von M. C. Eschers Zeichnung *Zeichnende Hände* – eine kreisförmig angeordnete linke und rechte Hand zeichnen sich hier wechselseitig, die zeichnende Hand wird zur gezeichneten und umgekehrt – in R. C. Phelans Erzählung *Gibt es mich überhaupt?* (1960) verwirklicht und für einen phantastischen Effekt genutzt: Ein Ich-Erzähler erzählt von seinem Jugendfreund und Nachbarn Tom Trimble, der unterdessen ein bekannter Schriftsteller geworden ist. Bei einem Besuch offenbart ihm dieser Freund, dass nicht er selbst, sondern eine in seinem Keller versteckte Rechenmaschine seine Bestseller schreibt. Diese «automatische Schreibmaschine» kombiniert Tag und Nacht Wörter nach dem Zufallsprinzip und entwirft alle möglichen Arten von Texten – darunter auch die erfolgreichen Romane. Als der Erzähler seinen Nachbarn wenige Tage nach dieser Enthüllung erneut besucht, zeigt dieser ihm, was die Maschine als letztes schrieb – und der Erzähler liest erschrocken den Anfang seiner eigenen Erzählung:

> Ich las die ersten Zeilen, und (...) Angst durchdrang mich mit spitzer Nadel, wie den aufgespießten Käfer in der Insektensammlung. Ich wußte nicht, ob ich soeben erst erschaffen worden war oder in diesem Augenblick vernichtet werden sollte. Sicher war nur, daß irgendeine schreckliche Macht nach uns gegriffen hatte. Die Anfangszeilen des neuesten Werkes der Maschine lauteten: ‹Tom Trimble und ich sind unser ganzes Leben lang Nachbarn gewesen, obwohl zwischen unseren Häusern eine Entfernung von sechs Meilen liegt. Unsere Farmen grenzen aneinander, in jenem Teil von Texas, wo Zedern, Stechpalmen und Präriehunde die Hauptübel sind und in einem trockenen Jahr fünfundzwanzig Morgen Land benötigt werden, um eine einzige Kuh durchzubringen...› (S. 43 u. S. 50)

c) *Stellung des Erzählers zum Geschehen*
(In welchem Maße ist der Erzähler am Geschehen beteiligt?)

Wir haben gesehen, dass eine Erzählung auf verschiedenen Ebenen erfolgen kann und dass die erzähllogische Hierarchie zwischen den einzelnen Erzählebenen im Fall der fiktionalen Erzählung nicht unverletzbar ist. Die Frage nach dem Ort des Erzählens sei nun um eine Differenzierung ergänzt, die die Stellung des Erzählers zum erzählten Geschehen betrifft.

Da jede Erzählung *per definitionem* von jemandem erzählt wird, ist sie, sprechpragmatisch gesehen, immer in der ersten Person abgefasst (selbst wenn der Erzähler die grammatische erste Person an keiner Stelle seines Textes verwendet). In welchem Maß aber ist der Erzähler am erzählten Geschehen beteiligt? Es lassen sich zwei grundsätzlich verschiedene Arten der Beziehung von Erzähler und Figuren unterscheiden:

(1) Erzählungen, in denen der Erzähler an der von ihm erzählten Geschichte als Figur beteiligt ist (wobei diese Figur in diesem Fall zwei unterschiedliche Rollen umfasst: ein *erzählendes* und ein *erzähltes* bzw. *erlebendes Ich*).
(2) Erzählungen, in denen der Erzähler nicht zu den Figuren seiner Geschichte gehört (in diesem Fall gibt es kein erlebendes, sondern nur das erzählende, als leibliche Person womöglich gar nicht fassbare Ich des Sprechers der Erzählrede).

Im ersten Fall sprechen wir von einem *homodiegetischen* Erzähler (z. B. der am erzählten Geschehen beteiligte Rahmenerzähler in Grillparzers *Der arme Spielmann*), im zweiten Fall von einem *heterodiegetischen* Erzähler (z. B. der in seiner Geschichte nicht präsente Erzähler in Büchners *Lenz*).

Zieht man die Unterscheidung zwischen einer extra- und intradiegetischen Ebene der Erzählung hinzu, so ergeben sich vier Erzählertypen: (1) *extradiegetisch-heterodiegetisch* (Erzähler erster Stufe, der eine Geschichte erzählt, in der er nicht vorkommt, wie etwa der Erzähler in Büchners *Lenz* oder Fontanes *Grete Minde*); (2) *extradiegetisch-homodiegetisch* (Erzähler erster Stufe, der seine eigene Geschichte erzählt, wie etwa Robinson Crusoe in Daniel Defoes *Robinson Crusoe*); (3) *intradiegetisch-heterodiegetisch* (Erzähler zweiter Stufe, der eine Geschichte erzählt, in der er nicht vorkommt, wie etwa Schehrezâd in den *Erzählungen aus den Tausendundein Nächten*); (4) *intradiegetisch-homodiegetisch* (Erzähler zweiter Stufe, der seine eigene Geschichte erzählt, wie etwa der alte Geiger in Grillparzers *Der arme Spielmann*).

Ein Erzähler kann unterschiedlich stark am erzählten Geschehen beteiligt sein. Mit Susan Sniader Lanser unterscheiden wir folgende Möglichkeiten (Lanser, *Act*, S. 160; Jahn/Nünning, *Survey*, S. 293):

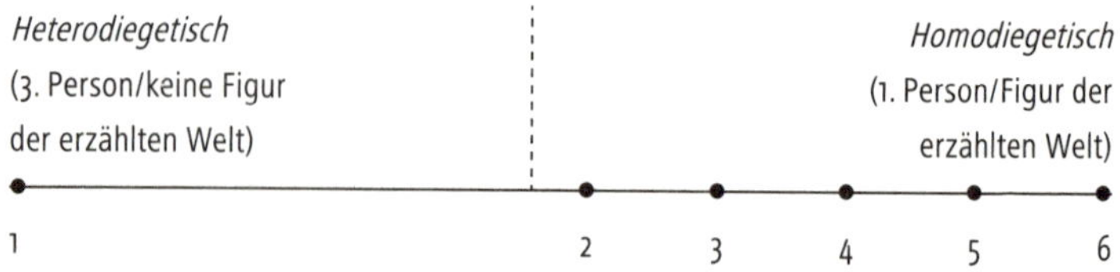

1: Unbeteiligter Erzähler
2: Unbeteiligter Beobachter
3: Beteiligter Beobachter
4: Nebenfigur
5: Eine der Hauptfiguren
6: Die Hauptfigur (= *autodiegetisch*)

Sieht man davon ab, dass in einer fiktionalen Erzählung auch die Grenze zwischen hetero- und homodiegetischem Erzähler durchlässig sein kann (Flauberts *Madame Bovary* z. B. beginnt mit der Erzählung eines anonymen Klassenkameraden von Charles Bovary in der ersten Person Plural und fährt mit der Stimme eines unbeteiligten Erzählers fort), so finden wir neben einem eindeutig heterodiegetischen Erzähler (1) wie in Büchners *Lenz* fünf verschiedene Varianten eines homodiegetischen Erzählers:[7] (2) ein *unbeteiligter Beobachter* wie in William Faulkners Kurzgeschichte *A Rose for Emily* (1930), in der ein anonymer Mitbürger die Geschichte der Protagonistin erzählt; (3) ein *beteiligter Beobachter* wie im Fall des Rahmenerzählers in Grillparzers *Der arme Spielmann*; (4) eine an der eigentlichen Handlung nur am Rande beteiligte *Nebenfigur*, deren Durchschnittscharakter etwa dazu beitragen kann, die überdurchschnittlichen Fähigkeiten des von dieser Figur bewunderten Protagonisten schärfer hervortreten zu lassen wie im Fall der Ich-Erzähler Dr. Watson in den Sherlock Holmes-Geschichten von Arthur Conan Doyle, Serenus Zeitblom in Thomas Manns *Doktor Faustus* (1947) oder dem Benediktinermönch Adson in Umberto Ecos *Der Name der Rose* (*Il nome della rosa*, 1980); (5) *eine der Hauptfiguren* wie etwa Nick Carraway in Francis Scott Fitzgeralds Roman *The Great Gatsby* (1925), der als Nachbar von Jay Gatsby, Studienkollege von Tom Buchanan und Cousin von Daisy Fay in einer engen Beziehung zu einer Gruppe von Hauptfiguren steht und am erzählten Geschehen unmittelbar beteiligt ist; (6) *die Hauptfigur* wie in Goethes *Werther* oder in Defoes *Robinson Crusoe*, wo der Protagonist als ein jeweils *homo-* und zugleich *autodiegetischer* Erzähler seine persönliche Geschichte erzählt. Berücksichtigt man, dass die Instanzen von erzählendem und erlebendem Ich hier nahezu identisch sein können (wie im Fall des *Werther*) oder aber weit auseinandertreten (wie im Fall des *Robinson Crusoe*), so können wir im besonderen Fall der autodiegetischen Erzählung überdies noch zwischen einer *konsonanten* und einer *dissonanten* Form unterscheiden (Cohn, *Minds*, S. 145–161).

Max Frischs Roman *Stiller* (1954) ist im Übrigen ein berühmtes Beispiel dafür, wie eine fiktionale Erzählung mit verschiedenen Entwürfen

---

[7] Die Varianten (2)–(4) entsprechen Stanzels Typ des ‹peripheren Ich-Erzählers›, die Varianten (5) und (6) dem ‹autobiographischen Ich-Erzähler› (Stanzel, *Theorie*, S. 263–267).

eines homodiegetischen Ich-Erzählers spielen kann: Der soeben verhaftete, aus Amerika kommende Ich-Erzähler tritt in seinen «Aufzeichnungen im Gefängnis» zunächst als bloße *Nebenfigur* neben dem durch die intradiegetisch-heterodiegetischen Erzählungen anderer Figuren allgegenwärtigen Schweizer Bürger Stiller auf («Ich bin nicht Stiller!», S. 9); im Verlauf seiner Aufzeichnungen wird er selbst zu *einer Hauptfigur*, und am Ende erscheint er aus der Perspektive des «Nachworts des Staatsanwalts» (der nun seinerseits als ein Ich-Erzähler in der Rolle einer Nebenfigur auftritt) als eine mit ‹Stiller› identische Person und insofern als *die Hauptfigur*.

Die Trennung zwischen homo- und heterodiegetischen Erzählern gilt nicht nur für fiktionale, sondern auch für faktuale Erzählungen: Die Biographie einer historischen Person stellt einen Fall von heterodiegetischer Erzählung dar, während eine Autobiographie den Idealfall einer homo- bzw. autodiegetischen Erzählung verkörpert. Was aber ist der Unterschied zwischen einer fiktionalen Erzählung nach dem Modell der historischen Autobiographie, wie *Robinson Crusoe*, und authentischen Lebenserinnerungen, wie Theodor Fontanes *Meine Kinderjahre* (1893) und *Von Zwanzig bis Dreißig* (1898)? Anders als im Fall der faktualen Erzählung, so hatten wir definiert, liegt im Fall der fiktionalen Erzählung eine Nichtidentität von Autor und Erzähler vor: Der Autor erfindet, und der Erzähler erzählt, was geschehen ist. Folgt man Philippe Lejeunes Bestimmung der idealtypischen Autobiographie als einer Erzählung, bei der eine formale Identität von Autor, Erzähler und Hauptfigur besteht (Lejeune, *Pakt*), dann lässt sich diese Dreiecksbeziehung nutzen, um unsere Unterscheidung homo- vs. heterodiegetisch (Erzähler = Figur vs. Erzähler ≠ Figur) mit der Unterscheidung faktual vs. fiktional (Autor = Erzähler vs. Autor ≠ Erzähler) zu verbinden und auf der Basis eines Dreiecksmodells verschiedene Typen von Erzählungen zu unterscheiden (Genette, *Fiktion*, S. 79–89):

Autobiographie (Fontanes *Meine Kinderjahre*) (homo- u. autodiegetisch)

Historische Biographie (Golo Manns *Wallenstein*) (heterodiegetisch)

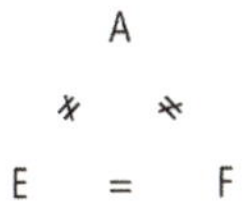

Homodiegetische fiktionale Erzählung (Defoes *Robinson Crusoe*)

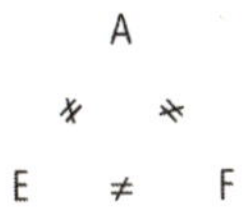

Heterodiegetische fiktionale Erzählung (Büchners *Lenz*)

d) *Subjekt und Adressat des Erzählens* (Wer erzählt wem?)

Wenn wir im Folgenden die Frage ‹Wer erzählt wem?› behandeln, so müssen wir zunächst zwischen einer *intra-* und einer *extradiegetischen* Sprechsituation unterscheiden. Im ersten Fall ist die Sprechsituation Teil der erzählten Geschichte und insofern notwendig konkret gestaltet. Zu einem intradiegetischen Erzähler gehören raumzeitlich bestimmte Umstände, unter denen er erzählt, sowie ein intradiegetischer Hörer oder Leser. Teil der Rahmengeschichte der *Erzählungen aus den Tausendundein Nächten* ist, dass Schehrezâd jede Nacht Geschichten erzählt, um ihre Hinrichtung hinauszuzögern, und von einem fiktionsinternen Kontext aus betrachtet, richten sich ihre Erzählungen nicht an den Leser der *Erzählungen aus den Tausendundein Nächten*, sondern an den von der Untreue der Frauen enttäuschten König Schehrijâr. Wer aber erzählt wem, was Schehrezâd dem König Schehrijâr erzählt? Zur Freiheit der fiktionalen Erzählung gehört, dass nicht allein phantastische Wesen, Tiere oder Gegenstände als Erzähler auftreten können (in der Welt des Märchens haben Tiere oder Gegenstände vielfach die Rolle von intradiegetischen Erzählern; in den nach 1920 entstandenen *Forschungen eines Hundes* und anderen späten Erzählungen Franz Kafkas übernehmen Tiere auch die Funktion eines extradiegetischen Erzählers), sondern dass das extradiegetische Aussagesubjekt der Erzählrede auch mehr oder minder körperlos bleiben und scheinbar unabhängig von jeder festen Bindung an Zeit und Raum sprechen kann. Berücksichtigt man, dass die Sätze der fiktionalen Erzählrede jeweils eine imaginäre Kommunikationssituation entwerfen, so gelten diese Gestaltungsmöglichkeiten sowohl für die Position des Sprechers als auch für die des Hörers der Erzählrede. Anders als im Fall der faktualen Erzählung bezeichnen die herkömmlichen Begriffe ‹Erzähler› bzw. ‹Leser› im Fall der fiktionalen Erzählung also nicht notwendig eine bestimmte männliche oder weibliche Person, sondern sind grundsätzlich als neutrale Bezeichnungen für eine Rolle zu verstehen, die auf ganz verschiedene Weise ausgefüllt werden kann (insofern sind die schwerfälligen, aber neutralen Formulierungen ‹narrative Instanz› bzw. ‹narrativer Adressat› in der Sache treffender als der von uns wie von den meisten Erzählforschern gebrauchte personifizierende Ausdruck ‹Erzähler› bzw. ‹Leser›).

Extradiegetische Sprechsituationen können in einer Erzählung sehr differenziert gestaltet werden oder auch ganz unbestimmt bleiben. In der Art, wie in literarischen Texten die Handlungsrollen von Erzähler und Leser entworfen werden, lassen sich sowohl systematische als auch historische Unterschiede beobachten. Ohne im Einzelnen auf diese Unterschiede eingehen zu können, weisen wir darauf hin, dass sich die literaturwissenschaftliche Forschung bislang meist entweder auf die Rolle des fiktiven Erzählers oder auf die des Lesers konzentriert und das Zusammenspiel beider Instanzen im Rahmen der in einer fiktionalen Erzählung entworfenen Sprechsituation vernachlässigt hat. Im Hinblick auf neuere Ansätze einer sozialhistorisch orientierten Literaturwissenschaft, welche die kommunikative Funktion von Texten in den Blickpunkt rücken, gewinnt die Frage nach einer Korrespondenz zwischen der fiktiven und der realen Dimension der Sprechsituation, die in der literarischen Kommunikation miteinander verklammert sind, jedoch an besonderem Interesse. Betrachtet man die Frage ‹Wer erzählt wem?› im Zusammenhang mit historischen Handlungsrollen von Autor und Leser, so lässt sich der primär textimmanent orientierte Zugriff unseres narratologischen Ansatzes auf fruchtbare Weise mit sozial- und kulturgeschichtlichen Fragestellungen verbinden.

Beispielsweise findet man im Zeitalter der Aufklärung in den Romanen von Christoph Martin Wieland – ähnlich wie in Denis Diderots *Jacques le Fataliste* (1773–75) und Laurence Sternes *Tristram Shandy* (1759–67) – einen selbstbewussten Erzähler, der Reflexionen über sich, sein Erzählen und seine Geschichte anstellt und sich in einem steten Gespräch mit seinen Lesern befindet. Auf diese Weise wird sowohl in den Abenteuern des *Don Sylvio von Rosalva* (1. Ausg. 1764) als auch in der *Geschichte des Agathon* (1. Ausg. 1766/67) eine Erzählsituation gestaltet, die einem Gespräch im geselligen Kreis entspricht und den «Normen (...) und der Psychologie der Salonkultur» (Erhart, *Entzweiung*, S. 80 f.) verpflichtet ist. Auch in Klopstocks Bibelepos *Der Messias* (1748–73) wendet sich eine narrative Instanz an eine Gruppe von Lesern. Doch während Wielands Erzähler eine Gesellschaft von ebenso aufgeklärten wie weltgewandten Individuen anspricht, entwirft Klopstocks Epos das Bild einer erlesenen Gemeinschaft empfindsamer Seelen, die als «teure, herzliche Freunde des liebenswürdigen Mittlers» (*Messias*, I, V. 21) Christus dem als ‹Sänger› modellierten Erzähler bei seiner schwierigen Aufgabe beistehen und in einem kollektiven, geradezu religiösen Akt «den ewigen Sohn durch ein göttliches Leben» singen (ebd., V. 23). Der ungeheure Erfolg des *Messias* im Zeitalter der Empfindsamkeit wurde wohl nicht zuletzt durch diese in der Erzählung selbst angelegte Fiktion einer Gemeinde von Erzähler und Lesern begünstigt, die sich zu einer Art Gottesdienst versammeln, um die Geschichte Christi zur gemeinsamen Gegenwart werden zu lassen. Das Modell eines grundsätzlich solidarischen Verhältnisses von Erzähler und Leser sowie einer identifikatorischen Rezeption der erzählten Geschichte entwirft auch Goethes Roman *Die Leiden des jungen Werthers* (1774). Abgesehen davon, dass hier mit religiös gefärbtem Pathos die Geschichte einer weltlichen Liebe vorgestellt wird, gibt es in der Ausgestaltung dieses Modells auch formale Unterschiede, die eine literatur- und kulturgeschichtliche Veränderung belegen: Im Vergleich zu Klopstocks *Messias* arbeitet Goethes Briefroman mit der komplexeren Fiktion eines intradiegetisch-homodiegetischen Erzählers und eines Herausgebers, der schließlich seinerseits – ab dem Augenblick, da er sich auf die Aussagen dritter Personen beruft und von den «letzten merkwürdigen Tagen unseres Freundes» berichtet (*Leiden*, S. 92) – zum extradiegetisch-heterodiegetischen Erzähler wird. Anders als im *Messias* wird überdies im Rahmen der Herausgeberfiktion von Werthers Freund und Briefpartner Wilhelm neben einem mitfühlenden, nunmehr anonymen Publikum auch ein einzelner Leser angesprochen. Eigentlicher Adressat des Herausgebers ist eine vertraulich als «du» angeredete «gute Seele», die in Werthers Briefen ausgesprochen findet, woran sie selbst leidet, und der das «Büchlein» dementsprechend Trost spenden und in einsamen Stunden ein «Freund» sein soll (*Leiden*, S. 7). Das Gespräch mit einem ebenfalls als Individuum betrachteten, aber durchaus nicht als emphatisch vorgestellten Leser eröffnet ein in hohem Maße präsenter Erzähler in vielen Erzählungen der Romantik. In den Erzählungen E. T. A. Hoffmanns wird so z. B. das Bild eines schmeichelnd als ‹vielgeliebter›, ‹geliebter›, ‹geneigter Leser› umworbenen skeptischen Adressaten entworfen, der sich wenigstens für die Zeit seiner Lektüre «aus dem engen Kreise gewöhnlicher Alltäglichkeit» (*Prinzessin Brambilla*, S. 791) «willig» locken lassen soll und den ein zuweilen auch als «Autor» auftretender Erzähler in zahlreichen Leseransprachen von seiner Sache zu überzeugen und zum Weiterlesen zu bewegen versucht. Nahezu vollkommen abwesend scheinen Erzähler und Leser dagegen in den Erzählungen des Realisten Fontane zu sein. Im Rahmen einer Erzählweise, die das Geschehen im Sinne einer von Friedrich Spielhagen propagierten «objektiven Darstellungsweise» (Spielhagen, *Beiträge*, S. 134) in seinem chronologischen Zusammenhang szenisch präsentiert, wird der Erzähl- oder Leseprozess ebensowenig angesprochen wie die Kluft zwischen der Zeit des Erzählten und der des Erzählens. Nicht explizit, wohl aber implizit wird jedoch auch in diesem Fall eines scheinbar selbstvergessenen Erzählens eine bestimmte Sprechsituation entworfen. Die relativ starke Bindung der narrativen Instanz an Raum und Zeit der jeweils erzählten Szene, eine dominant externe Fokalisierung und eine gleichwohl vorhandene offensichtliche Nähe zum Wahrnehmungshorizont der Figuren schwächen sowohl die Distanz zum Erzählten als auch die heterodiegetische Position des Erzählers ab und suggerieren die homodiegetische Position eines am erzählten Geschehen als Beobachter beteiligten Zeitgenossen. Da der Adressat der Erzählrede in diese Position offenbar umstandslos einbezogen wird, schlüpft auch er in die Rolle einer Person, die sozusagen ganz selbstverständlich zur erzählten Welt und ihren Figuren gehört.

Eine besondere Art von Sprechsituation finden wir schließlich im Fall der im 20. Jahrhundert öfter verwendeten Erzählung in der zweiten Person, der wir in unterschiedlichen Formen etwa in Ilse Aichingers *Spiegelgeschichte* (1949), in Michel Butors *Paris – Rom oder Die Modifikation* (*La Modification*, 1957) oder in Italo Calvinos *Wenn ein Reisender in einer Winternacht* (*Se una notte d'inverno un viaggiatore*, 1979) begegnen.

Calvinos Roman verwendet eine ebenso irritierende wie faszinierende Mischform zwischen einer Erzählung in der dritten und der zweiten Person. Die Erzählung beginnt unmittelbar mit der Anrede eines scheinbar extradiegetischen Lesers durch eine unbestimmte narrative Instanz:

> Du schickst dich an, den neuen Roman *Wenn ein Reisender in einer Winternacht* von Italo Calvino zu lesen. Entspanne dich. Sammle dich.

> Schieb jeden anderen Gedanken beiseite. Laß deine Umwelt im ungewissen verschwimmen. (S. 7)

In der Folge wird jedoch deutlich, dass in diesem Fall nicht etwa ein extradiegetischer Erzähler die von diesem ‹Du› zu rezipierende Geschichte einer dritten, intradiegetischen Figur erzählt, sondern dass niemand anders als der angesprochene Leser der Protagonist der Handlung ist, der allerlei Abenteuer erlebt und am Ende eine Leserin des Romans *Wenn ein Reisender in einer Winternacht* liebt und heiratet. Infolge einer narrativen Metalepse wird hier eine Leserfigur konstruiert, bei der die Grenze zwischen extra- und intradiegetischer Position aufgehoben ist. Mit demselben ‹Du› spricht hier also ein extradiegetisch-heterodiegetischer Erzähler zwei Gegenüber an, die normalerweise unterschiedlichen Ebenen der Erzählung angehören: einen extradiegetischen Leser außerhalb der erzählten Geschichte und den auf einer intradiegetischen Ebene handelnden Protagonisten.

Anders als Calvinos Roman, nämlich in zwei deutlich zu unterscheidenden Textschichten, verbindet auch Aichingers *Spiegelgeschichte* Erzählungen in der zweiten und dritten Person, wobei sich in diesem Fall sowohl die zweite als auch die dritte Person eindeutig auf eine intradiegetische Figur beziehen: Während anonyme Stimmen aus einer Außensicht den Todeskampf der Protagonistin verfolgen, wird der Sterbenden von einer extradiegetisch-heterodiegetischen Instanz in einer rückwärts erzählten Analepse ihr gesamtes Leben vergegenwärtigt. Eine reine Form der Erzählung in der zweiten Person finden wir schließlich in Butors Roman *Die Modifikation*, der mit den folgenden Sätzen beginnt:

> Du hast den linken Fuß auf die Messingschiene gesetzt und versuchst vergeblich, mit der rechten Schulter die Schiebetür etwas weiter aufzustoßen.
> Du zwängst dich durch die schmale Öffnung, dann ergreifst du deinen dunklen, flaschengrünen Koffer aus genarbtem Leder, diesen nicht zu großen Koffer eines Mannes, der zu reisen gewohnt ist, ergreifst ihn mit der linken Hand, die trotz seines geringen Gewichts warm geworden ist, weil du ihn bis hierher getragen hast (…).
> Nein, für diese ungewöhnliche Schwäche ist nicht nur die kaum noch morgendliche Stunde verantwortlich, es ist auch das Alter, das dich von seiner Herrschaft über deinen Körper zu überzeugen versucht, und doch hast du gerade erst die Fünfundvierzig erreicht. (S. 7)

Wie auch in Aichingers *Spiegelgeschichte* oder der *Vorhersage* aus Queneaus *Stilübungen* (s. o. S. 30) besteht in diesem Fall eine eindeutige Identität von Adressat und Protagonist. Dabei liegt insofern eine durch eine einfache Ebenenüberschreitung charakterisierte Variante der extradiegetisch-heterodiegetischen Erzählung vor, als hier eine extradiegetische Instanz nicht ein ebenfalls extradiegetisches Gegenüber, sondern eine intradiegetische Figur anspricht. Auf diese Weise ist die durchgängige Erzählung in der zweiten Person wohl das einzige Beispiel dafür, wie die im Rahmen einer heterodiegetischen Erzählung entworfene Sprechsituation die Rolle eines extradiegetischen Adressaten tatsächlich auf Null reduzieren kann.

4. Franz K. Stanzels Typologie von ‹Erzählsituationen›

In der berühmten Passage «Naturformen der Dichtung» seiner Noten und Abhandlungen zu «Besserem Verständnis» des *West-östlichen Divans* (1819) bestimmt Goethe «drey ächte Naturformen der Poesie: die klar erzählende, die enthusiastisch aufgeregte und die persönlich handelnde: *Epos, Lyrik* und *Drama*». Die mit diesen «Naturformen» verbundenen «drey Dichtweisen», so Goethe weiter, können

> zusammen oder abgesondert wirken. (...) So wunderlich sind diese Elemente zu verschlingen, die Dichtarten bis ins Unendliche mannigfaltig; und deßhalb auch so schwer eine Ordnung zu finden, wornach man sie neben oder nach einander aufstellen könnte. Man wird sich aber einigermaßen dadurch helfen daß man die drey Hauptelemente in einem Kreis gegen einander überstellt und sich Musterstücke sucht, wo jedes Element einzeln obwaltet. Alsdann sammle man Beyspiele die sich nach der einen oder nach der andern Seite hinneigen, bis endlich die Vereinigung von allen dreyen erscheint und somit der ganze Kreis in sich geschlossen ist. (Teil 1, S. 206 f.)

Goethes Anregung zu einer auf drei «Naturformen» aufbauenden Gliederung *aller* möglichen Dichtarten – die u. a. von Emil Staiger in seinen *Grundbegriffen der Poetik* (1946) fortgeführt wurde – hat der Erzählforscher Franz K. Stanzel aufgegriffen, um für den begrenzteren Bereich narrativer Texte eine Typologie aller möglichen Arten des «Vermittlungsvorganges» (*Erzählsituationen*, S. 5) zu entwerfen.[1] Stanzels erstmals Ende der fünfziger Jahre entwickelte Typologie ist im deutschen Sprachraum so bekannt geworden, dass wir diesen Ansatz hier in einem gesonderten Kapitel kurz vorstellen und zu dem von uns entwickelten Beschreibungsmodell kritisch ins Verhältnis setzen wollen.

Nach Stanzel gibt es drei typische Formen von sogenannten ‹Erzählsituationen› (ES), die der Erzählforscher in seiner frühen Studie *Typische Formen des Romans* (1964) wie folgt bestimmt:

(1) Die auktoriale Erzählsituation, die sich durch «die Anwesenheit eines persönlichen, sich in Einmengung und Kommentaren zum Erzählten kundgebenden Erzählers» auszeichnet. «Wesentlich für den auktorialen Erzähler ist, daß er als Mittelsmann der Geschichte einen Platz sozusagen an der Schwelle zwischen der fiktiven Welt des Romans und der Wirklichkeit des Autors und des Lesers einnimmt. Die der auktorialen Erzählsituation entsprechende Grundform des Erzählens ist die berichtende Erzählweise. Die szenische Darstellung, von der auch in einem Roman mit vorherrschend auktorialer Erzählsituation ausgiebiger Gebrauch gemacht werden kann, ordnet sich (...) der berichtenden Erzählweise unter.» (*Formen*, S. 16)

(2) Die Ich-Erzählsituation, in der der Erzähler eindeutig zur Welt der Figuren gehört. «Er selbst hat das Geschehen erlebt, miterlebt oder beobachtet, oder unmittelbar von den eigentlichen Akteuren des Geschehens in Erfahrung gebracht. Auch hier herrscht die berichtende Erzählweise vor, der sich szenische Darstellung unterordnet.» (*Formen*, S. 16)

(3) Die personale Erzählsituation, bei der der Erzähler auf Einmischungen und Kommentare verzichtet. Für den Leser entsteht hier «die Illusion, er befände sich selbst auf dem Schauplatz des Geschehens oder er betrachte die dargestellte Welt mit den Augen einer Romanfigur, die jedoch nicht erzählt, sondern in deren Bewußtsein sich das Geschehen gleichsam spiegelt. Damit wird diese Romanfigur zur *persona*, zur Rollenmaske, die der Leser anlegt.» (*Formen*, S. 17)

---

[1] Stanzel stellte zunächst noch eine vorsichtige Korrelation zwischen den drei ‹Naturformen› (Goethe) bzw. ‹Grundbegriffen› (Staiger) der Dichtung und seinen drei ‹typischen Erzählsituationen› her (*Erzählsituationen*, S. 166 f.), die er später jedoch nicht weitergeführt hat.

Im Anschluss an Goethes Idee einer kreisförmigen Anordnung von Dichtweisen betrachtet Stanzel diese drei Erzählsituationen als drei «Typenstellen» auf einem «Typenkreis», zwischen denen «breite Zonen des Übergangs, der Mischformen und der abgewandelten Typenformen anzunehmen» sind (*Formen*, S. 53; Kreisdiagramm nach *Erzählsituationen*, S. 163):

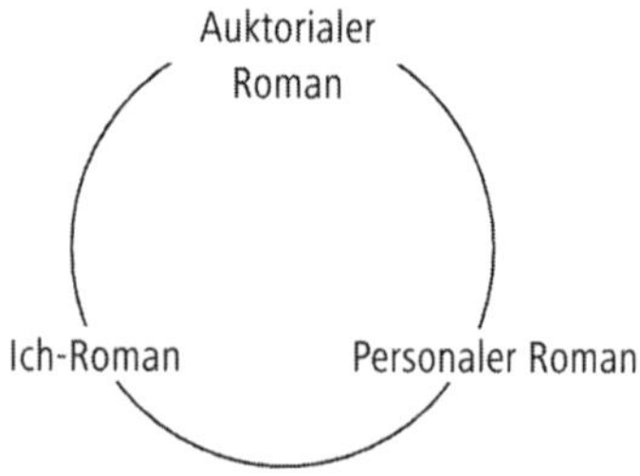

In Stanzels Typenkreis ist etwa der Weg von der auktorialen zur Ich-Erzählsituation dadurch gekennzeichnet, dass sich der Erzähler der erzählten Welt mehr und mehr annähert, um schließlich als Figur in sie einzutreten (womit dann die Ich-Erzählsituation beginnt). Genau die entgegengesetzte Bewegung zeigt sich dagegen, wenn man den Typenkreis in Richtung der personalen Erzählsituation abschreitet: Hier zieht sich der Erzähler mit seinen Kommentaren und Reflexionen mehr und mehr vom Erzählvorgang zurück, bis er schließlich so weit hinter die Figuren zurückgetreten ist, dass die Illusion der Unmittelbarkeit entsteht. Jede Form des Vermittlungsvorgangs in einer Erzählung, so Stanzels These, hat einen bestimmten Platz auf dem Typenkreis, wobei der besondere Vorzug dieser Art von kreisförmiger Ordnung nicht in der bloßen Zuordnung, sondern «im Aufweisen der Relation» des Einzelfalls zu den «typischen Formen» zu sehen sei (*Formen*, S. 54).

In den siebziger Jahren hat Stanzel den Systemcharakter seines Entwurfs zu festigen und zu einer *Theorie des Erzählens* (1978) auszuarbeiten versucht, indem er seinen aus der deutschen Tradition einer morphologisch und phänomenologisch orientierten Literaturwissenschaft geborenen Typenkreis durch das Einbeziehen anderer Ansätze differenzierte. Im Sinne der formalistischen Methode des Strukturalismus sollen nun drei ‹Konstituenten› und ein System von binären Oppositionen die Orientierung auf dem Kreis erleichtern. Eingeführt werden demnach 1. die Konstituente *Person* (Identität vs. Nichtidentität der Seinsbereiche von Erzähler und Figuren; in unserer Terminologie entspricht dem die Opposition ‹hetero- vs. homodiegetisch› im Rahmen der Kategorie *Stimme*), 2. die Konstituente *Modus* (Erzähler vs. Reflektorfigur; dem entspricht ungefähr die Opposition narrativer vs. dramatischer Modus im Rahmen der Kategorie *Modus*) und 3. die Konstituente *Perspektive* (Außenperspektive vs. Innenperspektive; dem entspricht das Begriffspaar Nullfokalisierung und Interne Fokalisierung im Rahmen der Kategorie *Modus*, wobei die von uns vorgesehene Form der externen Fokalisierung nicht berücksichtigt bzw. der Nullfokalisierung zugeschlagen ist). So werden dem Kreis nun drei Stützen eingezogen und die drei typischen Erzählsituationen dadurch charakterisiert, dass jeweils eine andere Konstituente bzw. ein Pol der ihr zugeordneten binären Opposition dominiert (Kreisdiagramm nach *Theorie*, S. 81):

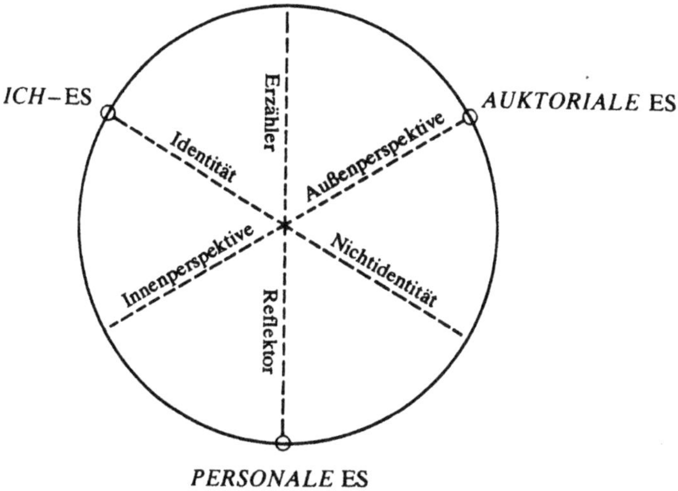

Stanzels überarbeitete Typologie definiert die *auktoriale Erzählsituation* demnach primär durch die Vorherrschaft einer Allwissenheit suggerierenden Außenperspektive und sekundär durch die Anwesenheit einer Erzählerfigur sowie die Nichtidentität der Seinsbereiche von Erzähler und Figuren (zum Beispiel Fontanes *Effi Briest* oder Goethes *Wilhelm Meister*). In der *Ich-Erzählsituation* dominiert dagegen die Identität der Seinsbereiche von Erzähler und Figuren, sekundär charakterisiert sie einerseits die Präsenz einer Erzählerfigur, andererseits das Überwiegen der an einen bestimmten Standort gebundenen Innenperspektive (zum Beispiel Defoes *Robinson Crusoe* oder Goethes

Werther). Die *personale Erzählsituation* schließlich wird primär durch die Dominanz einer Reflektorfigur, sekundär durch das Überwiegen der Innenperspektive sowie die am Er-Bezug auf die Reflektorfigur festzumachende Nicht-Identität der Seinsbereiche von Erzähler und Figuren bestimmt (zum Beispiel Kafkas *Der Proceß* oder *Das Schloß*). Dass die Erzählsituation im Verlauf einer Erzählung wechseln oder gleichbleiben kann, beschreibt Stanzel im Rahmen seiner *Theorie des Erzählens* als ‹Dynamisierung› (im Fall der Veränderung) bzw. ‹Schematisierung› (im seltenen Fall einer durchgängig identischen Vermittlungsform) der Erzählsituation (*Theorie*, S. 89–108).

Verglichen mit dem umfassenden Beschreibungsmodell von Erzählformen, das wir oben vorgestellt haben, hat Stanzels Modell zweifellos den Vorzug der Anschaulichkeit, weil seine ‹Erzählsituationen› drei bestimmte, literaturgeschichtlich wichtige Merkmalsbündel prägnant zusammenfassen und in ein überschaubares Verhältnis zueinander setzen. In seiner überarbeiteten Form hat der Typenkreis mit seinem System von dominanten und subdominanten Konstituenten und binären Oppositionen diese Anschaulichkeit allerdings weitgehend eingebüßt. Und nicht nur das. Der Typenkreis – der ja ohnehin nur das ‹Wie› oder die Darstellung, nicht aber das ‹Was› oder die Handlung narrativer Texte erfasst – berücksichtigt wichtige Parameter wie *Ordnung, Dauer, Frequenz, Ort* und *Zeitpunkt* des Erzählens gar nicht oder nur am Rande. Zudem liegen systeminterne Nachteile von Stanzels Typologie in der mangelnden Trennung zwischen den Positionen von ‹Sprecher› und ‹Wahrnehmendem› sowie in dem von der Kreisform hervorgerufenen Zwang zu einseitigen Determinationen (wie ‹diese Wahl der Perspektive führt zu jener Position der Person›) und Interdependenzen (‹diese Wahl der Perspektive und diese Wahl der Person bedingen einander wechselseitig›). Auf einem in der beschriebenen Weise segmentierten Kreis lassen sich all die widersprüchlichen, in der Moderne zunehmend populären Mischformen nicht erfassen, die der Tradition eines ‹illusionsstörenden Erzählens› verpflichtet sind (vgl. Wolf, *Illusion*) und die ebenfalls zum Potenzial des fiktionalen Erzählens gehören. So bestimmen z. B. das besondere Profil der Erzählform von E. T. A. Hoffmanns *Der Sandmann* (1816) eine als Freund der Figuren auftretende Erzählerfigur (nach Stanzel also die Identität der Seinsbereiche von Erzähler und Figuren als dominantes Merkmal) *und* eine Perspektivierung des erzählten Geschehens auf den als ‹Reflektor› fungierenden Protagonisten Nathanael (was nach Stanzels Typenkreis jedoch notwendig eine Nichtidentität der Seinsbereiche von Erzähler und Figuren voraussetzt). In Albert Camus' *Der Fremde* (*L'Étranger*, 1942) dagegen ist im Rahmen einer durchgängigen Erzählung in der ersten Person (also einer Ich-Erzählsituation nach Stanzel) der Einblick in die Gefühle und Gedanken des im Vordergrund stehenden erlebenden Ichs so weit reduziert, dass man hier von der ‹Außensicht› in der Art von Hemingways *The Killers* sprechen kann – die Stanzels Typenkreis jedoch nur in Kombination mit einer Mischform von auktorialer und personaler Erzählsituation zulässt.

Im Gegensatz zu Stanzels geschlossenem, auf eine imaginäre Totalität abzielenden Typenkreis sieht das von uns vorgestellte Beschreibungsmodell keine beschränkte Zahl typischer Erzählformen, sondern einen grundsätzlich erweiterbaren Katalog von frei miteinander kombinierbaren Merkmalen vor. Im Hinblick auf die Parameter *Ort, Stellung* und *Fokalisierung* sprechen wir also im Fall des *Sandmanns* von der Kombination eines extradiegetisch-homodiegetischen Erzählers und einer fixierten internen Fokalisierung und im Fall des *Fremden* von einem extradiegetisch-homodiegetischen Erzähler in Verbindung mit einer Tendenz zur externen Fokalisierung. Gleichwohl können natürlich auch im Rahmen dieses offenen Systems, je nach Anzahl der Parameter, mehr oder minder komplexe Typen gebildet werden. Berücksichtigt man nur die beiden Parameter *Fokalisierung* und *Stellung* des Erzählers zum erzählten Geschehen, so sind nach einem von Genette vorgeschlagenen Schema (*Erzählung*, S. 273) die folgenden sechs Typen einer Erzählsituation denkbar (was die Orientierung erleichtern, nicht aber ausschließen soll, dass auch Grenzfälle und Mischformen möglich sind):

Fokalisierung / **Stellung**	**Auktorial (Null-Fokal.)**	**Aktorial (interne Fokal.)**	**Neutral (externe Fokal.)**
Heterodiegetisch	*Wilhelm Meister*	*Der Proceß*	*The Killers*
Homodiegetisch	*Tristram Shandy*	*Werther*	*L'Étranger*

Ähnlich wie bei Stanzels älterer Version des Typenkreises kann die Schlichtheit des Schemas auch hier den Blick auf bestimmte historische Entwicklungen erleichtern. So hat sich z. B. sowohl eine dominante externe Fokalisierung als auch die Kombination eines heterodiegetischen

Erzählers mit einer dominant internen Fokalisierung erst in Erzähltexten der Moderne verbreitet, während die Verbindung eines eindeutig heterodiegetischen Erzählers mit einer dominanten Null-Fokalisierung zu den typischen Merkmalen von Erzähltexten des 18. und 19. Jahrhunderts gehört (Stanzel, *Wandlungen*). Je nach Frageinteresse lässt sich das angegebene Schema nun nach und nach um all die oben vorgestellten Parameter erweitern. Fügt man z. B. den für die Bestimmung einer ‹Erzählsituation› naheliegenden Parameter *Ort* des Erzählens hinzu, verdoppelt sich die Zahl der möglichen Typen wie folgt. (Vgl. Genette, *Erzählung*, S. 277. In diesem Schema wählen wir für einen Typus Knut Hamsuns Ich-Roman *Hunger* [*Sult*, 1890] als Beispiel. Für einige andere, hier mit einem Fragezeichen versehene Typen könnten wir schon bei diesem vergleichsweise geringen Grad an Komplexität nicht mehr ganze Werke, sondern nur noch kürzere Textpassagen nennen.)

Ort ➡ / Stellung ⬇	Extradiegetisch			Intradiegetisch		
Fokalisierung ➡	Auktorial	Aktorial	Neutral	Auktorial	Aktorial	Neutral
Heterodiegetisch	*Wilhelm Meister*	*Der Proceß*	*The Killers*	Schehrezâdes Geschichten in *Tausend und eine Nacht*	?	?
Homodiegetisch	*Tristram Shandy*	*Hunger*	*L'Étranger*	?	*Werther*	?

5. Unzuverlässiges Erzählen

In Kapitel I,1 haben wir ausgeführt, dass es nicht nur in faktualer, sondern auch in fiktionaler Rede sinnvoll ist, zwischen wahren und falschen Aussagen zu unterscheiden. Im Gegensatz zu einigen Fiktionalitätstheoretikern, die fiktionale Rede grundsätzlich als nicht wahrheitsfähig ansehen, stellen wir fest, dass die logische Struktur fiktionaler Rede zwei

Aspekte hat, die sorgfältig unterschieden werden müssen. Einerseits erheben die in fiktionaler Rede geäußerten Sätze, als Imaginationen eines realen Autors, keinen Anspruch auf Referenz in *unserer Welt*; andererseits erheben sie, als Behauptungen eines fiktiven Erzählers, durchaus einen Wahrheitsanspruch in der *erzählten Welt*. Wir wollen nun genauer auf diesen zweiten Aspekt der logischen Struktur fiktionaler Rede eingehen, nämlich auf den Geltungsanspruch der in fiktionaler Rede geäußerten Behauptungen mit Bezug auf das, was in der erzählten Welt der Fall ist.

Erzählerrede vs. Figurenrede. Beginnen wir mit einem Beispiel aus Miguel de Cervantes' *Don Quijote* (1605/15). Der Ritter von der traurigen Gestalt reitet auf der Suche nach Abenteuern mit seinem Knecht Sancho Pansa durch die spanische Landschaft.

> Indem bekamen sie dreißig oder vierzig Windmühlen zu Gesicht, wie sie in dieser Gegend sich finden; und sobald Don Quijote sie erblickte, sprach er zu seinem Knappen: ‹Jetzt leitet das Glück unsere Angelegenheiten besser, als wir es nur immer zu wünschen vermöchten; denn dort siehst du, Freund Pansa, wie dreißig Riesen oder noch etliche mehr zum Vorschein kommen; mit denen denke ich einen Kampf zu fechten und ihnen allen das Leben zu nehmen. Mit ihrer Beute machen wir den Anfang, uns zu bereichern; denn das ist ein redlicher Krieg, und es geschieht Gott ein großer Dienst damit, so böses Gezücht vom Angesicht der Erde wegzufegen.›
>
> ‹Was für Riesen?› versetzte Sancho Pansa.
>
> ‹Jene, die du dort siehst›, antwortete sein Herr, ‹die mit den langen Armen, die bei manchen wohl an die zwei Meilen lang sind.›
>
> ‹Bedenket doch, Herr Ritter›, entgegnete Sancho, ‹die dort sich zeigen, sind keine Riesen, sondern Windmühlen, und was Euch bei ihnen wie Arme vorkommt, das sind die Flügel, die, vom Winde umgetrieben, den Mühlstein in Bewegung setzen.›
>
> ‹Wohl ist's ersichtlich›, versetzte Don Quijote, ‹daß Du in Sachen der Abenteuer nicht kundig bist; es sind Riesen, und wenn Du Furcht hast, mach dich fort von hier und verrichte dein Gebet, während ich zu einem grimmen und ungleichen Kampf mit ihnen schreite.› (S. 67 f.)

Zwischen Don Quijote und Sancho entsteht ein Streit darüber, was in ihrer Welt der Fall ist: Stehen sie Windmühlen oder Riesen gegenüber? Zweifellos müssen wir annehmen, dass Sancho Recht hat, während Don Quijote wieder einmal, nach der Lektüre allzu vieler Ritterromane, einer

Wahnvorstellung zum Opfer gefallen ist. Aber warum verstehen wir diese Szene so – und zwar notwendigerweise, denn sonst würden wir sie völlig missverstehen? Gewiss nicht deswegen, weil es in unserer eigenen Welt keine Riesen gibt – in vielen Romanen, zum Beispiel eben in Ritterromanen, wird die erzählte Welt ja durchaus auch von Riesen bewohnt. Unser Verständnis der Szene ist vielmehr dadurch eindeutig festgelegt, dass der Erzähler (bereits im ersten Satz der zitierten Passage) erklärt, dass es sich um Windmühlen handelt. Die Selbstverständlichkeit, ja Banalität dieser Feststellung zeigt bereits an, dass die Behauptungen des Erzählers in fiktionalen Texten offenbar einen grundsätzlich anderen, logisch privilegierteren Status besitzen als die Behauptungen der Figuren: Sie sind, im Rahmen der erzählten Welt, nicht nur wahr, sondern notwendig wahr. Dagegen sind die Behauptungen der Figuren wahr (im Fall von Sancho Pansa) bzw. falsch (im Fall von Don Quijote) genau in dem Maße, in dem sie von der Erzählerrede bestätigt bzw. widerlegt werden. In der Erzählerrede fiktionaler Texte treffen wir auf eine Stimme der absoluten Wahrheit, die durchaus phantastischen Charakter hat – in unserer realen Alltagswelt können Behauptungen grundsätzlich nur eine solch beschränkte Geltung beanspruchen, wie sie in fiktionalen Texten für Figurenreden reserviert ist.

Die Überzeugungskraft der Erzählerrede hängt auch dann nicht von der Glaubwürdigkeit des erzählten Inhalts (relativ zu unseren realweltlichen Überzeugungen) ab, wenn der betreffende Text grundsätzlich unserer eigenen Lebenswelt ähnelt. Das belegt zum Beispiel der Anfang von Franz Kafkas Erzählung *Die Verwandlung* (1915):

> Als Gregor Samsa eines Morgens aus unruhigen Träumen erwachte, fand er sich in seinem Bett zu einem ungeheueren Ungeziefer verwandelt. (...) ‹Was ist mit mir geschehen?› dachte er. Es war kein Traum. (S. 115)

Kafkas Kunstgriff besteht darin, dass in seiner Erzählung ein gänzlich phantastisches Ereignis, die Verwandlung des Helden in ein Ungeziefer, in einer ansonsten (abgesehen von den Reaktionen der anderen Figuren auf Gregors Verwandlung) realistisch geschilderten Welt stattfindet. Dass die Verwandlung keine Einbildung Gregors, sondern tatsächlich der Fall ist, wird im Zitat durch den Erzählersatz «Es war kein Traum» ausgedrückt.

Logisch privilegierte Figurenrede. Allerdings gibt es auch Texte, in denen das logische Privileg des Erzählers, die unbedingte Gültigkeit seiner Behauptungen, auch auf einige der Figuren ausgedehnt ist – Texte, bei denen es grundsätzlich sinnlos wäre, den Geltungsanspruch einer Figurenrede anzuzweifeln. Eine solche logisch privilegierte Figurenrede finden wir zum Beispiel in der Regel dann vor, wenn die Figur als Medium einer übernatürlichen Instanz autorisiert ist. An einer Stelle in Dantes *Göttlicher Komödie* (*Divina Commedia*, 1307–1321) möchten Dante und sein Führer Vergil auf ihrer Fahrt durch das Inferno über den Unterweltfluss Acheron übergesetzt werden. Der Fährmann Charon will aber Dante die Überfahrt verweigern:

> (…) ‹Auf anderem Weg, durch andere Häfen
> Kommst du zum Strand, nicht hier mit diesem Kahne (…).›
> Da sprach zu ihm der Führer: ‹Ruhig, Charon!
> So will man es dort oben, wo das Können
> dem Wollen folgt, mehr sollst du jetzt nicht fragen.› (*Inferno* 3,91–96)

Nicht nur für Charon, sondern auch für den Leser hat sich mit diesen Worten Vergils jeder Zweifel an der Erfüllung von Dantes Wunsch, über den Fluss gesetzt zu werden, erübrigt.

Die Ausdehnung des logischen Erzählerprivilegs auf die Figurenrede findet man auch in Märchen, wenn beispielsweise ein Zauberer oder eine Fee das künftige Geschehen prophezeien. In *Dornröschen* feiert ein Königspaar die langersehnte Geburt der Tochter mit einem Fest, lädt aber von den dreizehn «weisen Frauen» des Reiches nur zwölf ein. Auf dem Fest schenken diese zwölf Frauen dem Kind nacheinander Wundergaben.

> Als elfe ihre Wünsche eben getan hatten, kam die dreizehnte herein, die nicht eingeladen war, und sich dafür rächen wollte. Sie rief ‹die Königstochter soll sich in ihrem funfzehnten Jahr an einer Spindel stechen, und tot hinfallen›. Da trat die zwölfte hervor, die noch einen Wunsch übrig hatte: zwar konnte sie den bösen Ausspruch nicht aufheben, aber sie konnte ihn doch mildern, und sprach ‹es soll aber kein Tod sein, sondern ein hundertjähriger tiefer Schlaf, in welchen die Königstochter fällt›. (Grimm, *Kinder- und Hausmärchen*, S. 225 f.)

Die «weisen Frauen» sind gegenüber den anderen Figuren mit übernatürlichen Fähigkeiten ausgestattet. In der Welt der Märchen sind Vorausdeutungen solcher Figuren, die mit magischer Kraft ausgestattet sind, von unbedingter Zuverlässigkeit: Sie sind *zukunftsgewiss* (im Gegensatz zu den *zukunftsungewissen* Vorausdeutungen nichtprivilegierter Figuren, s. o. S. 40 f.). Allerdings ist der Sachverhalt in *Dornröschen* dadurch kompliziert, dass hier gegensätzliche Vorausdeutungen von Figuren abgegeben werden, die gleichermaßen magisch privilegiert sind. Dennoch unterliegt es keinem Zweifel, dass nicht die Vorausdeutung der (bösen) dreizehnten weisen Frau, sondern diejenige der (guten) zwölften eintreffen wird: Sie ist nicht nur durch die prophetische Kompetenz einer «weisen Frau», sondern zusätzlich durch das Privileg des letzten Wortes legitimiert. Im Rahmen dieser Logik kann die Vorausdeutung der dreizehnten Frau nur insoweit eintreffen, als sie mit derjenigen der zwölften vereinbar ist. Dieses Beispiel macht deutlich, dass der logische Status von Figurenreden nicht nur durch allgemeine Regeln fiktionaler Rede, sondern auch durch spezifische Gattungskonventionen bestimmt wird.

Fehlen einer privilegierten Erzählerrede. Während in den gerade genannten Beispielen das logische Privileg der Erzählerrede auf einige der Figuren ausgedehnt ist, gibt es umgekehrt auch Erzähltexte, in denen eine privilegierte Redeinstanz gänzlich fehlt – etwa in Arthur Schnitzlers Erzählung *Leutnant Gustl* (1900), die aus einem langen inneren Monolog besteht. Dort heißt es zu Beginn: «Wie lange wird denn das noch dauern? (...) Mir kommt vor, ich sitz' schon drei Stunden in dem Konzert. Sie singen übrigens sehr schön. Es ist sehr erhebend – sicher!» (S. 261). Alle Behauptungen, die in einem solchen Text explizit oder implizit aufgestellt werden (zum Beispiel, dass der Sprecher seit drei Stunden im Konzert sitzt und dass sehr schön und erhebend gesungen wird), können nur den bedingten Geltungsanspruch von Figurenreden beanspruchen. *Eine* Gewissheit setzt die Form des inneren Monologes allerdings als gegeben voraus: dass es in der erzählten Welt jemanden gibt, in dessen Bewusstsein diese Sätze und Satzfragmente entstehen.

Theoretische vs. mimetische Sätze. Betrachten wir den berühmten Anfang von Leo Tolstois *Anna Karenina* (1878):

> Alle glücklichen Familien ähneln einander; jede unglückliche aber ist auf ihre eigene Art unglücklich.
> Bei den Oblonskijs herrschte allgemeine Verwirrung. Die Frau des Hauses hatte von der Liebschaft ihres Mannes mit der früheren Gouvernante ihrer Kinder Kenntnis erhalten und erklärt, daß sie unter diesen Umständen nicht länger mit ihm unter einem Dache leben könne. (S. 7)

Der Erzähler behauptet in diesen ersten Sätzen des Romans zwei Sachverhalte. Erstens geht es um einen Unterschied zwischen glücklichen und unglücklichen Familien. Zweitens wird von einem Vorfall bei den Oblonskijs erzählt. Sind beide Behauptungen – im Rahmen der erzählten Welt – wahr? Sicherlich *können* wir annehmen, dass beide Sachverhalte in der Welt von *Anna Karenina* zutreffen, und vielleicht sollen wir das nach Absicht des Autors auch. Aber *müssen* wir beide Behauptungen des Erzählers für wahr halten, um überhaupt ein sinnvolles Textverständnis zu erzielen? Sind beide nicht nur wahr, sondern notwendig wahr? Wenngleich beide Behauptungen vom Erzähler aufgestellt werden, unterscheiden sie sich in ihrer logischen Form auf eine Weise voneinander, die sich auch auf ihren Wahrheitsanspruch auswirkt. Der Satz über glückliche und unglückliche Familien ist eine allgemeine moralische Sentenz, während die folgenden Sätze einen konkreten, das heißt räumlich und zeitlich fixierten Sachverhalt innerhalb der erzählten Welt als wahr behaupten. Während der erste Satz eine kommentierende Stellungnahme des Erzählers über die Welt überhaupt enthält, vermitteln die folgenden Sätze elementare Informationen über die konkrete Beschaffenheit und das Geschehen in der erzählten Welt. Wir wollen Behauptungen des ersten Typs *theoretische Sätze* und solche des zweiten Typs *mimetische Sätze* nennen. In fiktionalen Erzählungen erstreckt sich das logische Privileg des Erzählers gegenüber den Figuren vor allem auf seine mimetischen Sätze, während seine theoretischen Behauptungen in der Regel nur die Autorität einer nichtprivilegierten Figur beanspruchen können – sie können für wahr gehalten werden, müssen es aber nicht, damit ein elementares Textverständnis gewährleistet ist. (Obwohl es sich nicht in einem strikten Sinne um theoretische Sätze handelt, wollen wir unter theoretischer Unzuverlässigkeit auch solche Fälle fassen, in denen der Erzähler eine subjektiv getönte *Bewertung* des Erzählten vornimmt.) Die fundamentale erzähllogische Funktion des Erzählers besteht in der Darstellung der erzählten Welt in ihrer konkreten Individualität, und nur auf diese Funktion erstreckt sich auch sein privilegierter Wahrheitsanspruch.

Unzuverlässiges Erzählen. Allerdings müssen wir die oben aufgestellte These, dass die Behauptungen des Erzählers einen privilegierten Wahrheitsanspruch besitzen, einschränken. Es gibt auch Erzähler, deren Behauptungen, zumindest teilweise, als falsch gelten müssen mit Bezug auf das, was in der erzählten Welt der Fall ist. In solchen Fällen liegt ein *unzuverlässiger Erzähler* vor. Obwohl dieser Erzählertyp bereits in der antiken Romanliteratur zu finden ist – man denke etwa an Lukians *Wahre Geschichten* (um 180, s. o. S. 14 f.) oder an Apuleius' *Goldenen Esel* (um 170) –, wurde die Unterscheidung zwischen zuverlässigem und unzuverlässigem Erzähler erst 1961 von Wayne C. Booth in die Erzähltheorie eingeführt: «I have called a narrator *reliable* when he speaks for or acts in accordance with the norms of the work (which is to say, the implied author's norms), *unreliable* when he does not» (Booth, *Rhetoric*, S. 158 f.).

Das unzuverlässige Erzählen lässt sich am besten mit dem strukturell ähnlichen Begriff der Ironie erklären. Ironische Kommunikation verdoppelt das Kommunikat zwischen zwei Gesprächspartnern in eine explizite und eine implizite Botschaft. Die implizite Botschaft widerspricht der expliziten und soll vom Hörer als die ‹eigentlich gemeinte› aufgefasst werden. Der Sprecher gibt dem Hörer den uneigentlichen Status seiner expliziten Botschaft durch Ironiesignale zu erkennen. In realer ironischer Kommunikation ist der Sprecher gleichermaßen Sender der expliziten wie der impliziten Botschaft. Selbstverständlich können fiktive Erzähler oder Figuren auch in diesem Sinne ironisch sein. Die besonderen Möglichkeiten fiktionaler Texte werden jedoch erst dann genutzt, wenn die doppelte Botschaft der Ironie auf zwei verschiedene Sender verteilt ist. In diesem Fall kommuniziert der unzuverlässige Erzähler eine explizite Botschaft, während der Autor dem Leser implizit, sozusagen an dem Erzähler vorbei, eine andere, den Erzählerbehauptungen widersprechende Botschaft vermittelt. Die explizite Botschaft des Erzählers ist die nicht eigentlich gemeinte, die implizite des Autors hingegen die eigentlich gemeinte.[1] Die Möglichkeit, in fiktionalen Texten den Standpunkt des Erzählers in dessen eigener Rede durch die implizite Vermittlung eines anderen Standpunktes zu unterlaufen, stellt zweifellos eine genuin literarische und wegen der Möglichkeit subtilster Nuancierungen besonders reizvolle Aufgabe für Autoren dar.

Es lassen sich verschiedene Arten unzuverlässigen Erzählens unterscheiden:

---

[1] Manche Erzähltheoretiker wie W. C. Booth (*Rhetoric*, S. 70–76) und S. Chatman (*Terms*, S. 74–109) sind der Auffassung, es müsse, gerade auch für die Erklärung ironischen und unzuverlässigen Erzählens, neben dem *Erzähler* und dem *realen Autor* des Textes als dritte Instanz noch ein *impliziter Autor* als die objektivierte Quelle der impliziten Botschaft angenommen werden.

Theoretisch unzuverlässiges Erzählen. Für unzuverlässiges Erzählen bieten sich besonders Texte mit einem ‹dramatisierten› (Booth, *Rhetoric*, S. 151–153) oder intradiegetischen Erzähler (d. h. einem Erzähler, der ein Bewohner der erzählten Welt ist) an, weil ein Erzähler, der als Figur an der erzählten Welt teilnimmt, gegenüber den anderen Figuren nach dem logischen System der literarischen Fiktion nicht privilegiert ist. Selbst in diesen Fällen ist jedoch die Unzuverlässigkeit des Erzählers zumeist auf seine theoretischen Sätze begrenzt, während seine mimetischen Sätze vom Leser weiterhin für notwendig wahr gehalten werden. So wird in Thomas Manns *Doktor Faustus* (1947) die Geschichte des dämonischen Komponisten Adrian Leverkühn durch den Ich-Erzähler Dr. phil. Serenus Zeitblom mitgeteilt, also durch eine «humanistisch fromme und schlichte, liebend verschreckte Seele» (Mann, *Entstehung*, S. 28), der sich die politischen, philosophischen und moralischen Dimensionen ihrer eigenen Erzählung offensichtlich entziehen. Wenngleich man die Gültigkeit der Kommentare und Sentenzen, die der biedere Zeitblom über seine Geschichte abgibt, skeptisch einzuschätzen hat, bleibt doch die Zuverlässigkeit dieses Erzählers in Bezug auf die konkreten Tatsachen der dargestellten Geschichte unbezweifelt. Die Glaubwürdigkeit dieses Erzählers ist eingeschränkt, insofern er als individuelle Figur hervortritt; sie bleibt aber uneingeschränkt in Bezug auf seine mimetische Erzählfunktion.

Mimetisch teilweise unzuverlässiges Erzählen. Es gibt jedoch auch unzuverlässige Erzähler, bei denen nicht nur die theoretischen, sondern auch mimetische Sätze falsch oder zumindest irreführend sind. Der Roman *Zwischen neun und neun* (1918) des Österreichers Leo Perutz erzählt die Flucht des Wiener Studenten Stanislaus Demba vor der Polizei. Als er an einem Morgen um neun Uhr wegen Bücherdiebstahls festgenommen werden soll und bereits Handschellen angelegt bekommen hat, entkommt Demba der Polizei durch einen tollkühnen Sprung von einem Hausdach, irrt durch Wien und übersteht eine Reihe kritischer Verfolgungssituationen. Nachdem er schließlich einen Unterschlupf gefunden hat – es ist inzwischen neun Uhr abends –, kommt erneut die Polizei. Demba flieht wieder auf den Dachboden und stürzt sich hinunter auf die Straße. Dann, auf der letzten Seite des Romans, heißt es:

> Als die beiden Polizisten – kurz nach neun Uhr morgens [!] – den Hof des Trödlerhauses in der Klettengasse betraten, war noch Leben in Stanislaus Demba.

> Sie beugten sich über ihn. Er erschrak und versuchte aufzustehen. Er wollte fort, rasch um die Ecke biegen, in die Freiheit. Er sank sogleich zurück. Seine Glieder waren zerschmettert, und aus einer Wunde am Hinterkopf floß Blut. (S. 197)

Am Ende des Romans stellt sich so heraus, dass Dembas Erlebnisse nach seiner Flucht – also der weitaus umfangreichste Teil der erzählten Handlung und der Erzählzeit – nur Phantasievorstellungen des Sterbenden waren, nachdem er zum ersten Mal versucht hatte, durch einen Sprung vom Hausdach der Polizei zu entkommen. Die erzählte Zeit von *Zwischen neun und neun* währt nicht die zwölf Stunden von neun Uhr morgens bis neun Uhr abends, sondern in Wahrheit nur wenige Minuten. Die mimetischen Sätze des extradiegetischen oder auktorialen Erzählers, die der Leser zunächst für unbezweifelbar wahr halten muss, enthüllen sich am Schluss des Romans als intern-fokalisierte Phantasievorstellungen in Dembas Bewusstsein. (Bei einer zweiten Lektüre des Romans werden freilich schon früher Signale der Unzuverlässigkeit erkennbar.)

Aber warum verstehen wir eigentlich das Geschehen auf diese Weise? Die Selbstverständlichkeit, mit der wir bereit sind, am Ende von Perutz' Roman dasjenige Textverständnis abzuweisen, das wir bis dahin, den gesamten Roman hindurch, als selbstverständlich vorausgesetzt haben, ist jedenfalls nicht quantitativ begründet: Die weitaus meisten mimetischen Erzählersätze dieses Romans stellen ja etwas als Tatsache hin, was wir nach der Lektüre des Schlusses nurmehr als reine Phantasievorstellungen des Protagonisten akzeptieren. Der Grund, weshalb wir nach der Lektüre der Schlusspointe sofort das neue Textverständnis akzeptieren und damit rückwirkend die gesamte Handlung uminterpretieren, liegt vielmehr darin, dass wir nur mit Hilfe dieser Lektüre aus dem Text eine *konsistente* erzählte Welt konstruieren können, die durch das Motiv des halluzinatorischen Abenteuers im Moment des Sterbens geprägt ist. Andernfalls ergäbe sich nämlich ein unaufgelöster Widerspruch zwischen dem Hauptteil und dem Schluss des Romans, der des Lesers Bestreben nach Sinnkonstanz (Hörmann, *Meinen*, S. 208–212) verletzte.

In der Regel lassen sich unzuverlässige Ich-Erzähler einem von drei Haupttypen zuordnen. Sie alle wollen den Leser Sachverhalte glauben machen, die sich in der erzählten Welt als falsch herausstellen, tun dies aber aus unterschiedlichen Gründen: (a) Der *Wahnsinnige* meint zwar, die Wahrheit zu sagen, seine Glaubwürdigkeit leidet aber unter einer psychotisch verzerrten Wirklichkeitswahrnehmung. So erweckt der Erzähler in Edgar Allan Poes Erzählung *The Tell-Tale Heart* (1843) bereits mit seinen ersten, gehetzten Sätzen einen labilen Eindruck:

> True! – nervous – very, very dreadfully nervous I had been, and am; but why *will* you say that I am mad? The disease had sharpened my senses – not destroyed – not dulled them. Above all was the sense of hearing acute. I heard all things in the heaven and in the earth. I heard many things in hell. How, then, am I mad? Hearken! and observe how healthily – how calmly I can tell you the whole story. (Poe, *The Tell-Tale Heart*, S. 792)

Am Ende gesteht dieser Erzähler bei einem Verhör durch die Polizei panisch einen Mord, weil der Herzschlag seines toten Opfers unerträglich laut den Raum erfüllt – ein verräterischer Lärm, den allerdings nur er selber hört. (b) Auch der *Ignorant* ist subjektiv von der Wahrheit seiner Rede überzeugt, erweist sich aber als falsch oder unzureichend informiert. Der oben erwähnte Dr. Serenus Zeitblom in Thomas Manns Roman *Doktor Faustus* (1947) gehört zu diesem Typus. (c) Hingegen behauptet (oder impliziert) der *Lügner* wider besseres Wissen Falsches oder Irreführendes, um sich dadurch einen Vorteil zu verschaffen oder sich in ein besseres Licht zu stellen. So wird der Erzählrahmen im *Lazarillo de Tormes* (ca. 1552), dem ersten Schelmenroman der Weltliteratur, durch den zweifelhaften Versuch des Ich-Erzählers geprägt, den Verdacht einer sexuellen Beziehung zwischen seiner Ehefrau und ihrem Arbeitgeber, dem Erzpriester von San Salvador in Toledo, abzuweisen. Ein anderes Beispiel für einen absichtlich irreführenden Erzähler findet man in Agatha Christies berühmtem Kriminalroman *The Murder of Roger Ackroyd* (1926). Hier ist der homodiegetische Erzähler Dr. James Sheppard dem Detektiv Hercule Poirot bei dessen Ermittlungen behilflich und enthüllt sich dem Leser erst ganz am Ende selbst als der gesuchte Mörder.

In der seit einigen Jahren besonders lebhaften Forschung zu diesem Phänomen begegnet man gelegentlich der Auffassung, unzuverlässige Erzähler seien immer homodiegetisch (z. B. Nünning [Hg.], *Unreliable Narration*, und Walsh, *The Rhetoric of Fictionality*). Diese Auffassung mag naheliegen, solange man unzuverlässiges Erzählen als Rede von wahnsinnigen, ignoranten oder lügnerischen Ich-Erzählern nach nichtfiktionalen Modellen von Sprechern naturalisieren kann, die uns grundsätzlich aus der Lebenswelt bekannt sind. Das (keineswegs singuläre) Beispiel von *Zwischen neun und neun* zeigt jedoch, dass in literarisch-fiktionalen Texten nicht nur homodiegetische, sondern sehr wohl auch heterodiegetische Erzähler unzuverlässig sein können.[2]

Mimetisch unentscheidbares Erzählen. Die bisher beschriebenen Typen unzuverlässigen Erzählens beruhen auf der Voraussetzung, dass hinter der Rede des Erzählers eine stabile und eindeutig bestimmbare erzählte Welt erkennbar wird, mit Bezug auf die sich manche der Erzählerbehauptungen als unzuverlässig abheben lassen. Viele Texte der Moderne und Postmoderne lösen diesen festen Bezugspunkt auf, so dass der Eindruck der Unzuverlässigkeit hier nicht nur teilweise und vorübergehend entsteht, sondern unaufgelöst bestehen bleibt und sich in eine grundsätzliche *Unentscheidbarkeit* bezüglich dessen, was in der erzählten Welt der Fall ist, verwandelt. Keine einzige Behauptung des Erzählers ist dann in ihrem Wahrheitswert entscheidbar, und keine einzige Tatsache der erzählten Welt steht definitiv fest. Mittlerweile schon klassisch gewordene Beispiele für ein mimetisch unentscheidbares Erzählen sind die *nouveaux romans* von Alain Robbe-Grillet. In seinem Roman *Die blaue Villa in Hongkong* (*La maison de rendez-vous*, 1965) – übrigens auch in seinem Film *Glissements progressifs du plaisir* (1974) – werden Szenen aneinandergereiht, die sich nicht einem linearen chronologischen oder kausalen Zusammenhang fügen, sondern eher im Sinne einer seriellen Ästhetik als Variationen bestimmter Standardsituationen oder Handlungsschablonen zu lesen sind. Es bleibt unentscheidbar, welche dieser Varianten des Geschehens als die ‹eigentliche› zu gelten hat. Die erzählte Welt löst sich auf in eine Serie alternativer Versionen.

Robbe-Grillets Erzähler verzichtet auf jegliches mentale Vokabular und beschränkt sich auf die Darstellung von sinnlich Wahrnehmbarem im neutralen Erzählmodus einer externen Fokalisierung, also ohne die Ereignisse durch das wahrnehmende Bewusstsein einer Figur zu filtern. Derselbe Effekt eines unentscheidbaren Erzählens kann aber auch

[2] Das von Perutz in *Zwischen neun und neun* verwendete Motiv des halluzinatorischen Abenteuers eines Sterbenden findet sich bereits in Ambrose Bierces Erzählung *An Occurrence at Owl Creek Bridge* (1891, s. o. S. 40) und später in den Erzählungen *Der Süden* (*El Sur*, 1944) von Jorge Luis Borges und *Die Nacht auf dem Rücken* (*La noche boca arriba*, 1956) von Julio Cortázar.

durch eine extreme Steigerungsform des Inneren Monologs erzielt werden, wie wir sie bei Samuel Beckett finden. Sein Roman *Wie es ist* (*Comment c'est*, 1961) besteht aus bruchstückhaft aneinandergereihten Sätzen und Satzteilen, die sich nicht einmal mehr in der (ohnehin schon fragmentarischen) Form eines *stream of consciousness* zusammenfügen lassen. Ein äußeres Geschehen lässt sich aus diesem Text, der nicht durch einen linearen Handlungszusammenhang, sondern durch die Wiederholung bestimmter Namen, Ereignisse und Themen strukturiert wird, nur ansatzweise und nicht definitiv rekonstruieren. Eine stabile und eindeutige erzählte Welt bleibt unerkennbar, der Wahrheitswert der Erzählerbehauptungen unentscheidbar.

Diese Beobachtungen über die Logik der literarischen Erzählung machen deutlich, dass die logische Struktur der erzählerischen Rede mit der Ontologie der durch die Erzählerrede dargestellten Welt zusammenhängt. Die Art und Weise der Darstellung prägt auch die Erkenntnis der Beschaffenheit der erzählten Welt. Dieser Umstand muss in einer formalen Typologie erzählter Welten berücksichtigt werden, indem man beispielsweise ‹stabile› und ‹instabile› Welten unterscheidet (s. u. S. 143 f.).

Wir wollen das Kapitel über das unzuverlässige Erzählen mit einer Art von Inkonsistenz abschließen, die sich von den bisher beschriebenen grundsätzlich unterscheidet, weil sie zwar Teil des literarischen Textes, aber nicht Teil des literarischen Kunstwerks ist. Ein Beispiel hierfür entnehmen wir Cervantes' *Don Quijote*. Im 23. Kapitel des ersten Teils wird erzählt, wie Sancho Pansa der Esel geraubt wird, im 30. Kapitel, wie Sancho ihn wieder zurückerhält. In den dazwischenliegenden Kapiteln werden nun aber Episoden erzählt, in denen Sancho wie selbstverständlich auf seinem Esel reitet. Wir verfügen über keinerlei Indizien dafür, dass dieser Widerspruch im Gesamtaufbau des Romans eine Funktion hätte. Vielmehr widerspricht eine solche Aufhebung kausaler Folgerichtigkeit den generellen erzählerischen Konventionen des Romans. Im *Don Quijote* ist es ja grundlegend, dass die Welt, in der Don Quijote und Sancho Pansa sich bewegen, konsistent und stabil ist – jedenfalls für den Leser, nicht unbedingt für die beschränkte Wahrnehmung der Figuren – und dass die Erzählerrede zuverlässig ist. Es handelt sich hier aller Wahrscheinlichkeit nach schlicht um ein Versehen von Cervantes, das, so vermuten die Experten, durch eine Veränderung der Kapitel- und Episodenfolge im Manuskript im Verlauf der Drucklegung verursacht wurde.

Während die wunderbare Rückkehr von Sanchos Esel den Lesern des *Don Quijote* kein besonderes Kopfzerbrechen bereitet hat, ist viel Interpretationsenergie auf einen Text Franz Kafkas gerichtet worden, der zuerst von Kafkas Nachlassverwalter Max Brod 1946 unter dem Titel *Der Jäger Gracchus* in dem Kafka-Sammelband *Beschreibung eines Kampfes* veröffentlicht wurde. In der zweiten Hälfte des kurzen Textes kommt es zu einem Dialog zwischen dem Jäger Gracchus und dem Bürgermeister von Riva, in dem es u. a. heißt:

> ‹(…) ‹Der große Jäger vom Schwarzwald› hieß ich. Ist das eine Schuld?› ‹Ich bin nicht berufen, das zu entscheiden›, sagte der Bürgermeister, ‹doch scheint auch mir keine Schuld darin zu liegen. Aber wer trägt denn die Schuld?› ‹Der Bootsmann›, sagte der Jäger. ‹Niemand wird lesen, was ich hier schreibe, niemand wird kommen, mir zu helfen (…)› (Kafka, *Jäger* [Brod], S. 104)

Die Antwort des Jägers ist merkwürdig. Einerseits gehört sie zum Dialog mit dem Bürgermeister, andererseits impliziert sie eine monologische Schreibsituation («Niemand wird lesen, was ich hier schreibe»). Dieser «Bruch der Erzählperspektive» (Nägele, *Suche*, S. 66) ist als «unbefriedigende Perspektivgestaltung» (Binder, *Jäger*, S. 435) kritisiert worden. Andere interpretierten ihn als Einbrechen der existentiellen Schreibsituation Kafkas in die fiktionale Sphäre seines eigenen Textes («Der Schreibende ist Kafka», Nägele, *Suche*, S. 66). Wieder andere erkannten darin einen bedeutsamen Kunstgriff («a highly charged narrative signal with interpretive importance», Haase, *Kafka's*, S. 321), der gerade die künstlerische Geschlossenheit («completed composition», ebd., S. 319) der Erzählung herstelle, weil er den Dialog als Phantasievorstellung des einsam schreibenden Gracchus enthülle. 1993 erschien im Rahmen der historisch-kritischen Kafka-Ausgabe eine neue Edition dieses Textes, die allererst zu erkennen erlaubte, dass er in dieser Form gar nicht von Kafka stammt. Im sogenannten ‹Oktavheft B›, dem er entnommen ist, bricht ein (titelloser) erster Text mit den Worten ab: «‹Der Bootsmann›, sagte der Jäger» (Kafka, *Schriften*, S. 310). Ein späterer Text, der vom ersten durch andere Prosastücke getrennt ist, beginnt mit den Worten: «Niemand wird lesen, was ich hier schreibe, niemand wird kommen, mir zu helfen» (ebd., S. 311). Dieser zweite Text stellt, wie aus seinem weiteren Verlauf deutlich wird, einen inneren Monolog des Gracchus dar. Brod hat also in seiner Rekonstruktion des *Jäger Gracchus* aus dem Manuskriptmaterial verschiedene, thematisch verwandte Prosastücke zu einem einzigen Text kompiliert, der in alle folgenden Kafka-Ausgaben übernommen wurde. Die scharfsinnigen Deutungen der Interpreten des *Jäger Gracchus* haben mit Kafkas Textentwürfen nichts zu tun. Der angebliche Perspektivwechsel von einer dialogischen zu einer monologischen Erzählform in der gerade zitierten Passage ist weder ein zurecht von Kafka verworfenes, weil künstlerisch unbefriedigendes Erzählverfahren noch ein bedeutsames Dokument der unauflöslichen Verklammerung von Kafkas Biographie und seinem literarischem Werk noch auch eine raffinierte Modalisierung des vermeintlichen Dialoges als das Phantasiegebilde eines einsam Schreibenden, sondern schlicht der Missgriff eines Herausgebers.

Solche Inkonsistenzen, die durch ein Versehen des Autors, korrupte Manuskripte, fehlerhafte Textüberlieferung oder eigenmächtige Entscheidungen eines Editors entstanden sind, können dem intentionalen Gebilde des literarischen Werkes nicht als funktionale Bestandteile zugerechnet werden. Insofern gehören sie nicht mehr in den Bereich einer – und sei es ironischen – Kommunikation zwischen Autor und Leser und sind deshalb auch keine Fälle von unzuverlässigem Erzählen. Sie sind zwar textgenetisch erklärbar, aber nicht textstrukturell interpretierbar.[3]

Allerdings sind solche Feststellungen im Einzelfall nicht immer leicht zu treffen und bleiben grundsätzlich revidierbar – sowohl, weil sich der Kenntnisstand über die vermeintlich authentische Textgestalt ändern kann, als auch, weil anscheinend unüberbrückbare Inkonsistenzen eines Textes vielleicht doch noch durch eine ingeniöse Neuinterpretation hermeneutisch gerechtfertigt werden. In Heinrich von Kleists Erzählung *Die Verlobung in St. Domingo* (1811) trägt die Hauptfigur den Namen Gustav. In allen drei Druckfassungen zu Lebzeiten des Autors wird Gustav jedoch viermal nacheinander als August bezeichnet, ohne dass dieser Namenwechsel begründet würde. Die Herausgeber glaubten bislang übereinstimmend an ein Versehen Kleists und emendierten an diesen Stellen ‹August› zu ‹Gustav›. Diese *communis opinio*

[3] Wir verwenden also einen Bedeutungsbegriff, der die Textbedeutung mit der Autorintention verbindet (ohne sie mit dieser gleichzusetzen); zum Zusammenhang von Autorschaft, Intention, Interpretation und Textbedeutung s. Jannidis u.a. (Hg.), *Rückkehr.*

der Kleist-Editoren wurde jüngst von Roland Reuß in Frage gestellt, der darauf aufmerksam machte, dass ‹August› ein Anagramm von ‹Gustav› darstellt, und in einer (allerdings umstrittenen) Interpretation dem Namenwechsel eine Bedeutung im Gesamtzusammenhang der Erzählung zuwies (vgl. Reuß, «*Verlobung*», bes. S. 39–41).

III. Das ‹Was›: Handlung und erzählte Welt

1. Handlung

Wir wenden uns nun dem Bereich des ‹Erzählten› zu und untersuchen zunächst mit dem ‹Ereignis›, dem ‹Geschehen› und der ‹Geschichte› drei Grundbegriffe der Handlung narrativer Texte.

a) *Ereignis – Geschehen – Geschichte*

Das *Ereignis* oder *Motiv* ist die kleinste, elementare Einheit der Handlung[1] und wurde als erzähltheoretischer Terminus zuerst vom russischen Formalisten Boris Tomaševskij definiert. Tomaševskij sah das Motiv als die nicht mehr weiter unterteilbare Einheit des thematischen Materials eines Erzähltextes an und stellte es in Analogie zum Satz als kleinster Einheit des Diskurses: «Eigentlich verfügt jeder Satz über ein eigenes Motiv» (Tomaševskij, *Theorie*, S. 218). Als Beispiele für ein Motiv nennt Tomaševskij Sätze wie «Der Abend brach an», «Raskolnikov erschlug die Alte», «Der Held starb» oder «Ein Brief traf ein» (ebd.). Obwohl Tomaševskij seine Beispiele nicht weiter kommentiert, erlauben sie die Feststellung, dass Motive offenbar eine propositionale Struktur haben und insofern (Behauptungs-)Sätzen

[1] Wir verwenden ‹Ereignis› und ‹Motiv› bedeutungsgleich, bevorzugen aber die Bezeichnung ‹Ereignis›, um die Mehrdeutigkeit des Ausdrucks ‹Motiv› zu vermeiden. Denn außer im narratologisch-strukturellen Sinne der kleinsten Einheit einer Handlung wird ‹Motiv› in der folkloristischen und literarhistorischen Stoff- und Motivforschung auch im thematischen Sinne eines Handlungselements verwendet, das sich wegen seiner Ungewöhnlichkeit und Prägnanz in der Tradition erhalten hat (z. B. ‹Die verfeindeten Brüder›, ‹Die verleumdete Gattin›) (s. Lüthi, *Märchen*, S. 19 u. 80 f.). Schließlich werden gelegentlich auch Elemente der Erzählung als ‹Motive› bezeichnet, die nichts mit der Handlung zu tun haben, sondern die erzählerische Rede kennzeichnen – etwa, als gattungstypisches Märchenmotiv, die Wendung ‹Es war einmal...›.

analog sind. Formal gesehen, sind sie nämlich aus Subjekt und Prädikat zusammengesetzt, wobei als Subjekte Gegenstände oder Personen und als Prädikate Geschehnisse oder Handlungen verwendet werden können.

Ein Motiv, oder Ereignis, kann einerseits aus einem *Geschehnis* im Sinne einer nicht intendierten Zustandsveränderung bestehen – beispielsweise, in Thomas Manns Novelle *Der Tod in Venedig* (1912), der Ausbruch der Cholera: «Aber wahrscheinlich waren Nahrungsmittel [von der Cholera] infiziert worden, Gemüse, Fleisch, oder Milch, denn geleugnet und vertuscht fraß das Sterben in der Enge der Gäßchen um sich, und die vorzeitig eingefallene Sommerhitze, welche das Wasser der Kanäle laulich erwärmte, war der Verbreitung besonders günstig» (S. 513). Die andere Gruppe von Motiven bilden *Handlungen* im engeren Sinne von Figurenhandlungen. In diesem Fall kommt die Situationsveränderung durch die Realisierung von Handlungsabsichten menschlicher oder anthropomorpher Agenten zustande, so wie hier: «Vor einem kleinen Gemüseladen kaufte er [d. i. Gustav Aschenbach] einige Früchte, Erdbeeren, überreife und weiche Ware, und aß im Gehen davon» (ebd., S. 520 f.). Ironischerweise verkehren sich in Manns Novelle bei genauerem Verständnis fatale Zufälle und Handlungsautonomie in ihr Gegenteil: Die durch Nahrungsmittelinfektion und Sommerhitze scheinbar zufällig verursachte Ausbreitung der Cholera steht, so wird angedeutet, im Dienst einer mythischen Macht, während Aschenbachs vermeintlich selbstbestimmter Erdbeerverzehr ihn ungewollt tödlich infiziert. In jedem Fall setzen situationsverändernde Motive offensichtlich die Existenz von Situationen und damit *statische Sachverhalte* voraus. Anders gesagt: Das Erzählen von Veränderungen ist ohne ein Beschreiben von Sachverhalten nicht möglich. Solche Sachverhalte bestehen aus *Zuständen* («Eine widerliche Schwüle lag in den Gassen», ebd., S. 480) oder *Eigenschaften* («Gustav von Aschenbach war etwas unter Mittelgröße, brünett, rasiert», ebd., S. 456).

Durchläuft ein Subjekt nacheinander mehrere Ereignisse, bilden diese Ereignisse ein *Geschehen*. Im Geschehen seriell aneinandergereihte Ereignisse ergeben aber erst dann eine zusammenhängende *Geschichte*, wenn sie nicht nur (chronologisch) *aufeinander*, sondern auch nach einer Regel oder Gesetzmäßigkeit *auseinander* folgen. Der englische Romancier und Kritiker E. M. Forster hat den Unterschied zwischen einer bloß chronologischen Abfolge von Ereignissen (‹story›) und dem regelhaften Zusammenhang einer Geschichte (‹plot›) in einer oft zitierten Passage so illustriert:

> We have defined a story as a narrative of events arranged in their time-sequence. A plot is also a narrative of events, the emphasis falling on causality. ‹The king died and then the queen died›, is a story. ‹The king died, and then the queen died of grief›, is a plot. The time-sequence is preserved, but the sense of causality overshadows it. (…) If it is in a story we say ‹and then?› If it is in a plot we ask ‹why?›. (Forster, *Aspects*, S. 93 f.)

Wir wollen den Unterschied zwischen Forsters ‹story› (‹Geschehen›) und ‹plot› (‹Geschichte›) mit Hilfe des Begriffs der *Motivation* oder *Motivierung* präzisieren. (Dem allgemeinen Sprachgebrauch folgend, verwenden wir beide Verbalsubstantiva bedeutungsgleich.) Unter Motivierung verstehen wir den Inbegriff der Beweggründe für das in einem erzählenden oder dramatischen Text dargestellte Geschehen.[2] Das Geschehen wird zu einer Geschichte, wenn die dargestellten Veränderungen motiviert sind. Die Motivierung integriert die Ereignisse in einen Erklärungszusammenhang. Die Ereignisse werden dann so verstanden, dass sie nicht grundlos wie aus dem Nichts aufeinander, sondern nach Regeln oder Gesetzen auseinander folgen. Der Tod der Königin (in Forsters Beispiel) muss nicht nur *nach* dem Tod des Königs, sondern *aufgrund* dieses Todes erfolgen, damit er motiviert erscheint und die beiden Tode in den übergreifenden Zusammenhang einer einzelnen Geschichte integriert werden können. Ohne die vermittelnde Erklärung («of grief») wäre der Übergang vom Tod des Königs zum Tod der Königin ein bloßer Wechsel von Zuständen – in unserer Terminologie: ein bloßes Geschehen, aber keine Geschichte. Erst mit Hilfe des erklärenden Zwischengliedes lässt sich die zeitliche Folge separater Zustände als eine motivierte Entwicklung erkennen.

Eine Zwischenstellung zwischen der Ebene des Ereignisses (oder Motivs) und derjenigen der Geschichte nimmt die *Episode* ein (als Synonyme gebraucht man auch [‹Teil-›]‹Sequenz› oder ‹subplot›). Eine

---

[2] Im Unterschied zu unserem weiten Begriff von ‹Motivierung› begrenzt z. B. Propp den Begriff der Motivierung psychologisch auf «die verschiedenen Beweggründe als auch die Absichten der Gestalten (…), die sie zu bestimmten Handlungen veranlassen» (*Morphologie*, S. 75).

Episode ist eine in sich relativ abgeschlossene, in einen größeren narrativen Zusammenhang gehörende Teil- oder Nebenhandlung, die der Ausdehnung nach zwischen der Gesamthandlung einerseits und kleineren Einheiten wie ‹Ereignis›, ‹Szene› oder ‹Tableau› andererseits liegt. Eine Episode ist entweder Teil einer (aus mehreren Episoden zusammengesetzten) Haupthandlung oder aber eine Nebenhandlung, die für die chronologische und kausale Kontinuität der Haupthandlung irrelevant ist. Der Begriff enthält einen formalen Aspekt, der sich auf die interne Struktur der so bezeichneten narrativen Einheit bezieht, und einen syntaktischen (funktionalen) Aspekt, der sich auf die Position der Episode in der narrativen Gesamtstruktur bezieht. Die interne *formale* Einheit der Episode wird durch den kohärenten Kausalzusammenhang der in ihr dargestellten Ereigniskette hergestellt, deren Anfangs- und Endpunkte sie zugleich vom narrativen Kontext abgrenzen. Die *syntaktische* Funktion der Episode besteht in ihrer Bindung zum Gesamtzusammenhang der Handlung, die schwach kausal oder bloß chronologisch oder auch nur ästhetisch-kompositorisch begründet sein kann (s. u. S. 121 f.). Die narrative Gesamtstruktur eines Werkes wird episodisch genannt, wenn seine einzelnen Episoden nur locker (etwa durch eine konstante Hauptfigur) miteinander verbunden sind. Episodische Gesamtstrukturen sind kennzeichnend für literarische Gattungen wie den Abenteuer-, den Ritter- und den Schelmenroman, ebenso für das Volksmärchen. Auch für einen großen Teil der mittelalterlichen Erzählliteratur ist die episodische Konstruktion der Handlung charakteristisch (zu Geschichte und Systematik des episodischen Erzählens s. Kragl, *Episodisches Erzählen*, und Scheffel, *Formen ‹episodischen Erzählens›*).

b) *Motivierung*

Die Motivierung (oder Motivation) des Geschehens, so wurde gesagt, integriert das dargestellte Geschehen zum sinnhaften Zusammenhang einer Geschichte. Es sind drei Arten von narrativer Motivierung zu unterscheiden. Die beiden ersten gehören der erzählten Welt fiktionaler Texte an. Die (1) *kausale Motivierung* erklärt ein Ereignis, indem sie es als Wirkung in einen Ursache-Wirkungs-Zusammenhang einbettet, der als empirisch wahrscheinlich oder zumindest möglich gilt. Kausale Motivierung umfasst nach dieser Bestimmung nicht nur Figurenhandlungen, sondern auch Geschehnisse – nichtintendierte Handlungsfolgen,

Gemengelagen sich überkreuzender Handlungen, gänzlich nichtintentionales Geschehen oder auch Zufälle. Ein Ereignis wird nicht etwa deswegen in der Alltagssprache ‹zufällig› genannt, weil es – wie ein Wunder – kausal unmotiviert wäre, sondern weil man sein Zustandekommen in einer gegebenen Situation nicht aufgrund bekannter Regeln vorhersagen konnte; man kann es aber durchaus retrospektiv empirisch-kausal erklären, sobald man den Situationskontext erweitert und die zunächst unbekannten Beweggründe kennengelernt hat. In der Erzählforschung wird die kausale Motivation eines erzählten Geschehens gern als eine unilineare Kausalkette verstanden, in der eine einzelne Ursache ‹notwendig› eine bestimmte Wirkung hervorbringe. Erzählungen stellen jedoch kaum jemals isolierbare Ursache-Wirkungs-Ketten dar, in denen ein einzelnes früheres Ereignis ein späteres notwendig und hinreichend determiniert. Stattdessen beschreiben sie Gemengelagen aus Handlungen und nicht-intendierten Geschehnissen, die insgesamt in Form eines ‹kausalen Feldes› («causal field», Mackie, *Cement of the Universe*, S. 35) miteinander verflochten sind.

Vor allem bei älteren Erzähltexten ist die Handlung außer durch kausale Motivierung häufig auch durch eine (2) *finale Motivierung* bestimmt. Die Handlung final motivierter Texte findet vor dem mythischen Sinnhorizont einer Welt statt, die von einer numinosen Instanz beherrscht wird. Der Handlungsverlauf ist hier von Beginn an festgelegt, selbst scheinbare Zufälle enthüllen sich als Fügungen göttlicher Allmacht. John Miltons religiöses Epos *Paradise Lost* (1674) beispielsweise erzählt die biblische Geschichte von Adams und Evas Vertreibung aus dem Paradies. Evas verhängnisvolles Pflücken der verbotenen Frucht vom Baum der Erkenntnis wird ihr vom Teufel eingeflüstert, der damit Gottes höchstes Geschöpf, den Menschen, zerstören will. Während der Teufel glaubt, mit seiner Tat Gottes Pläne zu durchkreuzen, weiß dieser bereits im Voraus um den Ausgang des Geschehens – «Him God beholding from his prospect high, / Wherein past, present, future he beholds» (Milton, *Paradise*, III, V. 77 f.). Der offene Handlungshorizont des Teufels enthüllt sich angesichts der Providenz des allmächtigen Gottes als nur scheinbar offen und seine Handlungsmacht als bloßes Werkzeug göttlicher Vorsehung. Die kausal bestimmten Sequenzen der Handlung sind einer finalen Bestimmung untergeordnet.

Kausale und finale Motivierungen des Geschehens können dem Leser im Text auf explizite, aber auch auf implizite Weise vermittelt werden. Explizit geschieht das durch erklärende Aussagen in der Erzähler- oder Figurenrede. Implizit werden Motivationen vermittelt, wenn wir die Erklärung der Einzelereignisse aus unserer empirischen Weltkenntnis oder auch aus dem jeweiligen Typ der erzählten Welt mit seinen besonderen Maßgaben des Möglichen, Wahrscheinlichen und Notwendigen ableiten. Dass ein Frosch sich durch einen Kuss der Heldin in einen Königssohn verwandelt, ist im realistischen Roman des 19. Jahrhunderts unmöglich, im Märchen hingegen sogar wahrscheinlich. Daher ist ein solches Ereignis im Märchen – wegen des besonderen, mit der Gattung verbundenen Erwartungsrahmens – durchaus hinlänglich motiviert.

Die Motivation der Ereignisse wird im Text selten explizit ausgesprochen. Ausdrückliche Begründungen des Geschehens erfolgen meist nur dann, wenn eine Wendung des Geschehens überraschend und deswegen besonders erklärungsbedürftig ist. Im Regelfall unterstellt der Leser einfach die Existenz bestimmter Motivationen. Mit Begriffen Roman Ingardens gesagt, gehören die Motivationen der erzählten Handlung meist zu den ‹Unbestimmtheitsstellen› des Textes – den nicht prädikativ festgelegten Eigenschaften der erzählten Welt – und werden durch den Leser ‹konkretisiert›:

> Der Leser liest dann gewissermaßen ‹zwischen den Zeilen›, und ergänzt unwillkürlich (…) manche von den Seiten der dargestellten Gegenständlichkeiten, die durch den Text selbst nicht bestimmt sind. Dieses ergänzende Bestimmen nenne ich das ‹Konkretisieren› der dargestellten Gegenstände. (Ingarden, *Erkennen*, S. 47)

Auf die Motivation des Geschehens bezogen heißt das: Wenn im Text die kausalen Verknüpfungen der dargestellten Ereignisse nicht explizit gemacht sind, sind diese Verknüpfungen in der erzählten Welt nicht etwa nicht vorhanden, sondern unbestimmt-vorhanden und werden vom Leser im konkretisierenden Akt der Lektüre, gesteuert durch entsprechende Textsignale, als gegeben vorausgesetzt und hinzuimaginiert.

Aus der Unbestimmtheit motivationaler Zusammenhänge können Autoren besondere Effekte erzielen, indem sie das Konkretisieren der Unbestimmtheitsstellen durch den Leser mit widersprüchlichen Signalen steuern. In manchen Erzählwerken bleibt die gesamte Motivation des Geschehens bis zum Schluss unentscheidbar mehrdeutig. So scheint Manns *Der Tod in Venedig* zunächst eine realistische Geschichte über den Schriftsteller Aschenbach zu erzählen, der von München aus zufällig nach Venedig fährt, sich dort versehentlich mit der Cholera infiziert und schließlich daran stirbt. Doch enthält der Text von Anfang an versteckte Signale, die Aschenbachs Ende als ein von vornherein festliegendes Schicksal erscheinen lassen, das von einer numinosen Macht mittels einer Reihe von scheinbaren Zufällen absichtsvoll herbeigeführt wird. So scheitert beispielsweise Aschenbachs Versuch, aus dem choleraverseuchten Venedig abzureisen, daran, dass seine Koffer nicht nach München, sondern nach Como, also «zusammen mit anderer, fremder Bagage, in völlig falsche Richtung geleitet» (S. 484) werden. Das liest sich auf den ersten Blick wie ein zufälliges Missgeschick. Im Zusammenhang mit vielen ähnlichen Andeutungen im Novellentext erscheint dieser Vorgang aber als Glied in einer Kette von Fügungen einer geheimnisvollen, immer wieder als «fremd» charakterisierten übernatürlichen Macht, die mit solchen Aktionen dafür sorgt, dass Aschenbach in Venedig bleibt und seinem unausweichlichen Schicksal erliegt. Der zitierte Ausdruck «geleitet» hält mit seiner intentionalen Bedeutungskomponente die Ursache für das *prima facie* zufällige Ereignis in der Schwebe. Es ist charakteristisch für die zwiespältige erzählte Welt der gesamten Novelle, dass der Leser nicht entscheiden kann, ob die Verschickung der Koffer an einen falschen Ort als zufälliges Missgeschick zu verstehen ist oder als beabsichtigte Fügung, damit Aschenbach am vorbestimmten Ort seines Todes verbleibt – ob wir das Ereignis also als ein Geschehnis oder als eine Handlung auffassen sollen. Verstärkt wird diese zweite Deutung der Koffer-Episode wenig später, wenn es bei Aschenbachs Rückfahrt vom Bahnhof ins Hotel heißt: «Täuschte ihn übrigens die rasche Fahrt oder kam wirklich zum Überfluß der Wind nun dennoch vom Meere her?» (S. 485) Die Elemente ‹Wind› und ‹Meer› sind in der Novelle durch leitmotivische Verknüpfungen stets mit der numinosen Macht assoziiert, sodass mit den solcherart semantisierten Elementen auch an dieser Stelle suggeriert (aber nicht eindeutig behauptet) wird, Aschenbach werde wieder an seinen Bestimmungsort zurückgebracht. Die empirische und die numinose Erklärung der Episode stehen alternativ zueinander, denn kausale und finale Motivationen des Geschehens sind miteinander unvereinbar. Weil bis zum Schluss nicht zwischen ihnen entschieden wird, bleibt die Welt von *Der Tod in Venedig* konstitutiv zweideutig.

Kausale und finale Motivierung betreffen gleichermaßen die objektive Ordnung der erzählten Welt. Eine ganz andere Dimension narrativer Texte wird mit dem Begriff der (3) *kompositorischen* oder *ästhetischen*

Motivierung bezeichnet. Diese umfasst die Funktion der Ereignisse und Details im Rahmen der durch das Handlungsschema gegebenen Gesamtkomposition und folgt nicht empirischen, sondern künstlerischen Kriterien. Tomaševskij erklärt die kompositorische Motivierung folgendermaßen:

> Ihr Prinzip ist die Ökonomie und Zweckmäßigkeit der Motive. (...) Nicht ein Requisit darf in der Fabel ungenutzt, nicht eine Episode ohne Einfluß auf die Situation der Fabel bleiben. Čechovs These, wenn man zu Beginn einer Erzählung von einem Nagel in der Wand spreche, müsse sich der Held am Ende der Erzählung an diesem Nagel aufhängen, zielt genau auf die kompositorische Motivierung. (Tomaševskij, *Theorie*, S. 227 f.)

Tomaševskij fordert hier, jedes Motiv und jedes Detail, die in einer Erzählung erwähnt werden, müssten handlungsfunktional sein, indem sie zum Fortgang der Handlung beitrügen. Aber auch in dieser Hinsicht irrelevante Motive sind kompositorisch motivierbar. In solchen Fällen besteht eine semantische Relation zwischen dem einzelnen Motiv und der Gesamtheit (oder zumindest größeren Teilen) der Handlung. Bei den freien Motiven wollen wir unter Rückgriff auf Roman Jakobson zwischen *metaphorischer* und *metonymischer* Verwendung unterscheiden. Jakobson bestimmt metaphorische Relationen durch Ähnlichkeit (d. h. durch eine partielle Merkmalsgleichheit) und metonymische Relationen durch Kontiguität (d. h. durch eine räumliche, zeitliche oder kausale Nähe oder eine synekdochische pars pro toto-Beziehung der Relata) (Jakobson, *Seiten*, bes. S. 133–139).

(a) Betrachten wir zunächst ein Beispiel für ein Motiv in *metaphorischer* Verwendung. Über Effi Briest wird im zweiten Kapitel von Fontanes gleichnamigem Roman (1895) erzählt, wie sie zusammen mit Freundinnen im elterlichen Garten auf eine Schaukel steigt («wir wollen uns schaukeln, auf jeder Seite zwei, reißen wird es ja wohl nicht», *Effi Briest*, S. 16) – eine Schaukel, wie bereits im ersten Absatz des Romans beiläufig erwähnt wird, «deren horizontal gelegtes Brett zu Häupten und Füßen an je zwei Stricken hing – die Pfosten der Balkenlage schon etwas schief stehend» (ebd., S. 7). Am Ende des Romans, nachdem ihre Ehe mit dem Baron von Innstetten gescheitert und sie sozial geächtet ist, klettert die todkranke Effi noch einmal auf die Schaukel.

> Sie sprang hinauf mit einer Behendigkeit wie in ihren jüngsten Mädchentagen, und ehe sich noch der Alte [i. e. der Pastor Niemeyer], der ihr zu-

> sah, von seinem halben Schreck erholen konnte, huckte sie da zwischen den zwei Stricken nieder und setzte das Schaukelbrett durch ein geschicktes Auf- und Niederschnellen ihres Körpers in Bewegung. Ein paar Sekunden noch, und sie flog durch die Luft, bloß mit einer Hand sich haltend, riß mit der andern ein kleines Seidentuch von Brust und Hals und schwenkte es wie in Glück und Übermut. (ebd., S. 281)

Effis Schaukeln hat mit ihrer Lebensführung das Merkmal ‹risikoreich› gemeinsam. Auf ihr unglückliches Schicksal bezogen, wird das Schaukelmotiv zum Zeichen für das Risiko, das sie in der Affäre mit dem Offizier Crampas eingegangen ist. Es ist in der erzählten Welt nicht kausal oder final, aber metaphorisch mit der Handlung verbunden.[3]

(b) Für ein *metonymisch* verwendetes Motiv können wir das von Tomaševskij erwähnte Čechovsche Beispiel eines Nagels an der Wand nehmen. Die Hervorhebung eines solchen Details erscheint willkürlich, bevor der Nagel für den Suizid des Helden gebraucht wird. In diesem Moment jedoch wird der Nagel durch seine räumliche und kausale Nähe zum Suizid des Helden metonymisch in die Handlung eingebunden.

Nicht immer jedoch sind Motive, sei es handlungsfunktional, metaphorisch oder metonymisch, in die Handlung integriert. Tomaševskijs Forderung nach lückenloser Funktionalisierung aller «Requisiten» und «Episoden» ist überpointiert und unterstellt eine Norm des Erzählens, die vielen literarischen Texten nicht gerecht wird. Aber nicht nur bei dem russischen Formalisten begegnet man einer solchen Forderung. Auch sonst wird häufig eine fehlende oder unplausible Motivierung der Handlung als ästhetischer Fehler getadelt. Vor dem Hintergrund unserer Unterscheidungen wäre bei solchen Vorwürfen jedoch zu präzisieren, im Hinblick auf welchen der drei Motivierungstypen die Begründung des erzählten Geschehens als ungenügend erscheint und ob eine Erzählung möglicherweise anhand eines Standards von narrativer Kohärenzbildung verurteilt wird, dem sie gar nicht unterliegt.

Selbst realistische Erzählwerke des 19. Jahrhunderts, die in vielfacher Hinsicht die Erwartungshaltungen und Wertungsnormen geprägt ha-

---

[3] Die Relation zwischen einem metaphorischen Motiv und der Erzählung als Ganzem wird gelegentlich als ‹Spiegelung› oder ‹mise en abyme› beschrieben (s. Scheffel, *Formen*, S. 71–85).

ben, an denen wir uns intuitiv orientieren, wenn es um fiktionales Erzählen geht, genügen nicht oder jedenfalls nicht unmittelbar der Forderung nach einer totalen Funktionalisierung der verwendeten Motive. Betrachten wir eine Passage aus Gustave Flauberts Erzählung *Ein schlichtes Herz* (*Un cœur simple*, 1877). Es wird das Haus beschrieben, in dem Madame Aubain mit ihrer Magd Félicité lebt.

> Dieses Haus, das mit Schiefer bekleidet war, lag zwischen einem Durchgang und einer Gasse, die zum Fluß herablief. Die Böden im Innern des Hauses waren uneben, was zum Stolpern Anlaß gab. Ein enger Flur trennte die Küche von dem Saal, in dem Madame Aubain sich in der Nähe des Fensters, in einem Strohsessel sitzend, den ganzen Tag über aufhielt. Acht Mahagonistühle reihten sich an der weißgestrichenen Täfelung entlang. Ein altes Klavier trug, unterhalb eines Barometers, einen pyramidenartigen Haufen von Schachteln und Kartons. Zwei gestickte Lehnsessel standen auf beiden Seiten des Kamins aus gelbem Marmor und im Stil Louis XV. Die Uhr in der Mitte stellte einen Vestatempel dar – und das ganze Zimmer hatte einen etwas modrigen Geruch, denn der Fußboden lag tiefer als der Garten. (S. 9 f.)

Im Rahmen der Unterscheidung von metaphorischer und metonymischer Motivverwendung scheint diese beschreibende Passage, die sich noch über unser Zitat hinaus fortsetzt, vornehmlich metonymischen Charakter zu haben – es werden die räumlichen Umstände geschildert, in denen sich die Handlung abspielt. Daneben stehen Details wie die «unebenen» Böden, das «alte» Klavier und der «modrige» Geruch in einem metaphorischen Bezug zur Handlung, indem sie eine Atmosphäre des Verfalls evozieren. Aber lässt sich die Häufung konkreter Details auf diese Weise wirklich befriedigend erklären? Warum ist die Täfelung des Saals ausgerechnet weiß gestrichen? Warum steht auf dem Klavier ausgerechnet ein Haufen von Schachteln und Kartons? Diese Details sind zwar nicht dysfunktional, aber durch eine funktionale Analyse nicht mehr recht zu motivieren. Mit Roland Barthes nennen wir solche funktional überschüssigen Details *Realitätseffekte* («effets de réel»).

> Die irreduziblen Überreste der funktionalen Analyse haben gemeinsam, daß sie das bezeichnen, was man üblicherweise das ‹konkrete Reale› (beiläufige Gesten, flüchtige Haltungen, unbedeutende Gegenstände, überflüssige Worte) nennt. Die reine und einfache ‹Repräsentation› des ‹Realen›, die nackte Darstellung dessen, ‹was ist› (oder gewesen ist), er-

> scheint somit wie ein Widerstand gegenüber dem Sinn; dieser Widerstand bestätigt den großen, mythischen Gegensatz zwischen dem Gelebten (des Lebenden) und dem Verstehbaren (...). (Barthes, *L'Effet*, S. 482)

Die semantische Funktion solcher Details entspringt gerade ihrer narrativen Funktionslosigkeit. Die Schwierigkeit, die ihre Funktionalisierung macht, imitiert die alltagsweltliche Erfahrung der Widerständigkeit des Faktischen.

Man begegnet dem Phänomen einer auf den ersten Blick ungenügenden Funktionalität einzelner Elemente nicht nur bei Beschreibungen statischer Zustände, sondern auch bei der Handlungsmotivierung. Insbesondere gegenüber Werken der populären oder Trivialliteratur wird häufig der Vorwurf einer unglaubwürdigen oder inkohärenten Motivierung des Geschehens erhoben. Dieser Vorwurf übersieht den besonderen Charakter solcher *Schemaliteratur* und versäumt es, zwischen empirischer (kausaler), finaler und kompositorischer Motivierung des Geschehens zu unterscheiden. Die kausal-empirisch ungenügende Motivierung eines *deus-ex-machina*-Endes kann final oder kompositorisch durchaus befriedigend motiviert sein.

Die Beobachtung, dass die Einheit narrativer Texte durch einen motivationalen Zusammenhang zwischen den einzelnen Ereignissen hergestellt wird, wurde bereits in der Antike gemacht. In seiner *Poetik* verlangt Aristoteles, die Handlung eines Dramas oder Epos solle eine Einheit bilden, indem die Einzelereignisse «nach der Wahrscheinlichkeit oder der Notwendigkeit» (1451a) aufeinander folgen; die Anfangs- und Endpunkte der Handlung kennzeichnet er hingegen negativ durch die Abwesenheit einer engen Kausalverknüpfung mit dem vorgängigen bzw. nachfolgenden Geschehen:

> Ein Ganzes ist, was Anfang, Mitte und Ende hat. Ein Anfang ist, was selbst nicht mit Notwendigkeit auf etwas anderes folgt, nach dem jedoch natürlicherweise etwas anderes eintritt oder entsteht. Ein Ende ist umgekehrt, was selbst natürlicherweise auf etwas folgt, und zwar notwendigerweise oder in der Regel, während nach ihm nichts anderes mehr eintritt. Eine Mitte ist, was sowohl selbst auf etwas anderes folgt als auch etwas anderes nach sich zieht. Demzufolge dürfen Handlungen, wenn sie gut zusammengefügt sein sollen, nicht an beliebiger Stelle einsetzen noch an beliebiger Stelle enden, sondern sie müssen sich an die genannten Grundsätze halten. (1450b)

Aristoteles' Postulat blieb, vermittelt über die sogenannte Drei-Einheiten-Lehre der Poetiken der italienischen Renaissance und der französischen Klassik, bis ins 18. Jahrhundert maßgeblich. Auch Friedrich von Blanckenburg hielt in seinem *Versuch über den Roman* (1774) an der Forderung einer lückenlos motivierten «Kette von Ursach und Wirkung» (S. 10) fest, unterschied aber neben dieser kausalen Notwendigkeit auch eine «Nothwendigkeit des Dichters», der jede Begebenheit zu gehorchen habe, damit der Dichter «den Endzweck erreiche, den er mit seinem Werke sich vorgesetzt hat» (S. 343). Damit war das Konzept einer doppelten, zugleich kausalen und ästhetisch-funktionalen Motivierung des Geschehens formuliert, welches im 19. Jahrhundert etwa in Friedrich Theodor Vischers *Aesthetik* im Gegensatz zwischen «tatsächlicher Motivierung des Gegenstandes in der Wirklichkeit» und «künstlerischer Motivierung» (Bd. 3, S. 48) wiederkehrte und in den ersten Jahrzehnten des 20. Jahrhunderts von den Russischen Formalisten neu entdeckt wurde.

Dass der Zusammenhang einer Geschichte durch die motivationale Verkettung der dargestellten Ereignisse hergestellt wird, ist ein allgemeines Merkmal narrativer Texte. Allerdings stellt Aristoteles' außerordentlich einflussreiche Forderung nach einer besonders engen kausalen Verknüpfung eine normative Verschärfung dieses Merkmals dar, die keineswegs als allgemeingültig angesehen werden kann. Schemaliteratur unterliegt dieser Norm weniger stark als etwa der realistische Roman des 19. Jahrhunderts. Viele Erzählungen streben eine enge kausale Verknüpfung aufeinander folgender Ereignisse gar nicht an. Auch kulturelle Unterschiede beeinflussen die Anforderungen an die narrative Motivierung. In mündlichen Kulturen sind Erzählungen relativ wenig kausal motiviert (s. Martínez [Hg.], *Mythos*, S. 11–22, und Ong, *Oralität*, S. 138–154). Das kann man beispielsweise an autobiographischen Erzählungen von nordamerikanischen Indianern beobachten, die noch in ihrer ursprünglichen Stammesgemeinschaft aufgewachsen waren (s. Brumble, *Autobiography*): Das europäische Modell der Autobiographie zielt darauf ab, mit Hilfe der erzählten Ereignisse zu erklären, wie und wer jemand geworden ist, also eine prägnante Individualität als Produkt eines bestimmten Lebens darzustellen. Chronologische Kontinuität, Höhe- und Wendepunkte dienen dabei als strukturierende Elemente. Hingegen stellen die indianischen Texte keinen übergreifenden individuellen Lebenszusammenhang her. Sie bestehen aus episodischen Darstellungen der eigenen Taten, die selten chronologisch geordnet sind und darauf verzichten, die Handlungen psychologisch zu erklären oder in einen übergreifenden Zusammenhang einzubetten. Kausale Begriffe wie ‹Konsequenz›, ‹Folge›, ‹Ursache›, ‹Ergebnis› oder ‹Wirkung› haben hier keine konstitutive Funktion. Die Kontinuität der eigenen Biographie wird eher durch die Zuordnung des eigenen Lebens in eine soziale Gruppe als durch eine Verflechtung der erlebten Ereignisse mit der eigenen individuellen Entwicklung hergestellt.

Die durch narrative Motivierung hergestellte Kohärenz von Erzählungen kann, wie wir sehen, verschiedener Art sein. Nicht dass auf eine bestimmte Weise motiviert, sondern dass überhaupt motiviert wird, ist eine notwendige Eigenschaft wohlgestalteter narrativer Texte. Wie schon die logischen Eigenschaften der fiktionalen Erzählerrede mitsamt den verschiedenen Typen unzuverlässigen Erzählens (s. o. Kapitel II,5) weist auch das Phänomen der narrativen Motivierung auf die Existenz verschiedenartiger fiktionaler Welten hin. In der Literatur begegnen wir Welten, die einer naturalistischen Kausalität gehorchen, aber auch solchen, die vornehmlich von final-numinosen oder auch ästhetisch-formalen Faktoren bestimmt sind.

c) *Die doppelte Zeitperspektive des Erzählens*

Wer narrative Texte liest, tut etwas scheinbar Paradoxes, denn er nimmt das dargestellte Geschehen zugleich als offen und gegenwärtig und als abgeschlossen und vergangen auf. Vergangen erscheint das Geschehen, insofern es von Anfang an als abgeschlossenes Ganzes aufgefasst und im Präteritum erzählt wird, als chronologische Gestalt, in welcher bereits der Anfang sinnhaft auf das Ende bezogen ist. Als gegenwärtig und offen nimmt der Leser das Geschehen auf, insofern er die Figuren als in das Geschehen der erzählten Welt verstrickte Personen versteht und ihre Agentenperspektive nachvollzieht. Er sieht sie dann in Entscheidungssituationen gestellt und als potenziell Handelnde in eine offene Zukunft blickend, die sie ihren Wünschen, Kenntnissen und Möglichkeiten gemäß zu beeinflussen suchen, ohne sie doch mit Gewissheit steuern oder vorhersagen zu können. Mit den Worten des aufklärerischen Ästhetikers Johann Jakob Engel gesagt, ist dem Handelnden «die Handlung allererst im Werden begriffen, und die Zukunft ist für ihn wirklich noch Zukunft, mit allem ihrem trüben und ungewissen Nebel umgeben» (Engel, *Handlung*, S. 254). Wenn wir Leser die Figuren als Handelnde verstehen, setzt das voraus, dass wir uns Geschehensverläufe vorstellen, die alternativ zu dem stehen, was tatsächlich in der erzählten Welt eintritt.

Dass man sich das Geschehen und die Figuren der erzählten Welt nach dem Muster unserer eigenen Wirklichkeitserfahrung vorstellt, scheint jedenfalls plausibel zu sein bei Werken, deren erzählte Welten sich in ihren Kriterien des Möglichen, Wahrscheinlichen und Notwendigen nicht sehr von unserer Wirklichkeit unterscheiden. Gilt diese Haltung aber auch im Falle von phantastischer Literatur, von Märchen oder von Fabeln – das heißt bei Werken mit erzählten Welten, die offensichtlich nach ganz anderen als den uns aus unserer eigenen Lebenswelt vertrauten Gesetzen und Regeln funktionieren? Mindestens in einer zentralen Hinsicht dürfte jeder narrative Text etwas mit unserer alltäglichen Lebenswelt gemeinsam haben: Wir nennen einen Text erst dann narrativ, wenn das dargestellte Geschehen nicht nur Geschehnisse enthält, sondern auch von Handlungen menschlicher oder anthropomorpher Agenten mitverursacht wird. Das Verwittern eines Gesteins oder Wolkenbildungen am Himmel kann man nicht, in einem normalen Sinn des Wortes, ‹erzählen› – es sei denn, man anthropomorphisierte das Geschehen und verliehe ihm so die intentionale Qualität von Handlungen. Der Begriff der Handlung wiederum setzt den offenen Möglichkeitshorizont des Handelnden voraus, angesichts dessen er sich zwischen alternativen Handlungsmöglichkeiten entscheidet. Der Handelnde unterstellt eine kausale Beeinflussbarkeit des künftigen Geschehens durch «sinnvolle Spontaneität», und zwar in der Überzeugung, «daß der projizierte Zustand durch in die Außenwelt eingreifende Leibbewegungen herbeizuführen ist» (Schütz/Luckmann, *Strukturen*, Bd. 1, S. 52). Beides, die offene Zukunft und ihre kausale Beeinflussbarkeit, ist analytisch im Begriff der Handlung enthalten: Zu handeln setzt voraus, dass man vor dem Horizont einer offenen Zukunft zwischen verschiedenen Handlungsentwürfen wählt und dass man den gewählten Handlungsentwurf in einen praxisbezogenen Kontext kausaler Regeln einbettet. Dieser Begriff der Handlung dürfte als «unbefragter Boden der natürlichen Weltanschauung» (ebd., S. 25) eine anthropologische Konstante jeder menschlichen Lebenswelt darstellen. Weil narrative Texte Darstellungen menschlicher Handlungen sind, müssen wir als Leser den offenen Möglichkeitshorizont der Protagonisten rekonstruieren, um ihre Handlungen als Handlungen überhaupt verstehen zu können. In den letzten Jahren haben kognitionspsychologische Experimente über das Verstehen narrativer Texte diese Auffassung empirisch bestätigen können. So stellt etwa der Experimentalpsychologe Gordon Bower fest: «Understanding characters in stories and remembering their actions is alleged to use methods and rules similar to those invoked in actual person perception.» (Bower, *Experiments*, S. 211; ähnlich Brewer, *Story Schema*)

Andererseits gehört zum besonderen Charakter narrativer Texte auch, dass wir die erzählte Geschichte von einem notwendig retrospektiven Standpunkt erfassen. Eine Erzählung ist nicht einfach eine chronikalische Feststellung von vergangenen Ereignissen. In einer reinen chronikalischen Form würden isolierte Ereignisse (z. B. Ereignisse an einem Königshof) ohne Vor- und Rückschau auf andere Ereignisse in Worte gefasst. Die Wahrheit oder Falschheit solcher rein chronikalischen Sätze könnte im Prinzip sofort und endgültig festgestellt werden. Das gilt nicht für *narrative Sätze.* Arthur C. Danto beschreibt deren besondere logische Struktur folgendermaßen: Narrative Sätze seien Beschreibungen, «which have, as truth-conditions, and hence as part of their meaning, events which occur later than the events primarily referred to» (Danto, *Narration*, S. 346). Narrative Sätze verwenden nach Danto ‹zukunftsbezügliche Prädikate› (‹future-referring predicates› oder auch ‹narrative predicates›), nämlich Prädikate,

> which, though applied to present objects, do so only on the assumption that a future event occurs, and which will be retrospectively *false* of those objects if the future required by the meaning-rules of these predicates fails to materialize. (ebd., S. 349)

Nicht schon der kontemporäre Chronist, sondern erst der retrospektiv urteilende Erzähler oder Historiker kann ein Geschehen mit Begriffen erfassen, die für das Verständnis narrativer Texte so fundamental sind wie ‹Anfang› und ‹Ende›, ‹Ursache› und ‹Wirkung›, ‹Aufstieg› und ‹Niedergang›, ‹Wendepunkt› und ‹Vorwegnahme›. Solche Begriffe kann nur verwenden, wer eine kognitive Position innehat, die dem beschriebenen Ereignis gegenüber zukünftig ist. Auch Zeitgenossen können natürlich Aussagen über die zukünftige Entwicklung gegenwärtiger Zustände treffen. Wenn beispielsweise ein Literaturkritiker im Jahr 1905, in dem Thomas Mann sein Drama *Fiorenza* veröffentlichte, gesagt hätte: ‹Thomas Mann kann ein guter Dramatiker werden›, wäre die Wahrheit dieser Behauptung, anders als im Fall der narrativen Prädikate, unabhängig vom tatsächlichen Verlauf der Zukunft. Auch wenn Mann sich noch am selben Tag für immer von der dramatischen Literatur abgewandt hätte, bliebe der Satz so wahr (oder falsch) wie zuvor. Aber nur der (Literatur-)Historiker, nicht der Zeitgenosse, ist in der epistemischen Position, sinnvoll einen Satz zu behaupten wie ‹Im Jahr 1905 veröffentlichte Thomas Mann sein einziges Drama›.

Erzähltexte vereinigen so zwei verschiedene epistemische Perspektiven, die lebensweltlich-praktische der Protagonisten und die analytisch-retrospektive des Erzählers. Einen narrativen Text zu verstehen bedeutet für den Leser, beide Perspektiven wahrzunehmen.

Die doppelte epistemische Struktur narrativer Texte zwischen Agentenperspektive und Erzählerperspektive findet im Bereich literarischer Erzählungen ihren vielleicht deutlichsten Ausdruck in bestimmten Gattungsnamen. Bezeichnungen wie ‹Legende› oder ‹Tragödie› weisen dieselbe logische Besonderheit wie die oben beschriebenen narrativen Sätze auf. Sie stellen das Geschehen von der ersten Episode an unter ein bestimmtes Handlungsschema und erfassen das Erzählte vom Ende her. Und sie können, anders als nicht-narrative Prädikate, sich in der Rückschau wegen des späteren Verlaufs der Geschichte als falsch erweisen. Stellen wir uns zur Illustration dieses Sachverhalts probehalber eine christliche Heiligenlegende vor, deren Held ein gottesfürchtiges Leben führt, das alle Kriterien für eine künftige Heiligsprechung erfüllt. Nach vielen Jahren fällt er jedoch in die Hände blutrünstiger Heiden, die ihn in der Folterkammer von seinem Glauben abzubringen versuchen; da besinnt sich der Held des offenen Horizonts möglicher Handlungen, schwört seinem Glauben ab und führt hinfort vergnügt ein sündiges Leben. Eine solche Entwicklung der Dinge verwandelt die gesamte Geschichte rückwirkend in etwas anderes als eine Legende – zum Beispiel in eine Legendenparodie. In der echten Legende ist der Heilige von Geburt an ein künftiger Heiliger, sein Leben verläuft, mit den Worten Clemens Lugowskis, «in der absoluten Sicherheit des ‹Noch nicht›, d. h. der absoluten Gewißheit der Erfüllung, die damit schon von vornherein als seiend gesetzt ist» (Lugowski, *Form*, S. 28). Solche mit Gattungsnamen verknüpften Handlungsschemata ähneln in ihren logischen Eigenschaften narrativen Sätzen. Ein Text kann einer bestimmten Gattung nur retrospektiv mit Gewissheit zugeordnet werden.

Ist eine Kultur vorstellbar, in der man das eigene Leben in gegenwartsgebundener Agentenperspektive führt und es *zugleich* mit der (nicht psychologischen, sondern) *epistemischen* Gewissheit narrativer Prädikate beschreiben kann? Das erscheint uns logisch ausgeschlossen; jedenfalls wäre es nicht unsere Kultur. Die intuitive Überzeugung des Lesers von Heiligenlegenden von der Zukunftsgewissheit des heiligen Lebens entsteht vielmehr dadurch, dass der Leser die Gewissheit der retrospektiven Sicht auf die offene Agentenperspektive projiziert. In diesem Fall drängt die Gattungsform die existentielle Perspektive des Handelnden in den Hintergrund, ohne sie freilich völlig zum Verschwinden zu bringen.

d) *Handlungsschema*

Wir lesen fiktionale Erzählungen nicht zuletzt deswegen, weil uns die dargestellten Figuren, Handlungen und Milieus interessieren. Aber haben diese fiktiven Personen, ihre Taten und ihre Umgebungen über ihre Individualität hinaus irgendeine Bedeutung? Hat jede literarische Erzählung ein Thema? Stellt sie eine These über die Welt auf? Will sie eine bestimmte Weltanschauung oder Lebensform propagieren? Unter den Ansätzen, die diese Fragen zustimmend beantworten und narrativen Texten allgemeinere Bedeutungen zuweisen, greifen wir im Folgenden strukturalistisch-semiotische Modelle auf. Modellen mit dieser Orientierung ist gemeinsam, dass sie die Existenz eines abstrakten Bedeutungskerns in Form eines Handlungsschemas annehmen, das als latente Tiefenstruktur der konkreten Handlung zugrunde liege. Um diesen Bedeutungskern freizulegen, reduzieren sie die Handlung auf abstrakte Tiefenstrukturen, aus denen die gesuchte Bedeutung bestehe. In dieser Reduktion des komplexen Handlungsgefüges auf eine einfache begriffliche Struktur liegt die besondere Leistung, aber auch die Begrenzung und Fragwürdigkeit solcher Modelle.

Wir unterscheiden zwischen ‹Handlungsschema› und ‹Erzählschema›. Das *Handlungsschema* (seit einigen Jahren wird synonym gern auch der Begriff ‹Narrativ› verwendet) ist ein typischer, d. h. mehreren narrativen Texten (z. B. den Texten einer Gattung) gemeinsamer Handlungsverlauf. In einem weiteren Sinne bezeichnet man mit ‹Handlungsschema› nicht nur Strukturen der Handlung narrativer Texte, sondern typische Muster von Erzählungen und Erzählvorgängen insgesamt, einschließlich der Darstellung und erzählpragmatischer Aspekte; für solche umfassenderen Strukturen des Erzählens (wie sie etwa der Soziologe William Labov in seinen Untersuchungen zum Erzählen im Alltag beschrieben hat, s. u. S. 167 ff.) sollte man jedoch besser den Ausdruck *Erzählschema* verwenden.

Das Konzept des Handlungsschemas nimmt, auch unter Bezeichnungen wie ‹minimal story›, ‹motif›, ‹story schema›, ‹monomyth›, ‹archetype›, ‹Tiefen-› oder ‹Makrostruktur›, in der Erzähltheorie eine zentrale Stellung ein. Die Versuche, narrative Texte mit Hilfe von Handlungsschemata zu analysieren, scheiden sich in zwei Gruppen: solche, die, wie Claude Bremond (in *Logique*) oder Algirdas J. Greimas (in *Sémantique* und *Du sens*), universale Tiefenstrukturen narrativer Texte beschreiben, und solche, die, wie Vladimir Propp (in *Morphologie*), typische Handlungsmuster einzelner Werkgruppen oder Gattungen zusammenfassen. Denn einige literarische Gattungen sind offensichtlich durch spezifische Handlungs- und Erzählschemata geprägt, so zum Beispiel der Artusroman, Bildungsroman, Detektivroman, Kriminalroman und Schelmenroman.

Dass die Handlung narrativer Texte durch allgemeine Schemata geprägt wird, ist bereits in der aristotelischen *Poetik* formuliert. Die gelungene poetische Darstellung menschlicher Handlungen (‹mythos›) solle nicht nur ein Ganzes mit Anfang, Mitte und Ende bilden, sondern zusätzlich auch durch Komplikationen (‹désis›), Wendepunkte (‹peripeteia›, ‹metabolé›, ‹metábasis›) und Lösungen (‹lysis›) strukturiert sein (Aristoteles, *Poetik*, 1450a-b, 1455b u. ö.). Vom 18. Jahrhundert bis in die Mitte des 20. Jahrhunderts war das Interesse an Handlungsstrukturen allerdings stärker volkskundlich als literaturwissenschaftlich geprägt. Die Sammlungen alter Märchen, Mythen, Balladen und Sagen durch Charles Perrault, Thomas Percy, Johann Gottfried Herder, Jacob und Wilhelm Grimm und viele andere erbrachten immer wieder Geschichten, die einander so ähnlich waren, dass man sie als Fassungen und Versionen derselben Stoffe ansehen und unvermeidlich die Frage nach gemeinsamen Strukturen und Ursprüngen stellen musste. Die entsprechenden, an Motiven, Themen und Stoffen orientierten Variantenforschungen, die bereits von den Brüdern Grimm für ihre Sammlung der *Kinder- und Hausmärchen* (1. Ausg. 1812/15) betrieben wurden, kulminierten im 20. Jahrhundert in enzyklopädischen Unternehmungen wie Johannes Boltes und Georg Polívkas *Anmerkungen zu den Kinder- und Hausmärchen der Brüder Grimm* (1913–32), Antti Aarnes und Stith Thompsons *The Types of the Folktale* (die dritte, stark erweiterte Ausgabe des zunächst allein von Aarne unter dem Titel *Verzeichnis der Märchentypen* [1910] veröffentlichten Kompendiums erschien im Jahre 1961), Stith Thompsons *Motif-Index of Folk-Literature* (1. Ausgabe 1932–1936; 2., erweiterte Ausgabe 1955–58) und der *Enzyklopädie des Märchens* (1975–2015).

Die volkskundliche Erzählforschung konnte die formale wie inhaltliche Formelhaftigkeit von folkloristischen Erzählgattungen wie Liedern, Märchen, Mythen und Sagen nachweisen und «epische gesetze der volksdichtung» (Olrik, *gesetze*) benennen wie die ‹Ganzheit›, ‹Übersichtlichkeit›, ‹Ökonomie› und ‹Einsträngigkeit› der Handlung, die ‹szenische Zweiheit› und den ‹Gegensatz› (höchstens zwei Protagonisten treten gleichzeitig auf und stehen dann zueinander im Gegensatz), die ‹Wiederholung› von Episoden und das ‹Achtergewicht› (die Privilegierung der jeweils letzten Position) bei Reihungen. Schemaorientiertes Erzählen ist charakteristisch für mündliches (fiktionales wie nichtfiktionales) Erzählen und für Literatur aus dem Kontaktbereich von Mündlichkeit und Schriftlichkeit, aber auch für die Trivial- und Unterhaltungsliteratur seit dem späten 18. Jahrhundert. Solche *Schemaliteratur* folgt nicht der ästhetischen Norm der Innovation, sondern derjenigen der schemabezogenen Variation. Anstelle von Originalität demonstriert sie Kompetenz im Sinne der normgerechten Verwendung gattungsspezifischer Regeln. Auf der Leserseite ist sie durch eine Erwartungshaltung bestimmt, die vor allem an der Erfüllung eines Grundmusters und höchstens an der Wahrnehmung geringer Differenzen zwischen den Variationen eines Grundmusters interessiert ist. In der Trivialliteratur werden die jeweiligen Schemata des Kriminal-, Science-Fiction- oder Arztromans weitgehend abweichungsfrei befolgt; mit Bezug auf mittelalterliche Texte hat man aber auch auf die künstlerischen Gestaltungsmöglichkeiten der «typusspezifischen Stilisierung» von Schemata und des «Schemabruchs», der allererst «dem erzählten Text als Schemaindividuation die Funktion eines Verhaltensentwurfs» gebe, hingewiesen (Schmid-Cadalbert, ‹*Ortnit*›, S. 20).

Ein besonders wirkungsmächtiges Schema in der mittelalterlichen und frühneuzeitlichen deutschen Literatur ist die *gefährliche Brautwerbung*, auf das wir als Beispiel für ein literarisches Handlungsschema kurz eingehen wollen. Es bestimmt Teile des *Nibelungenliedes* (um 1200) und der *Tristan*-Dichtungen und prägt insbesondere die sogenannte Spielmannsdichtung sowie die Heldenepen *Kudrun* (vor 1250) und *Ortnit* (um 1230). Im Spielmannsepos *König Rother* (um 1160) herrscht der Titelheld über das Königreich Bari und lässt um die Hand der Tochter des Königs Konstantin von Konstantinopel anhalten. Wie bei vielen Freiern zuvor wird auch Rothers Gesuch abgewiesen, und seine Boten werden eingekerkert. Daraufhin reist Rother selbst inkognito nach Konstantinopel und erwirbt durch verschiedene Heldentaten das Vertrauen Konstantins. Er befreit heimlich seine gefangenen Boten und entführt die Prinzessin nach Hause. Diese wird jedoch durch einen listigen Spielmann zurück nach Konstantinopel gebracht. Rother bricht ein zweites Mal nach Konstantinopel auf, diesmal von einem großen Heer begleitet, und besiegt König Konstantin. Schließlich kehrt er mit der Königstochter endgültig nach Bari zurück.

Vom Brautwerbungsschema geprägte Erzählungen schildern die gewaltsame Werbung eines Herrschers um eine an Schönheit und Herkunft hervorragende Braut, die einem fremden, jenseits des Meeres gelegenen Reich angehört. Der Werbende wird von Gefolgsleuten unterstützt, die handlungsfunktional als Ratgeber, Boten und außergewöhnliche Helfer auftreten. Typische Episoden des Schemas sind Ratszenen, Botenbestimmung, heimliche Landung, Kemenatenszene, Entführung der Braut, Kampf zwischen Werber und Brautvater, Heimführung der Braut und Hochzeit. Häufig wird das Schema zweimal durchlaufen, indem, wie im *König Rother*, eine Rückentführung der Braut durch den Brautvater eine zweite, diesmal endgültig erfolgreiche Werbungsfahrt erzwingt. Eine Abwandlung des Schemas der gefährlichen Brautwerbung stellt die ‹invertierte Brautwerbung› dar, bei der man sich mit einer Werbung von außen konfrontiert sieht und eine Frau der eigenen Familie in die Fremde gibt.

Ein wichtiges Ergebnis der oben erwähnten volkskundlichen Sammlungen von Märchen, Sagen und Mythen ist die große strukturelle Ähnlichkeit vieler Geschichten über verschiedene Epochen und Kulturen hinweg. Auch die leichte Übersetzbarkeit solcher Texte in andere Sprachen und ihre hohe Akzeptanz in fremden Kulturen deuten auf eine gemeinsame interkulturelle Basis hin. Offenbar gibt es eine historisch und kulturell relativ stabile narrative Kompetenz, die darüber bestimmt, wann eine Erzählung wohlgeformt und erzählenswert ist. (Eine kognitionspsychologische Erklärung dieses Sachverhalts liegt übrigens darin, dass die kognitive Verarbeitung von Geschichten offenbar sprachunabhängig erfolgt, s.u. S. 171 f.). Das Gemeinsame und Übertragbare von Geschichten ist nicht die Art und Weise der Darstellung in ihren sprachlichen und erzähltechnischen Modalitäten, sondern die Abfolge von Ereignissen und Aktionen, die auf der Handlungsebene eine autonome Sinnstruktur ergeben.

Die volkskundlichen Variantenforschungen der Brüder Grimm und anderer waren eher thematisch und textgenetisch orientiert. Der erste, für die strukturale Erzählanalyse bahnbrechende Versuch, die Handlungsstruktur folkloristischer Texte systematisch zu erfassen, war die *Morphologie des Märchens* (1927) des Russen Vladimir Propp. Propp untersuchte ein Korpus von hundert russischen Zaubermärchen und gelangte zu der Einsicht, dass sich alle diese Märchen auf eine gemeinsame abstrakte Handlungsstruktur reduzieren lassen. Ausgangspunkt für diese Einsicht war der Vergleich der erzählten Ereignisse und Ereignisfolgen. Propp stellte Passagen aus verschiedenen Märchen wie die Folgenden nebeneinander:

1. Der Zar gibt dem Burschen einen Adler. Dieser bringt den Burschen in ein anderes Reich.
2. Der Großvater gibt Sucenko ein Pferd. Das Pferd bringt Sucenko in ein anderes Reich.
3. Der Zauberer gibt Ivan ein kleines Boot. Das Boot bringt Ivan in ein anderes Reich.
4. Die Zarentochter gibt Ivan einen Ring. Die Burschen, die in dem Ring stecken, bringen Ivan in das fremde Zarenreich. (S. 25)

Propp erkannte, dass in diesen Passagen zwar die Namen und Gestalten der Figuren variieren, aber stets dieselbe narrative (Teil-)Struktur vorliegt: die Versetzung des Helden in die Fremde durch die Gabe eines Helfers. Ein solches invariantes Element, das im gesamten Textkorpus konstant bleibt, nannte Propp eine *Funktion*:

> Unter Funktion wird hier eine Aktion einer handelnden Person verstanden, die unter dem Aspekt ihrer Bedeutung für den Gang der Handlung definiert wird. (S. 27)

Für Propp ist die Funktion die grundlegende narrative Einheit. So wie ein Molekül aus Atomen zusammengesetzt ist, so lasse sich eine Erzählung als eine Kombination von Funktionen beschreiben. Bei seiner Untersuchung der hundert Zaubermärchen gelangte Propp zu der Einsicht, dass ihnen allen eine einzige Handlungsstruktur zugrunde liegt, deren vollständige Form aus einer Abfolge von 31 Funktionen besteht.

Um eine Vorstellung von Propps Analysen zu geben, führen wir die wichtigsten der 31 Funktionen auf, ohne sie zu erläutern: Auslöser der Handlung ist eine Schädigung, eine Verbotsverletzung oder eine Mangelsituation. Der Held wird mit der Beseitigung des Übels beauftragt. Er verlässt das Haus. Er wird auf die Probe gestellt und gewinnt ein Zaubermittel oder einen übernatürlichen Helfer. Der Held gelangt zum Aufenthaltsort des gesuchten Gegenstandes. Der Held und sein Gegner treten in einen Zweikampf. Der Gegner wird besiegt. Die anfängliche Schädigung, Verbotsverletzung oder Mangelsituation wird behoben. Der Held reist zurück, wird dabei verfolgt und vor seinen Verfolgern gerettet. Der Held gelangt unerkannt nach Hause zurück. Ein falscher Held macht seine unrechtmäßigen Ansprüche geltend. Dem Helden wird eine schwere Aufgabe gestellt. Der Held löst die Aufgabe und wird erkannt. Der falsche Held wird entlarvt und bestraft. Der Held vermählt sich und besteigt den Thron.

Nicht alle diese Funktionen kommen in jedem der untersuchten Märchen vor, andererseits treten in manchen Märchen einige Funktionen wiederholt auf. Die Reihenfolge der Funktionen ist jedoch unumkehrbar. Propps Begriff der ‹Funktion› ist, wie aus der oben zitierten Definition deutlich wird, unmittelbar mit der Handlung eines Erzähltextes verknüpft. Deshalb kann er die 31 Funktionen des Zaubermärchens in einem erneuten Abstraktionsgang in sieben «Handlungskreise» zusammenfassen, die er jeweils einem bestimmten ‹Aktanten› (dieser Ausdruck stammt nicht von Propp, sondern von A. J. Greimas) zuordnet: Gegenspieler (Schadenstifter), Schenker (Lieferant), Helfer, gesuchte Figur (Zarentochter) und ihr Vater, Sender, Held, falscher Held.

Über die allgemeine Gültigkeit von Propps Handlungsschema (das er ja nur mit Bezug auf ein Textkorpus von hundert russischen Zaubermärchen aufgestellt hat) wie auch über die theoretische Konsistenz seines Modells hat es zahlreiche Debatten gegeben, auf die wir nicht einzugehen brauchen. Obwohl spätere Erzählmodelle einen höheren Formalisierungsgrad und eine größere Allgemeinheit als Propps *Morphologie* erreichten, hat sich keines von ihnen in der literaturwissenschaftlichen Erzählforschung auf Dauer durchsetzen können. In den letzten Jahren nimmt im Gegenteil das Interesse an weniger abstrakten Handlungsmodellen zu, die dafür anthropologisch aussagekräftiger oder kulturell spezifischer sind (s. Kap. IV. c: *Anthropologie*). Unabhängig davon darf Propp allerdings als einer der Väter des heutigen *story generating* gelten, wie es im Design von Computerspielen und

Online-Fantasywelten Anwendung findet. Sein Konzept eines Erzählens, das auf einem schmalen, fest definierten Repertoire an Handlungsformeln beruht, ist in der digitalen Welt präsenter denn je.

2. Erzählte Welt

Die Handlung eines narrativen Textes, auf die wir uns im vorigen Kapitel konzentriert haben, ist Teil der erzählten Welt, in der sie stattfindet. Jeder fiktionale Text entwirft eine eigene Welt. Wir haben darauf hingewiesen, dass die Motivation des Geschehens in der Regel im Text unausgesprochen bleibt und nur bei unerwarteten und deshalb erklärungsbedürftigen Wendungen des Geschehens thematisiert wird; die explizit mitgeteilten Motivationen bilden nur einen Teil dessen, was der Leser als Totalität der Handlungsmotivationen annimmt. Eine ähnliche Ergänzung des explizit Mitgeteilten durch einen unthematischen Horizont findet im Leseakt auch mit Bezug auf die erzählte Welt insgesamt statt. Auch hier verstehen wir das explizit Behauptete vor einem unthematischen Horizont von nurmehr Unbestimmt-Vorhandenem. Diese für das Verständnis jedes fiktionalen Textes notwendige Konstruktionstätigkeit des Lesers wird *ex negativo* in dem kurzen absurden Text *Das blaue Heft Nr. 10* (um 1939) des russischen Autors Daniil Charms illustriert:

> Es war einmal ein Rotschopf, der hatte weder Augen noch Ohren. Er hatte auch keine Haare, so daß man ihn an sich grundlos einen Rotschopf nannte. Sprechen konnte er nicht, denn er hatte keinen Mund. Eine Nase hatte er auch nicht.
> Er hatte sogar weder Arme noch Beine. Er hatte auch keinen Bauch, keinen Rücken, er hatte keine Wirbelsäule, und er hatte auch keine Eingeweide. Nichts hatte er! So daß unklar ist, um wen es hier eigentlich geht. Reden wir lieber nicht weiter darüber. (*Fälle*, S. 207)

Charms' Text verletzt eine elementare Lesekonvention und verdeutlicht gerade dadurch deren sonstige Geltung. Um einen narrativen Text zu verstehen, konstruieren wir im Akt der Lektüre die Totalität einer erzählten Welt. Diese Konstruktionsleistung erfolgt auf der Grundlage der expliziten Aussagen des Erzählers und der Figuren, geht aber über sie hinaus. Sobald ein Begriff wie ‹Rotschopf› genannt wird, verbinden wir mit ihm unwillkürlich eine vage Menge ungenannter Eigenschaften, die wir als *unbestimmt vorhanden* setzen. Wenn von einem Rotschopf die Rede ist, setzen wir normalerweise voraus, dass er außer roten Haaren auch einen Mund, eine Wirbelsäule usw. besitzt. Charms' Text bricht mit dieser Lesekonvention auf eine besonders krasse Weise, weil dem Rotschopf hier explizit Eigenschaften abgesprochen werden, die im Begriff eines rothaarigen Menschen *analytisch* enthalten sind – beispielsweise die Eigenschaft, Haare zu besitzen.

Der implizit gesetzte, unthematische Horizont umfasst neben logisch-analytischen auch *pragmatische* Implikationen, das heißt Sachverhalte, die, ohne dass sie ausdrücklich behauptet worden oder aus dem Ausgesprochenen analytisch ableitbar wären, doch als vom Erzähler mitgemeint zu verstehen sind. So ist es zwar nicht analytisch im Begriff eines rothaarigen Menschen enthalten, dass er aktuell Arme und Beine, Nase und Mund, Wirbelsäule und Eingeweide besitzt – er könnte ja Gliedmaßen, das Gesicht und vielleicht sogar den Rumpf (man verzeihe das Beispiel) bei einem Unfall verloren haben. Doch würde der Erzähler wenn schon keine logischen Gesetze, so doch elementare pragmatisch-kommunikative Konventionen verletzen, wenn er uns verschwiege, dass sein Protagonist nurmehr als isoliertes Gehirn auf einer Intensivstation existiert. Solche pragmatischen Implikationen narrativer Texte können durch sogenannte konventionelle und konversationelle Implikaturen erklärt werden, die zuerst vom Sprachphilosophen H. P. Grice beschrieben wurden. Im Falle von Charms' Rotschopf wird beispielsweise das konversationelle Prinzip der Quantität verletzt, demzufolge solche Umstände, die zum Verständnis einer Aussage wichtig, aber aus dieser nicht ableitbar sind, ebenfalls rechtzeitig mitgeteilt werden sollten.

Neuere empirisch-kognitionspsychologische Untersuchungen zu diesem Thema verwenden das Konzept der *Inferenz*. Sie beschreiben die Lektüre narrativer Texte als einen dynamischen kognitiven Prozess, der sowohl von Textsignalen (*bottom-up*) als auch von Inferenzen aus dem Langzeitgedächtnis des Lesers (*top-down*) gesteuert wird (Bortolussi/Dixon, *Psychonarratology*, S. 97–132; Ryan, *Possible Worlds*, S. 124–147). Im Prozess der Lektüre sammelt der Leser Stück für Stück einschlägige Textinformationen, die er nach Schemata ordnet, die in seinem Langzeitgedächtnis gespeichert sind. Die Zuordnung von Textelementen zu kognitiven Kategorien fließt wiederum in den Lektüreprozess ein, indem der Leser sein mentales Modell der Geschichte, die er gerade liest, mit Hypothesen über implizite Sachverhalte der erzählten Welt und über den zukünftigen Verlauf der Handlung ergänzt und verändert.

Dabei inferiert er nicht nur schematische *scripts* und *frames* aus seiner alltäglichen Wirklichkeitserfahrung und seinem Weltwissen, sondern auch Vorkenntnisse über *literarische Konventionen*, insbesondere von Gattungsregeln. Kausalitäten und Kohärenzen sind im Märchen anders beschaffen als im realistischen Roman. Dass Frösche sprechen, ist im Grimmschen Märchen erwartbar, wäre aber nach den Regeln eines Romans von Theodor Fontane inkohärent. Entsprechend nimmt der Leser unterschiedliche Inferenzen vor.

In welchem Ausmaß literarische Konventionen den unthematischen Horizont einer erzählten Welt bestimmen, wird auf komische Weise in einer Szene aus Cervantes' *Don Quijote* verdeutlicht, in der Don Quijote sich mit einem Gastwirt unterhält:

> Dann befragte er [i. e. der Gastwirt] ihn, ob er Geld bei sich führe. Don Quijote entgegnete, er habe keinen Pfennig in der Tasche, denn er habe nie in den Geschichten der fahrenden Ritter gelesen, daß irgendeiner Geld mitgenommen hätte.
> Darauf versetzte der Wirt, er sei im Irrtum; denn zugegeben, daß es in den Geschichten nicht geschrieben stehe, weil deren Verfasser gemeint, es sei unnötig, so selbstverständliche Dinge, die bei sich zu haben so unerläßlich sei, wie Geld und reine Hemden, ausdrücklich zu erwähnen, so müsse man darum nicht glauben, daß sie dieselben nicht bei sich führten. (S. 35)

Obwohl Don Quijote sich im weiteren Verlauf des Gesprächs vom Gastwirt davon überzeugen lässt, dass Ritter doch Geld bei sich führen, müssen wir ihm einen guten literarischen Instinkt zugestehen. In der idealisierten Welt der Ritterromane, die Don Quijotes Selbstverständnis als Ritter geprägt haben (und von der sich, wie Don Quijote zu seinem Leidwesen immer wieder erfahren muss, seine eigene durchaus unterscheidet), gibt es keine spröden Alltagssorgen um volle Geldbörsen und reine Hemden.[4] Hier tragen Ritter auf ihren Abenteuern

---

[4] Halten wir Don Quijote zugute, dass er Hartmanns von Aue mittelhochdeutschen Ritterroman *Erec* (um 1180) nicht kennen konnte, in welchem Erec in einer fremden Stadt zunächst aus Geldmangel keine Unterkunft findet (s. *Erec*, V. 238).

weder Geldbörsen bei sich, noch lassen sie diese zu Hause; vielmehr hat die Frage nach Geld in der «Traumschönheit und Zaubergrazie» (Lukács, *Theorie*, S. 88) dieser Romanwelten grundsätzlich keinen Platz.

Wie Don Quijotes Streit mit dem Gastwirt verdeutlicht, füllen wir als Leser den unthematischen Horizont der erzählten Welt je nach literarischer Gattung auf unterschiedliche Weise. Denn in der Literatur treffen wir nicht nur auf andere Welten, sondern auch auf andere *Arten* von Welten. Vergleichen wir zwei Passagen aus Daniel Defoes *Robinson Crusoe* (1719) und George Orwells *Animal Farm* (1945). Defoes Roman beginnt mit den Worten:

> I was born in the Year 1632, in the City of *York*, of a good Family, tho' not of that Country, my Father being a Foreigner of *Bremen*, who settled first at *Hull*: He got a good Estate by Merchandise, and leaving off his Trade, lived afterward at *York*, from whence he had married my Mother, whose Relations were named *Robinson*, a very good Family in that Country, and from whom I was called *Robinson Kreutznaer*; but by the usual Corruption of Words in *England*, we are now called, nay we call our selves, and write our Name *Crusoe*, and so my Companions always call'd me. (Bd. 1, S. 1) (Hervorhebungen im Original)

Defoe verknüpft die erzählte Welt seines Romans mit der realen Welt. Er verwendet reale Zeitangaben («1632»), Orts- («York», «Bremen») und Ländernamen («England»). Wichtiger noch als solche punktuelle Referenz auf die reale Welt mit Hilfe von Eigennamen und Jahreszahlen ist für die Art der erzählten Welt jedoch ihr Grundcharakter oder *Stil*, wie er sich in diesem ersten und den weiteren Sätzen des Textes entfaltet. Crusoe lebt in einer Welt, in der es uns geläufige Familienstrukturen, Handel und sprachliche Verballhornungen gibt. Wir würden zwar vergeblich in Geburtsregistern der Stadt York aus dem Jahre 1632 nach einem Eintrag über Robinson Kreutznaer suchen – Defoe beschreibt in seinem Roman, ungeachtet der teilweisen Verwendung realer Eigennamen, eine fiktive, nicht unsere reale Welt. Dennoch entspricht die Welt von *Robinson Crusoe* in Bezug auf die fundamentalen Modalkategorien des Notwendigen und des Möglichen ungefähr dem, was wir auch für die reale Welt Englands zur Mitte des 18. Jahrhunderts als notwendig und möglich annehmen. In Orwells satirischer Fabel lesen wir über den Esel Benjamin:

> Benjamin was the oldest animal on the farm, and the worst tempered. He seldom talked, and when he did it was usually to make some cynical remark – for instance he would say that God had given him a tail to keep the flies off, but that he would sooner have had no tail and no flies. (S. 2)

Anders als in der Welt von *Robinson Crusoe* ist es in derjenigen von *Animal Farm* möglich, dass Esel wie Menschen sprechen und ironische Bemerkungen über Gott machen. Die der Lektüre zugrundeliegende Implikationsregel lautet hier: (1) Wenn es wahr ist, dass der Esel Benjamin spricht, dann können Esel sprechen. (2) Der Esel Benjamin spricht. (3) Also können Esel sprechen.

Andererseits ist es Benjamin unmöglich, die Fliegen mit anderen Mitteln als mit seinem Eselsschwanz zu vertreiben. Auch wenn er über die (für einen realen Esel) phantastische Fähigkeit des Sprechens verfügt, unterliegt er ansonsten – wie der weitere Verlauf der Handlung zeigt – durchaus den Beschränkungen seines Eselskörpers. Es wäre mit dem Stil der phantastischen, aber auch stabilen Welt von *Animal Farm* unvereinbar (und ist deshalb in ihr unmöglich), dass Benjamin sich plötzlich Hände wachsen ließe, mit deren Hilfe er die Fliegen leichter vertreiben könnte. Das zeigt, dass die Konstruktion der erzählten Welt im Leseakt nicht nur *inklusiv* (im Sinne der gerade genannten Implikationsregel), sondern auch *exklusiv* erfolgt: Der unthematische Horizont gibt nicht nur vor, was in der erzählten Welt, wenngleich unbestimmt, vorhanden ist, sondern auch, was aus ihr ausgeschlossen ist. Der Leser ist stets bestrebt, die erzählte Welt als eine stabile und konsistente Totalität zu konstruieren.

Dieses Bestreben schließt allerdings nicht aus, dass wir in der Literatur erzählte Welten kennenlernen, die stilistisch komplex sind. Wir unterscheiden vier Formen solcher Komplexität.

(1) Homogene vs. heterogene Welten. Während die bislang genannten Texte *homogene erzählte Welten* entfalten, insofern das zugrundeliegende System von Möglichem, Wahrscheinlichem und Notwendigem jeweils einheitlich ist, stellt beispielsweise Kafkas Erzählung *Die Verwandlung* (1915) eine *heterogene erzählte Welt* dar, insofern sie zwei gänzlich unterschiedliche Systeme von Möglichkeit in sich vereinigt. Einerseits ist da der phantastische Sachverhalt, dass Gregor Samsa sich eines Morgens zu einem ungeheueren Ungeziefer verwandelt findet, andererseits folgen die übrigen Ereignisse realistischen Regeln. (Eine Ausnahme bilden allerdings die Reaktionen der Familie auf Gregors

Verwandlung – in der merkwürdigen Selbstverständlichkeit, mit der sie die Veränderung hinnimmt, verschwindet der kategoriale Bruch zwischen phantastischer und realistischer Sphäre.)

(2) Uniregionale vs. pluriregionale Welten. Eine zweite Form von Komplexität findet man in Werken, die in verschiedenen Abschnitten verschiedene Weltsysteme präsentieren und insofern *pluriregional* genannt werden können – im Gegensatz zu *uniregionalen* Welten mit einem einzigen System. Besonders Erzähltexte mit extradiegetischen Rahmen- und intradiegetischen Binnengeschichten bieten sich für die Konstruktion pluriregionaler Welten an. Viele Autoren der Romantik haben diese Möglichkeit genutzt, die man aber beispielsweise auch schon in dem antiken Roman *Der goldene Esel* (*Metamorphoses*, um 170) des Lucius Apuleius verwirklicht findet. Hier wird innerhalb einer Rahmengeschichte u. a. die Binnengeschichte von Amor und Psyche erzählt, deren märchenhafte Welt sich von der überwiegend derb-burlesken Atmosphäre der Rahmenhandlung deutlich abhebt. Anstatt von einer einzigen, pluriregionalen Welt wäre hier genaugenommen von zwei verschiedenartigen Welten zu sprechen, die zwar derselben Erzählung angehören, aber diegetisch voneinander getrennt sind.

Aber auch verschiedene Regionen oder Sphären derselben diegetischen Ebene können Welten unterschiedlichen Typs angehören. Eine Szene des *Nibelungenliedes* (um 1200) schildert, wie Siegfried mit seiner Gefolgschaft an den Wormser Hof der Burgunder kommt, um dort um Kriemhild zu werben. Da alle eintreffenden Ritter ähnlich aufwendig gekleidet sind, wissen die Burgunder, die zwar Siegfrieds ruhmvollen Namen kennen, ihm aber persönlich nie begegnet sind, nicht, wen sie als Siegfried begrüßen sollen.[5] Eine parallele Szene ereignet sich einige Zeit später, als Siegfried zusammen mit dem Burgunderkönig Gunther zur mächtigen Königin Brünhild nach Isenstein auf Island fährt, um diese für Gunther zu werben. Doch anders als in der überwiegend *höfischen* Sphäre von Worms ist in der *heroischen* Sphäre Isensteins eine persönliche Bekanntschaft unnötig, um den Helden

[5] Erst Hagen, der als Einziger am Wormser Hof Siegfried als Held ebenbürtig ist, kann diesen auch ohne persönliche Bekanntschaft anhand seiner charismatischen Erscheinung identifizieren: «der dort so herlichen gat» (*Nibelungenlied*, Str. 86.4). Unsere Interpretation folgt Müller, *Heldenepos*, S. 94–100. Zur prekären Verbindlichkeit der «heroischen Verhaltensschematik» im *Nibelungenlied* s. auch Haug, *Idealität* (Zitat: ebd., S. 302).

Siegfried als solchen zu identifizieren. Jemand aus Brünhilds Gefolge sagt, er kenne zwar keinen der fremden Ritter, aber einer von ihnen gleiche Siegfried («wan gelîche Sîfride einer darunder stât», *Nibelungenlied*, 411.3). Wer so heldenhaft aussieht wie der einzigartige Held Siegfried, kann in der heroischen Welt des Heldenepos niemand anderer als Siegfried selbst sein – weshalb ihn Brünhild dann auch ohne zu zögern mit seinem Namen anredet (ebd., 419.3). Siegfrieds herausragender Rang wird durch seine charismatische Erscheinung markiert, die nicht ein sozial codiertes *Zeichen*, sondern ein symptomatisches *Anzeichen* seiner einzigartigen Stärke und Heldenhaftigkeit darstellt. Die Sicherheit, mit der Siegfried in Isenstein erkannt werden kann, ist der traditionalen Sphäre des Wormser Hofes fremd. Hier sind persönliche Bekanntschaft, konventionelle Zeichen (z.B. Kleidung) oder sozial codierte Verhaltensweisen notwendig, um jemanden als Führerfigur zu erkennen.

(3) Stabile vs. instabile Welten. Kafkas *Verwandlung* präsentiert zwar eine heterogene (realistisch-phantastische) Welt, aber zugleich eine *stabile*. Die Vermischung von phantastischem Grundmotiv und realistischem Kontext wird bereits im ersten Satz des Textes eingeführt und dauert bis zum Ende an. Andere Texte präsentieren *instabile Welten*, insofern der Leser im Verlauf der Lektüre sich die Handlung nach wechselnden Kriterien der Notwendigkeit und der Möglichkeit erklären muss. Tzvetan Todorovs bekannte Definition der phantastischen Literatur als Unschlüssigkeit (‹hésitation›) zwischen dem Unheimlichen (‹étrange›) und dem Wunderbaren (‹merveilleux›) ist eine Beschreibung solcher instabilen Welten: «Das Fantastische ist die Unschlüssigkeit, die ein Mensch empfindet, der nur die natürlichen Gesetze kennt und sich einem Ereignis gegenübersieht, das den Anschein des Übernatürlichen hat» (Todorov, *Einführung*, S. 26). Diese Unschlüssigkeit kann sich entweder dahingehend auflösen, dass das Ereignis als ein übernatürliches akzeptiert wird – in diesem Fall ist die erzählte Welt durch neue, wunderbare Naturgesetze bestimmt. Oder aber man entscheidet, das Ereignis sei nur scheinbar übernatürlich, in Wahrheit aber eine Sinnestäuschung o.ä. – dann handelt es sich um eine erzählte Welt, in der die Gesetze der Realität intakt bleiben. So findet man in der Geschichte des englischen Schauerromans (*gothic novel*) einerseits, wie in Horace Walpoles *The Castle of Otranto* (1765), ein *akzeptiertes Übernatürliches*, andererseits, wie in Ann Radcliffes *The Mysteries of Udolpho* (1794), ein empirisch *expliziertes Übernatürliches*. Mit Todorovs Terminologie ausgedrückt, enthüllt sich die Welt von Walpoles Roman als eine ‹wunderbare›, diejenige von Radcliffe hingegen als eine ‹unheimliche›. Während in den gerade genannten Texten die erzählte Welt sich nur vorübergehend als mehrdeutig, rückblickend aber als stabil erweist, bleibt in anderen Texten die Instabilität bestehen. So gelingt es Henry James in seiner Erzählung *The Turn of the Screw* (1898), mittels einer perspektivischen, intern-fokalisierten Darstellungstechnik bis zum Schluss offenzulassen, ob die beiden gespenstischen Erscheinungen der verstorbenen Hausangestellten Quint und Jessel, die den Kindern Flora und Miles nachzustellen scheinen, objektiv vorhanden sind, oder ob sie nur der überreizten Einbildungskraft der Gouvernante entspringen.

(4) Mögliche vs. unmögliche Welten. In den sechziger Jahren führte der amerikanische Logiker Saul Kripke einen Begriff in die Modallogik ein, der bereits in der Philosophie von Gottfried Wilhelm Leibniz eine wichtige Rolle gespielt hatte – ‹mögliche Welten›. So wie Leibniz' Konzept der möglichen Welten im 18. Jahrhundert von den Schweizern Johann Jacob Bodmer und Johann Jacob Breitinger für poetologische Fragen fruchtbar gemacht wurde, so ist in den letzten Jahrzehnten auch Kripkes Neuansatz von einigen Literaturtheoretikern aufgenommen worden. Kripke verwendete den Begriff, um die Logik von kontrafaktischen Bedingungssätzen (‹contrafactual conditionals›) zu erklären. Kontrafaktische Bedingungssätze stellen Behauptungen darüber auf, was der Fall wäre, wenn sich ein Geschehen anders als in der Realität entwickelt hätte. Wie hätte sich die Weltgeschichte entwickelt, wenn Pontius Pilatus Jesus von Nazareth begnadigt hätte? Wenn die spanische Armada 1588 in England gelandet wäre? Wenn Adolf Hitler 1938 einem Attentat zum Opfer gefallen wäre? Offensichtlich sind Antworten auf solche Fragen nicht einfach sinnlos. Historische Untersuchungen über ‹ungeschehene Geschichte› (z. B. in Demandt, *Geschichte*) belegen ebenso wie unsere Alltagserfahrung, dass kontrafaktische Annahmen durchaus Anspruch auf Plausibilität stellen können. Man kann mit Gründen dafür argumentieren, dass bestimmte historische Entwicklungen zwar nicht real eingetreten sind, aber doch gut möglich gewesen wären, andere als eher unwahrscheinlich einzuschätzen sind, wieder andere als unmöglich ausscheiden.

In der Literaturwissenschaft begegnet man dem Begriff der möglichen Welten heute vor allem im Zusammenhang von einigen Fiktionalitätstheorien (z. B. Doležel, *Heterocosmica*, S. 1–28, Pavel, *Worlds*, Ronen, *Worlds*, Ryan, *Worlds*). Auf der Grundlage der in Kapitel I,1 entwickelten Bestimmung von fiktionaler Rede erscheint es uns allerdings grundsätzlich irreführend, das Phänomen der Fiktionalität mit Hilfe von ‹möglichen Welten› zu erklären. Auf diese Weise wird nämlich der fundamentale Doppelcharakter fiktionaler Sätze als imaginär-authentische Rede eines Erzählers und, zugleich, real-inauthentische Rede eines Autors unterschlagen (s. o. S. 19 ff.). In kontrafaktischen Bedingungssätzen entwirft man zwar einen imaginierten Weltzustand; dies geschieht jedoch in real-authentischer (faktualer) Rede. Die fiktiven Welten der Literatur entstehen aber nicht durch kontrafaktisch-faktuale Beschreibungen unserer realen Welt, sondern durch fiktionale Beschreibungen einer imaginierten Welt.

Obwohl also das Konzept der möglichen Welten bei der Definition von Fiktionalität auf erhebliche Probleme stößt, ist es doch nützlich für eine Typologie erzählter Welten. Wir können nämlich auf der Grundlage des Möglichkeitskriteriums in der fiktionalen Erzählliteratur drei Typen erzählter Welten unterscheiden: natürliche, übernatürliche und unmögliche (i. e. S.). (a) *Bei physikalisch möglichen Welten* handelt es sich um *natürliche* Welten, die sich zwar, als erfundene, von der realen Welt unterscheiden, in der aber keine physikalischen Gesetze verletzt werden, die wir für unsere reale Welt als gültig annehmen – z. B. Defoes *Robinson Crusoe.* (b) Physikalisch mögliche Welten bilden eine Teilmenge der *logisch möglichen Welten.* Man trifft in der Literatur aber auch häufig auf logisch mögliche Welten, die physikalisch unmöglich sind. In diesen *übernatürlichen* Welten gelten andere physikalische Gesetze als die unseren, hier können Tiere sprechen, Menschen fliegen, Götter existieren. Werke der phantastischen Literatur, Märchen, Science-Fiction-Romane, Tierfabeln usw. gehören in diese Gruppe, darunter auch Orwells *Animal Farm.* (c) Schließlich begegnet man in der Literatur, vor allem in derjenigen des 20. Jahrhunderts, auch *logisch unmöglichen Welten.* Hier handelt es sich um Welten, in denen *Widersprüche* bestehen (in denen also – auf der erzähllogisch privilegierten Ebene der Erzählerrede, s. o. S. 107 f. – mimetische Behauptungen aufgestellt werden, welche miteinander nicht vereinbar sind), die weder durch die Annahme eines unzuverlässigen Erzählers noch durch Formen stilistischer *Inkonsistenz* (‹Heterogenität›, ‹Pluriregionalität› oder ‹Instabilität›) auflösbar sind. Solche (im engeren, logischen Sinne) unmöglichen Welten finden wir beispielsweise in *nouveaux romans* wie Alain Robbe-Grillets *Die blaue Villa in Hongkong* (*La maison de rendez-vous*, 1965).

Darin ist Hongkong einerseits der Schauplatz des Geschehens, andererseits aber nicht; es werden dieselben Ereignisse in unterschiedlichen Versionen und in verschiedener chronologischer Reihenfolge erzählt (a ➟ b ➟ c, aber auch c ➟ b ➟ a); dieselben Gegenstände erscheinen in unterschiedlichen Existenzformen, als Tatsache, als Gemälde, als Theateraufführung.

Eine ingeniöse Beschreibung unmöglicher erzählter Welten finden wir in Jorge Luis Borges' Geschichte *Der Garten der Pfade, die sich verzweigen* (*El jardín de senderos que se bifurcan*, 1941). Der Titel der Geschichte kehrt im Text wieder als der Titel eines rätselhaften alten Romans des Chinesen Ts'ui Pên, dessen besondere Beschaffenheit der britische Sinologe Stephen Albert einem unwissenden Nachfahren Pêns mit folgenden Worten erklärt (kurz bevor dieser ihn erschießt):

> ‹Natürlich blieb ich an dem Satz [Ts'ui Pêns] hängen: *Ich hinterlasse den verschiedenen Zukünften (nicht allen) meinen Garten der Pfade, die sich verzweigen.* Fast auf der Stelle begriff ich (...). Die Wendung: verschiedenen Zukünften (nicht allen) brachte mich auf das Bild der Verzweigung in der Zeit, nicht im Raum. (...) In allen erdichteten Werken entscheidet sich ein Mensch angesichts verschiedener Möglichkeiten für eine und scheidet die anderen aus; im Werk des schier unentwirrbaren Ts'ui Pên entscheidet er sich – gleichzeitig – für alle. Er erschafft so verschiedene Zukünfte, verschiedene Zeiten, die ebenfalls auswuchern und sich verzweigen. Daher die Widersprüche im Roman. Fang (sagen wir) hütet ein Geheimnis; ein Unbekannter klopft an seine Türe; Fang beschließt, ihn zu töten. Natürlich gibt es verschiedene mögliche Lösungen. Fang kann den Eindringling töten, der Eindringling kann Fang töten; beide können davonkommen, beide können sterben usw. Im Werk von Ts'ui Pên kommen sämtliche Lösungen vor; jede einzelne ist der Ausgangspunkt weiterer Verzweigungen. Manchmal streben die Pfade dieses Labyrinths aufeinander zu; etwa so: Sie kommen in dieses Haus, aber in einer der möglichen Vergangenheiten sind Sie mein Feind gewesen, in einer anderen mein Freund (...).› (S. 163 f.)

Borges evoziert in den Worten des Sinologen allerdings nicht nur eine unmögliche erzählte Welt, sondern mehr noch ein unmögliches Erzählen: einen Text nämlich, der nicht eine einzelne Geschichte erzählt, sondern gleichermaßen *alle* möglichen Geschichten, die sich von einem gegebenen Ausgangszustand aus entwickeln können und die einander alternativ ausschließen. (Nicht zufällig beschreibt Borges ein solches Erzählprojekt nur, ohne es selbst in seinem eigenen Text zu realisieren: Es ist zwar möglich, unmögliche Welten zu erzählen; unmögliches Erzählen kann hingegen nur *erwähnt* werden.)

Auch wenn es unmöglich ist, die unendliche Zahl möglicher Entwicklungen aus einem narrativen Kern zu verfolgen – das gilt sowohl im Hinblick auf die Produktion wie auf die Rezeption –, hat es in der Literatur der letzten Jahrzehnte immer wieder Versuche gegeben, die lineare Ordnung von Handlungen in Erzähltexten aufzubrechen. Anders als Robbe-Grillets *nouveaux romans* verfahren dabei die sogenannten ‹Mobile›-Romane: In Julio Cortázars *Rayuela. Himmel und Hölle* (*Rayuela*, 1963) oder Andreas Okopenkos *Lexikon-Roman einer sentimentalen Reise zum Exporteurtreffen in Druden* (1970) ist der Gesamttext und damit auch die Gesamthandlung in viele Abschnitte unterteilt, die vom Leser in beliebiger Reihenfolge gelesen werden können. Die individuelle Lektüre bringt so jeweils individuelle Handlungsverläufe hervor; die Leistung des Autors besteht darin, den entsprechenden Möglichkeitsspielraum bereitzustellen. (Allerdings empfehlen beide Autoren in ‹Gebrauchsanweisungen› einen bestimmten Pfad durch das Textlabyrinth.) Mit den Neuen Medien sind in den letzten Jahren ungeahnte technische Möglichkeiten entstanden, solche nichtlinearen Erzählformen auf CD-ROMs oder im Internet in Form von *Hyperfictions* oder von interaktiven *Cybertexten (adventure games, multi-user dungeons, onlinefictions)* zu realisieren. Freilich produzieren solche Erzählformen – so wie auch die ‹Mobile›-Romane – meist keine unmöglichen Welten; sie stellen vielmehr ein Potenzial alternativer Handlungsverläufe bereit, in dessen Rahmen vom Leser/User individuelle mögliche Handlungen und Welten aktualisiert werden.

Die Affinität instabiler und unmöglicher Welten zu bestimmten Verfahren unzuverlässigen Erzählens – wie im Fall von James die interne Fokalisierung – zeigt an, dass der *Stil* einer erzählten Welt nicht nur davon bestimmt wird, was in ihr der Fall ist, sondern auch von der besonderen Art und Weise der erzählerischen Vermittlung. (Man könnte auch sagen: Der Stil einer erzählten Welt ist nicht nur eine Frage ihrer Ontologie, sondern auch ihrer Epistemologie.)

Explizit vs. implizit Thematisiertes. So ist es für erzählte Welten charakteristisch, welche Sachverhalte *explizit* beschrieben und welche nur *implizit* suggeriert werden. In den Welten von Gustave Flauberts *Madame Bovary* (1857) oder Theodor Fontanes *Effi Briest* (1894/95) beispielsweise müssen wir an einigen Stellen des Geschehens annehmen, dass es zu sexuellen Handlungen kommt. So fährt die Titelheldin von Flauberts Roman einmal mit ihrem Liebhaber Léon in einer geschlossenen Kutsche stundenlang durch Rouen. In der erzählerischen Darstellung sind diese Stunden durchgehend auf den marginalen Wahrnehmungsstandpunkt des Kutschers fokalisiert, wie ein kurzer Auszug aus der berühmten, mehrere Seiten umfassenden Passage verdeutlicht:

> Von Zeit zu Zeit warf der Kutscher auf seinem Bock verzweifelte Blicke nach den Kneipen. Er begriff nicht, welche Fortbewegungswut diese Leute veranlaßte, gar nicht haltmachen zu wollen. Manchmal versuchte er es, und sogleich hörte er, wie hinter ihm zornige Ausrufe laut wurden. Dann schlug er noch mehr auf seine beiden schweißtriefenden Gäule ein, ohne weiter auf das Geholper zu achten, hier und da anstoßend, ohne daß es ihn kümmerte, niedergeschlagen, und den Tränen nahe vor Durst, Ermüdung und Betrübnis. (S. 251)

Auch wenn der Leser hier nicht im Zweifel darüber belassen bleibt, dass es während der Kutschfahrt zum sexuellen Kontakt zwischen Emma und Léon kommt, ist es ein charakteristisches Merkmal des Welt-Stils von *Emma Bovary*, dass dies lediglich angedeutet wird. Noch verdeckter erzählt Fontane von Effis heimlichen Zusammenkünften mit dem Major Crampas, die am Kessiner Strand stattfinden. Als die beiden nach einer längeren Trennung ihre Treffen wieder aufnehmen, heißt es im Text lediglich:

> Die Spaziergänge nach dem Strand und der Plantage, die sie [i. e. Effi], während Crampas in Stettin war, aufgegeben hatte, nahm sie nach seiner Rückkehr wieder auf und ließ sich auch durch ungünstige Witterung nicht davon abhalten. (S. 173 f.)

Zwischen Emma und Léon bzw. Effi und Crampas kommt es zweifellos zu sexuellen Handlungen. Deren ausdrückliche und detaillierte Beschreibung würde jedoch einen krassen Bruch mit der immanenten Poetik dieser Romane des Realismus bedeuten und den Stil ihrer erzählten Welten völlig verändern.

Thematischer Vordergrund vs. unthematischer Hintergrund. Die beiden Beispiele von Flaubert und Fontane zeichnen sich durch eine elliptische Erzähltechnik aus, die das zentrale Ereignis nur andeutet. Die implikative Konstruktion einer erzählten Welt betrifft jedoch nicht nur zentrale Ereignisse, die lediglich implizit thematisiert werden, sondern auch eine vage (aber weder willkürliche noch heterogene) Menge von Sachverhalten, die lediglich als unthematischer Horizont des Geschehens gegeben sind. Auch wenn es nie angesprochen wird, dürfen wir annehmen, dass Figuren in Romanen des Realismus wie Emma oder Effi Schuhe und Kleidung tragen, wenn sie außer Haus gehen, während die Protagonisten von Tierfabeln unbekleidet promenieren. Die Sphäre des alltäglich Gegebenen und deshalb ungesagt Voraussetzbaren variiert je nach dem gattungstypischen Stil der erzählten Welt.[6]

3. Figur

Wenn literarische Geschichten (*mythoi*) gemäß der Bestimmung des Aristoteles menschliche Handlungen darstellen (*mimesis praxeōs*, *Poetik* 1449b), dann sind die Träger dieser Handlungen zweifellos ein zentrales Element von Erzählungen, genauer gesagt: ein Grundbegriff der erzählten Welt (Diegese). Die Bewohner der fiktiven Welten fiktionaler Erzählungen nennt man ‹Figuren› (engl. *characters*), um den kategorialen Unterschied gegenüber ‹Personen› oder ‹Menschen› hervorzuheben. Autoren fiktionaler Texte erfinden Figuren, Autoren faktualer Texte (wie Reporter, Biographen oder Historiker) beschreiben Personen. Aus diesem Unterschied folgen einige Besonderheiten, die Figuren fiktional-literarischer Welten sowohl von der Darstellung realer Personen in faktualen Texten wie auch von der Wahrnehmung realer Personen unterscheiden.

---

[6] Das Alltägliche konnte in der Epoche des Realismus allerdings in der Gattung des *komischen Romans* thematisiert werden. Mit wohl einzigartiger Insistenz geschieht dies in Friedrich Theodor Vischers Roman *Auch Einer* (1879), dessen Hauptfigur von einer endlosen Kette von Erkältungen, Hühneraugen, Verstopfungen, Ausrutschern, Stößen, Irrtümern, Zerstreutheiten, Vergesslichkeiten usw. heimgesucht wird (s. Martínez, *Doppelte Welten*, S. 109–150).

Literarische Figuren müssen nicht menschlich sein. Viele Akteure besitzen phantastische Qualitäten, die mit dem Begriff einer Person unvereinbar sind – man denke an tierische Handlungsträger in Fabeln. Selbst unbelebte Dinge wie Roboter in der Science-Fiction oder die titelgebenden Protagonisten des Grimmschen Märchens *Strohhalm, Kohle und Bohne* können in der Fiktion zu Handlungsträgern und damit zu Figuren werden. Gibt es überhaupt eine notwendige Voraussetzung dafür, dass ein Textelement als eine Figur gelten kann? Das einzige unerlässliche Merkmal für den Status einer Figur ist wohl, dass man dieser Intentionalität, also mentale Zustände (Wahrnehmungen, Gedanken, Gefühle, Wünsche, Absichten) zuschreiben können muss.

Fiktive Figuren sind, so wie die Inhalte fiktiver Welten generell, einerseits abgeschlossener, andererseits unvollständiger als reale Personen. Abgeschlossener sind sie, weil man keine anderen Informationen (im Sinne von konkreten Tatsachen der erzählten Welt) über sie erhalten kann als diejenigen, die der Text selbst mitteilt (was selbstverständlich nicht ausschließt, dass man diese ‹Informationen› sehr unterschiedlich und immer wieder neu interpretiert). Nachdem Biographen Thomas Manns entdeckt haben, dass dieser sich für die Figur des Tadzio aus *Der Tod in Venedig* (1912) von einem Władysław Moes anregen ließ, den er 1911 während eines Venedig-Aufenthaltes kennenlernte, kann man – wenn man es denn möchte – nach weiteren Informationen über diesen polnischen Baron suchen. Dagegen wäre es grundsätzlich sinnlos, außerhalb des Novellentextes nach zusätzlichen Informationen über die Figur des Tadzio zu suchen. Der fiktionale Text von *Der Tod in Venedig* gibt uns nicht einen, sondern den einzigen Zugang zu seiner erzählten Welt.

Andererseits sind fiktive Figuren grundsätzlich unvollständig, weil sie im Text notwendigerweise unterdeterminiert bleiben. Wenn zu Beginn von Manns Novelle Aschenbach einen Spaziergang durch München unternimmt, ohne dass die Art seiner Schuhe (Halbschuhe? Halbstiefel? Stiefeletten?) erwähnt wird, dann bleibt die Schuhart prinzipiell unbestimmt. Daraus folgt allerdings nicht, dass die kognitive Rekonstruktion einer Figur grundsätzlich unvollständiger wäre als diejenige einer Person. So nehmen wir, obwohl der Text darüber schweigt, keineswegs an, dass Aschenbach gar keine Schuhe trug – es wäre ein eklatanter Bruch mit dem Stil dieser erzählten Welt, wenn der gesellschaftlich arrivierte Schriftsteller barfuß durch München liefe. Vielmehr ergänzen wir in der Lektüre zusätzlich zu den expliziten erwähnten Sachverhalten zahlreiche weitere, die in den Textinformationen logisch und analytisch enthalten sind oder die aufgrund von kommunikativen Konventionen und von Hintergrundwissen aus ihnen abgeleitet werden können. Zu diesem Hintergrundwissen gehören historisch-kulturelle und empirisch-praktische Kenntnisse – etwa, dass bürgerliche Personen im München des frühen 20. Jahrhunderts bei Spaziergängen in der Regel Schuhzeug trugen. Eine andere wichtige Quelle für das Verstehen literarischer Figuren ist die Alltagspsychologie (*folk psychology*) des Lesers, d.h. intuitive Annahmen über das Innenleben von Personen und über den Zusammenhang zwischen Handlungen und ihnen zugrundeliegenden mentalen Zuständen. Und schließlich wird das Verständnis von Figuren auch durch das Wissen um literarische Normen, insbesondere um Gattungskonventionen, bestimmt.

Diese unterschiedlichen Quellen für Leserinferenzen sind durchaus nicht immer miteinander vereinbar. Zwischen den Inferenzen auf der Basis von allgemeinem Weltwissen und solchen aus literarischem Gattungswissen kann es zu Widersprüchen kommen. Dann haben in der Regel die literarischen Inferenzen Vorrang: Dass der Löwe in einer Fabel Äsops sprechen kann und stark, aber nicht besonders schlau ist, folgt nicht aus zoologischen Kenntnissen, sondern allein aus den Gattungsvorgaben der Tierfabel. Dass die junge Königstochter Chariklea in Heliodors *Aithiopika* (3.–4. Jh.) trotz jahrelanger Unglücksfälle und Strapazen beim schließlichen *happy ending* so schön und unberührt ist wie zu Beginn der Geschichte, entspricht nicht den Realitäten der Biologie und des Reiselebens, sondern gehorcht den Regeln des griechischen Liebes- und Abenteuerromans.

Ein interessanter Sonderfall sind historische Personen in fiktionalen Erzähltexten. So werden die erzählten Welten historischer Romane auch von Personen der realen Geschichte bevölkert. Hier ist das oben erwähnte Prinzip der Abgeschlossenheit nur eingeschränkt gültig, da die Identität dieser Protagonisten nicht nur durch den fiktionalen Text, sondern auch durch textexterne Dokumente konstituiert wird. Ein Leser könnte dem Autor sogar historische Fehler in seiner Darstellung vorwerfen – was mit Bezug auf die Bewohner rein fiktiver Welten sinnlos wäre. Praktische Folgen kann das bei Schlüsselromanen haben, die verdeckte Porträts von Zeitgenossen enthalten. So musste sich Klaus Mann dafür rechtfertigen, dass er in seinem Roman *Mephisto – Roman einer Karriere* (1936) in der Figur des Hendrik Höfgen den Schauspieler Gustaf Gründgens als Opportunisten des Nazi-Regimes darzustellen schien. Gründgens' Adoptivsohn verklagte den Verlag, der den Roman publiziert hatte, auf Verletzung von Gründgens' Persönlichkeitsrecht und erwirkte in der sogenannten «Mephisto-Entscheidung» des Bundesverfassungsgerichts (24. 2. 1971, BVerfGE 30, 173) ein Verbot des Romans.

Ein Autor kann die historischen Kenntnisse seiner Leser aber auch spielerisch brüskieren, indem er historische Figuren absichtlich in eine kontrafaktische Welt versetzt – wie es etwa Robert Harris in seinem Roman *Fatherland* (1992) tut, der in einer Welt spielt, in der Adolf Hitler nach dem Gewinn des Zweiten Weltkriegs den amerikanischen Präsidenten John F. Kennedy an seinem 75. Geburtstag am 20. 4. 1964 zum Staatsempfang erwartet. Hier wäre es verfehlt, dem Autor Harris historische Fehler vorzuwerfen, da gerade die Abweichung der Romanhandlung vom realen Gang der Geschichte offensichtlich zur Pointe des Werks gehört. Wenn der Roman diesen kontrafaktischen Hitler in revanchistischer Absicht porträtierte – was nicht der Fall ist –, wären Einwände gegen die Darstellung zwar grundsätzlich sinnvoll. Dann handelte es sich allerdings nicht um eine historiographische Kritik an einer verfälschenden Wiedergabe von realen Fakten in der erzählten Welt der Fiktion, sondern um eine moralische Kritik an der positiven Darstellung eines erfolgreichen Diktators Hitler.

Kognitive Erzählforscher haben in den letzten Jahren vermehrt auf die Bedeutung von Inferenzen für das Verständnis von Romanfiguren hingewiesen. Ein Befund dieser Studien ist, dass literarische Figuren im Lektüreprozess zumindest teilweise durch dieselben Inferenzprozesse mental konstruiert werden, die bei der Wahrnehmung realer Personen stattfinden: «Readers by default assume that they will encounter real-life characters and make a concerted effort to fill in the schematic gaps to produce human-like constructs» (Bortolussi/Dixon, *Psychonarratology*, S. 152 f.). Denn auch unsere Wahrnehmung realer Personen ist unvollständig und wird stets durch kognitive Schemata ergänzt. Die sozialpsychologische Attributionstheorie liefert einen Erklärungsansatz für diese Inferenzprozesse. Sie setzt an dem Umstand an, dass Charaktermerkmale (*traits*) nicht direkt beobachtbar sind, sondern aus dem Verhalten einer Person erschlossen werden müssen. Das beobachtete Verhalten wird als Wirkung bestimmter Verhaltensdispositionen erklärt, anders gesagt: der Person werden zugrundeliegende Charakterzüge attribuiert. Wenn Figuren und Personen kognitiv zumindest teilweise auf ähnliche Weise konstruiert werden, dann wird auch verständlich, warum reale Leser an fiktiven Figuren emotional Anteil nehmen können. Empathie und Identifikation können bekanntlich sogar so stark sein, dass zwischen Figur und Leser parasoziale Kontakte entstehen: Obwohl die Figur nicht existiert, ist sie dennoch ein fester Orientierungspunkt und Bestandteil der alltäglichen Lebenswelt des Lesers.

Literarische Figuren können unterschiedlich konzipiert sein. Anknüpfend an E. M. Forsters bekannte Unterscheidung zwischen *flat* und *round characters* (Forster, *Aspects*, S. 75, vgl. Pfister, *Drama*, S. 241–250) kann man Figuren im Hinblick auf ihre (a) *Komplexität* und ihre (b) *Dynamik* erfassen. (a) Eine Figur kann mehr oder weniger komplex sein: Ein kleiner Merkmalssatz macht sie ‹flach› oder einfach, eine Vielzahl und Vielfalt von Wesenszügen ‹rund› oder komplex. (b) Außerdem kann eine Figur statisch oder dynamisch sein, je nachdem, wie sehr sich ihre Merkmale im Laufe der Erzählung verändern. Die beiden Aspekte der Komplexität und Dynamik sind oftmals miteinander verknüpft: Die Protagonisten von Tierfabeln besitzen sowohl relativ wenige als auch konstante Merkmale, d. h. es sind vergleichsweise flache und statische Figuren: Der Fuchs ist und bleibt vor allem schlau, der Storch stolz und der Löwe stark. Dagegen vereinigt etwa der Ich-Erzähler in Jonathan Littells Holocaust-Roman *Les Bienveillants* (*Die Wohlgesinnten*, 2006) eine sehr heterogene Merkmalskombination von typischen Protagonisten des Bildungsromans, der antiken Tragödie, der Farce, des Kriminalromans u. a. in sich, die nacheinander im Laufe der Handlung in Erscheinung treten und die Figur dadurch auch stark dynamisieren.

In Gattungen mit schematischen Handlungsmustern werden Figuren zu Aktanten. Zu dieser ‹Schemaliteratur› gehören etwa das Märchen, die Fabel, der Kriminal- und der Abenteuerroman, aber auch antike und mittelalterliche Gattungen wie der griechische Abenteuerroman, die Heiligenlegende, der Artusroman, Fabliaux, Brautwerbungsdichtungen. Die Figuren sind hier durch ihre Funktion im Rahmen des gattungsspezifischen Handlungsschemas bestimmt. Über ihren handlungsfunktionalen Wert hinaus besitzen sie kein eigenes Profil. So reduziert Vladimir Propp in seiner *Morphologie des Märchens* (1927) die große Vielfalt der Handlungen und Figuren in hundert russischen Zaubermärchen auf eine einzige, allen Texten gemeinsame abstrakte Tiefenstruktur, in der die Figuren allein durch ihre Rolle für die Geschichte bestimmt werden: «Unter Funktion wird hier eine Aktion einer handelnden Person verstanden, die unter dem Aspekt ihrer Bedeutung für den Gang der Handlung definiert wird» (*Morphologie*, S. 27). Propp prägte maßgeblich spätere strukturalistische Figurenkonzeptionen. Die wohl radikalste Fortführung stammt von Algirdas J. Greimas, der Propps Figurenarsenal zunächst auf die sechs ‹Aktanten› (*actants*; der Ausdruck stammt von Greimas) Sender/Empfänger, Subjekt/Objekt und Helfer/Opponent (in Greimas, *Sémantique*) und später sogar auf vier Rollen (in Greimas, *Du sens*) reduzierte.

Figuren der Erzählliteratur können auch nach Mustern aus den literarischen Nachbargattungen Drama und Lyrik geformt sein – der *miles gloriosus*, der falsche Höfling, die verlassene und die ferne Geliebte usw. Außerdem stellen kulturelle (medizinische, psychologische, politische, soziologische u. a.) Vorstellungen stereotype Figurenkonzepte und -rollen bereit – wie die vier Temperamente der antiken Humoralpathologie (Sanguiniker, Phlegmatiker, Melancholiker, Choleriker), soziale Rollen (Adliger vs. Bürger, Arbeiter vs. Angestellter, reich vs. arm), Geschlechteridentitäten (männlich vs. weiblich), Lebensalter (alt vs. jung), nationale Stereotypen (deutsch vs. französisch) usw.

Je weniger sich eine Figur einem Gattungsschema oder einem kulturellen Stereotyp zuordnen lässt und je komplexer und dynamischer sie konzipiert ist, desto stärker erscheint sie als ein singuläres Individuum. Geringe Stereotypie erzeugt einen Individualitätseffekt. Allerdings wäre es wohl unplausibel zu vermuten, dass ein hoher Grad an Individualität die Bereitschaft des Lesers erhöht, sich mit der Figur emotional zu identifizieren. Gerade ‹flache› Figuren der populären Schemaliteratur wie Sherlock Holmes, Perry Rhodan oder Harry Potter laden besonders erfolgreich dazu ein, identifikatorisch an ihnen Anteil zu nehmen.

Alle in einer Erzählung gegebenen Informationen über eine Figur lassen sich im Begriff der *Figurencharakterisierung* zusammenfassen. Grundsätzlich erfolgt die Informationsvergabe entweder *auktorial* durch die Erzählinstanz oder *figural* durch die redenden und handelnden Figuren. Zu unterscheiden ist ferner die *explizite* von der *impliziten Figurencharakterisierung*. Selbstcharakterisierungen von Figuren und Fremdkommentare durch andere Figuren oder den Erzähler gehören zur *expliziten Charakterisierung*. *Implizit* kann eine Figur beispielsweise durch die Namengebung charakterisiert sein. So wird der Protagonist von Thomas Manns *Der Tod in Venedig* (1912) durch seinen Namen

‹Gustav von Aschenbach› gleich mehrfach gekennzeichnet: Der Vorname spielt auf den Komponisten Gustav Mahler an, den Mann als Inbegriff des leidenden Künstlers sah und in seiner Hauptfigur porträtierte. Das Adelsprädikat zeigt den gesellschaftlichen Erfolg des in den persönlichen Adel erhobenen Schriftstellers an. Der Nachname schließlich symbolisiert mit den Motiven Asche und Wasser die bedrohliche Situation Aschenbachs, dessen lebendige künstlerische Kreativität durch die Entwicklung zur zwanghaften «Meisterlichkeit und Klassizität» (*Der Tod in Venedig*, S. 514) nahezu erloschen ist. Auch physiognomische Details können der indirekten Figurencharakterisierung dienen: Aschenbachs «hohe, zerklüftete und gleichsam narbige Stirn» symbolisiert eine leidende Exzellenz, das «weich gespaltene», aber «wohlausgebildete Kinn» einen problematischen, zugleich weichen und harten Charakter (ebd., S. 515). Nicht nur unmittelbare psychische und physische Eigenschaften, auch andere Figurenmerkmale können bedeutungstragend sein. Dass Aschenbach in der noblen Münchner Prinzregentenstraße wohnt, signalisiert seine bürgerliche Arriviertheit.

Solche impliziten Charakterisierungen setzen explizite Informationen über die Figur voraus. In diesen Fällen bekommen die expliziten Kennzeichnungen der Hauptfigur durch den Erzähler (Name, Physiognomie, Sozialität usw.) eine zusätzliche, implizit-symbolische Konnotation.

Zu den impliziten Charakterisierungsmöglichkeiten zählt schließlich auch die Pointierung des Figurenprofils durch Korrespondenz- und Kontrastrelationen zu anderen Figuren der erzählten Welt. So profiliert Manns Erzähler Aschenbachs zunehmenden körperlichen und psychischen Verfall, indem er diesen nach einem Besuch beim Kosmetiker ironisch als «blühenden Jüngling» (ebd., S. 586) bezeichnet und damit in einen Kontrast zum authentischen Jüngling Tadzio stellt.

4. Raum

a) *Diegetischer Raum*

Der Raum ist neben der Zeit, der Handlung und den Figuren ein konstitutiver Bestandteil der erzählten Welt (Diegese). Wenn wir eine Erzählung lesen, ordnen wir den Ereignissen bestimmte Schauplätze zu. Das gilt unabhängig davon, ob diese Schauplätze real oder erfunden, ja sogar, ob sie möglich oder unmöglich sind. Die unvermeidlichen räumlichen Implikationen literarischer Handlungen werden auch daran deutlich, dass nicht nur von realen, sondern auch von erfundenen Welten Illustrationen und Karten gezeichnet werden können. So enthielten die jeweiligen Erstausgaben von Thomas Morus' *Utopia* (1516), Daniel Defoes *Robinson Crusoe* (1719), Johann Gottfried Schnabels *Insel Felsenburg*, Jonathan Swifts *Gulliver's Travels* (1726), Thomas Hardys *The Return of the Native* (1878), Robert Louis Stevensons *Treasure Island* (1883), J. R. R. Tolkiens *Lord of the Rings* (1954) und Arno Schmidts *Gelehrtenrepublik* (1957) Illustrationen der imaginären Schauplätze. Andere Werke der Weltliteratur regten Illustratoren zu nachträglichen Bildern und Karten an – man denke etwa an die Bebilderungen von Dantes *Divina Commedia* (1307–1321) durch Künstler wie Sandro Botticelli, John Flaxman, William Blake, Joseph Anton Koch, Eugène Delacroix, Gustave Doré und Salvador Dalí. Und auch wenn die gedruckten Werke keine Karten enthalten, können diese doch eine wichtige Rolle für den Schreibprozess gespielt haben. Autoren wie Wilhelm Raabe für *Höxter und Corvey* (1875), Émile Zola für *Germinal* (1885) und William Faulkner für das Yoknapatawpha County, in dem einige seiner Romane spielen, verwendeten als Übersichtshilfe gegebenes Kartenmaterial oder zeichneten selbst Karten für ihre Geschichten.

Einige literarische Gattungen sind in besonderem Maße durch die Darstellung bestimmter Räume geprägt, etwa der frühneuzeitliche Schäferroman durch den *locus amoenus* (mit Bäumen, Blumen, Wiese, Bach, Vogelgesang und Windhauch), die Robinsonaden des 18. Jahrhunderts durch eine einsame Insel, auf die der Held verschlagen wird, oder die Großstadtromane des 20. Jahrhunderts.

Eine wichtige Differenzierung literarischer Räume betrifft die Realität des erzählten Raumes: Spielt die Handlung an Schauplätzen, die auch außerhalb des Textes in der realen Geographie zu finden sind, oder handelt es sich um erfundene Räume? Fiktionale Erzähltexte können ihre Handlung durch die Verwendung von Ortsnamen (Toponymen) wie ‹Venedig›, ‹Europa› oder ‹Prinzregentenstraße› (in Thomas Manns *Der Tod in Venedig*) in der realen Geographie verankern. Solche Namen funktionieren als kognitive *trigger*, die ein geographisches und kulturelles Hintergrundwissen des Lesers aufrufen, das die expliziten Rauminformationen des Textes ergänzt.

Die Referenz des erzählten Raums auf textexterne reale Schauplätze kann allerdings auf unterschiedliche Weise abgeschwächt werden:

Ortsnamen im Text realen Orten zuordnen zu können, setzt manchmal spezielle Kenntnisse voraus, die der durchschnittliche Leser nicht besitzt. Wenn Gustav Aschenbach in Manns Novelle auf seiner Reise nach Venedig zunächst an die istrische Küste zum Hafenort Pola (kroatisch Pula) fährt, dann dürfte dieser Name vielen Lesern unbekannt sein. Heißt das, dass diese Leser Manns Text deshalb nur unzureichend verstehen? Wohl nicht: Auch sie situieren Pola ‹irgendwo› auf Aschenbachs Reise von München nach Venedig in einer als real angenommenen Geographie, weil sie wegen der quasi-realen Gesamtgeographie der Novelle wenigstens annehmen (wenn sie es schon nicht wissen), dass es sich auch hier um einen realen Ort handelt.

Viele Geschichten spielen in Räumen, die zwar nicht mit Hilfe von ausdrücklich genannten Ortsnamen in der realen Geographie verankert sind, die aber doch durch ihren ‹realistischen› Charakter und durch spezifische Beschreibungen den Eindruck erwecken, als handele es sich um die literarische Darstellung eines konkreten realen Ortes – oder auch um die typisierende Darstellung mehrerer realer Orte mit gemeinsamen Merkmalen. Ein Beispiel für solche *unbestimmt realen Orte* ist der Schauplatz in Martin Walsers Roman *Ehen in Philippsburg* (1957): Walsers Philippsburg erscheint hier als Sammelname für eine typische Großstadt der Bundesrepublik Deutschland der 1950er Jahre (und ist aufgrund ihrer Größe nicht mit der gleichnamigen Kleinstadt in Baden-Württemberg zu verwechseln).

Im erzählten Raum lassen sich die explizit thematisierten *Schauplätze* als Vordergrund der Handlung von einem mehr oder weniger unbestimmt gegebenen *Hintergrundraum* unterscheiden. Häufig bleiben die Schauplätze namenlos oder erhalten fiktive Ortsnamen, während der Hintergrundraum durch reale Ortsnamen festgelegt wird. So spielt der größte Teil der Handlung von Gustave Flauberts *Madame Bovary* (1857) in dem fiktiven Ort Yonville, der in der Romanwelt nahe der realen Stadt Rouen (in der allerdings auch einige Romanepisoden spielen) liegt.

In Heinrich von Kleists Erzählung *Das Bettelweib von Locarno* (1810) wird eine solche zweischichtige Raumstruktur bereits im ersten Satz aufgespannt:

> Am Fuße der Alpen, bei Locarno im oberen Italien, befand sich ein altes, einem Marchese gehöriges Schloß, das man jetzt, wenn man vom St. Gotthardt kommt, in Schutt und Trümmern liegen sieht: ein Schloß

> mit hohen und weitläufigen Zimmern, in deren einem einst auf Stroh, das man ihr unterschüttete, eine alte kranke Frau, die sich bettelnd vor der Thür eingefunden hatte, von der Hausfrau aus Mitleiden gebettet worden war. (S. 9)

Während der Schauplatz der Geschichte, das Schloss, unbestimmt bleibt, wird der Hintergrund der Handlung durch die Eigennamen «Alpen», «Locarno», «Italien» und «St. Gotthard» in der realen Geographie angesiedelt.

Eine andere Variante solcher ontologisch hybriden Erzählräume sind Orte, deren Namen nur mit einer Initiale angedeutet werden – eine beliebte Konvention vor allem in Erzähltexten des späten 18. und des 19. Jahrhunderts. So spielt Kleists Erzählung *Die Marquise von O ...* (1808) in und bei «M ..., einer bedeutenden Stadt im oberen Italien» (S. 7). Die verkürzten Figuren- und Ortsnamen suggerieren auf spielerische Weise Realität, weil sie die diskrete Geste eines Erzählers imitieren, der die genaue Identität des Schauplatzes und der Beteiligten dieser prekären Begebenheit nicht preisgeben möchte.

Wenn Kleist außerdem noch darauf hinweist (allerdings nur im Inhaltsverzeichnis des Erstdrucks der *Marquise von O...* in der Zeitschrift *Phöbus*), der Schauplatz dieser «wahren Begebenheit» sei «vom Norden nach dem Süden verlegt worden» (ebd.), dann verwendet er eine weitere Variante der ironisch-fiktionalen Inszenierung realer Räume und Orte im Gestus einer verdeckten Bezugnahme.

Autoren fiktionaler Texte können mit dem Realitätsstatus des erzählten Raumes spielen, indem sie zwar reale Ortsnamen verwenden, aber die vermeintlich reale Topographie in eine fiktive verändern. Streng genommen wird jeder reale Raum allein schon dadurch zu einem fiktiven, dass in ihm erfundene Figuren existieren und imaginäre Ereignisse stattfinden – etwa das Berlin von Theodor Fontanes Gesellschaftsromanen, das New York von John Dos Passos' *Manhattan Transfer* (1925) oder das Paris von Georges Simenons Commissaire Maigret. Gleichwohl würde man der Funktion der erzählten Räume in diesen Romanen nicht gerecht, wenn man den Raum einfach als fiktiv verstünde und seine Verankerung in der realen Geographie nicht zur Kenntnis nähme. Das historische Berlin trägt zur Profilierung von Fontanes Darstellung der wilhelminischen Gesellschaft ebenso bei wie die *boom town* New York zu Dos Passos' Porträt der us-amerikanischen Sozialstruktur der *roaring twenties* und Paris zu

Simenons kritischen Miniaturen der französischen Gesellschaft zwischen 1930 und 1970.

Anders verhält es sich mit Räumen, die zwar an reale Gegebenheiten anknüpfen, diese aber offensichtlich verändern. Einen solchen modifizierten realen Raum findet man etwa in Robert Harris' bereits erwähntem kontrafaktischen historischen Roman *Fatherland* (1992). Er spielt in einer Welthauptstadt Berlin, dessen Stadtbild nach dem deutschen Sieg im Zweiten Weltkrieg durch die Bauten des Generalbauinspektors Albert Speer geprägt ist, darunter der (tatsächlich von Speer seit 1935 geplanten) Prachtallee mit dem gigantischen Triumphbogen und der Großen Halle für 180 000 Besucher.

Außer auf reale und modifiziert reale Räume trifft man in der fiktionalen Literatur natürlich auch auf weitgehend fiktive Schauplätze und Räume wie beispielsweise die Inseln Utopia (in Thomas Morus' *Utopia*, 1516), Lilliput (in Jonathan Swifts *Gulliver's Travels*, 1726) oder die namenlose Insel in Daniel Defoes *Robinson Crusoe* (1719). Diese drei Beispiele zeigen jedoch auch, wie unterschiedlich der Wahrscheinlichkeitsgrad imaginärer Schauplätze sein kann. Während Defoe Robinsons namenlose Insel im langen Originaltitel des Romans irgendwo gegenüber der brasilianischen Mündung des Orinoko ansiedelt («on the Coast of America, near the Mouth of the Great River of Oroonoque»), signalisiert Morus' Insel bereits durch ihren Namen, dass sie an keinem realen Ort zu finden ist; der phantastische Charakter von Swifts Lilliput wiederum zeigt sich daran, dass diese Insel von nur sechs Zoll großen Lilliputanern bevölkert ist. Ein extremes Beispiel für einen Raum, der als solcher mit alltäglichen physikalischen Raumvorstellungen unvereinbar ist, liefert Edwin A. Abbotts mathematisch-didaktischer Roman *Flatland. A Romance of Many Dimensions* (1884). Er spielt in einer zweidimensionalen Welt, die nur Breite und Tiefe, aber keine Höhe kennt. In Flatland haben die Körper der Frauen die Form einer Linie. Bei der männlichen Bevölkerung bestehen die Soldaten und Arbeiter aus spitzen, die Mittelschicht aus gleichschenkligen Dreiecken; Kaufleute und Gelehrte sind Quadrate oder Fünfecke, der Adel ist mindestens sechseckig, die Priester sind kreisförmig. Dem Ich-Erzähler, einem Fünfeck, gelingen auch Einblicke in ein eindimensionales und ein dreidimensionales Universum.

Einer grundsätzlich anderen Raumlogik folgen Erzählungen, die so einseitig von einer kompositorischen Motivation des Geschehens dominiert sind, dass ihre kausale Motivation Lücken aufweist (s. Kap. III.1).

Die Schauplätze werden hier jeweils *ad hoc* nach handlungsfunktionalen Gesichtspunkten gestaltet, während auf die Bündelung der einzelnen Schauplätze zu einem stabilen und konsistenten Gesamtraum verzichtet wird. Solche Räume finden sich in der modernen Populärliteratur, aber auch in mittelalterlichen Erzählungen. Der Stricker etwa entfaltet in seinem Artusroman *Daniel von dem Blühenden Tal* (1. Hälfte 13. Jh.) eine ausgesprochen «biegsame Geographie» (Störmer-Caysa, *Grundstrukturen*, S. 74). In dieser imaginären Landschaft ist das Land Cluse durch ein so unzugängliches Gebirge geschützt, dass es von allen Lebewesen nur Vögel überqueren können («ez ist nieman erkant / daz iht lebendez dar über müge / wan ein vogel der dâ flüge», vv. 512–514). Den einzigen Zugang durch das Gebirge bildet ein Tunnel, der jedoch von einem riesigen Steinblock verschlossen ist. Daniel, der Held der Geschichte, schlägt mit seinem Schwert ein Loch in den Stein, das aber so eng ist, dass er sein Pferd nur hindurchziehen kann (vv. 3997–3999). Als Daniel nach bestandenen Abenteuern am Ende der Geschichte mit der Königin Gynovêr und einem großen Gefolge von 600 Rittern und 80 Hofdamen erneut in das Land Cluse reitet, ist keine Rede mehr von einem unübersteigbaren Gebirge, einem unverrückbaren Steinblock oder einem engen Durchgang – vielmehr verläuft die Reise angenehm und ohne Zwischenfälle («hêrlîch», «âne vreise», vv. 8069 f.). In Fällen wie diesen wird zwar ein «Handlungsraum [...] entworfen und imaginiert, aber er überdauert in der fiktionalen Welt die Handlungssequenz nicht, für die er gedacht war, sondern er entsteht und erlischt mit ihr» (Störmer-Caysa, *Grundstrukturen*, S. 76).

b) *Semantisierung des Raums* (Lotmans Konzept der Grenzüberschreitung)

Besonders einflussreich für die Analyse der bedeutungsstiftenden Funktion literarischer Raumgestaltung war die Sujettheorie Jurij M. Lotmans. Der russische Literatur- und Kulturtheoretiker verknüpft den erzählten Raum eng mit der dargestellten Handlung. Um seine Theorie zu erklären, müssen wir deshalb auf die Überlegungen zum Begriff der Handlung (Kap. III.1) zurückgreifen. Wir haben dort das Ereignis oder Motiv als die elementare Einheit der Handlung narrativer Texte bezeichnet, sind aber nicht auf die Frage eingegangen, welchen Abstraktionsgrad Ereignisse haben und welchen Umfang sie in Relation zur Gesamthandlung einnehmen. Vielmehr beschränkten wir uns bislang stillschweigend auf Ereignisse, die im Text ausdrücklich als solche benannt werden und auf einer narrativen Mikroebene angesiedelt sind.[7] Wenn Lotman nun die Grundstruktur eines narrativen Textes ebenfalls ‹Ereignis› oder ‹Sujet› nennt, so bezeichnet er damit nicht kleinere Abschnitte, sondern stets die *globale* Struktur der Handlung. Lotmans eigenwilliger Sujetbegriff ist also vom oben eingeführten Ereignisbegriff sorgfältig zu unterscheiden. Ein ‹Sujet› im Sinne Lotmans setzt sich aus drei «notwendigen Elementen» (Lotman, *Struktur*, S. 360) zusammen:

> 1. ein semantisches Feld [i.e. eine erzählte Welt], das in zwei komplementäre Untermengen aufgeteilt ist; 2. eine Grenze zwischen diesen Untermengen, die unter normalen Bedingungen impermeabel ist, im vorliegenden Fall jedoch (der sujethaltige Text spricht immer von einem *vorliegenden Fall*) sich für den die Handlung tragenden Helden als permeabel erweist; 3. der die Handlung tragende Held. (ebd.)

Aus diesen Elementen entsteht ein Ereignis, wenn der Held die Grenze zwischen den beiden komplementären Teilräumen überschreitet. Die Existenz einer klassifikatorischen Grenze verleiht dem Erzähltext also allererst das Potenzial für eine narrative Dynamik, die durch das Überschreiten der Grenze entfaltet wird. Texte, die das Ereignis einer Grenzüberschreitung aufweisen, nennt Lotman *sujethaft*, solche, die keine Grenzüberschreitung aufweisen, *sujetlos*.

Der komplementäre Gegensatz der Teilräume entfaltet sich auf drei Ebenen: (a) *Topologisch* ist der Raum der erzählten Welt durch Oppositionen wie ‹hoch vs. tief›, ‹links vs. rechts› oder ‹innen vs. außen› unterschieden. (b) Diese topologischen Unterscheidungen werden im literarischen Text mit ursprünglich nicht-topologischen *semantischen* Gegensatzpaaren verbunden, die häufig wertend sind oder zumindest mit Wertungen einhergehen, wie z. B. ‹gut vs. böse›, ‹vertraut vs. fremd›, ‹natürlich vs. künstlich›. (c) Schließlich wird die semantisch aufgeladene topologische Ordnung durch *topographische* Gegensätze

---

[7] Tomaševskij scheint mit ‹Motiv› sowohl explizite Sätze des Textes («Der Abend brach an») als auch aus Paraphrasen des Interpreten («Der Held starb») und sowohl kleine («Ein Brief traf ein») als auch umfangreichere Partien der erzählten Handlung zu bezeichnen (Tomaševskij, *Theorie*, S. 218).

der dargestellten Welt konkretisiert, z. B. ‹Berg vs. Tal›, ‹Stadt vs. Wald› oder ‹Himmel vs. Hölle›.

Lotman nimmt an, dass die räumliche Ordnung der erzählten Welt «zum organisierenden Element wird, um das herum auch die nicht-räumlichen Charakteristika aufgebaut werden» (*Struktur*, S. 332). Die Raumgestaltung ist dann eine «Sprache, die die anderen, nichträumlichen Relationen des Textes ausdrückt» (*Struktur*, S. 347). So ist beispielsweise der Raum in Dante Alighieris *Göttlicher Komödie* (*Divina Commedia*, 1307–1321) topologisch durch den Gegensatz von ‹oben vs. unten›, semantisch durch den Gegensatz von ‹gut vs. böse› (Tugend vs. Sünde) und topographisch durch die Achse zwischen den beiden am weitesten voneinander entfernten Punkten des Weltalls strukturiert: An dem einen Ende liegt der Mittelpunkt der Erde mit der Hölle und dem Sitz des Teufels Luzifer, an dem anderen Ende befindet sich die zehnte und oberste Himmelssphäre mit dem Sitz Gottes. Die Handlung der *Commedia* besteht aus der unerhörten Reise, die der Ich-Erzähler Dante durch diesen Welt-Raum unternimmt. Zunächst steigt er immer tiefer in die (kugelförmig gedachte) Erde hinein und gelangt durch die verschiedenen Kreise der Hölle (*inferno*) hindurch bis zum Mittelpunkt der Erde (der in Dantes geozentrischem Weltbild den Mittelpunkt des Weltalls bildet), steigt dann durch die andere Seite der Erdkugel und den Läuterungsberg (*purgatorio*) wieder hinauf und durchfliegt schließlich den Himmel (*paradiso*) bis an den höchsten Punkt des Alls. Die Seelen der gestorbenen Sünder müssen durch das große Tor mit der Aufschrift «Lasciate ogne speranza, voi ch'intrate» (‹Laßt jede Hoffnung fahren, die ihr eintretet›, *Inferno* 3, V. 9) in die Hölle hinabsteigen und, je nach begangener Sünde, in einem bestimmten Höllenkreis büßen. Die Seelen läuterungsfähiger Gestorbener dürfen durch ein anderes Tor treten und die Stufen des Läuterungsberges hinaufsteigen; die von allen irdischen Sünden erlösten Seelen finden schließlich in einer der zehn Himmelssphären des Paradieses Platz.

In Lotmans Modell sind die ‹klassifikatorischen› Grenzen ebenso wie die (im Fall der *Commedia*: drei, sonst meist: zwei) Teilräume, die sie unterteilen, und der Held, der sie überschreitet, dreifach bestimmt: topologisch, evaluativ (‹semantisch› in Lotmans Sinne) und topographisch. Topographische Raumgrenzen werden erst dann zu einer klassifikatorischen Grenze, wenn sie zusätzlich noch topologisch und semantisch codiert sind. Die Überschreitung der klassifikatorischen Grenze ist deshalb von lediglich topographisch definierten Bewegungen im Raum der erzählten Welt zu unterscheiden. Topographisch wird die durch das Höllentor markierte Grenze zwischen Lebenden und Toten sowohl von Dante als auch von den Seelen der Toten überquert. Eine topologisch und semantisch definierte Grenze aber wird hier allein von Dante überschritten, weil er als Lebender eine Region betritt, die normalerweise nur Tote erreichen. Nur die grenzüberschreitende Bewegung Dantes, nicht die der toten Seelen zählt in Lotmans strukturellem Sinn als ‹Ereignis›.

Lotman drückt sich häufig so aus, als ob die Überschreitung einer klassifikatorischen Grenze ein notwendiges Merkmal sujethaltiger, d. h. narrativer Texte sei: «Das Sujet kann (...) immer zu einer Grundepisode kontrahiert werden – dem Überqueren der grundlegenden topologischen Grenze in seiner räumlichen Struktur» (*Struktur*, S. 357). (Als Beispiele für ‹sujetlose› Texte nennt er Kalender, Telephonbücher oder lyrische Gedichte.) Doch andernorts unterscheidet er, sinnvollerweise, narrative Texte in (1) solche, in denen die Grenzüberschreitung vollzogen wird, und (2) solche, in denen sie (a) versucht wird, aber *scheitert*, oder aber in denen sie (b) vollzogen, aber wieder rückgängig gemacht und damit *aufgehoben* wird. Texte des ersten Typs wollen wir *revolutionär*, Texte des zweiten Typs *restitutiv* nennen. Revolutionäre Texte durchbrechen die klassifikatorische Ordnung der erzählten Welt, restitutive bestätigen sie. Wir fassen die verschiedenen Typen narrativer Texte, die sich aus Lotmans Sujetmodell ableiten lassen, in einem Schema zusammen:

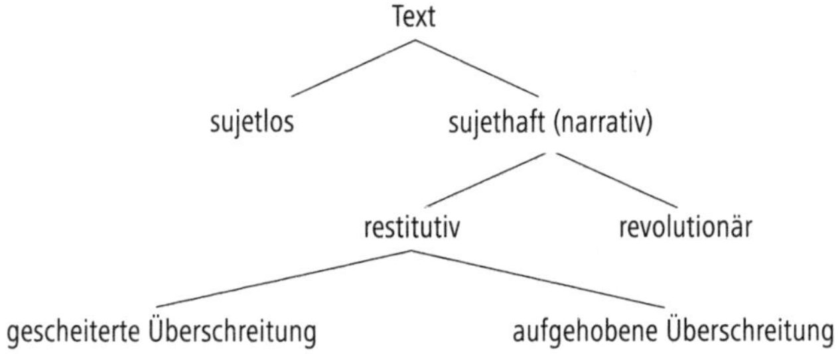

Dantes *Commedia* mag vielleicht als ein allzu naheliegendes Beispiel für Lotmans Raummodell erscheinen, da in dem mittelalterlichen christlichen Weltmodell, das ihr zugrunde liegt, semantische Relationen wie ‹christlich vs. heidnisch›, ‹gut vs. böse› und ‹Tugend vs. Sünde› von vornherein auch topographisch (‹Himmel vs. Hölle›) geordnet sind. Um die

Fruchtbarkeit von Lotmans Modell auch für weniger offensichtliche Fälle zu belegen, wollen wir deshalb noch einen modernen Text als Beispiel nennen. Thomas Manns Erzählung *Der Tod in Venedig* (1912) erzählt von den letzten Wochen im Leben des Schriftstellers Gustav von Aschenbach. Die Handlung beginnt in Aschenbachs Wohnort München und endet mit seinem Choleratod in Venedig. Die topographische Distanz zwischen den Städten München und Venedig wird im Text durch eine Reihe von Oppositionen als ein Gegensatzpaar semantisiert, das durch eine klassifikatorische Grenze voneinander getrennt ist. Der Gegensatz ‹München vs. Venedig› wird u. a. parallelisiert mit ‹Heimat vs. Fremde›, ‹Land vs. Meer›, ‹Ordnung vs. Chaos›, ‹apollinisch vs. dionysisch›, ‹Hetero- vs. Homosexualität›. Aschenbachs Fahrt von München nach Venedig wird zur Übertretung einer klassifikatorischen Grenze zwischen einem Raum, der durch eine repressive bürgerliche Ordnung geprägt ist, und einem Raum, in dem diese Ordnung, mit tödlichen Folgen für den Protagonisten, aufgelöst wird. Das Sujet von *Der Tod in Venedig* lässt sich demgemäß als restitutiv, nämlich als tragisch scheiternder Ausbruch des Helden aus der Enge des «bürgerlichen Ehrenstandes» (S. 456) beschreiben.

Warum ist in Lotmans Modell die räumliche Ordnung so zentral für die Bedeutungskonstituierung narrativer Texte? Weil Lotman zufolge jede kulturelle Ordnung topologisch strukturiert ist:

> Die allgemeinsten sozialen, religiösen, politischen und moralischen Modelle der Welt, mit Hilfe derer der Mensch in den verschiedenen Etappen seiner Geistesgeschichte das ihn umgebende Leben begreift, sind stets mit räumlichen Charakteristika versehen. (*Struktur*, S. 329)

Kognitionspsychologische Untersuchungen über die Strukturierung unserer Wirklichkeitserfahrung geben dieser Auffassung eine gewisse Unterstützung: «Wir lösen abstrakte Probleme mit Hilfe räumlicher Vorstellungen, die wir in Gedanken drehen und wenden können. Wir benutzen räumliche Gedächtnisstützen, um uns eine Folge wichtiger Gedanken in Erinnerung zu rufen. In mündlicher und schriftlicher Kommunikation verwenden wir räumliche Bilder und Metaphern. Wir haben Tagträume und Phantasien über reale und imaginäre Orte» (Downs/Stea, *Karten*, S. 49). Doch gibt Lotman kein Argument für sein Postulat, dass Erzählungen *notwendigerweise* topologisch strukturiert sind. Weist wirklich jeder bedeutungshaltige narrative Text eine klassifikatorische

Grenze auf? Ist jede Geschichte einer Normverletzung immer auch die Geschichte einer räumlichen Grenzüberschreitung? Man darf bezweifeln, dass die von Lotman beschriebene Sujet-Raum-Struktur ein notwendiges Merkmal bedeutungshaltiger narrativer Texte darstellt. Aber auch wenn der Geltungsanspruch des Lotmanschen Modells einzuschränken ist, wird sein heuristischer Nutzen bei der Analyse geeigneter Erzähltexte deswegen nicht aufgehoben.

Lotmans Versuch, die Bedeutung der Raumstruktur von Erzählungen durch die Bildung von Gegensatzpaaren als Ermöglichungsrahmen von Grenzüberschreitungen zu bestimmen, ähnelt einer Reihe von anderen strukturalistischen und semiotischen Modellen, in denen allerdings der von Lotman postulierte räumliche Charakter der Grenzüberschreitung wenn überhaupt, dann nur in einem übertragenen Sinne eine Rolle spielt. Die bekanntesten von ihnen seien hier erwähnt. In Claude Lévi-Strauss' einflussreicher Mythostheorie (*La structure des mythes*, in *Anthropologie structurale*, 1958) besteht die Bedeutung von Mythen darin, dass sie fundamentale kulturelle Oppositionen und deren imaginär-transitorische Überwindung repräsentieren. Algirdas J. Greimas entwickelt in *Du sens* (1970) das Konzept eines ‹semiotischen Quadrats›, welches durch ein achronisches System kontradiktorischer und konträrer Gegensatzpaare gebildet wird und als ‹Tiefenstruktur› allen Erzählungen zugrunde liegt, während die temporale ‹Oberfläche› als eine Folge von Transformationen zwischen den Gegensätzen erscheint. In Roland Barthes' Analyse einer Erzählung Balzacs (*S/Z*, 1970) wird die Transgression des Gegensatzes von Männlichem und Weiblichem als das zentrale symbolische Ereignis beschrieben. Der Grenzüberschreitung als Bedeutungskern von Erzählungen begegnet man auch außerhalb der strukturalistischen Tradition, etwa in dem vom Anthropologen Joseph Campbell untersuchten ‹monomyth›, der aus der abenteuerlichen Suche (‹quest›) und Selbstfindung eines Helden besteht (Campbell, *Hero*). In allen diesen Fällen wird die Bedeutung von Erzählungen auf eine abstrakte Tiefenstruktur zurückgeführt, die sich als Überschreitung einer Grenze zwischen Gegensätzen verstehen lässt.

IV. Ausblick: Kontexte des Erzählens

In Kapitel I,2 stellten wir fest, dass man bei fiktionalen Texten, anders als bei faktualen, nur über den Text selbst Zugang zur erzählten Welt gewinnt, da diese ja im Text überhaupt erst konstituiert wird. Diese Behauptung muss jedoch eingeschränkt werden. Das Verstehen fiktiver Welten und Handlungen wird nicht allein vom Text gesteuert, sondern auch vom Kontext und von Erfahrungen, Kenntnissen, Dispositionen und kognitiven Strukturen des Lesers. Ohne die konstruktive Aktivität des Lesers, lediglich auf der Basis seiner Sprachkenntnis, würden narrative Texte vermutlich sinnlos erscheinen. Nachdem sich die strukturalistische Erzähltheorie zunächst weitgehend auf textinterne Aspekte konzentriert hatte, richtete sich das Interesse in den letzten zwanzig Jahren vermehrt auch auf die extratextuellen Faktoren narrativer Sinnbildung. Will man solche Faktoren erfassen, gelangt man in vielen Fällen über die Grenzen der Literaturwissenschaft hinaus. Wir wollen hier einige erzähltheoretische Ansätze vorstellen, die für die literaturwissenschaftliche Narrativik von Interesse sind, aber anderen Disziplinen angehören, nämlich der Soziolinguistik, der Kognitionspsychologie, der Anthropologie und der Geschichtswissenschaft.

a) *Soziolinguistik* (Erzählen im Alltag)

Ende der sechziger Jahre untersuchten die amerikanischen Soziologen William Labov und Joshua Waletzky das Erzählverhalten jugendlicher Slumbewohner. Sie ließen sich von den Jugendlichen selbsterlebte außergewöhnliche Ereignisse erzählen und versuchten, die narrativen Strukturen und die kommunikativen Funktionen dieser Erzählungen zu bestimmen. In Labovs und Waletzkys Aufsatz *Erzählanalyse* (1967/73) und in Labovs Aufsatz *Transformation* (1972) wurden diese Erfahrungen erzähltheoretisch ausgewertet. Es sind bis heute die bekanntesten soziolinguistischen Beiträge zur Erzählforschung geblieben. In *Transformation* bestimmt Labov die Minimalstruktur einer Erzählung («minimal narrative») als «a sequence of two clauses which are temporally ordered» und eine narrative Grundstruktur («skeleton of a narrative») entsprechend als «a series of temporally ordered clauses» (Labov, *Transformation*, S. 360 f.). Labovs Definition enthält drei notwendige Bedingungen für einen Erzähltext. Sie fordert erstens, dass ein Erzähltext mindestens zwei chronologisch aufeinander folgende Ereignisse darstellt, zweitens, dass die Darstellung in Form einer Folge einzelner Sätze erfolgt, und drittens, dass die Reihenfolge der Sätze im Text mit der chronologischen Reihenfolge der dargestellten Ereignisse übereinstimmt. Während wir die ersten beiden Bedingungen bereits kennengelernt haben (z. B. bei Tomaševskijs Begriff des ‹Motivs›, s. o. S. 115 f.), macht uns die dritte Bedingung auf ein bislang unerwähntes Merkmal narrativer Texte aufmerksam, nämlich auf die Notwendigkeit einer zumindest teilweisen sequentiellen Korrespondenz von Darstellung und Dargestelltem. Ein Erzähltext stellt ein Geschehen nicht einfach nur dar, sondern bildet dessen Verlaufsstruktur in seiner eigenen Verlaufsstruktur ikonisch ab. So erfüllt die Satzfolge ‹Felix überreichte Ingrid einen Blumenstrauß. Er errötete.› alle drei notwendigen Bedingungen für eine narrative Minimalstruktur. Hingegen genügt die Satzfolge ‹Felix errötete. Er hatte Ingrid einen Blumenstrauß überreicht.› nur den ersten beiden Bedingungen und kann deshalb zwar durchaus als eine sprachlich korrekte Darstellung von Ereignissen gelten, aber nicht als eine *erzählende* Darstellung.

Labovs und Waletzkys empirische Befunde zeigten nun, dass die narrative Minimalstruktur im tatsächlichen Erzählverhalten nie in reiner Form anzutreffen war. Stets erschien sie eingebettet in eine komplexere Struktur, die in ihrer kompletten Gestalt («fully-formed narrative») Labov zufolge aus sechs Phasen besteht: 1. abstract, 2. orientation, 3. complicating action, 4. evaluation, 5. result or resolution, 6. coda.

Zunächst gibt der Erzähler eine Zusammenfassung seiner ganzen Geschichte, die bereits die Pointe des Ganzen andeutet und jedenfalls die Frage ‹Worum geht's?› beantwortet (‹abstract›). Dann folgen orientierende Angaben über Zeit, Ort und Teilnehmer der Handlung (wo?, wer?, wann?) (‹orientation›). Das narrative Skelett des Textes besteht aus den beiden anschließenden, zueinander komplementären Phasen ‹complicating action› und ‹resolution›: Ein Handlungsknoten wird zunächst gebildet und dann aufgelöst. Zum Schluss wird ein Resümee gezogen, das dem Hörer das Ende der Erzählung signalisiert (‹coda›) – etwa in Form einer allgemeinen Schlussfolgerung oder indem auf bestimmte Auswirkungen der Geschichte für den Erzähler oder Hörer hingewiesen wird. Die kommunikative Funktion dieser abschließenden Phase besteht darin, den (vergangenen) Zeitpunkt der Geschichte zu verlassen und Erzähler und Hörer in die gegenwärtige Kommunikationssituation zurückzuversetzen. Außerdem muss die Coda deutlich machen, dass die Geschichte an ihr ‹natürliches› Ende gelangt und danach nichts mehr geschehen ist, was im Rahmen dieser Geschichte noch erzählenswert gewesen wäre – die Frage ‹Und dann?› darf sich nach der Coda nicht mehr stellen.

Labovs wichtigste Einsicht war jedoch, dass eine pragmatisch befriedigende Erzählung nicht ohne Evaluation auskommt. Mit ‹evaluation› bezeichnet Labov «the means used by the narrator to indicate the point of the narrative, its raison d'être: why it was told, and what the narrator is getting at» (Labov, *Transformation*, S. 366). Während mit der Coda die Frage ‹Und dann?› überflüssig wird, antwortet die Evaluation auf die Frage ‹Na und?›. Anders als die anderen fünf Komponenten einer vollständigen Erzählung kann die Evaluation nicht auf eine bestimmte Phase des Erzählens festgelegt werden. Einen gewissen Höhepunkt erreichten die Evaluationen in den Erzählungen der Jugendlichen im Moment des Übergangs zwischen Komplikation und Lösung der Handlung; doch konnte Labov auch in allen anderen Phasen evaluierende Elemente ausfindig machen. Zu den erzählerischen Techniken der Evaluation zählt Labov Verstärkungen (‹intensifiers›) wie gestische, mimische und akustische Unterstreichungen des Erzählten oder auch hyperbolische Ausdrücke oder Wiederholungen, außerdem Vergleiche (‹comparators›) mit anderen möglichen Handlungsverläufen (‹was wäre geschehen, wenn›), Verdichtungen der Erzählung durch den Einbau von Parallelhandlungen (‹correlatives›) und schließlich ausdrückliche Erklärungen (‹explications›), mit deren Hilfe die Hauptereignisse betont werden.

Labov und Waletzky untersuchten faktuale Erzählungen von Jugendlichen in mündlichen Kommunikationssituationen über eigene Erlebnisse in bestimmten sozialen Milieus. Ihre Ergebnisse unterstreichen die Bedeutung narrativer Strukturen für die Verständigung zwischen Menschen im Alltag, erheben aber keinen universalen Anspruch. Dagegen versuchten Vertreter einer *generativen Erzählgrammatik* in den siebziger Jahren, Labovs Modell zu einem universalen Erzählmodell auszubauen. Diese Erzählgrammatiken bestanden, in Analogie zu der generativen Transformationsgrammatik des Linguisten Noam Chomsky, jeweils aus einer bestimmten Menge von *Elementen* und aus (syntaktischen) *Regeln*, welche die Elemente miteinander verknüpfen. Der generative Charakter solcher Modelle entsteht dadurch, dass mit Hilfe der Regeln einfache Elemente einer narrativen ‹Tiefenstruktur› zunehmend differenziert und auf diese Weise komplexe ‹Oberflächenstrukturen› von Erzählungen abgeleitet werden.

Der Holländer Teun A. van Dijk formalisierte Labovs soziolinguistische Kategorien im Rahmen eines solchen generativen Erzählmodells. Er übernahm Labovs sechs Konstituenten als ‹Narration› (≈ Labovs ‹abstract›), ‹Rahmen› (≈ ‹orientation›), ‹Moral› (≈ ‹coda›), ‹Komplikation› (≈ ‹complicating action›), ‹Auflösung› (≈ ‹resolution›) und ‹Evaluation› und fügte noch die Kategorien ‹Geschichte›, ‹Plot›, ‹Episode› und ‹Ereignis› hinzu. Die Beziehungen zwischen diesen zehn Elementen einer Erzählung können nun in folgender Weise als generative ‹Ersetzungsregeln› formuliert werden (Dijk, *Textwissenschaft*, S. 143):

Narration ➞ Geschichte + Moral
Geschichte ➞ Plot + Evaluation
Plot ➞ Episode(n)
Episode ➞ Rahmen + Ereignis(se)
Ereignis ➞ Komplikation + Auflösung

Dasselbe generative Erzählmodell lässt sich überschaubarer als Baumdiagramm schematisieren (ebd.):

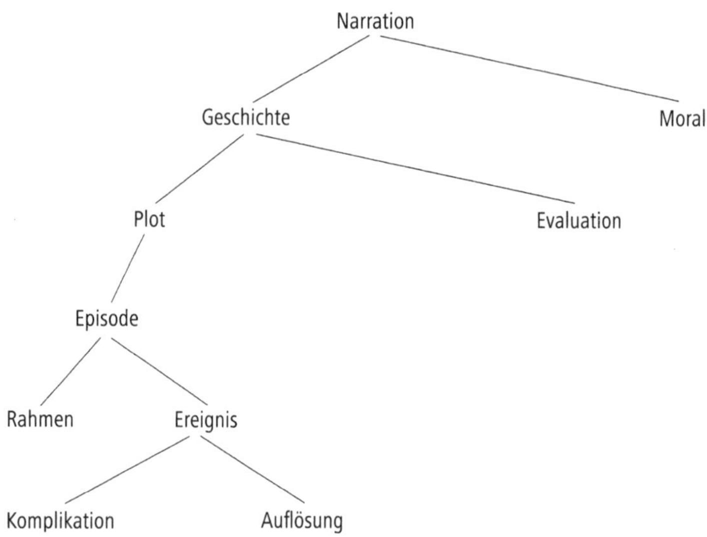

Das Projekt einer nach dem Muster der generativen Transformationsgrammatik betriebenen Erzähltheorie, wie diejenige von van Dijk, ist seit einiger Zeit in der Literaturwissenschaft kaum mehr betrieben worden und hat eher in der Kognitionspsychologie und in der Forschung zur Künstlichen Intelligenz mit ihren Entwürfen computergestützter Erzählprogramme Fortsetzungen gefunden. Wegen des rasanten Aufschwungs von interaktiven Erzählformen und entsprechenden Computerprogrammen auf CD-ROM und im Internet könnte dieser Ansatz jedoch auch in einer medienwissenschaftlich ausgeweiteten literarischen Erzählforschung bald wieder in den Vordergrund treten.

Unabhängig von diesen Entwicklungen hat Labovs soziolinguistisches Erzählmodell jedenfalls seine Bedeutung für die Literaturwissenschaft, auch insofern sie sich mit fiktionalen und schriftlichen Erzählungen beschäftigt, nicht eingebüßt. Vor allem macht uns das besondere Gewicht, das Labov auf die evaluativen Elemente des Erzählens legt, darauf aufmerksam, dass auch mit literarischen Erzählungen kommunikative Absichten verfolgt werden und dass eine pragmatisch befriedigende Erzählung keineswegs nur aus einem kognitiven Handlungsgerüst besteht, sondern ebenso aus evaluativen und affektiven Elementen. Diese sorgen allererst dafür, dass eine Geschichte erzählenswert wird. Neuere Forschungen aus dem Bereich der Kognitionspsychologie unterstreichen diese Einsicht.

b) *Kognitionspsychologie* (‹Scripts› und Affektlenkung)

In Kapitel III,2 haben wir den Unterschied zwischen explizit und implizit mitgeteilten Informationen anhand von Daniil Charms' Geschichte vom Rotschopf illustriert und sind insbesondere auf die Unterbestimmtheit der Motivation des Geschehens eingegangen (s. o. S. 137 f. u. 120 f.). Die Kohärenz narrativer Texte wird, wie diejenige von Texten überhaupt, niemals nur durch das explizit Mitgeteilte hergestellt, sondern auch durch das implizit Ausgedrückte. In der Regel gilt: Was der (intendierte) Leser erschließen kann, lässt der Autor unausgesprochen, um nicht redundant zu erscheinen. Die unvermeidlichen Lücken der Textoberfläche – denn kein Text kann vollständig explizit sein – müssen durch den Leser aufgefüllt werden. Dabei beschränkt sich die konstruktive Tätigkeit des Lesers nicht nur auf das Nachvollziehen logischer Implikationen des explizit Gesagten, sondern sie ergänzt auch aufgrund lebensweltlicher und literaturhistorischer Muster (s. o. S. 137 f.). Kognitionspsychologen unterscheiden hier zwischen der Bedeutung (‹meaning›) eines Textes, die aus expliziten Textsignalen besteht, und den Schlussfolgerungen (‹inferences›), die ohne solche Zeichen erfolgen. Dass die schlussfolgernden Ergänzungen des Lesers psychische Realität besitzen, wird durch den experimentellen Befund belegt, dass explizit mitgeteilte und lediglich erschlossene Sachverhalte der erzählten Welt gleichermaßen und ununterscheidbar in die Repräsentation der jeweiligen Geschichte im Gedächtnis des Lesers eingehen (Thorndyke, *Structures)*. Das Verstehen narrativer Texte ist aus kognitionspsychologischer Sicht ein komplexes Zusammenspiel von ‹top-down›- und ‹bottom-up›-Prozessen: Einerseits zieht der Leser Informationen aus dem Text, aufgrund derer er die erzählte Welt aufbaut (‹bottom-up›), andererseits wird sein Textverständnis aber auch von abstrakten Schemata gesteuert, die dem Informationsmaterial relativ einfache, kulturell standardisierte Formen aufprägen und es dementsprechend ergänzen und umformen (‹top-down›). Diese Schemata werden erlernt – Kinder erzählen nicht von Anfang an und dann anders als Erwachsene. Sie scheinen teilweise auch kulturspezifisch zu sein – insbesondere unterscheidet sich das Erzählverhalten in oralen und in Schriftkulturen voneinander (Brewer, *Story*; Ong, *Oralität*). Eine wichtige Funktion solcher Schemata im dynamischen Prozess der Textlektüre besteht darin, dass sie vom vorwärtswandernden Wahrnehmungspunkt des Lesers aus einerseits Erwartungen im Hinblick auf das noch Folgende zu bilden erlauben. Andererseits kann im Lichte neuer Informationen das zuvor Gelesene nachträglich in andere Schemata integriert werden. Diese beiden, vor- wie rückwärtsgerichteten Verarbeitungsprozesse ermöglichen übergreifende, im Vollzug der Lektüre immer wieder revidierbare Synthesen des Gelesenen und führen damit zu einem kohärenten Textverständnis.

Die wichtigsten kognitiven Schemata zur Erfassung narrativer Texte bestehen aus *scripts*. Ein ‹script› ist die mentale Repräsentation des typischen Verlaufs einer Ereignisreihe. Einfache ‹scripts› beziehen sich auf wohldefinierte Alltagssituationen (wie ‹Anziehen›, ‹Frühstücken› oder ‹Einkaufen›). Sie enthalten eine Reihe von Variablen (‹slots›), welche die normalen und prägnanten Elemente einer alltäglichen Handlungssequenz enthalten und hinreichend vage sind, um leichte Abweichungen vom Standardablauf zu tolerieren. Die Repräsentation komplexerer Handlungen setzt sich u.a. aus mehreren einfachen ‹scripts› zusammen. Die Inhalte solcher ‹scripts› werden auf eine Weise mental wahrgenommen, gespeichert und abgerufen, die vermutlich unabhängig von einer bestimmten sprachlichen Gestaltung des erzählten Geschehens ist. Die Handlungsebene narrativer Texte wäre insofern gegenüber der Art und Weise ihrer Erzählung in einer wichtigen Hinsicht autonom. Die Handlung literarischer Erzählungen zu verstehen hieße, sie ihrer linguistischen Präsentationsweise zu entkleiden und unabhängig von dieser Präsentation mental zu verarbeiten. Dieser kognitionspsychologische Befund stützt unsere literaturwissenschaftliche Entscheidung, das ‹Was› von Erzählungen (Handlung und erzählte Welt) als eine eigenständige Bedeutungssphäre erzählender Texte zu betrachten und sie von dem ‹Wie› ihrer Darstellung zu unterscheiden (s. o. S. 22 ff.).

Eine weitere Schlussfolgerung aus diesen kognitionspsychologischen Untersuchungen lautet, dass das ‹Verstehen› einer Geschichte nicht unbedingt voraussetzt, über die genaue kausale Verknüpfung der einzelnen Ereignisse Bescheid zu wissen. Eine individuelle Geschichte zu verstehen kann auch einfach nur heißen, sie unter ein bestimmtes ‹script› zu subsumieren. Die Kohärenz des ‹script› ist nicht auf eine durchgehende Motivierung des Geschehens angewiesen. Hier lassen sich unsere Überlegungen zur kompositorischen Motivierung und zur Schemaliteratur (s. o. S. 121 f. und 153 f.) anschließen: Im Falle der Schemaliteratur wird die narrative Kohärenz der dargestellten Ereignisse vor allem durch übergreifende Handlungsschemata hergestellt, während kausale oder finale Motivierungen des Geschehens in den Hintergrund treten. Auch hier bekräftigen also kognitionspsychologische Untersuchungen die Plausibilität unserer literaturwissenschaftlichen Konzepte.

Bislang haben wir uns in diesem Abschnitt mit kognitionspsychologischen Beiträgen zur *Handlungsstruktur* von Erzählungen beschäftigt. Nun wollen wir noch auf einen psychologischen Beitrag zur *Erzählstruktur* eingehen. Labovs soziolinguistische Forschungen legen, wie wir sahen, die Vermutung nahe, dass befriedigende Erzählungen nicht nur eine narrative Minimalstruktur, sondern immer auch evaluative und emotionale Komponenten aufweisen. So wie der Leser ein individuelles Geschehen unter eine begrenzte Menge von ‹scripts› subsumiert, so gibt es nun aber auch typische Erzählstrukturen zur emotionalen Leserführung. Bestimmten Erzählschemata korrespondieren bestimmte affektive Reaktionen auf seiten des Lesers. Kognitionspsychologisch lassen sich drei Typen solcher *Affektstrukturen* bestimmen: Überraschung, Spannung und Neugier (Brewer, *Story*, im Anschluss an

Sternberg, *Expositional Modes*). Jede dieser drei Strukturen beruht auf einem unterschiedlichen erzählerischen Arrangement der dargestellten Ereignisfolge.

(1) Um *Überraschung* hervorzurufen, muss die Erklärung des Geschehens von einer singulären Information abhängen. In einem überraschenden Erzählschema enthält der Autor dem Leser diese Information vor, ohne ihn wissen zu lassen, dass ihm ein wichtiges Detail für das Verständnis des Geschehens fehlt. Wenn dieses fehlende Detail am Ende nachgetragen wird, ist der Leser überrascht. Ein in der abendländischen Literaturgeschichte außerordentlich verbreitetes Beispiel für eine solche überraschende Informationsvergabe ist die Enthüllung zunächst verborgener Verwandtschaften zwischen den Protagonisten – etwa das Geschwisterverhältnis zwischen Recha und dem Tempelherrn in Gotthold Ephraim Lessings analytischem Drama *Nathan der Weise* (1779). Hier erleben sowohl der Zuschauer wie auch die Figuren den Überraschungseffekt. Oft ist die Informationsvergabe aber asymmetrisch, wenn nämlich entweder nur der Leser/Zuschauer oder nur die Figuren oder aber nur ein Teil der Figuren Bescheid wissen. Eine solche Informationsvergabe nennt man *inkongruent*; mit *kongruenter* Informationsvergabe bezeichnet man hingegen einen gleichmäßigen Informationsstand von Figuren und Leser/Zuschauer (Pfister, *Drama*, S. 67 ff.).

(2) Um *Spannung* zu erzeugen, muss die Handlung eines Textes ein Anfangsereignis enthalten, dessen Folgen sich für die Protagonisten besonders gut oder besonders schädlich auswirken können – beispielsweise Achills Zorn und seine Konsequenzen für den Kriegszug der Griechen gegen Troja in Homers *Ilias*. Während bei einem überraschenden Erzählschema das Schlüsselereignis erst spät enthüllt wird, muss es hier im Gegenteil von vornherein bekannt sein, um im Leser die spannende Frage zu erzeugen (deren Beantwortung durch Hindernisse o.ä. verlängert werden kann), ob, wann und wie die erwarteten Folgen denn nun eintreten werden. Bei überraschenden Texten liegt eine Inkongruenz zwischen der chronologischen Reihenfolge der Ereignisse und ihrer Reihenfolge in der Darstellung vor; bei spannenden Texten besteht dagegen eine Kongruenz.

(3) Um schließlich die *Neugier* des Lesers anzuregen, muss die Handlung wie bei der überraschenden Erzählstruktur ein wichtiges, dem Leser unbekanntes Initialereignis enthalten. Anders als bei der überraschenden Handlung muss dem Leser hier aber suggeriert werden, dass es ein wichtiges Geheimnis gibt. Die klassische Detektivgeschichte seit Edgar Allan Poes *The Murders in the Rue Morgue* (1841) ist das beste Beispiel für ein solches neugierorientiertes Erzählschema. Die Erzählung beginnt mit der Entdeckung der Konsequenzen des Verbrechens, während es im Rest der Erzählung darum geht, den Hergang des Verbrechens und die Identität der Figur zu enthüllen, welche dieses Verbrechen begangen hat. Während die Erwartungshaltung des Lesers bei spannenden Geschichten auf den Ausgang des Geschehens gerichtet ist, konzentriert sich die Aufmerksamkeit des Lesers bei Neugier-Geschichten auf den (unbekannten) Ursprung des Geschehens. In gewisser Weise wird so in beiden Fällen Spannung hergestellt. Man könnte daher den Unterschied zwischen diesen Erzählstrukturen auch als den Unterschied zwischen einer ‹Ob-überhaupt-Spannung› und einer ‹Wie-Spannung› bezeichnen (s. Lugowski, *Form*, S. 40).

c) *Anthropologie* (Das Handlungsschema der Suche)

Die großen volkskundlichen Sammlungen und vergleichenden Übersichten von Märchen, Sagen und Mythen durch die Brüder Grimm, Bolte/Polívka, Aarne/Thompson und andere erwiesen immer wieder erstaunliche thematische und strukturelle Ähnlichkeiten zwischen Erzählungen aus ganz verschiedenen Epochen und Kulturen. Auch die gute Adaptierbarkeit solcher Erzählungen, ihre leichte Übersetzbarkeit in andere Sprachen und ihre hohe Akzeptanz in fremden Kulturen deuten auf eine gemeinsame, interkulturell gültige Basis hin. Offenbar gibt es eine historisch und kulturell relativ stabile narrative Kompetenz, die darüber bestimmt, welche Erzählungen wohlgeformt und erzählenswert sind. Manche Erzählforscher sind der Ansicht, dass es nicht ausreicht, die nahezu weltweite Verbreitung einiger Geschichten durch die Rekonstruktion einzelner Ursprungstexte zu erklären, aus denen sich die verschiedenen Varianten der Geschichte historisch-genetisch ableiten lassen (s. Lüthi, *Märchen*, S. 62–82). Vielmehr müsse man darüber hinaus auch die Wirksamkeit anthropologischer Konstanten annehmen. Erst auf dieser Grundlage sei befriedigend erklärbar, warum die gleichen Themen und narrativen Strukturen in den verschiedensten, voneinander unabhängigen Kulturen und Epochen vorzufinden seien.

Unter den literaturwissenschaftlichen Erzählmodellen mit anthropologischer Ausrichtung waren in den letzten Jahrzehnten Northrop Fryes Typologie archetypischer ‹mythoi› (Frye, *Anatomy*; s. u. S. 179 f.),

René Girards Sündenbock-Schema (z. B. in *Der Sündenbock*, 1988) und Victor Turners ritualtheoretisches Konzept des ‹sozialen Dramas› (z. B. in *Vom Ritual zum Theater*, 1989) am einflussreichsten. Wir wollen hier aber auf ein anderes, von Walter Burkert vertretenes Modell eingehen, weil es in radikalerer Weise als die genannten Ansätze bestimmte Erzählformen auf eine soziobiologische Basis stellt und deshalb ein besonders deutliches Beispiel für eine anthropologisch orientierte Erzählforschung bietet. Alle diese anthropologisch orientierten Erzähltheorien haben jedenfalls eines gemeinsam: Sie führen die manifeste Handlungsebene narrativer Texte auf einen elementaren Bedeutungskern zurück und ähneln insofern den in Kapitel III.3 vorgestellten strukturalistischen und semiotischen Untersuchungen zur Tiefenstruktur von Erzählungen.

Die 31 Funktionen von Vladimir Propps Handlungssequenz (s. o. S. 135–137) beschreiben zusammengefasst ein kreisförmiges Handlungsschema: Auszug von zu Hause, Erfüllung einer Aufgabe in der Fremde, Rückkehr. Dieses allgemeine Schema der abenteuerlichen *Suche* (engl. ‹quest›, franz. ‹quête›) scheint im Erzählgut sehr vieler Kulturen wirksam zu sein. Es prägt nicht nur alte Märchen und Sagen, sondern auch Avantgarde-Romane wie Carl Einsteins *Bebuquin* (1912) und moderne Hollywood-Filme wie Steven Spielbergs *Indiana Jones*-Trilogie (1981–89). Es liegt nahe, einen anthropologischen Ursprung für diese Universal-Geschichte zu vermuten. Der Gräzist Walter Burkert hält Propps Sequenz für «ein überkulturelles, allgemeines Programm, Erlebnisse zu organisieren», und schlägt vor, ihr biologisches Fundament in der Futtersuche zu sehen (Burkert, *Kulte*, S. 81; vgl. ebd., S. 74–101), denn die Funktionen der Propp-Sequenz seien in der «Abfolge praktisch-biologischer Notwendigkeiten der Nahrungssuche vorgezeichnet» (S. 82), die Burkert folgendermaßen beschreibt:

> Bewußtwerden des Bedürfnisses, Verlassen der Basis, Entdeckung des rechten Orts, Begegnung mit Konkurrenten und potentiell gefährlichen Gegnern, Erfolg, der das Bedürfnis stillt; die Rückkehr nach Hause kann schwierig werden, es kann Verfolgung durch Konkurrenten geben; das Ziel ist die Rettung, die Selbsterhaltung. (ebd.)

Das narrative Schema der abenteuerlichen Suche wird so als Ausdruck einer existentiellen Problemlösungsaktivität verstanden. Die von Propp beobachtete invariante Reihenfolge der einzelnen Funktionen seines

Schemas ist aus der praktisch notwendigen Sequenz der einzelnen Aktionen, die eine Futtersuche konstituieren, ableitbar.

Eine kulturell fortgeschrittenere Variante der abenteuerlichen Suche stellen *Initiationsgeschichten* dar, in denen der Held sich in der Fremde zu bewähren hat, bevor er daheim soziale Verantwortung übernehmen kann. Auf der Basis eines dreiphasigen Verlaufsschemas – Trennung des Individuums von seiner sozialen Gemeinschaft, extraterritoriale Bewährung und Reifung, Wiedereingliederung –, das der Ethnologe Arnold van Gennep in *Les rites de passage* (1909) entwickelte, beschreibt etwa der bereits erwähnte Victor Turner Initiationsgeschichten als ‹soziale Dramen› (z. B. Turner, *Ritual*, S. 34 f.).

Von solchen ‹männlichen›, durch das Schema der Suche geprägten Initiationen lässt sich ein anderes Initiations- und Handlungsschema unterscheiden, das Burkert *Mädchentragödie* nennt (Burkert, *Kulte*, S. 89–100). Hier geht es um eine weibliche Form der Initiation, die sich Burkert zufolge, in Anlehnung an Propps morphologische Märchenanalysen, aus fünf Funktionen zusammensetzt (*Kulte*, S. 91 f.): (1) Das Mädchen ist gezwungen, sein Zuhause zu verlassen. (2) Es lebt an einem abgeschiedenen, abnormen Ort. (3) Ein Mann (Mensch, Gott, Dämon) dringt ein und schwängert es. (4) Das schwangere Mädchen durchlebt eine Phase des Leidens (Strafen, Gefangenschaft, Vertreibung). (5) Das Mädchen wird gerettet und gebiert einen Sohn. Das soziobiologische Fundament für das Handlungsschema der Mädchentragödie sieht Burkert im Entwicklungsgang vom weiblichen Kind zur Mutter mit den Zwischenstufen der einsetzenden Menstruation (der Beginn der sexuellen Reife hebe die Familienstruktur auf) und des Geschlechtsverkehrs bis zum Gebären von Nachkommen.

Das Märchen von *Rapunzel* ist ein Beispiel für eine solche Mädchentragödie. In der Fassung der Grimmschen *Kinder- und Hausmärchen* (S. 75–78) muss die kleine Rapunzel von ihren Eltern fort in die Obhut einer Zauberin (= 1). Mit zwölf Jahren verschließt diese sie in einen abgelegenen Turm (= 2). Jahre später stößt ein Königssohn auf den Turm, lernt Rapunzel kennen und schwängert sie (= 3). Die Zauberin entdeckt das Liebesverhältnis, schneidet Rapunzel ihr schönes Haar ab und vertreibt sie in eine Wüstenei (= 4). Rapunzel gebiert einen Knaben und ein Mädchen, wird nach langem Suchen vom Königssohn gefunden und als Ehefrau in sein Reich gebracht (= 5).

d) *Geschichtswissenschaft* (Erklärung durch ‹emplotment›)

Die faktualen Texte der Geschichtsschreibung und die fiktionalen Texte der Literatur haben gemeinsam, dass sie Geschichten erzählen. Deshalb liegt es nahe, im Rahmen einer literaturwissenschaftlichen Erzähltheorie auch Untersuchungen zur Theorie der Geschichtsschreibung zu berücksichtigen. Wir haben das im Falle von Arthur C. Dantos Analyse der logischen Struktur narrativer Sätze getan (s. o. S. 129). Zum Abschluss unseres Ausblickes wollen wir nun auf einen Beitrag eingehen, der zu den meistdiskutierten Untersuchungen zur Theorie der Geschichtsschreibung zählt und ausdrücklich literaturwissenschaftliche Konzepte in die Geschichtswissenschaft einführt: Hayden Whites *Metahistory. The Historical Imagination in Nineteenth-Century Europe* (1973). Der Hauptteil des Buches analysiert Werke der wichtigsten Historiographen und Geschichtsphilosophen des 19. Jahrhunderts. In unserem Zusammenhang ist jedoch eher die systematische Theorie der Geschichtsschreibung von Interesse, die diesen Einzelanalysen zugrunde liegt und vor allem in der «Einleitung» von *Metahistory* entwickelt wird. Hier skizziert White ein erzähltheoretisches Modell, das zunächst weitgehend mit den Elementen der Handlung übereinstimmt, die wir in Kapitel III.1 beschrieben haben. Der Historiker, so White, findet sein Material, die ‹Elemente› des ‹historischen Feldes›, in Form von ‹Ereignissen› vor. Diese Ereignisse werden in einem ersten Integrationsschritt zu einer zeitlich geordneten ‹Chronik› zusammengestellt. Die Chronik wiederum wird zu einer ‹Geschichte› (‹story›) transformiert, wenn die Ereignisfolge als strukturierte Einheit mit Anfang, Mitte und Ende erscheint. Je nach ihrer strukturellen Position fungieren dann bestimmte Ereignisse als Eröffnungsmotive, andere als Überleitungsmotive und wieder andere als Schlussmotive.

> The historian arranges the events in the chronicle into a hierarchy of significance by assigning events different functions as story elements in such a way as to disclose the formal coherence of a whole set of events considered as a comprehensible process with a discernible beginning, middle, and end. (*Metahistory*, S. 7)

Diese Begriffe von Ereignis, chronikalischem Geschehen und Geschichte entsprechen, wie gesagt, unserer eigenen Terminologie. Whites

Gedankengang führt jedoch weiter. Die Form einer Chronik antworte auf Fragen wie ‹Was geschah als nächstes?›, die Form der Geschichte auf Fragen wie ‹Warum ereigneten sich die Dinge so und nicht anders?› oder ‹Wie ging die Sache am Schluss aus?›. Aber die Frage nach dem *Sinn* der Erzählung (‹Was soll das Ganze?›) sei damit noch nicht beantwortet. Wir haben die Bedeutung dieser Frage bereits zu Anfang dieses Kapitels bei Labovs soziolinguistischen Untersuchungen (auf die White sich allerdings nicht bezieht) kennengelernt: Selbst eine formal-strukturell wohlgebildete Geschichte bleibt pragmatisch defizitär, solange sie nicht auch eine Antwort auf die Frage ‹Na und?› liefert. Der Sinn einer Geschichte ist nicht direkt aus ihrer Handlungsstruktur ableitbar. Während Labov die Antwort auf die ‹Na und?›-Frage vor allem in den evaluativen Elementen von Erzählungen findet (s. o. S. 169), schlägt White ein anderes Modell vor. Ein und dieselbe Geschichte könne auf verschiedene Weisen mit Sinn (‹meaning›) versehen werden, die sich allesamt als Erklärung von Geschehen verstehen lassen. White nennt drei Typen von historischen Erklärungen und damit drei grundsätzliche Antworten auf die Sinnfrage: Erklärung durch ‹emplotment›, Erklärung durch formale Schlussfolgerung und Erklärung durch ideologische Implikation. Wir wollen nur auf den ersten Erklärungstyp, Erklärung durch *emplotment*, eingehen, weil er spezifisch für die Herstellung narrativen Sinns ist. White definiert ihn folgendermaßen: «Providing the ‹meaning› of a story by identifying the *kind of story* that has been told is called explanation by emplotment» (*Metahistory*, S. 7). Den Sinn einer Geschichte zu erkennen, heißt in diesem Fall, sie als Ausgestaltung eines typischen *Handlungsschemas* zu erkennen. «Emplotment is the way by which a sequence of events fashioned into a story is gradually revealed to be a story of a particular kind» (ebd.).

White übernimmt im Folgenden aus einer Typologie des kanadischen Literaturwissenschaftlers Northrop Frye (*Anatomy*, bes. S. 158–241) vier ‹modes of emplotment› (Frye: ‹mythoi›): ‹Romance›, Tragödie, Komödie und Satire (*Metahistory*, S. 7–11). (1) ‹*Romance*› (der englische Ausdruck hat keine deutsche Entsprechung) ist eine Erlösungsgeschichte und erzählt die Selbstfindung eines Helden, der Hindernisse überwindet und sich von der Erfahrungswelt befreit – beispielsweise in der Geschichte von Parzival und dem Heiligen Gral. Die Handlungen von ‹romances› bestehen aus einem Kampf zwischen Gut und Böse und enden mit dem Sieg des Guten. (2) Den Gegentyp zur ‹romance› stellt die *Satire* dar (in späteren Aufsätzen verwendet White auch den Ausdruck *Farce*). Sie schildert die unausweichliche Niederlage des Helden gegen widrige Umstände, böse Mächte oder den Tod. (3) Die *Komödie* drückt eine zumindest vorübergehende Versöhnung widerstreitender Kräfte aus, den temporären Triumph des Helden über seine Umwelt. (4) Auch die *Tragödie* macht ansatzweise eine Lösung von Konflikten deutlich, allerdings durch die resignative Einsicht in ihre Ursachen, die nur für den Beobachter und nur um den Preis der Vernichtung des Helden erfolgt.

Tragödie und Satire sind tendenziell synchronische oder statische Handlungstypen; sie entsprechen dem Weltbild von Historikern, die im Weltgeschehen stabile Strukturen oder die ewige Wiederkehr des Gleichen zu erkennen meinen. Hingegen befriedigen die diachronisch-prozessualen Formen der ‹romance› und der Komödie eher solche Historiker, die an die Veränderbarkeit und Neuartigkeit historischer Prozesse glauben.

White sieht, ebenso wie Frye, diese vier Typen als archetypische Handlungsschemata an. Zusammengenommen stellen sie vielleicht nicht alle, aber doch die wichtigsten Formen dar, die einer Geschichte narrativen Sinn verleihen können. Ihre Priorität gegenüber anderen möglichen Schemata gründet nicht in ihrer logischen Ableitbarkeit aus einem Prinzip (etwa in der Art der Erzähltheorien von Bremond, van Dijk oder Greimas, s. o. S. 130, 165, 170), sondern in ihrer dauerhaften Präsenz in den Literaturen und Mythen verschiedener Epochen und Kulturen. Der Grund, weshalb Historiker reale geschichtliche Ereignisse durch ‹emplotment› unter Handlungsschemata subsumieren, die vor allem für literarische Texte charakteristisch sind, liegt für White darin, dass auf diese Weise die stumpfe Kontingenz des Faktischen durch kulturell signifikante narrative Strukturen überformt und vertraut gemacht wird.

Es wurde White häufig vorgeworfen, er ignoriere mit seiner Konzeption den faktualen Charakter historischer Untersuchungen und ihren Anspruch auf historische Wahrheit. In der Tat lassen manche seiner Formulierungen einen Unterschied zwischen fiktional-dichterischer und faktual-historischer Rede kaum mehr erkennen. Inwiefern das Konzept von *Metahistory* der Praxis und dem Geltungsanspruch der Geschichtswissenschaft gerecht wird, brauchen wir in unserem Zusammenhang nicht zu erörtern. Whites Hauptanliegen ist jedenfalls ein anderes, als die Grenze zwischen Dichtung und Geschichtsschreibung einzuebnen. Die literarischen Formen des ‹emplotment› stellen gegenüber dem faktualen Geltungsanspruch historiographischer Texte nicht eine *alternative*, sondern eine *zusätzliche* Dimension der Sinnbildung dar. Als Chronik und als Geschichte (‹story›) sind historische Untersuchungen durchaus falsifizierbar. Ihr tragischer, komischer usw. Sinn hingegen entspringt dem (bewussten oder unbewussten) Gestaltungswillen des Historikers und ist der Falsifizierbarkeit entzogen, da «keine Reihe oder Folge realer Ereignisse *von sich aus* ‹tragisch›, ‹komisch›, ‹farcenhaft› etc. ist, sondern erst durch die *Auferlegung* der Struktur eines entsprechenden Geschichten-Typs auf die Ereignisse so konstituiert wird» (*Bedeutung*, S. 60). Ein und dasselbe historische Ereignis kann also unterschiedlich schematisiert werden und entsprechend unterschiedlichen Sinn tragen. So wäre die Französische Revolution, auf der Grundlage derselben historischen Daten, als ‹romance› zu verstehen, wenn man sie, wie Karl Marx oder Jules Michelet, als Akt der Befreiung und Selbstfindung darstellt; als Tragödie, wenn sie, wie für Alexis de Tocqueville, einen zufriedenstellenden Zustand zerstört; als Komödie, wenn sie, wie bei Leopold von Ranke, die Entwicklung zu einem besseren Zustand als dem bisherigen zumindest aufscheinen lässt; schließlich als Satire, wenn sie, nach Jacob Burckhardt, die Ohnmacht des Menschen gegenüber der historischen Wirklichkeit bezeugt.

Eine abschließende Bemerkung zur erzähltheoretischen Relevanz von Whites Begriff des ‹emplotment›. Die Geschichte, die ein historiographischer Text erzählt, zu ‹verstehen›, heißt nach White, sie unter ein archetypisches Handlungsschema (‹plot›) zu subsumieren.

> Wenn der Leser die in einer historischen Narration erzählte Geschichte als eine *spezifische Geschichten-Gattung*, z. B. als Epos, Romanze, Tragödie, Komödie, Farce etc. *wiedererkennt*, dann kann man sagen, daß er den vom Diskurs produzierten ‹Sinn› verstanden hat. Dieses ‹Verstehen› ist nichts anderes als das Wiedererkennen der ‹Form› der Erzählung. (*Bedeutung*, S. 60)

Ein solches Verstehen narrativer Texte als Subsumption unter Handlungsschemata haben wir, in Bezug auf fiktionale Erzählwerke, mit den Begriffen der kompositorischen Motivierung und der Schemaliteratur erläutert (s. o. S. 121 f.). Wie wir zu Anfang dieses Kapitels gesehen haben, wird ein solches Verstehenskonzept auch durch kognitionspsychologische Untersuchungen gestützt. Nicht nur in diesem Fall, sondern insgesamt verdeutlicht der Einblick in erzähltheoretische Handlungsmodelle außerhalb der Literaturwissenschaft, den wir in diesem Kapitel genommen haben, dass der Gegenstandsbereich der Erzähltheorie erst durch einen interdisziplinären Zugang angemessen erfasst werden kann.

Hinweise zur Forschungsliteratur

Die folgenden Literaturhinweise nennen einige Standardwerke und neuere Überblicksdarstellungen für die weitere Beschäftigung mit erzähltheoretischen Begriffen und Themen.

Allgemeine Darstellungen der Erzähltheorie

Aktuelle Überblicke über systematische und historische Aspekte des literarischen Erzählens geben die Beiträge in den narratologischen **Handbüchern und Lexika** Herman/Jahn/Ryan (Hg.), *Routledge Encyclopedia of Narrative Theory*, Huber/Schmid (Hg.), *Grundthemen*, Hühn u. a. (Hg.), *Handbook of Narratology*, und Martínez (Hg.), *Handbuch Erzählliteratur.* Als knappes terminologisches Nachschlagewerk ist auch Prince, *Dictionary*, nützlich.

Unter den englischsprachigen **Einführungen in die Erzähltextanalyse** empfehlen wir Chatman, *Story and Discourse* und *Coming to Terms*, und Rimmon-Kenan, *Narrative Fiction.* Herman versucht in *Story Logic* und *Basic Elements* eine Synthese von literaturwissenschaftlichen, linguistischen und kognitionspsychologischen Ansätzen. Aus der französischen Erzählforschung ist neben den beiden klassischen Einführungen in die strukturalistische Erzähltextanalyse von Barthes, *Einführung*, und Todorov, *Poétique*, vor allem Genette, *Erzählung*, zu nennen.

Die **Geschichte der Narratologie** wird in disziplingeschichtlichen Rückblicken gern mit dem Russischen Formalismus der 1910er und 1920er Jahre begonnen, dessen Ideen der französische Strukturalismus seit den 1950er Jahren mit dem Ziel einer universalen Erzählgrammatik systematisiert habe; die postklassische Narratologie seit den 1990er Jahren stelle dann spezifischere Formen und Funktionen des Erzählens in den Mittelpunkt, die durch kulturelle, historische, soziale, mediale und andere Kontexte geprägt seien. Gegen die Angemessenheit dieses dreischrittigen historischen Schemas wendet sich Martínez, *Dos Passos instead of Goethe!* (dort weitere Literaturhinweise). Verschiedene Epochen und Traditionen der Erzählforschung vor dem 20. Jahrhundert rekonstruieren Bauer, *Romantheorie*, Doležel, *Occidental Poetics*, Grüne, *Realistische Narratologie*, Jahn, *Narratologie*, und Pavel, *Narratives.* Bedeutende, in anderen Darstellungen vernachlässigte russische und tschechische Beiträge des 20. Jahrhunderts berücksichtigt Schmid, *Elemente*; vgl. außerdem Scheffel, *Narratologie.*

Die erwähnte Weiterentwicklung der klassischen, strukturalistisch orientierten Narratologie hin zu kontextorientierten Modellen (*contextual narratologies*) rückt die Fragen nach medialen, soziokulturellen und kognitionspsychologischen Voraussetzungen des Erzählens, nach seinen Funktionen und nach seinem Wirklichkeitsbezug in den Blick einer z.T. interdisziplinären, transgenerischen, transmedialen und auch außerhalb der herkömmlichen Grenzen der Literaturwissenschaft operierenden Narratologie. Informative Überblicke geben Alber/Fludernik (Hg.), *Postclassical Narratology*, Heinen/Sommer (Hg.), *Narratology*, Herman (Hg.), *Narratologies*, Nünning/Nünning (Hg.), *Erzähltheorie* und *Neue Ansätze*, Olson (Hg.), *Current Trends*, und die Beiträge in *DIEGESIS* 1 (2012), Heft 1: *Erzählforschung im 21. Jahrhundert. Ein interdisziplinärer Rückblick.* In den Literaturwissenschaften besonders einflussreich wurden Ansätze zur Verbindung von Erzähltheorie und Kulturwissenschaft (Erll/Rigney [Hg.], *Mediation*; Müller-Funk, *Kultur*), *postcolonial studies* (Bhabha, *Nation*; Gymnich, *Metasprachliche Reflexionen*; Hamann/Sieber [Hg.], *Räume*; Said, *Kultur*) und *gender studies* (Lanser, *Fictions*; Nünning/Nünning [Hg.], *Erzähltextanalyse*).

Zum **Erzählen in anderen Künsten** wie Malerei, Comics und Musik informieren die betreffenden Artikel in Martínez (Hg.), *Handbuch Erzählliteratur.* Eine umfassende Einführung in das **Erzählen im Film** gibt Kuhn, *Filmnarratologie*; für die Analyse von Theaterinszenierungen im Sinne einer **Theaternarratologie** s. Horstmann, *Theaternarratologie.*

Zur **historischen Narratologie** s. von Contzen/Tilg (Hg.), *Handbuch Historische Narratologie*, Fludernik, *Diachronization*, Haferland/Meyer (Hg.), *Historische Narratologie*, von Contzen/Kragl (Hg.), *Narratologie und mittelalterliches Erzählen*, Störmer-Caysa, *Grundstrukturen mittelalterlicher Erzählungen*, und die Beiträge in *DIEGESIS* 3 (2014), Heft 2: *Historische Narratologie.*

Über **nichtliterarisches Erzählen** in verschiedenen sozialen Feldern (Journalismus, Medizin, Naturwissenschaft, Politik, Psychotherapie, Rechtsprechung, Werbung u. a.) s. Klein/Martínez (Hg.), *Wirklichkeitserzählungen*, Koschorke, *Wahrheit und Erfindung*, und Martínez (Hg.), *Erzählen.*

Einflussreiche neuere soziolinguistische Arbeiten zum **Erzählen im Alltag** sind Ochs/Capps, *Living Narrative*, und De Fina/Georgakopoulou, *Analyzing Narrative*; für die deutschsprachige gesprächsanalytische Forschung vgl. Becker/Stude, *Erzählen.*

I. Merkmale fiktionalen Erzählens

1. Faktuales und fiktionales Erzählen

Ein Resümee gängiger **Definitionen des Erzählens** mit einem eigenen Definitionsvorschlag, der notwendige und fakultative Merkmale kombiniert, gibt Martínez, *Was ist Erzählen?* Grundsätzlich zur Unterscheidung von **faktualem und fiktionalem Erzählen** Fludernik/Ryan, *Narrative Factuality*, Genette, *Fiktion*, S. 65–94, und Klein/Martínez (Hg.), *Wirklichkeitserzählungen*, S. 1–13. Ob überhaupt, und wenn ja, welche **Fiktionssignale** es gibt, diskutieren Cohn, *Distinction*, Nickel-Bacon/Groeben/Schreier, *Fiktionssignale pragmatisch*, und Zipfel, *Fiktionssignale.* Zum Unterschied zwischen ‹Erzählen›, ‹Erörtern› und ‹Beschreiben› s. Petersen, *Fiktionalität*, bes. S. 142–155. Einen guten Überblick über die Forschungsdiskussion zu literaturwissenschaftlichen Fiktions- und Fiktionalitätsbegriffen gibt Zipfel, *Fiktion*; vgl. auch Schaeffer, *Pourquoi la fiction?* und *Fictional vs. Factual Narration.* Gegen die postmoderne Position eines schlichten Panfiktionalismus und für die kulturhistorische Bedeutung der Unterscheidung von Fiktionalität und Faktualität argumentiert die Studie von Lavocat, *Fait et fiction*. Seit einigen Jahren wächst in der Literatur wie in der Literaturwissenschaft das Interesse an Grenzgängern und Grauzonen zwischen klar fiktionalen und klar faktualen Erzähltexten, s. Martínez (Hg.), *Fiktionalität und Non-Fiktionalität*. Seit den 1970er Jahren floriert hier besonders die Gattung der **Autofiktion**, s. Zipfel, *Autofiktion*. Franzen, *Indiskrete Fiktionen*, untersucht den aufschlussreichen Grenzfall des **Schlüsselromans**.

Die Frage der **Wahrheit von Dichtung** erörtern Hamburger, *Wahrheit*, S. 64 ff. u. S. 94 ff., Petersen, *Fiktionalität*, S. 283–293, und Schaeffer, *Pourquoi la fiction?*. Einen Überblick über die **historische Entwicklung der Fiktionalität** geben die Beiträge von Wolfgang Rösler (Antike), Sonja Glauch (Mittelalter) und Tilmann Köppe (Neuzeit) in Klauk/Köppe (Hg.), *Fiktionalität*, S. 363–441. Über Aristoteles' Möglichkeitsbegriff und seine Unterscheidung von ‹Besonderem› und ‹Allgemeinem› Schmitt, *Teleologie*; zu Platon und zu früheren Formen von Dichtungskritik bei Hesiod, Solon, Xenophanes, Heraklit, Pindar u. a. s. Rösler, *Entdeckung*, und Weinstock, *Homerkritik*. Historische Positionen der **Fiktionskritik** seit der Antike stellen neben Schlaffer, *Poesie*, auch Knapp, *Wahrheit*, Weinrich, *Linguistik*, Sauder, *Argumente*, und Schäfer, *Polemik*, vor. Einen Überblick über den Zusammenhang von Schriftkultur, **Fiktionsbewusstsein** und Fiktionskritik gibt Schlaffer, *Poesie*, S. 45–75. Zur Wiederentdeckung der Fiktionalität seit dem 12. Jahrhundert s. Burrichter, *Wahrheit*, Grünkorn, *Fiktionalität*, Haug, *Literaturtheorie*, Jauß, *Genese*, und Mertens/Wolfzettel (Hg.), *Fiktionalität*. Einen Überblick über poetologische Konzeptionen der **Wahrscheinlichkeit** und ihre Auswirkungen auf die deutsche Romanliteratur seit dem 17. Jahrhundert gibt Seiler, *Tatsachen*.

B. H. Smiths Auffassung fiktionaler Rede wurde aufgenommen z. B. von Iser, *Wirklichkeit*, und Keller, *Fiktionalität*. Die **Selbstreflexion** als Fiktionalitätsmerkmal heben Scheffel, *Formen*, und Wolf, *Illusion*, bes. S. 208 ff., hervor; dieser Aspekt wird hingegen vernachlässigt bei Genette, *Fiktion*, S. 89 ff., Hoops, *Fiktionalität*, S. 297 f., Rühling, *Fiktionalität*, S. 28 f. u. 32 f., Vogt, *Aspekte*, S. 16 ff., und Weinrich, *Fiktionssignale*, S. 525 f.

Die deutschsprachige **Fiktionalitätstheorie** wurde zunächst von Roman Ingarden und Käte Hamburger geprägt. Ingarden spricht den Aussagesätzen in literarischen Werken einen «quasi-urteilsmäßigen Charakter» zu (Ingarden, *Kunstwerk*, bes. S. 169 ff.); damit will er «andeuten, daß die Behauptungssätze, die in einem literarischen Werke auftreten, den äußeren *Habitus* von Urteilssätzen haben, aber trotzdem keine *echten* Urteilssätze sind noch sein wollen» (ebd., S. 177); Ingardens Unterscheidung zwischen Behaupten und Aussagen wurde von Gabriel, *Fiktion*, S. 54 ff., aufgegriffen. Entschieden kritisiert wurde Ingarden von Hamburger (Hamburger, *Logik*, S. 25 ff.); Ingarden antwortete darauf in Ingarden, *Kunstwerk*, S. 184 ff. Im Unterschied zu Ingarden versteht Hamburger ‹Fiktivität› als eine durch textinterne Merkmale begründete Eigenschaft. Ausgehend von einer unterschiedlichen Aussagestruktur in Drama und Er-Erzählungen auf der einen und Ich-Erzählungen und Lyrik auf der anderen Seite bestimmt sie die Aussagen im ersten Fall als ‹fiktional› und im zweiten als ‹fingiert› (Ich-Erzählung) bzw. ‹real› (Lyrik). Kritisch zu Hamburgers Unterscheidung Anderegg, *Fiktion*, S. 100 ff., Gabriel, *Fiktion*, S. 59 ff., Rasch, *Frage*, Rauh, *Tempus*, Weimar, *Bemerkungen*, und Zerbst, *Fiktion*, S. 90 ff. Mit jeweils unterschiedlichen, aber im Wesentlichen pragmatisch begründeten Argumenten versuchen die genannten Autoren zu zeigen, dass sich aus der von Hamburger entwickelten «Sprachtheorie» weder notwendige noch hinreichende Merkmale der Fiktionalität gewinnen lassen; weniger kritisch dazu Genette, *Fiktion*, S. 65 ff.

Zu den Fiktionalitätstheorien mit einem in erster Linie **semantischen Ansatz** aus dem Bereich der sprachanalytischen Philosophie s. die Diskussionsberichte von Kaplan, *Meaning*, Klemm, *Rede*, S. 91–184, und Rühling, *Fiktionalität*. Hrushovski, *Fictionality*, verwendet den Begriff des ‹Referenzfeldes› und unterscheidet (wie auch Anderegg, *Fiktion*) zwischen ‹inneren› und ‹äußeren› Referenzfeldern. Martínez-Bonati *(Discourse; Fictional Discourse; Struktur)* unterscheidet zwischen einem realen und einem imaginären Kontext fiktionaler Rede und formuliert dementsprechend eine semiotische Differenz zwischen den Zeichen, die ein realer Autor produziert (‹real inauthentische Sätze›), und den Worten, die ein fiktiver Sprecher äußert (‹imaginär authentische Sätze›). Die Arbeiten von Fricke, *Semantics*, Gabriel, *Fiktion*, Keller, *Fiktionalität*, Petersen, *Fiktionalität*, S. 15–49, und Schmidt, *Fiktionalität*, verbinden einen semantischen mit einem pragmatischen Ansatz. Zu den Problemen einer solchen Verbindung, am Beispiel der Arbeiten von Schmidt und Gabriel, s. Sasse, *Literatursprache*. In die Tradition semantischer Ansätze gehören schließlich auch Arbeiten, die sich im Rahmen einer Theorie **möglicher Welten** mit dem ontologischen Status fiktionaler Figuren oder fiktionaler Welten befassen. Zum Entwurf einer ‹possible worlds semantics› s. Doležel, *Heterocosmica*, Hart, *Pluralism*, und Ryan, *Worlds*.

Eine Reihe anderer Fiktionalitätstheorien sind der von John L. Austin entwickelten **Sprechakttheorie** verpflichtet. Einflussreich geworden ist Searles *Status*, wo Searle den Status der fiktionalen Rede auf der Grundlage seiner im Anschluss an Austin entwickelten Theorie der Sprechakte zu bestimmen versucht. Austin selbst betrachtet die fiktionale Rede als ‹unernste› Verwendung der Sprache, nämlich als ‹parasitäre› Ausnutzung ihres gewöhnlichen Gebrauchs, und schließt sie aus seinen Untersuchungen aus (Austin, *Theorie*, S. 41 f.). Nach Searle gibt der Autor fiktionaler Text vor, «illokutionäre Akte zu vollziehen, die er nicht vollzieht» (Searle, *Status*, S. 87), was bedeutet, dass allein sein «Äußerungsakt» wirklich ist. Im Anschluss an Austin und Searle auch Habermas, *Diskurs*, S. 224–247. Genette hat Searle zuletzt insofern ergänzt, als er von «fingierten Assertionen» spricht, «hinter welchen, als indirekten Sprechakten, sich fiktionale Sprechakte verbergen, die selbst wieder *per definitionem* ernsthaft illokutionäre Akte *sui specie* sind» (Genette, *Fiktion*, S. 57; dazu auch Petersen, *Fiktionalität*, S. 45–49).

Pragmatische Fiktionalitätstheorien vertreten Hoops, *Fiktionalität*, und Warning, *Diskurs*. Zu den pragmatischen Voraussetzungen dafür, dass eine Rede als fiktional rezipiert wird, s. Schmidt, *Fiction*, Smith, *Margins*, S. 79 ff., Wildekamp u. a., *Fictionality*, und Wirrer, *Learning*. In Klauk/Köppe (Hg.), *Fiktionalität*, wird Fiktionalität als «Institution» bestimmt.

Über **kognitions- und entwicklungspsychologische Fiktionstheorien** s. zuletzt Groeben/Dutt, *Fiktionskompetenz*.

2. Das Erzählen und das Erzählte

Eine phänomenologische Analyse des Zurücktretens des Bewusstseins von der Vermitteltheit des Erzählinhalts im Akt des Lesens gibt Sartre, *Literatur*,

S. 13–36. Danto, *Transfiguration* (Kap. 6), argumentiert für ein ständiges **Fiktionsbewusstsein**; ähnlich Schaper, *Fiction*.

Den Wechsel von der **Ich-** zur **Er-Erzählform** in der Textgenese von Kafkas *Schloß* analysiert in mustergültiger, über diesen Einzelfall weit hinausreichender Weise Cohn, *Castle*.

Zu den Begriffen **Diegese und Diegesis** s. Weimar, *Diegesis*.

Im Englischen wird die erzähltheoretische Opposition von **Handlung vs. Darstellung** meist mit ‹story vs. discourse› wiedergegeben (z. B. Chatman, *Story*). In der deutschsprachigen Literaturwissenschaft hat sich ein entsprechendes Begriffspaar bisher nicht allgemein durchgesetzt, sodass häufig die genannten fremdsprachigen Ausdrücke verwendet werden (vgl. das Schaubild auf S. 28). Zur historischen Entwicklung einer im Ansatz vergleichbaren, im Detail aber jeweils differierenden Begrifflichkeit in den unterschiedlichen nationalen Kontexten zuletzt Scheffel, *Constitution*.

II. Das ‹Wie›: Darstellung

1. Zeit

Die aktuelle Forschungslage zur literarischen **Zeitgestaltung** und zur Zeit als Parameter der erzählten Welt (**diegetische Zeit**) wird in Werner, *Zeit*, und in Scheffel/Weixler/Werner, *Time*, vorgestellt. Einen Überblick über die ältere, in erster Linie deutschsprachige Forschung gibt Ritter in seiner Einleitung in ders. (Hg.), *Zeitgestaltung*, S. 1–26; dieser Sammelband enthält Standardtexte zur Zeitgestaltung u. a. von Emil Staiger, Käte Hamburger, Harald Weinrich und Hans Robert Jauß; vgl. auch die Anthologie von Meister/Schernus (Hg.), *Time*. Zum Zusammenhang von Zeit und Raum im sogenannten **Chronotopos**, s. Bachtin, *Formen*. Als Einführung in die **Zeitanalyse** s. neben Vogt, *Aspekte*, S. 95–142, auch Chatman, *Story*, S. 62–84, und Rimmon-Kenan, *Fiction*, S. 45–60 (beide sind eng an Genette orientiert, wobei Chatman auch einen knappen Überblick zur englischsprachigen Forschungsliteratur gibt).

2. Modus

Zu einem auf der grundsätzlichen Unterscheidung ‹Bericht› (= ‹narrativer Modus› in unserer Terminologie) vs. ‹Darstellung› (= ‹dramatischer Modus›) aufgebauten Beschreibungssystem von Erzählungen s. Tarot, *Narratio*, bes. S. 42 ff.

Zur **erlebten Rede** erstmals grundlegend Bally, *Style*, und Lorck, *Rede*. Einen Überblick über die ältere Forschung gibt Pascal, *Voice*, S. 2–32. Unter den neueren Darstellungen s. neben Cohn, *Minds*, Fludernik, *Fictions*, und Pascal, *Voice*, auch die materialreiche, mit Beispielen aus der deutschen, englischen und französischen Literatur arbeitende Studie von Steinberg, *Rede*; aus linguistischer Sicht s. Tamir, *Personal*. Die historischen Anfänge von erlebter Rede und **innerem Monolog** bei Wieland und anderen deutschsprachigen Autoren des 18. Jahrhunderts untersucht Neuse, *Anfänge*; zu Jane Austen und dem englischsprachigen Roman s. Bühler, *Rede*. Grundlegende Beiträge mit weiterführenden Literaturhinweisen bei Kullmann (Hg.), *Rede*; ein differenziertes Beschreibungsvokabular zur Bestimmung unterschiedlicher Formen und

Funktionen der Interferenz von Erzählertext und Figurentext bietet Schmid, *Elemente*, bes. S. 181–229; speziell zum inneren Monolog und zum **stream of consciousness** s. außerdem Bickerton, *Modes*, Höhnisch, *Ich*, und Humphrey, *Stream*.

Rekonstruktionen der gängigen **Point-of-view**-Theorien mit weiterführenden Literaturhinweisen finden sich bei Rossum-Guyon, *Point de vue*, und Prince, *Dictionary*, S. 73–76. Bal, *Narratology*, und dies., *Narrating*, diskutiert das Problem der Trennung von ‹Narration› und ‹Fokalisation› und schlägt eine über Genettes Ansatz hinausgehende Unterscheidung zwischen Subjekt (‹Focalizer›) und Objekt (‹Focalized Object›) der Fokalisierung vor. Einen konzisen Überblick, der auch Bals Differenzierung berücksichtigt, gibt Rimmon-Kenan, *Fiction*, S. 73–87. Eine Kritik an Genettes Konzeption mit eigenen Gegenvorschlägen liefern Kablitz, *Erzählperspektive*, sowie Jahn, *Focalization*; für ein Konzept von **Erzählperspektive** vgl. zuletzt Schmid, *Elemente*, bes. S. 128–153; für eine Unterscheidung und Koexistenz der (dann jeweils klar begrenzten) Konzepte von ‹Point of view› (hier: Erzählen *aus* einer bestimmten Sicht) und ‹Focalization› (hier: Beschränkung der Informationsvergabe *auf* einen bestimmten Ausschnitt der erzählten Welt, d. h. z. B. Darstellung von Gedanken der Figuren oder nicht) plädieren die Artikel von Niederhoff, *Focalization*, und ders., *Perspective*, die zugleich einen aktuellen Forschungsüberblick bieten.

Ausführlich zu **multiperspektivischem Erzählen** Nünning/Nünning (Hg.), *Multiperspektivisches Erzählen*; einen älteren Überblick bietet Neuhaus, *Typen*; zur besonderen Bedeutung des **Briefromans** in diesem Zusammenhang s. ebd., S. 32–74.

3. Stimme

Zur theoretischen Reflexion des narratologischen Begriffs der ‹Stimme› s. Blödorn/Langer/Scheffel (Hg.), *Stimme(n)*. Zum Diskussionsstand um die Funktion des **epischen Präteritums** in Erzähltexten s. Vogt, *Aspekte*, S. 29–40. Die Zeitgestaltung im **Briefroman** untersucht Neuhaus, *Typen*, S. 35–43, diejenige im **Tagebuchroman** Abbott, *Fiction*, S. 15–36. Verschiedene Typen von **Herausgeberfiktionen** und ihre literaturgeschichtliche Entwicklung untersuchen Ehrenzeller, *Studien*, Musarra, *Discourse*, Wild, *Manuscripts*, und Scheffel, *Formen*, S. 87–90 (zu Balzacs *Muse*). Zur Geschichte des auf eine Tagebuchnotiz André Gides von 1893 zurückgehenden Begriffs der **mise en abyme** und einer systematischen Darstellung ihrer möglichen Formen ist Dällenbach, *Récit*, einschlägig; s. außerdem die Diskussion von Dällenbach bei Wolf, *Illusion*, bes. S. 355–372, sowie Bal, *Mise*, und dies., *Femmes*. Die paradoxe logische Konstruktion solcher «verwickelten Hierarchien» nach dem Modell von Eschers *Zeichnenden Händen* untersucht Hofstadter, *Gödel*, S. 728 ff.; weitere literarische Beispiele für solche ‹Möbiusband›-Erzählungen bei Wolf, *Illusion*, S. 370–372; einen Überblick über die Verbreitung von **Metalepsen** in der Populärkultur bieten Kukkonen/Klimek (Hg.), *Metalepsis*; ein neuerer Versuch zur Bestimmung und Funktionsanalyse von Metalepsen am Beispiel von Laurence Sternes *Tristram Shandy* bei Hanebeck, *Understanding*.

Die besondere Bedeutung der Rolle des **Erzählers** wurde systematisch zuerst von Friedemann, *Rolle*, behandelt. Forschungsgeschichtlich besonders einflussreich für die heute selbstverständlich gewordene Unterscheidung zwischen Autor und Erzähler in fiktionalen Texten war Kayser, *Roman*; s. auch Graevenitz, *Problemfeld*, S. 78 ff. Zur Problematik des Erzählerbegriffs s. Meindl, *Problematik*.

Für eine Klassifizierung unterschiedlicher **Erzählertypen** nach dem Grad ihrer ‹Zudringlichkeit›, ihres ‹Charakters›, ihrer ‹Zuverlässigkeit› usw. s. Prince, *Narratology*, bes. S. 10–15, und Rimmon-Kenan, *Fiction*, S. 96–105. Zu den verschiedenen Graden und Aspekten der Identifikation des Erzählers mit den Figuren, ihren Handlungen, Anschauungen und Werten s. Booth, *Distance*, und Uspenskij, *Poetik*. Ein auf die Funktion der Erzählinstanz aufbauendes Beschreibungsmodell narrativer Texte entwickelt Doležel, *Typologie*. Das Hervortreten des Erzählers beschreibt aus historischer Sicht Pörksen, *Erzähler*. Zur Konstruktion eines selbstbewussten Erzählers als einheitsstiftendes Moment der Erzählung bei Sterne, Cervantes, Marivaux u. a. s. Booth, *Narrator*; einen Überblick über die Gestaltung von Erzählsituationen in mittelalterlichen Texten gibt Lieb/Müller (Hg.), *Situationen*.

Die Bedeutung der im Text entworfenen Leserrolle für die Sinnkonstitution der mit narrativen **Leerstellen** ausgestatteten Erzählung untersucht Iser mit seinem im Rahmen einer Wirkungsästhetik ausgearbeiteten Konzept des impliziten **Lesers** in *Akt*, *Leser*, und *Wirklichkeit*. Die notwendige Mitarbeit des Lesers bei der Rezeption von Erzähltexten wird auch im semiotisch und textpragmatisch orientierten Modell von Eco, *Lector*, analysiert. Ein **Kommunikationsmodell des Erzählens** mit einer Unterscheidung der Kommunikation zwischen Erzähler und Leser in einen ‹textinternen› und einen ‹textexternen Bereich› erörtern Janik, *Kommunikationsstruktur*, bes. S. 63–70, Kahrmann/Reiß/Schluchter, *Erzähltextanalyse*, S. 38–48, Martínez-Bonati, *Discourse*, und Stolt, *Dichtersprache*, bes. S. 81 f. Leser und Leserrollen im Roman des 18. Jahrhunderts untersuchen Bracht, *Leser*, und Kleinschmidt, *Fiktion*. Unterschiedliche **Leserfiguren** in Erzählungen unterscheiden Goetsch, *Leserfiguren*, Wilson, *Readers*, sowie die Beiträge in Wolpers (Hg.), *Literatur*. Für einen aktuellen Überblick zu den entsprechenden Leser-Konzepten s. Scheffel, *Reader*. Zum besonderen Fall des **Erzählens in der zweiten Person** s. Korte, *Du*, Müller, *Anrede*, Richardson, *Unnatural Voices* (Kap. 2), und die Beiträge in dem von Monika Fludernik herausgegebenen Themenheft *Second-Person Narrative* der Zeitschrift *Style*.

Zum Problem der Charakterisierung von **Figuren** s. u. zu Kap. III.3.

4. Franz K. Stanzels Typologie von ‹Erzählsituationen›

Einen gründlichen, gegenüber beiden Seiten kritischen Vergleich der Modelle von Genette und Stanzel gibt Cohn, *Encirclement*; vgl. auch Vogt, *Aspekte*, S. 81–94. Kritik an Stanzels Modell üben auch Genette, *Erzählung*, S. 269–278, Weimann, *Erzählsituation*, und Petersen, *Erzählsysteme*, bes. S. 155–162.

5. Unzuverlässiges Erzählen

Die in diesem Kapitel entwickelte Typologie unzuverlässigen Erzählens basiert auf Martínez-Bonati, *Discourse*, S. 102–119. Zur Unterscheidung zwischen **theoretischen und mimetischen** Sätzen s. ebd., S. 23 f. In den letzten Jahren wurde das unzuverlässige Erzählen vermehrt untersucht, u. a. bei Kindt, *Unzuverlässiges Erzählen*, Liptay/Wolf (Hg.), *Was stimmt denn jetzt?*, Nünning (Hg.), *Unreliable Narration*, und Vogt, *Theorie und Typologie narrativer Unzuverlässigkeit*. Häufig wird anstelle der Unterscheidung zwischen theoretischen und mimetischen Sätzen die (nicht gleichbedeutende) Unterscheidung zwischen **axiologischen (wertenden) und mimetischen** Sätzen verwendet, s. z. B. Kindt, *Unzuverlässiges Erzählen*, S. 46–52. Die **Typologie unzuverlässiger Ich-Erzähler** (Wahnsinnige, Ignoranten, Lügner) ist angeregt durch Riggan, *Picaros, Madmen, Naifs, and Clowns*.

Martínez erklärt den besonderen Geltungsanspruch der **allwissenden** Erzählerbehauptungen in fiktionaler Rede mit Hilfe von Ludwig Wittgensteins Begriff der Gewissheit, s. Martínez, *Allwissendes Erzählen*. Eine prägnante Bestimmung **ironischen Erzählens** gibt Warning, *Ironiesignale*.

Der Begriff des **impliziten Autors** als einer aus dem Text erschließbaren Instanz zwischen fiktivem Erzähler und realem Autor wurde von Booth, *Rhetoric*, bes. S. 70–76 u. 421–425, eingeführt und u. a. von Chatman, *Terms*, S. 74–109, verteidigt. Gegen die Notwendigkeit dieses vieldiskutierten Begriffs argumentieren Genette, *Erzählung*, S. 283–295, Brandt, *Romantitel*, S. 88 f., Müller/Kindt, *Autor*, und Nünning, *Renaissance*.

Der russische Literatur- und Kulturtheoretiker Michail Bachtin stellte das Phänomen der Überlagerung verschiedener ‹Stimmen› im literarischen Diskurs, zu dem auch das ironische und unzuverlässige Erzählen gehört, in den Mittelpunkt seiner Theorie der **Dialogizität**; s. z. B. Bachtin, *Probleme*, und, als Überblick, Martínez, *Dialogizität*. Uspenskij, *Poetik*, führt Bachtins Ansatz fort, indem er die (ideologische, psychologische, sprachlich-stilistische und räumlich-zeitliche) **Standpunktgebundenheit** der Erzählerrede analysiert.

Den Unterschied zwischen zukunftsgewissen und zukunftsungewissen **Vorausdeutungen** behandelt ausführlich Lämmert, *Bauformen*, S. 143–192. Zukunftsgewisse Vorausdeutungen in mittelalterlichen Texten untersucht Burger, *Vorausdeutung*. Das für Märchen charakteristische Privileg des letzten Wortes ist eine Variante des **epischen Gesetzes** des ‹Achtergewichts› in volkstümlicher Literatur, s. Olrik, *gesetze*, und Lüthi, *Märchen*, S. 26 u. 30.

III. Das ‹Was›: Handlung und erzählte Welt

1. Elemente der Handlung

Zum Begriff der **Motivierung** oder **Motivation** des Geschehens s. Martínez, *Welten*, S. 13–36.

Danto analysiert die narrative Struktur faktualer Erzähltexte in der **Geschichtsschreibung** in *Narration*, S. 236 ff.

Zum Begriff des **Motivs** und seiner Forschungsgeschichte s. Bremond, *Critique*, und Doležel, *Heterocosmica*, S. 33–36 (mit Literaturhinweisen). Den Zusammenhang zwischen **Erzählen und Beschreiben** diskutieren Barthes, Einführung, S. 111–116, und Hamon, *Introduction*. Zur Unterscheidung von verknüpften und freien Motiven s. Tomaševskij, *Theorie*, S. 219, Barthes, *Einführung*, S. 111–116 (‹Kerne› vs. ‹Katalysen›), und Chatman, *Story*, S. 53–56 (‹kernels› vs. ‹satellites›). Der Motivbegriff ist wegen seiner Verbindung struktureller und thematischer Aspekte schwer zu definieren, vgl. etwa die Kritik an den vorgelegten Bestimmungen bei Bremond, *Critique*, und Smith, *Versions*. Exakte Kriterien für seine Anwendung haben sich bis heute nicht durchgesetzt. Ein besonderer Streitpunkt ist die Abgrenzung des Motivs gegenüber Begriffen wie ‹Stoff› und ‹Thema›.

Roman Jakobsons Bestimmung von **Metapher und Metonymie**, die unterschiedliche strukturalistische und poststrukturalistische Theorien, auch außerhalb der Literaturwissenschaft und Linguistik (z.B. Jacques Lacan und Claude Lévi-Strauss), beeinflusst hat, ist am besten in seinen Beiträgen *Randbemerkungen* (mit literaturwissenschaftlichem Schwerpunkt) und *Seiten* (mit linguistischem Schwerpunkt) nachzulesen.

Eine exemplarische Analyse von Techniken der **literarischen Beschreibung** bei Balzac und Flaubert vor dem Hintergrund von Barthes' Konzept der **Realitätseffekte** gibt Culler, *Flaubert*, S. 91–109. Zur ästhetischen Funktionalisierung des ‹bedeutungslosen› **Details** und des Zufalls am Beispiel von Vischers Roman *Auch Einer* s. Martínez, *Welten*, S. 109–149. Die Integration von realen **Details** in erzählenden Texten der deutschen Literatur seit dem 18. Jh. untersucht Seiler, *Tatsachen*. Auf die eigenständige Ästhetik von **Schemaliteratur** hat, mit Bezug auf mittelalterliche Texte, Jauß, *Alterität*, aufmerksam gemacht; für moderne, populäre Literatur s. Zimmermann, *Schemaliteratur*.

Einen Überblick über strukturalistische Erzählmodelle und einige Vorläufer geben Culler, *Poetics*, und Scholes, *Structuralism*. In Gülich/Raible, *Textmodelle*, S. 192–305, werden die Modelle von Propp, Todorov, Bremond, van Dijk und Wienold vorgestellt und diskutiert. Eine ausgezeichnete Zusammenfassung und Kritik der Modelle von Propp, Bédier, Lévi-Strauss, Dundes, Todorov und Greimas gibt Bremond, *Logique*, S. 11–129.

Das Handlungsschema der **gefährlichen Brautwerbung** wird am Beispiel des *König Rother* in Kiening, *Arbeit*, diskutiert.

Zum kognitionspsychologischen Konzept der **narrativen Kompetenz** oder **Erzählkompetenz** s. den Überblick von Becker, *Erzählkompetenz*.

Propp ergänzte seine systematische *Morphologie des Märchens* (1928) später durch die historische Untersuchung *Die historischen Wurzeln des Zaubermärchens* (1946); vgl. Hauschilds Gesamtdarstellung von Propps Theorie in Martínez/Scheffel (Hg.), *Klassiker*, S. 80–104. Die russische und internationale Rezeption von Propps morphologischem Ansatz skizziert Meletinskij, *Erforschung*.

Zu narrativen Strukturen des **nichtliterarischen mündlichen Erzählens** s. Ong, *Oralität*, S. 138–153, und Schenda, *Mund*. Zum Sonderfall des **simultanen Erzählens** s. Martínez, *Spiel*.

2. Erzählte Welt

Unsere Darstellung ist insbesondere von Martínez-Bonati, *Ontology*, sowie von Doležel, *Heterocosmica*, inspiriert. Genettes entsprechenden Begriff der **Diegese** diskutieren die Beiträge in *Montage/AV* 16. Zur literaturwissenschaftlichen Forschung über **fiktionale Welten** s. auch Eco, *Lector*, S. 154–218, Hart, *Pluralism*, Ronen, *Worlds*, und Ryan, *Worlds*. Einen historischen Abriss der philosophischen und poetologischen Debatten um den Begriff der möglichen Welten im 18. Jh. (v. a. bei Leibniz, Bodmer und Breitinger) gibt Doležel, *Poetics*, S. 33–52. Zum Begriff der **Implikatur** des Sprachphilosophen H. Paul Grice, der näherhin zwischen konversationellen und konventionellen Implikaturen unterscheidet, und der folgenden Diskussion in der Linguistik s. Lyons, *Semantics*, S. 271–292. Doležel, *Heterocosmica*, S. 169–184, systematisiert die implizite Informationsvergabe in literarischen Erzähltexten. Der Begriff einer **unmöglichen Welt** wird bei Ronen, *Worlds*, S. 47–75, und Doležel, *Heterocosmica*, S. 163–168 u. 222–226, erörtert und spielt in den letzten Jahren in der sogenannten **unnatural narratology** eine wichtige Rolle, s. Alber/Heinze (Hg.), *Unnatural Narratives*, und Richardson, *Unnatural Voices*. Für erzählte Welten in den **Neuen Medien** (Hyperfictions, Cybertexte, adventure games, multi-user dungeons, online-fictions) s. Winko, *Hypertext* (mit Literaturhinweisen). Zum Konzept eines **Stils** erzählter Welten s. Martínez-Bonati, *Ontology*; im Anschluss an Martínez-Bonati zum besonderen Erzählstil eines «magischen Realismus» Scheffel, *Realismus*, S. 87–113; zur Frage der **Phantastik** in diesem Zusammenhang Scheffel, *Phantastik*.

3. Figur

Die Forschungsliteratur über die literarische Figur reicht von Ansätzen, die **Figuren als Artefakte** kategorisch von ‹Personen› unterscheiden, bis hin zu Auffassungen, die **Figuren als fiktive Wesen** in Analogie zu ‹Personen› verstehen (für einen ausführlichen Überblick s. Heidbrink, *Fictional Characters*). Die erste Auffassung findet man vor allem bei formalistischen, strukturalistischen und poststrukturalistischen Erzählforschern wie Vladimir Propp, Algirdas Julien Greimas und Roland Barthes. Eine Figur ist demzufolge ein reines Artefakt, das eine bestimmte Menge von textuellen Kennzeichnungen unter einem Eigennamen bündelt. Am anderen Ende steht die Auffassung, dass Figuren fiktive Wesen darstellen, die der Leser mit Hilfe seiner *folk psychology* versteht und die ihn zur Anteilnahme und Identifikation bewegen können (Überblicke bei Eder, *Figur*, S. 202–218, 284–289, 565–582; Jannidis, *Figur*, S. 185–195). Das gilt schon für ältere psychoanalytische Ansätze seit Sigmund Freud. In den letzten Jahren sind vor allem empirisch-psychologische Arbeiten mit der Hypothese in den Vordergrund getreten, dass die Mechanismen der **kognitiven Konstruktion von Figuren** denen bei der Wahrnehmung realer Personen analog seien. Es liegt nahe, diese Sichtweisen der Figur als Artefakt und als fiktives Wesen nicht als konkurrierende, sich gegenseitig ausschließende Ansätze zu verstehen, sondern als komplementäre Beschreibungen unterschiedlicher Aspekte eines komplexen Phänomens. Dementsprechend berücksichtigen die meisten aktuellen Theorien beide Konzeptionen (Eder, *Figur*, Jannidis, *Figur*, Margolin, *Character*, Schneider, *Grundriß*).

Zu narrativen **Charakterisierungsverfahren** von Figuren s. Jannidis, *Figur*, S. 198–207; Koch, *Menschendarstellung*, S. 156–196; Pfister, *Drama*, S. 250–264 (besonders zur Funktion von Kontrastrelationen). Einen auf das historische Beispiel des viktorianischen Romans bezogenen, aber systematisch angelegten Entwurf einer **kognitiven Theorie** der Figurenrezeption bietet Schneider, *Grundriß*; kognitiv orientierte Ansätze vertreten auch Bortolussi/Dixon, *Psychonarratology*, und Jannidis, *Figur* (mit grundsätzlichen Erwägungen). Zur Figur im Film s. Eder, *Figur*; zum Phänomen der Figur in unterschiedlichen Medien zuletzt Eder/Jannidis/Schneider (Hg.), *Characters*.

4. Raum

a) Diegetischer Raum

Überblicke über die Forschung zum **erzählten Raum** in der Literatur geben Dünne/Mahler (Hg.), *Handbuch Literatur und Raum*, Hallet/Neumann (Hg.), *Raum*, und Ryan, *Space*. Das Verhältnis zwischen **realen** und **fiktiven Schauplätzen** und Räumen untersucht Piatti, *Geographie*. Aspekte einer kulturhistorischen Narratologie des Raumes diskutiert Störmer-Caysa, *Grundstrukturen*, Kapitel 2 (S. 34–75). Grundlagentexte zum **spatial turn** in den Kulturwissenschaften enthält Dünne/Günzel (Hg.), *Raumtheorie*. Eine an Modellen der **kognitiven Psychologie** orientierte Untersuchung der Raumdarstellung in narrativen Texten am Fall frühneuzeitlicher Reiseberichte, Pilgererzählungen und Prosaerzählungen bietet Jahn, *Raumkonzepte*. Ebenfalls kognitiv orientierte, aber umfassender angelegte Typologien findet man in Dennerlein, *Narratologie*. Eine exemplarische Studie zur Präsenz **realer Geographie** im Roman des 19. Jahrhunderts ist Morettis *Atlas des europäischen Romans*.

b) Semantisierung des Raums

Lotman entwickelt seinen Sujet- und Raumbegriff in *Struktur*, S. 315–423 (= Kapitel 8); vgl. auch Lotmans Arbeiten *Entstehung, Problem* und *Sujet*. Unsere Rekonstruktion von Lotmans Sujetbegriff stützt sich auf Mahler, *Welt*, S. 1–12; vgl. auch Mahlers Gesamtdarstellung von Lotmans Theorie in Martínez/Scheffel (Hg.), *Klassiker*, S. 239–258.

IV. Ausblick: Kontexte des Erzählens

a) Soziolinguistik (Erzählen im Alltag)

Labovs erzähltheoretisches Modell wird diskutiert bei Toolan, *Narrative*, S. 146–176. Deutschsprachige Arbeiten mit weiterführenden Literaturhinweisen findet man im Sammelband von Ehlich (Hg.), *Erzählen*. Fundierte Darstellungen des Zusammenhangs von **personaler Identität und Erzählen** aus sozialpsychologischer Sicht mit ausführlicher Erläuterung textanalytischer Verfahren geben Deppermann/Lucius-Hoene, *Rekonstruktion narrativer Identität*, und Rosenthal, *Erlebte und erzählte Lebensgeschichte*. Zu den Versuchen, das fiktionale Erzählen in der Literatur von Formen des faktualen (zumeist mündlichen) Erzählens abzuleiten, s. Fludernik, *Narratology*. Formen der **inszenierten Mündlichkeit** in Schrifttexten behandelt Erzgräber/Goetsch (Hg.), *Erzählen*. Literaturhinweise auf die Erzählforschung im Rahmen der Künstlichen-Intelligenz-Forschung bei Ryan, *Worlds*; Ryan selbst versucht ihr generatives Modell literarischen Erzählens mit Forschungen zur Künstlichen Intelligenz zu verbinden.

b) Kognitionspsychologie (‹Scripts› und Affektstrukturen)

Einen **Überblick** über kognitionspsychologisch orientierte Analysen fiktionaler Erzähltexte geben Kaiser, *Schematheorie*, und Herman, *Scripts*.

In der **Wirkungsästhetik** Wolfgang Isers wird die imaginäre Vervollständigung erzählender Texte aus literaturwissenschaftlicher Sicht untersucht, s. Iser, *Akt* und *Leser*.

Die literarische Gestaltung des **Neugier-Erzählschemas** wird, unter dem Begriff des ‹hermeneutischen Codes›, von Roland Barthes in *S/Z* am Beispiel einer Erzählung Balzacs analysiert. Eine systematische Darstellung der «Leseraktivierung» durch die Grundformen ‹mystery›, ‹suspense› und ‹surprise› gibt Junkerjürgen, *Spannung*.

c) Anthropologie (Das Handlungsmodell der Suche)

In der Tradition der englischen Religions- und Mythenforschung seit James George Frazer *(The Golden Bough*, 1890) und unter dem Einfluss von Carl Gustav Jungs Theorie der **Archetypen** sind in den letzten Jahrzehnten zahlreiche archetypische oder universale Erzählschemata postuliert worden. Ein anderes tiefenstrukturelles Modell der abenteuerlichen Suche stellt Joseph Campbells **‹monomyth›** dar *(The Hero With a Thousand Faces*, 1949). Weitere anthropologische Untersuchungen zu diesem fundamentalen Handlungsschema bei Eade/Sallnow (Hg.), *Sacred*, und Morinis (Hg.), *Journeys*. Die anhaltende Präsenz dieses Schemas in der gegenwärtigen Praxis des Drehbuchschreibens für Kinofilme belegt Voglers Handbuch *Odyssee*. Eine aufschlussreiche Diskussion der Modelle von Burkert und Girard findet sich bei Eibl, *Animal Poeta*, und Hamerton-Kelly (Hg.), *Origins*. Kiening, *Zugänge*, bietet einen Forschungsbericht über anthropologische Ansätze in der mediävistischen Literaturwissenschaft. Ein informativer Reader zur Geschichte der mythologischen Erzählforschung ist Dundes (Hg.), *Narrative*. Standardtexte aus der anthropologischen Forschung zum **Ritual** enthält der Reader von Belliger/Krieger (Hg.), *Ritualtheorien*.

d) Geschichtswissenschaft (Erklärung durch ‹emplotment›)

Einen **Überblick** über die Beziehung zwischen den erzähltheoretischen Ansätzen in der Geschichtstheorie und der Literaturwissenschaft gibt Scholz-Williams, *Geschichte*. In Ricoeur, *Zeit*, Bd. 1, S. 137–338, findet man einen ausführlichen Forschungsbericht über die erzähltheoretische Diskussion innerhalb der Geschichtswissenschaft. Eine ausgezeichnete Monographie zur Frage der Narrativität von Texten der Geschichtsschreibung ist Haussmann, *Erklären*.

Hayden White hat seine Theorie seit dem Erscheinen von *Metahistory* mit kleinen Modifikationen in einer Reihe von Aufsätzen fortentwickelt, von denen einige in seinen Sammelbänden *Klio* und *Bedeutung* zusammengefasst sind. Whites Konzeption wird, aus geschichtswissenschaftlicher Sicht, in den sechs Beiträgen des Jahrgangsheftes Nr. 19 der Zeitschrift *History and Theory* (1980) und, aus literaturwissenschaftlicher Sicht, in Rigney, *Narrativity*, diskutiert.

Narratologische Websites

Amsterdam International Electronic Journal of Cultural Narratology
http://cf.hum.uva.nl/narratology

Bonner Zentrum für transkulturelle Narratologie
http://www.philfak.uni-bonn.de/forschung/bonner-zentrum-fuer-transkulturelle-narratologie

DFG-Graduiertenkolleg 1767: Faktuales und fiktionales Erzählen
http://www.grk-erzaehlen.uni-freiburg.de/

DIEGESIS. Interdisziplinäres E-Journal für Erzählforschung/Interdisciplinary E-Journal for Narrative Research
http://www.diegesis.uni-wuppertal.de

European Narratology Network
http://www.narratology.net

Interdisciplinary Center for Narratology (ICN)
http://www.icn.uni-hamburg.de

International Society for the Study of Narrative
http://narrative.georgetown.edu

Living Handbook of Narratology
http://hup.sub.uni-hamburg.de/lhn

Narratologies
http://narratologie.ehess.fr

Narratology. A Guide to the Theory of Narrative
http://www.uni-koeln.de/~ame02/pppn.htm

Project Narrative
http://projectnarrative.osu.edu

Zentrum für Erzählforschung (ZEF)
http://www.zef.uni-wuppertal.de

Literaturverzeichnis

Fremdsprachige Werke zitieren wir, mit Ausnahme der englischen, nach deutschen Übersetzungen; wenn keine deutsche Ausgabe angegeben ist, stammt die Übersetzung von uns.

Fiktionale Texte

Abbott, Edwin A.: *Flatland. A Romance of Many Dimensions. By a Square* [1884]. An edition with notes and commentary by William F. Lindgren and Thomas F. Banchoff. Cambridge 2010.

Balzac, Honoré de: *Das Chagrinleder.* Übers. u. hg. v. Michael Scheffel. Stuttgart 1991.

Balzac, Honoré de: *Eugénie Grandet.* Übers. u. hg. v. Michael Scheffel. Stuttgart 1987.

Bierce, Ambrose: «An Occurrence at Owl Creek Bridge». In: Ders.: *The Collected Writings.* With an Introduction by Clifton Fadiman. New York 1946, S. 9–18.

Borges, Jorge Luis: «Der Garten der Pfade, die sich verzweigen». In: Ders.: *Erzählungen 1935–1944.* Nach der Übers. v. Karl August Horst bearb. v. Gisbert Haefs. (= Gesammelte Werke, Bd. 3/I). München 1981, S. 155–167.

Broch, Hermann: *Huguenau oder die Sachlichkeit.* Frankfurt/M. 1973.

Büchner, Georg: «Lenz». In: Ders.: *Werke und Briefe.* Hg. v. Karl Pörnbacher u. a. München/Wien 1980, S. 69–89.

Butor, Michel: *Paris-Rom oder Die Modifikation.* Übers. v. Helmut Scheffel, Frankfurt/M. 1973.

Calvino, Italo: *Wenn ein Reisender in einer Winternacht.* Übers. v. Burkhart Kroeber, München 1983.

Cervantes, Miguel de: *Don Quijote.* Übers. v. Ludwig Braunfels. München 1979.

Charms, Daniil: *Fälle. Szenen Gedichte Prosa.* Hg. u. übers. v. Peter Urban. Zürich 1988.

Dante Alighieri: *Die Göttliche Komödie.* Übers. v. Hermann Gmelin. Stuttgart 1993.

Defoe, Daniel: *The Life and Strange Surprizing Adventures of Robinson Crusoe.* 3 Bde. (= The Shakespeare Head Edition of the Novels and Selected Writings of Daniel Defoe). Oxford 1927.

Döblin, Alfred: *Berlin Alexanderplatz.* (= Ausgewählte Werke in Einzelbänden. Hg. v. Walter Muschg, Bd. 3). Olten/Freiburg i. Brsg. 1961.

Erzählungen aus den Tausendundein Nächten, Die. Vollst. dt. Ausg. in 12 Teilbänden. Zum ersten Mal nach dem arabischen Urtext der Calcut-

taer Ausgabe aus dem Jahre 1839 übertr. v. Enno Littmann. Frankfurt/M. 1976.
Flaubert, Gustave: «Ein einfaches Herz». In: Ders.: *Drei Geschichten.* Übers. v. Ernst Wilhelm Fischer. Zürich 1979, S. 7–51.
Flaubert, Gustave: *Madame Bovary.* Übers. v. Walter Widmer. Darmstadt 1965.
Fontane, Theodor: «Effi Briest». In: Ders.: *Werke, Schriften und Briefe.* Hg. v. Walther Keitel u. Helmuth Nürnberger. 2. Aufl. München 1974. Abt. 1, Bd. 4, S. 7–296.
Fontane, Theodor: «Grete Minde». In: Ders.: *Werke, Schriften und Briefe.* Hg. v. Walther Keitel u. Helmuth Nürnberger. München 1962. Abt. 1, Bd. 1, S. 7–102.
Fontane, Theodor: «Schach von Wuthenow». In: Ders.: *Werke, Schriften und Briefe.* Hg. v. Walther Keitel u. Helmuth Nürnberger. München 1962. Abt. 1, Bd. 1, S. 555–684.
Frisch, Max: *Stiller.* Frankfurt/M. 1973.
Goethe, Johann Wolfgang von: «Die Leiden des jungen Werther». In: Ders.: *Werke.* Hamburger Ausgabe. Textkritisch durchges. u. komm. v. Erich Trunz. 12., neubearb. Aufl. München 1981. Bd. 6, S. 7–124.
Grass, Günter: *Die Blechtrommel.* Darmstadt u. a. 1959.
Grillparzer, Franz: «Der arme Spielmann». In: Ders.: *Sämtliche Werke. Ausgewählte Briefe, Gespräche, Berichte.* Hg. v. Peter Frank u. Karl Pörnbacher. München 1964. Bd. 3, S. 146–186.
Grimm, Jacob u. Wilhelm: *Kinder- und Hausmärchen gesammelt durch die Brüder Grimm.* Vollst. Ausg. auf der Grundlage der 3. Aufl. (1837). Hg. v. Heinz Rölleke. Frankfurt/M. 1985.
Grimmelshausen, Hans Jacob Christoffel von: *Simplicissimus Teutsch.* Hg. v. Dieter Breuer. (= Werke, Bd. I/1). Frankfurt/M. 1989.
Hartmann von Aue: *Erec.* 6. Aufl. Hg. v. Christoph Cormeau u. Kurt Gärtner. Tübingen 1985.
Hildesheimer, Wolfgang: «Tynset». In: Ders.: *Gesammelte Werke in sieben Bänden.* Hg. v. Christiaan Lucas Hart Nibbrig u. Volker Jehle. Frankfurt/M. 1991. Bd. 2, S. 7–154.
Hoffmann, E. T. A.: *Prinzessin Brambilla.* (= Sämtliche Werke in sechs Bänden. Hg. v. Wulf Segebrecht u. Hartmut Steinecke, Bd. 3). Frankfurt/M. 1985.
Homer: *Odyssee.* Übers. v. Roland Hampe. Stuttgart 1979.
Joyce, James: *Ulysses.* A Critical and Synoptic Edition. Prepared by Hans Walter Gabler with Wolfhard Steppe and Claus Melchior. 3 Bde. New York/London 1986.
Kafka, Franz: *Das Schloß.* Hg. v. Malcolm Pasley. (= Schriften Tagebücher Briefe. Krit. Ausg.). Frankfurt/M. 1982.
Kafka, Franz: *Das Schloß. Apparatband.* Hg. v. Malcolm Pasley. (= Schriften Tagebücher Briefe. Krit. Ausg.). Frankfurt/M. 1982.
Kafka, Franz: «Der Jäger Gracchus». In: Ders.: *Beschreibung eines Kampfes. Novellen Skizzen Aphorismen aus dem Nachlaß.* Hg. v. Max Brod. (= Gesammelte Werke, Bd. 3). Frankfurt/M. o. J., S. 99–105.
Kafka, Franz: *Der Proceß.* Hg. v. Malcolm Pasley. (= Schriften Tagebücher Briefe. Krit. Ausg.). Frankfurt/M. 1990.
Kafka, Franz: *Der Verschollene.* Hg. v. Jost Schillemeit. (= Schriften Tagebücher Briefe. Krit. Ausg.). Frankfurt/M. 1983.

Kafka, Franz: «Die Verwandlung». In: Ders.: *Drucke zu Lebzeiten*. Hg. v. Wolf Kittler, Hans-Gerd Koch u. Gerhard Neumann. (= Schriften Tagebücher Briefe. Krit. Ausg.). Frankfurt/M. 1994, S. 113–200.
Kafka, Franz: *Nachgelassene Schriften und Fragmente I*. Hg. v. Malcolm Pasley. (= Schriften Tagebücher Briefe. Krit. Ausg.). Frankfurt/M. 1993.
Kleist, Heinrich von: «Das Bettelweib von Locarno». In: Ders.: *Das Bettelweib von Locarno. Der Findling. Die heilige Cäcilie oder die Gewalt der Musik*. (= Sämtliche Werke. Brandenburger Ausgabe. Hg. v. Roland Reuß u. Peter Staengle, Bd. II/5). Basel/Frankfurt/M. 1997, S. 9–15.
Kleist, Heinrich von: *Die Marquise von O...* (= Sämtliche Werke. Brandenburger Ausgabe. Hg. v. Roland Reuß u. Peter Staengle, Bd. II/2). Basel/Frankfurt/M. 1989.
Klopstock, Friedrich Gottlieb: «Der Messias». In: Ders.: *Ausgewählte Werke*. 2 Bde. Hg. v. Karl August Schleiden. München/Wien 1982. Bd. 1, S. 195–770.
Lange, Horst: *Ulanenpatrouille*. Köln-Lövenich 1981.
Lukian von Samosata: «Wahre Geschichten». In: Ders.: *Lügengeschichten und Dialoge*. Übers. v. Christoph Martin Wieland. Nördlingen 1985, S. 86–156.
Mann, Thomas: *Buddenbrooks*. (= Große kommentierte Frankfurter Ausgabe, Bd. 1/1). Frankfurt/M. 2002.
Mann, Thomas: «Der Tod in Venedig». In: Ders.: *Frühe Erzählungen 1893–1912*. (= Große kommentierte Frankfurter Ausgabe, Bd. 2/1). Frankfurt/M. 2004, S. 501–592.
Mann, Thomas: *Der Zauberberg*. (= Große kommentierte Frankfurter Ausgabe, Bd. 5/1). Frankfurt/M. 2002.
Mann, Thomas: *Die Entstehung des Doktor Faustus. Roman eines Romans*. Frankfurt/M. 1966.
Milton, John: *Paradise Lost*. Ed. by Scott Elledge. 2nd edition. New York/London 1993.
Nibelungenlied, Das. Nach d. Ausg. v. Karl Bartsch hg. v. Helmut de Boor. 22., rev. u. v. Roswitha Wisniewski erg. Aufl. Mannheim 1988.
O'Brien, Flann: *At Swim-Two-Birds*. New York 1951.
Orwell, George: *Animal Farm. A Fairy Story*. London 1989.
Perutz, Leo: *Zwischen neun und neun*. Reinbek 1988.
Phelan, R. C.: «Gibt es mich überhaupt? Eine Erzählung». *Der Monat* 13 (1960), H. 147, S. 43–50.
Poe, Edgar Allan: «The Tell-Tale Heart». In: Ders.: *The Collected Works of Edgar Allan Poe*. Ed. by Thomas Ollive Mabbott. Vol. 3: *Tales and Sketches, 1843–1849*. Cambridge 1978, S. 792–797.
Queneau, Raymond: *Stilübungen*. Übers. v. Ludwig Harig u. Eugen Helmlé. Frankfurt/M. 1990.
Schiller, Friedrich von: «Epigramme 1797». In: Ders.: *Werke*. Bd. 3: *Gedichte, Erzählungen*. Hg. v. Dieter Schmidt. Frankfurt/M. 1966, S. 142–145.
Schnitzler, Arthur: «Leutnant Gustl». In: Ders.: *Gesammelte Werke. Die Erzählenden Schriften*. Frankfurt/M. 1961. Bd. 1, S. 261–301.
Schnitzler, Arthur: «Traumnovelle». In: Ders.: *Gesammelte Werke. Die Erzählenden Schriften*. Frankfurt/M. 1961. Bd. 2, S. 434–504.
Spark, Muriel: «The Prime of Miss Jean Brodie». In: Dies.: *Omnibus 1*. London 1993, S. 11–111.
Sterne, Laurence: *The Life and Opinions of Tristram Shandy Gentleman*. London 1967.

Stifter, Adalbert: «Der Hochwald». In: Ders.: *Studien.* (= Werke und Briefe. Hist.-krit. Ausg. Hg. v. Alfred Doppler u. Wolfgang Frühwald, Bd. I, 4). Stuttgart u. a. 1980, S. 209–318.
[Stricker:] *Daniel von dem Blühenden Tal.* Ed. and transl. by Michael Resler (German Romance, Vol. I). Cambridge 2003.
Tolstoi, Leo: *Anna Karenina.* Übers. v. Fred Ottow. München 1978.
Vergil: *Aeneis und die Vergil-Viten.* Lateinisch-Deutsch. Zus. mit Karl Bayer hg. u. übers. v. Johannes Götte. Bamberg 1958.
Wieland, Christoph Martin: «Der Sieg der Natur über die Schwärmerei oder Die Abenteuer des Don Sylvio von Rosalva. (1. Ausg. 1764)». In: Ders.: *Werke.* Hg. v. Fritz Martini u. Hans Werner Seiffert. München 1964. Bd. 1, S. 7–372.
Wieland, Christoph Martin: «Geschichte des Agathon (1. Ausg. 1766/76)». In: Ders.: *Werke.* Hg. v. Fritz Martini u. Hans Werner Seiffert. München 1964. Bd. 1, S. 373–866.
Woolf, Virginia: *To the Lighthouse.* London 1967.

Theoretische Texte

Abbott, H. Porter: *Diary Fiction. Writing as Action.* Ithaca/London 1984.
Adams, Jon-K: *Narrative Explanation.* Frankfurt/M. 1996.
Alber, Jan/Fludernik, Monika (Hg.): *Postclassical Narratology. Approaches and Analyses.* Columbus 2010.
Alber, Jan/Heinze, Rüdiger (Hg.): *Unnatural Narratives, Unnatural Narratology.* Berlin/New York 2012.
Anderegg, Johannes: *Fiktion und Kommunikation. Ein Beitrag zur Theorie der Prosa.* Göttingen 1973.
Anderegg, Johannes: *Leseübungen. Kritischer Umgang mit Texten des 18. bis 20. Jahrhunderts.* Göttingen 1970.
Aristoteles: *Poetik.* Griech./Dt. Übers. u. hg. v. Manfred Fuhrmann. Stuttgart 1986.
Asmuth, Bernhard: *Einführung in die Dramenanalyse.* 5. Aufl. Tübingen 1994.
Austin, John Langshaw: *Theorie der Sprechakte.* Dt. Bearb. v. Eike von Savigny. 2. Aufl. Stuttgart 1979.
Bachtin, Michail M.: *Formen der Zeit im Roman. Untersuchungen zur historischen Poetik.* Hg. v. Edward Kowalski u. Michael Wegner, übers. v. Michael Dewey. Frankfurt/M. 1989.
Bachtin, Michail M.: *Probleme der Poetik Dostoevskijs.* Übers. v. Adelheid Schramm. Frankfurt/M. 1985.
Bal, Mieke: *Femmes imaginaires. L'ancien testament au risque d'une narratologie critique.* Utrecht/Montreal 1985.
Bal, Mieke: «Mise en abyme et iconicité». *Littérature* 29 (1978), S. 116–128.
Bal, Mieke: *Narratology. Introduction to the Theory of Narrative.* 3rd edition. Toronto 2011.
Bal, Mieke: «The Narrating and the Focalizing: A Theory of the Agents in Narrative». *Style* 17,1 (1983), S. 234–269.
Bally, Charles: «Le Style indirect libre en français moderne». *Germanisch-romanische Monatsschrift* 4 (1912), S. 549–556, 597–606.

Barthes, Roland: «Einführung in die strukturale Analyse von Erzählungen». In: Ders.: *Das semiologische Abenteuer.* Übers. v. Dieter Hornig. Frankfurt/M. 1988, S. 102–143.
Barthes, Roland: «L'Effet de Réel» [1968]. In: Ders.: Œuvres complètes. Tome 2: 1966–1973. Paris 1994, S. 479–484.
Barthes, Roland: *S/Z.* Übers. v. Jürgen Hoche. Frankfurt/M. 1976.
Baudrillard, Jean: *Agonie des Realen.* Übers. v. L. Kurzawa u. V. Schaefer. Berlin 1978.
Bauer, Matthias: *Romantheorie und Erzählforschung.* Stuttgart 2005.
Becker, Tabea: «Erzählkompetenz». In: Matías Martínez (Hg.): *Handbuch Erzählliteratur. Theorie, Analyse, Geschichte.* Stuttgart 2011, S. 58–63.
Becker, Tabea/Stude, Juliane: *Erzählen.* Heidelberg 2017.
Belliger, Andréa/Krieger, David J. (Hg.): *Ritualtheorien. Ein einführendes Handbuch.* Opladen 1998.
Benveniste, Émile: «Les relations de temps dans le verbe français». In: Ders.: *Problèmes de linguistique générale.* Paris 1966, S. 237–250.
Bhabha, Homi K.: *Nation and Narration.* London/New York 1990.
Bickerton, Derek, «Modes of Interior Monologe: A Formal Definition». *Modern Language Quarterly* 28 (1967), S. 229–239.
Binder, Hartmut: «‹Der Jäger Gracchus›. Zu Kafkas Schaffensweise und poetischer Topographie». *Jahrbuch der deutschen Schillergesellschaft* 15 (1971), S. 374–440.
Bisanz, Adam J.: «Linearität versus Simultaneität im narrativen Zeit-Raum-Gefüge». In: Wolfgang Haubrichs (Hg.): *Erzählforschung.* 3 Bde. Göttingen 1976. Bd. 1, S. 184–223.
Blanckenburg, Friedrich von: *Versuch über den Roman.* Repr. Stuttgart 1965.
Bleckwenn, Helga: «Morphologische Poetik und Bauformen des Erzählens». In: Wolfgang Haubrichs (Hg.): *Erzählforschung.* Göttingen 1976, Bd. 1, S. 43–77.
Blödorn, Andreas/Langer, Daniela/Scheffel, Michael (Hg.): *Stimme(n) im Text. Narratologische Positionsbestimmungen.* Berlin/New York 2006.
Boileau, Nicolas: *L'Art poétique. Die Dichtkunst.* Franz. u. deutsch. Übers. u. hg. v. Ute und Heinz Ludwig Arnold. Stuttgart 1967.
Booth, Wayne C.: «Distance and Point of View». *Essays in Criticism* 11 (1961), S. 60–70.
Booth, Wayne C.: *The Rhetoric of Fiction.* 2. Aufl. Chicago/London 1983.
Booth, Wayne C.: «The Self-Conscious Narrator in Comic Fiction before Tristram Shandy». *Publications of the Modern Language Association* 67 (1952), S. 163–185. Auch in: Wolfgang Iser (Hg.): *Henry Fielding und der englische Roman des 18. Jahrhunderts.* Darmstadt 1972, S. 437–473.
Bortolussi, Marisa/Dixon, Peter: *Psychonarratology. Foundations for the Empirical Study of Literary Response.* Cambridge 2003.
Bourdieu, Pierre: «Elemente zu einer soziologischen Theorie der Kunstwahrnehmung». In: Ders.: *Zur Soziologie der symbolischen Formen.* Übers. v. Wolf H. Fietkau. Frankfurt/M. 1970, S. 159–201.
Bower, Gordon H.: «Experiments on Story Comprehension and Recall». *Discourse Processes* 1 (1978), S. 211–231.
Bracht, Edgar: *Der Leser im Roman des 18. Jahrhunderts.* Frankfurt/M./Bern 1987.
Brandt, Wolfgang: «Wer verantwortet den Romantitel? Überlegungen zu einem

erzähltheoretischen Problem». In: Ders. (Hg.): *Erzähler, Erzählen, Erzähltes*. Stuttgart 1996, S. 87–104.
Bremond, Claude: «A Critique of the motif». In: Tzvetan Todorov (Hg.): *French Literary Theory Today. A Reader*. Cambridge 1982, S. 125–146.
Bremond, Claude: *Logique du récit*. Paris 1973.
Brewer, William F.: «The Story Schema: Universal and Culture-Specific Properties». In: David R. Olson/Nancy Torrance/Angela Hildyard (Hg.): *Literacy, Language, and Learning. The Nature and Consequences of Reading and Writing*. Cambridge 1985, S. 167–194.
Brockhaus Wahrig. Deutsches Wörterbuch in sechs Bänden. Wiesbaden 1981.
Brumble, H. David III: *American Indian Autobiography*. Berkeley u. a. 1988.
Bühler, Willi: *Die ‹erlebte Rede› im englischen Roman. Ihre Vorstufen und ihre Ausbildung im Werke Jane Austens*. Zürich 1937.
Burger, Harald: «Vorausdeutung und Erzählstruktur in mittelalterlichen Texten». In: Alexander Ritter (Hg.): *Zeitgestaltung in der Erzählkunst*. Darmstadt 1978, S. 247–277.
Burkert, Walter: *Kulte des Altertums. Biologische Grundlagen der Religion*. München 1998.
Burrichter, Brigitte: *Wahrheit und Fiktion. Der Status der Fiktionalität in der Artusliteratur des 12. Jahrhunderts*. München 1996.
Chatman, Seymour: *Coming to Terms. The Rhetoric of Narrative in Fiction and Film*. Ithaca/London 1990.
Chatman, Seymour: «Reply to Barbara Herrnstein Smith». In: W. J. T[homas] Mitchell (Hg.): *On Narrative*. Chicago/London 1981, S. 258–266.
Chatman, Seymour: *Story and Discourse. Narrative Structure in Fiction and Film*. Ithaca/London 1978.
Cohn, Dorrit: «K. enters ‹The Castle›: On the Change of Person in Kafka's Manuscript». *Euphorion* 62 (1968), S. 28–45.
Cohn, Dorrit: *The Distinction of Fiction*. Baltimore 1990.
Cohn, Dorrit: «The Encirclement of Narrative». *Poetics Today* 2.2 (1981), S. 157–182.
Cohn, Dorrit: *Transparent Minds. Narrative Modes for Presenting Consciousness in Fiction*. Princeton 1978.
Contzen, Eva von/Kragl, Florian (Hg.): *Narratologie und mittelalterliches Erzählen. Autor, Erzähler, Perspektive, Zeit und Raum*. Berlin 2018.
Contzen, Eva von/Tilg, Stefan (Hg.): *Handbuch Historische Narratologie*. Stuttgart 2020.
Culler, Jonathan: «Defining Narrative Units». In: Roger Fowler (Hg.): *Style and Structure in Literature. Essays in the New Stylistics*. Oxford 1975, S. 123–142.
Culler, Jonathan: *Flaubert. The Uses of Uncertainty*. Rev. ed. Ithaca/London 1985.
Culler, Jonathan: *Structuralist Poetics. Structuralism, Linguistics and the Study of Literature*. London 1975.
Dällenbach, Lucien: *Le récit spéculaire. Contribution à l'étude de la mise en abyme*. Paris 1977.
Danto, Arthur C.: *Narration and Knowledge (including the integral text of Analytical Philosophy of History)*. New York 1985.
Danto, Arthur C.: *The Transfiguration of the Commonplace. A Philosophy of Art*. Cambridge/Mass. 1981.

De Fina, Anna/Georgakopoulou, Alexandra: *Analyzing Narrative. Discourse and Sociolinguistic Perspectives.* Cambridge 2012.

Demandt, Alexander: *Ungeschehene Geschichte. Ein Traktat über die Frage: Was wäre geschehen, wenn ...?* 2., verb. Aufl. Göttingen 1986.

Dennerlein, Katrin: *Narratologie des Raumes.* Berlin/New York 2009.

Deppermann, Arnulf/Lucius-Hoene, Gabriele: *Rekonstruktion narrativer Identität. Ein Arbeitsbuch zur Analyse narrativer Interviews.* 2. Aufl. Wiesbaden 2004.

DIEGESIS 1 (2012), Heft 1: *Erzählforschung im 21. Jahrhundert. Ein interdisziplinärer Rückblick.*

DIEGESIS 3 (2014), Heft 2: *Historische Narratologie.*

Dijk, Teun A. van: *Textwissenschaft. Eine interdisziplinäre Einführung.* Übers. v. Christoph Sauer. München 1980.

Doležel, Lubomír, «Die Typologie des Erzählers: Erzählsituationen (‹Point of view›) in der Dichtung». In: Bruno Hillebrand (Hg.): *Zur Struktur des Romans.* Darmstadt 1978, S. 370–387.

Doležel, Lubomír: *Heterocosmica. Fiction and Possible Worlds.* Baltimore/London 1998.

Doležel, Lubomír: *Occidental Poetics. Tradition and Progress.* Lincoln/London 1990.

Downs, Roger M./Stea, David: *Kognitive Karten. Die Welt in unseren Köpfen.* New York 1982.

Dünne, Jörg/Günzel, Stephan (Hg.): *Raumtheorie. Grundlagentexte aus Philosophie und Kulturwissenschaften.* Frankfurt a. M. 2006.

Dünne, Jörg/Mahler, Andreas (Hg.): *Handbuch Literatur & Raum.* Berlin 2015.

Dujardin, Édouard: *Le monologue intérieur. Son apparition, ses origines, sa place dans l'œuvre de James Joyce.* Paris 1931.

Dundes, Alan (Hg.): *Sacred Narrative. Readings in the Theory of Myth.* Berkeley 1984.

Eade, John/Sallnow, Michael (Hg.): *Contesting the Sacred. The Anthropology of Christian Pilgrimage.* London 1991.

Eco, Umberto: «Die ästhetische Botschaft». Übers. v. Jürgen Trabant. In: Dieter Henrich/Wolfgang Iser (Hg.): *Theorien der Kunst.* Frankfurt/M. 1982, S. 404–428.

Eco, Umberto: *Lector in fabula. Die Mitarbeit der Interpretation in erzählenden Texten.* Übers. v. Heinz-Georg Held. München/Wien 1987.

Eder, Jens: *Die Figur im Film. Grundlagen der Figurenanalyse.* Marburg 2008.

Eder, Jens/Jannidis, Fotis/Schneider, Ralf (Hg.): *Characters in Fictional Worlds. Understanding Imaginary Beings in Literature, Film, and other Media.* Berlin/New York 2010.

Ehlich, Konrad (Hg.): *Erzählen im Alltag.* Frankfurt/M. 1980.

Ehrenzeller, Hans: *Studien zur Romanvorrede von Grimmelshausen bis Jean Paul.* Bern 1955.

Eibl, Karl: *Animal Poeta. Bausteine der biologischen Kultur- und Literaturtheorie.* Paderborn 2004.

Engel, Johann Jakob: *Über Handlung, Gespräch und Erzählung.* Repr. Stuttgart 1964.

Erhart, Walter: *Entzweiung und Selbstaufklärung. Christoph Martin Wielands ‹Agathon›-Projekt.* Tübingen 1991.

Erll, Astrid/Rigney, Ann (Hg.): *Mediation, Remediation, and the Dynamics of Cultural Memory.* Berlin 2009.
Erzgräber, Willi/Goetsch, Paul (Hg.): *Mündliches Erzählen im Alltag, fingiertes mündliches Erzählen in der Literatur.* Tübingen 1987.
Fludernik, Monika: *Erzähltheorie. Eine Einführung.* 3. Aufl. Darmstadt 2010.
Fludernik, Monika (Hg.): *Second-Person-Narrative.* Dekalb, Ill. 1994 (= *Style* 28 [1994], Heft 3).
Fludernik, Monika: «The Diachronization of Narrative». *Narrative* 11 (2003), S. 331–348.
Fludernik, Monika: *The Fictions of Language and the Languages of Fiction. The Linguistic Representation of Speech and Consciousness.* London 1993.
Fludernik, Monika: *Towards a ‹Natural› Narratology.* London 1996.
Fludernik, Monika/Ryan, Marie-Laure (Hg.): *Narrative Factuality. A Handbook.* Berlin 2019.
Forster, E[dward] M[organ]: *Aspects of the Novel.* London 1974.
Franzen, Johannes: *Indiskrete Fiktionen. Theorie und Praxis des Schlüsselromans 1960–2015.* Göttingen 2018.
Fricke, Harald: «Semantics or Pragmatics of Fictionality?» *Poetics* 11 (1982), S. 439–452.
Friedemann, Käte: *Die Rolle des Erzählers in der Epik.* Darmstadt 1965.
Friedman, Norman: *Form and Meaning in Fiction.* Athens, Georgia 1975.
Friedman, Norman: «Point of View in Fiction. The Development of a Critical Concept». *Publications of the Modern Language Association* 70 (1955), S. 1160–1184.
Frye, Northrop: *Anatomy of Criticism. Four Essays.* Princeton 1971.
Gabriel, Gottfried: «Fiction and truth, reconsidered». *Poetics* 11 (1982), S. 541–551.
Gabriel, Gottfried: *Fiktion und Wahrheit. Eine semantische Theorie der Literatur.* Stuttgart 1975.
Genette, Gérard: *Die Erzählung.* Übers. v. Andreas Knop. München 1994.
Genette, Gérard: *Fiktion und Diktion.* Übers. v. Heinz Jatho. München 1992.
Genette, Gérard: *Métalepse. De la figure à la fiction.* Paris 2004.
Goethe, Johann Wolfgang von: *West-östlicher Divan.* Hg. v. Hendrik Birus. 2 Teile. (= Sämtliche Werke. Briefe, Tagebücher und Gespräche, Bd. I/3). Frankfurt/M. 1994.
Goetsch, Paul: «Leserfiguren in der Erzählkunst». *Germanisch-romanische Monatsschrift* 33 (1983), S. 199–215.
Goodman, Nelson: «The Telling and the Told». In: W. J. T[homas] Mitchell (Hg.): *On Narrative.* Chicago/London 1981, S. 255–258.
Graevenitz, Gerhart von: «Problemfeld IV: Erzähler». In: Hans-Werner Ludwig (Hg.): *Arbeitsbuch Romananalyse.* Tübingen 1982, S. 78–105.
Greimas, Algirdas Julien: *Du sens. Essais sémiotiques.* Paris 1970.
Greimas, Algirdas Julien: *Sémantique structurale. Recherche de méthode.* Paris 1966.
Groeben, Norbert/Dutt, Carsten: «Fiktionskompetenz». In: Matías Martínez (Hg.): *Handbuch Erzählliteratur.* Stuttgart 2011, S. 63–67.
Grüne, Matthias: *Realistische Narratologie. Otto Ludwigs «Romanstudien» im Kontext einer Geschichte der Erzähltheorie.* Berlin 2018.
Grünkorn, Gertrud: *Die Fiktionalität des höfischen Romans um 1200.* Berlin 1994.

Gülich, Elisabeth/Raible, Wolfgang: *Linguistische Textmodelle. Grundlagen und Möglichkeiten*. München 1977.

Gutzkow, Karl: «Vorwort zu ‹Die Ritter vom Geiste›». In: Ders.: *Werke*. Hg. v. Reinhold Gensel. Hildesheim/New York 1974. Bd. 5, S. 39–52.

Gymnich, Marion: *Metasprachliche Reflexionen und sprachliche Gestaltungsmittel im englischsprachigen postkolonialen und interkulturellen Roman*. Trier 2007.

Haase, Donald P.: «Kafka's ‹Der Jäger Gracchus›: Fragment or Figment of the Imagination?». *Modern Austrian Literature* 11 (1978), H. 3/4 (= Special Franz Kafka Issue), S. 319–332.

Habermas, Jürgen: *Der philosophische Diskurs der Moderne. Zwölf Vorlesungen*. 5. Aufl. Frankfurt/M. 1996.

Haferland, Harald/Meyer, Matthias (Hg.): *Historische Narratologie – Mediävistische Perspektiven*. Berlin/Boston 2010.

Hallet, Wolfgang/Neumann, Birgit (Hg.): *Raum und Bewegung in der Literatur. Die Literaturwissenschaften und der Spatial Turn*. Bielefeld 2009.

Hamann, Christof/Sieber, Cornelia (Hg.): *Räume der Hybridität. Postkoloniale Konzepte in Theorie und Literatur*. Hildesheim/Zürich/New York 2002.

Hamburger, Käte: *Die Logik der Dichtung*. Ungek. Ausg. nach d. 3. Aufl. 1977. Frankfurt/M. 1980.

Hamburger, Käte: *Wahrheit und ästhetische Wahrheit*. Stuttgart 1979.

Hamerton-Kelly, Robert G. (Hg.): *Violent Origins. Walter Burkert, René Girard, and Jonathan Z. Smith on Ritual Killing and Cultural Formation*. Stanford 1987.

Hamon, Philippe: *Introduction à l'analyse du descriptif*. Paris 1981

Hanebeck, Julian: *Understanding Metalepsis. The Hermeneutics of Narrative Transgression*. Berlin/Boston 2017.

Hart, Jonathan: «A Comparative Pluralism. The Heterogeneity of Methods and the Case of Fictional Worlds». *Canadian Review of Comparative Literature* 15 (1988), S. 320–345.

Haug, Walter: «Höfische Idealität und heroische Tradition im Nibelungenlied». In: Ders.: *Strukturen als Schlüssel zur Welt. Kleine Schriften zur Erzählliteratur des Mittelalters*. Tübingen 1989, S. 293–307.

Haug, Walter: *Literaturtheorie im deutschen Mittelalter. Von den Anfängen bis zum Ende des 13. Jahrhunderts. Eine Einführung*. Darmstadt 1985.

Haussmann, Thomas: *Erklären und Verstehen: Zur Theorie und Pragmatik der Geschichtswissenschaft. Mit einer Fallstudie über die Geschichtsschreibung zum deutschen Kaiserreich 1871–1918*. Frankfurt/M. 1991.

Heidbrink, Henriette: «Fictional Characters in Literary and Media Studies. A Survey of the Research». In: Jens Eder u. a. (Hg.): *Characters in Fictional Worlds. Understanding Imaginary Beings in Literature, Film, and other Media*. Berlin/New York 2010, S. 67–110.

Heinen, Sandra/Sommer, Roy (Hg.): *Narratology in the Age of Cross-Disciplinary Narrative Research*. Berlin/New York 2009.

Hempfer, Klaus W.: «Die potentielle Autoreflexivität des narrativen Diskurses und Ariosts ‹Orlando Furioso›». In: Eberhard Lämmert (Hg.): *Erzählforschung. Ein Symposion*. Stuttgart 1982, S. 130–156.

Hempfer, Klaus W.: *Poststrukturale Texttheorie und narrative Praxis. Tel Quel und die Konstitution eines nouveau nouveau roman*. München 1976.

Herman, David: *Basic Elements of Narrative*. Chichester 2009.

Herman, David (Hg.): *Narratologies. New Perspectives on Narrative Analysis*. Columbus 1999.
Herman, David: «Scripts, Sequences, and Stories: Elements of a Postclassical Narratology». *Publications of the Modern Language Association* 112 (1997), S. 1046–1059.
Herman, David: *Story Logic: Problems and Possibilities of Narrative*. Lincoln, Nebraska 2004.
Herman, David (Hg.): *The Cambridge Companion to Narrative*. Cambridge 2007.
Herman, David/Jahn, Manfred/Ryan, Marie-Laure (Hg.): *Routledge Encyclopedia of Narrative Theory*. London/New York 2005.
Hillebrand, Bruno: *Theorie des Romans*. Überarb. u. erw. Ausg. München 1980.
Höhnisch, Erika: *Das gefangene Ich. Studien zum inneren Monolog in modernen französischen Romanen*. Heidelberg 1967.
Hörmann, Heinz: *Meinen und Verstehen. Grundzüge einer psychologischen Semantik*. Frankfurt 1976.
Hofstadter, Douglas R.: *Gödel, Escher, Bach, ein Endloses Geflochtenes Band*. Übers. v. P. W. Wolff-Windegg u. a. Stuttgart 1986.
Hoops, Wiklef: «Fiktionalität als pragmatische Kategorie». *Poetica* 11 (1979), S. 281–317.
Horaz: «Ars poetica liber – Das Buch von der Dichtkunst». In: Ders.: *Sämtliche Werke, Lateinisch und Deutsch*. Hg. v. Hans Färber. München 1960, S. 230–259.
Horstmann, Jan: *Theaternarratologie. Ein erzähltheoretisches Analyseverfahren für Theaterinszenierungen*. Berlin/Boston 2018.
Hrushovski, Benjamin: «Fictionality and Fields of Reference». *Poetics Today* 5,2 (1984), S. 227–251.
Huber, Martin/Schmid, Wolf (Hg.): *Grundthemen der Literaturwissenschaft: Erzählen*. Berlin 2017.
Hühn, Peter u. a. (Hg.): *Handbook of Narratology*. 2nd editon, Berlin/Boston 2014 (2 volumes).
Humphrey, Robert: *Stream of Consiousness in the Modern Novel*. Berkeley/Los Angeles 1954.
Ingarden, Roman: *Das literarische Kunstwerk*. 4., unveränd. Aufl. Tübingen 1972.
Ingarden, Roman: *Vom Erkennen des literarischen Kunstwerks*. Tübingen 1968.
Iser, Wolfgang: *Der Akt des Lesens. Theorie ästhetischer Wirkung*. 4., durchges. u. verb. Aufl. München 1994.
Iser, Wolfgang: *Der implizite Leser. Kommunikationsformen von Bunyan bis Beckett*. München 1972.
Iser, Wolfgang: «Die Wirklichkeit der Fiktion». In: Rainer Warning (Hg.): *Rezeptionsästhetik*. München 1975, S. 277–324.
Jahn, Bernhard: *Raumkonzepte in der frühen Neuzeit. Zur Konstruktion von Wirklichkeit in Pilgerberichten, Amerikareisebeschreibungen und Prosaerzählungen*. Frankfurt/M. u. a. 1993.
Jahn, Manfred/Nünning, Ansgar: «A Survey of Narratological Models». *Literatur in Wissenschaft und Unterricht* 27 (1994), S. 283–303.
Jahn, Manfred: «Focalization». In: David Herman (Hg.): *The Cambridge Companion to Narrative*. Cambridge 2007, S. 94–108.

Jahn, Manfred: «Narratologie: Methoden und Modelle der Erzähltheorie». In: Ansgar Nünning (Hg.): *Literaturwissenschaftliche Theorien, Modelle und Methoden. Eine Einführung.* Trier 1995, S. 29–50.

Jakobson, Roman: «Randbemerkungen zur Prosa des Dichters Pasternak [1935]». In: Ders.: *Poetik. Ausgewählte Aufsätze 1921–1971.* Hg. v. Elmar Holenstein u. Tarcisius Schelbert. Frankfurt/M. 1979, S. 192–211.

Jakobson, Roman: «Zwei Seiten der Sprache und zwei Typen aphatischer Störungen». In: Ders.: *Aufsätze zur Linguistik und Poetik.* München 1974, S. 117–141.

James, Henry: «Letter to Mrs. Humphry Ward», 26. 7. 1899. In: Ders.: *Letters.* Hg. v. Leon Edel. Bd. 4 (1895–1916). Cambridge/MA. 1984, S. 109–112.

Janik, Dieter: *Die Kommunikationsstruktur des Erzählwerks. Ein semiologisches Modell.* Bebenhausen 1973.

Jannidis, Fotis: «Character». In: Peter Hühn u. a. (Hg.): *Handbook of Narratology.* 2nd edition. Berlin/Boston 2014, Vol. 1, S. 30–45.

Jannidis, Fotis: *Figur und Person. Beitrag zu einer historischen Narratologie.* Berlin/New York 2004.

Jannidis, Fotis u. a. (Hg.): *Rückkehr des Autors. Zur Erneuerung eines umstrittenen Begriffs.* Tübingen 1999.

Jauß, Hans Robert: «Alterität und Modernität der mittelalterlichen Literatur». In: Ders.: *Alterität und Modernität der mittelalterlichen Literatur.* München 1977, S. 9–48.

Jauß, Hans Robert: «Zur historischen Genese der Scheidung von Fiktion und Realität». In: Dieter Henrich/Wolfgang Iser (Hg.): *Funktionen des Fiktiven.* (= Poetik und Hermeneutik, Bd. 10). München 1983, S. 423–431.

Junkerjürgen, Ralf: *Spannung – Narrative Verfahrensweisen der Leseraktivierung. Eine Studie am Beispiel der Reiseromane von Jules Verne.* Frankfurt/M. 2002.

Kablitz, Andreas: «Erzählperspektive – Point of View – Focalisation. Überlegungen zu einem Konzept der Erzähltheorie». *Zeitschrift für französische Sprache und Literatur* 98 (1988), S. 237–255.

Kahrmann, Cordula/Reiß, Gunter/Schluchter, Manfred: *Erzähltextanalyse. Eine Einführung in Grundlagen und Verfahren.* 2 Bde. Kronberg 1977.

Kaiser, Michael: «Die Schematheorie des Verstehens fiktionaler Literatur». *Deutsche Vierteljahrsschrift für Literaturwissenschaft und Geistesgeschichte* 56 (1982), Sonderheft, S. 226–248.

Kaplan, Abraham: «Referential Meaning in the Arts». *The Journal of Aesthetics and Art Criticism* 12 (1953), S. 457–474. Dt. Übers. in: Dieter Henrich/Wolfgang Iser (Hg.): *Theorien der Kunst.* Frankfurt/M. 1982, S. 491–523.

Kayser, Wolfgang: *Das sprachliche Kunstwerk. Eine Einführung in die Literaturwissenschaft.* 18. Aufl. Bern/München 1978.

Kayser, Wolfgang: «Wer erzählt den Roman?». In: Volker Klotz (Hg.): *Zur Poetik des Romans.* Darmstadt 1965, S. 197–217.

Keller, Ulrich: *Fiktionalität als literaturwissenschaftliche Kategorie.* Heidelberg 1980.

Kiening, Christian: «Anthropologische Zugänge zur mittelalterlichen Literatur. Konzepte, Ansätze, Perspektiven». In: *Forschungsberichte zur Germanistischen Mediävistik.* (= Jahrbuch für Internationale Germanistik, Reihe C, Bd. 5/1). Bern u. a. 1996, S. 11–129.

Kiening, Christian: «Arbeit am Muster. Literarisierungsstrategien im ‹König Rother›». *Wolfram-Studien* 15 (1996), S. 211–244.
Kindt, Tom: *Unzuverlässiges Erzählen und literarische Moderne. Eine Untersuchung der Romane von Ernst Weiß*. Tübingen 2008.
Klauk, Tobias/Köppe, Tilmann (Hg.): *Fiktionalität. Ein interdisziplinäres Handbuch*. Berlin/Boston 2014.
Klein, Christian/Martínez, Matías (Hg.): *Wirklichkeitserzählungen. Felder, Formen und Funktionen nicht-literarischen Erzählens*. Stuttgart 2009.
Kleinschmidt, Erich: «Fiktion und Identifikation. Zur Ästhetik der Leserrolle im deutschen Roman zwischen 1750–1780». *Deutsche Vierteljahrsschrift für Literaturwissenschaft und Geistesgeschichte* 53 (1979), S. 49–74.
Klemm, Imma: *Fiktionale Rede als Problem der sprachanalytischen Philosophie*. Königstein/Ts. 1984.
Knapp, Fritz Peter: «Historische Wahrheit und poetische Lüge. Die Gattungen weltlicher Epik und ihre theoretische Rechtfertigung im Hochmittelalter». *Deutsche Vierteljahrsschrift für Literaturwissenschaft und Geistesgeschichte* 54 (1980), S. 581–635.
Koch, Thomas: *Literarische Menschendarstellung. Studien zu ihrer Theorie und Praxis (Retz, La Bruyère, Balzac, Flaubert, Proust, Lainé)*. Tübingen 1991.
Korte, Barbara: «Das Du im Erzähltext. Kommunikationsorientierte Betrachtungen zu einer vielgebrauchten Form». *Poetica* 19 (1987), S. 169–189.
Koschorke, Albrecht: *Wahrheit und Erfindung. Grundzüge einer Allgemeinen Erzähltheorie*. Frankfurt/M. 2012.
Kragl, Florian: «Episodisches Erzählen – Erzählen in Episoden. Medientheoretische Überlegungen zur Systematik, Typologie und Historisierung». *DIEGESIS. Interdisziplinäres E-Journal für Erzählforschung/Interdisciplinary E-Journal for Narrative Research* 6.2 (2017), S. 176–197.
Kuhn, Markus: *Filmnarratologie. Ein erzähltheoretisches Analysemodell*. Berlin/New York 2011.
Kukkonen, Karin/Klimek, Sonja (Hg.): *Metalepsis in Popular Culture*. Berlin/New York 2011.
Kullmann, Dorothea (Hg.): *Erlebte Rede und impressionistischer Stil. Europäische Erzählprosa im Vergleich mit ihren deutschen Übersetzungen*. Göttingen 1995.
Labov, William/Waletzky, Joshua: «Erzählanalyse: Mündliche Versionen persönlicher Erfahrung». In: Jens Ihwe (Hg.): *Literaturwissenschaft und Linguistik*. Bd. 2. Frankfurt/M. 1973, S. 78–126.
Labov, William: «The Transformation of Experience in Narrative Syntax». In: Ders.: *Language in the Inner City. Studies in the Black English Vernacular*. Philadelphia 1972, S. 354–396.
Lämmert, Eberhard: *Bauformen des Erzählens*. Stuttgart 1955.
Lämmert, Eberhard u. a. (Hg.): *Romantheorie. Dokumentation ihrer Geschichte in Deutschland seit 1880*. Frankfurt/M. 1984.
Lämmert, Eberhard u. a. (Hg.): *Romantheorie 1620–1880. Dokumentation ihrer Geschichte in Deutschland*. Frankfurt/M. 1988.
Lahn, Silke/Meister, Jan Christoph: *Einführung in die Erzähltextanalyse*. Stuttgart/Weimar 2008.
Lanser, Susan Sniader: *Fictions of Authority. Women Writers and Narrative*. Princeton 1992.

Lanser, Susan Sniader: *The Narrative Act. Point of View in Prose Fiction.* Princeton 1981.

Lavocat, Françoise: *Fait et fiction. Pour une frontière.* Paris 2016.

Lejeune, Philippe: «Der autobiographische Pakt». In: Ders.: *Der autobiographische Pakt.* Übers. v. Wolfram Bayer u. Dieter Hornig. Frankfurt/M. 1994, S. 13–54.

Lieb, Ludger/Müller, Stephan (Hg.): *Situationen des Erzählens. Aspekte narrativer Praxis im Mittelalter.* Berlin/New York 2002.

Liptay, Fabienne/Wolf, Yvonne (Hg.): *Was stimmt denn jetzt? Unzuverlässiges Erzählen in Literatur und Film.* München 2005.

Lorck, Jean Etienne: *Die erlebte Rede. Eine sprachliche Untersuchung.* Heidelberg 1921.

Lotman, Jurij M.: «Das Problem des künstlerischen Raums in Gogols Prosa». In: Ders.: *Aufsätze zur Theorie und Methodologie der Literatur und Kultur.* Hg. v. Karl Eimermacher. Kronberg 1974, S. 200–271.

Lotman, Jurij M.: «Das Sujet im Film». In: Ders.: *Kunst als Sprache. Untersuchungen zum Zeichencharakter von Literatur und Kunst.* Hg. v. Klaus Städtke. Leipzig 1981, S. 205–229.

Lotman, Jurij M.: «Die Entstehung des Sujets typologisch gesehen». In: Ders.: *Aufsätze zur Theorie und Methodologie der Literatur und Kultur.* Hg. v. Karl Eimermacher. Kronberg 1974, S. 30–66.

Lotman, Jurij M.: *Die Struktur des künstlerischen Textes.* Hg. v. Rainer Grübel. Frankfurt/M. 1973.

Lubbock, Percy: *The Craft of Fiction.* London 1921.

Ludwig, Otto: «Formen der Erzählung». In: Ders.: *Romane und Romanstudien.* Hg. v. William J. Lillyman. München/Wien 1977, S. 654–657.

Lüthi, Max: *Märchen.* 7., durchges. u. erg. Aufl. Stuttgart 1979.

Lugowski, Clemens: *Die Form der Individualität im Roman.* Mit einer Einleitung von Heinz Schlaffer. Frankfurt/M. 1976.

Lukács, Georg: *Die Theorie des Romans. Ein geschichtsphilosophischer Versuch über die Formen der großen Epik.* 7. Aufl. Darmstadt/Neuwied 1987.

Lyons, John: *Linguistic Semantics. An Introduction.* Cambridge 1995.

Mackie, John L.: *The Cement of the Universe. A Study of Causation* [1974]. Oxford 2002.

Mahler, Andreas: «Welt Modell Theater. Sujetbildung und Sujetwandel im englischen Drama der Frühen Neuzeit». *Poetica* 30 (1998), S. 1–45.

Margolin, Uri: «Character». In: David Herman (Hg.): *The Cambridge Companion to Narrative.* Cambridge 2007, S. 66–79.

Marquard, Odo: «Kunst als Antifiktion – Versuch über den Weg der Wirklichkeit ins Fiktive». In: Ders.: *Aesthetica und Anaesthetica. Philosophische Überlegungen.* Paderborn u. a. 1989, S. 82–99.

Martínez, Matías: «Allwissendes Erzählen». In: Manfred Engel/Rüdiger Zymner (Hg.): *Anthropologie der Literatur. Poetogene Strukturen und ästhetisch-soziale Handlungsfelder.* Paderborn 2004, S. 139–154.

Martínez, Matías: «Dialogizität, Intertextualität, Gedächtnis». In: Heinz Ludwig Arnold/Heinrich Detering (Hg.): *Grundzüge der Literaturwissenschaft.* München 1996, S. 430–445.

Martínez, Matías: *Doppelte Welten. Struktur und Sinn zweideutigen Erzählens.* Göttingen 1996.

Martínez, Matías: «Dos Passos instead of Goethe! Some Observations on How

the History of Narratology Is and Ought to Be Conceptualized». *DIEGESIS. Interdisziplinäres E-Journal für Erzählforschung/Interdisciplinary E-Journal for Narrative Research* 1.1 (2012), S. 134–142.
Martínez, Matías: «Erzählen». In: Ders. (Hg.): *Handbuch Erzählliteratur. Theorie, Analyse, Geschichte*. Stuttgart 2011, S. 1–12.
Martínez, Matías (Hg.): *Erzählen. Ein interdisziplinäres Handbuch*. Stuttgart 2017.
Martínez, Matías (Hg.): *Fiktionalität und Non-Fiktionalität. Der Deutschunterricht* 68:4 (2016).
Martínez, Matías (Hg.): *Formaler Mythos. Beiträge zu einer Theorie ästhetischer Formen*. Paderborn 1996.
Martínez, Matías (Hg.): *Handbuch Erzählliteratur. Theorie, Analyse, Geschichte*. Stuttgart 2011.
Martínez, Matías: «Nach dem Spiel ist vor dem Spiel. Erzähltheoretische Bemerkungen zur Fußballberichterstattung», in: Ders. (Hg.): *Warum Fußball? Kulturwissenschaftliche Beschreibungen eines Sports*. Bielefeld 2002, S. 71–85.
Martínez, Matías: «Was ist erzählen?». In: Ders. (Hg.): *Erzählen. Ein interdisziplinäres Handbuch*. Stuttgart 2017, S. 2–7.
Martínez, Matías/Scheffel, Michael (Hg.): *Klassiker der modernen Literaturtheorie*. München 2010.
Martínez-Bonati, Félix: «Die logische Struktur der Dichtung». *Deutsche Vierteljahrsschrift für Literaturwissenschaft und Geistesgeschichte* 47 (1973), S. 185–200.
Martínez-Bonati, Félix: *Fictive Discourse and the Structures of Literature. A Phenomenological Approach*. Transl. by Philip W. Silver with the author's collaboration. Ithaca/London 1981.
Martínez-Bonati, Félix: «On Fictional Discourse». In: Calin-Andrei Mihailescu/Walid Hamarneh (Hg.): *Fiction Updated. Theories of Fictionality, Narratology, and Poetics*. Toronto 1996, S. 65–76.
Martínez-Bonati, Félix: «Towards a Formal Ontology of Fictional Worlds». *Philosophy and Literature* 1 (1984), S. 182–195.
McHale, Brian: «Free Indirect Discourse. A Survey of Recent Accounts». *PTL*. A Journal for Descriptive Poetics and Theory of Literature 3,2 (1978), 249–288.
Meindl, Dieter: «Zur Problematik des Erzählerbegriffs. Dargestellt anhand einiger neuerer deutscher Erzähltheorien». *LiLi. Zeitschrift für Literaturwissenschaft und Linguistik* 8 (1978), H. 30/31, S. 206–230.
Meister, Jan Christoph/Schernus, Wilhelm (Hg): *Time. From Concept to Narrative Construct. A Reader*. Berlin/New York 2011.
Meletinskij, Eleasar: «Zur strukturell-typologischen Erforschung des Volksmärchens». In: Vladimir Propp: *Morphologie des Märchens*. Frankfurt/M. 1975, S. 241–276.
Mertens, Volker/Wolfzettel, Friedrich (Hg.): *Fiktionalität im Artusroman*. Tübingen 1993.
Montage/AV 16 (2007), Heft 2: *Forum: Diegese*.
Moretti, Franco: *Atlas des europäischen Romans. Wo die Literatur spielte*. Übers. v. Daniele dell' Agli. Köln 1999.
Morinis, Alan (Hg.): *Sacred Journeys. The Anthropology of Pilgrimage*. Westport 1992.

Morrison, Sister Kristin: «James's and Lubbock's Differing Points of View». *Nineteenth-Century Fiction* 16 (1961), S. 245–255.
Müller, Günther: *Morphologische Poetik. Gesammelte Aufsätze.* Tübingen 1968.
Müller, Hans-Harald/Kindt, Tom: «Der implizite Autor. Zur Explikation und Verwendung eines umstrittenen Begriffs». In: Fotis Jannidis u.a. (Hg.): *Rückkehr des Autors. Zur Erneuerung eines umstrittenen Begriffs.* Tübingen 1999, S. 273–288.
Müller, Jan-Dirk: «Woran erkennt man einander im Heldenepos? Beobachtungen an Wolframs ‹Willehalm›, dem ‹Nibelungenlied›, dem ‹Wormser Rosengarten A› und dem ‹Eckenlied›». In: Gertrud Blaschitz u.a. (Hg.): *Symbole des Alltags – Alltag der Symbole.* (= Festschrift für Harry Kühnel). Graz 1992, S. 87–111.
Müller, Wolfgang: «Die Anrede an ein unbestimmtes Du in der englischen und amerikanischen Erzählkunst von E. A. Poe bis zu J. D. Salinger. Ein Beitrag zur Deixis des Erzählens». *Literatur in Wissenschaft und Unterricht* 17 (1984), S. 118–134.
Müller-Funk, Wolfgang: *Die Kultur und ihre Narrative.* Wien/New York 2002.
Musarra, Ulla: «Narrative Discourse in Postmodernist Texts. The Conventions of the Novel and the Multiplication of Narrative Instances». In: Matei Calinescu/Douwe W. Fokkema (Hg.): *Exploring Postmodernism.* Amsterdam 1987, S. 215–231.
Nägele, Rainer: «Auf der Suche nach dem verlorenen Paradies. Versuch einer Interpretation zu Kafkas ‹Der Jäger Gracchus›». *The German Quarterly* 47 (1974), S. 66–72.
Neuhaus, Volker: *Typen multiperspektivischen Erzählens.* Köln/Wien 1971.
Neuse, Werner: «Die Anfänge der ‹erlebten Rede› und des ‹inneren Monologs› in der deutschen Prosa des 18. Jahrhunderts». In: Edward R. Haymes (Hg.): *Theatrum Mundi. Essays on German Drama and German Literature.* München 1980, S. 1–21.
Nickel-Bacon, Irmgard/Groeben, Norbert/Schreier, Margrit: «Fiktionssignale pragmatisch. Ein medienübegreifendes Modell zur Unterscheidung von Fiktion(en) und Realität(en)». *Poetica* 32 (2000), S. 267–299.
Niederhoff, Burkhard: «Focalization». In: Peter Hühn u.a. (Hg.): *Handbook of Narratology.* 2nd edition. Berlin/Boston 2014, Vol. 1, S. 206–218.
Niederhoff, Burkhard: «Perspective – Point of View». In: Peter Hühn u.a. (Hg.): *Handbook of Narratology.* 2nd edition. Berlin/Boston 2014, Vol. 2, S. 692–705.
Nünning, Ansgar u. Vera (Hg.): *Erzähltextanalyse und Gender Studies.* Stuttgart 2004.
Nünning, Ansgar u. Vera (Hg.): *Erzähltheorie transgenerisch, intermedial, interdisziplinär.* Trier 2002.
Nünning, Ansgar u. Vera (Hg.): *Multiperspektivisches Erzählen. Zur Theorie und Geschichte der Perspektivenstruktur im englischen Roman des 18. bis 20. Jahrhunderts.* Trier 2000.
Nünning, Ansgar u. Vera (Hg.): *Neue Ansätze in der Erzähltheorie.* Trier 2002.
Nünning, Ansgar: «Renaissance eines anthropomorphisierten Passepartouts oder Nachruf auf ein literaturkritisches Phantom? Überlegungen und Alternativen zum Konzept des ‹implied author›». *Deutsche Vierteljahrsschrift für Literaturwissenschaft und Geistesgeschichte* 67 (1993), S. 1–25.

Nünning, Ansgar (Hg.): *Unreliable Narration. Studien zur Theorie und Praxis unglaubwürdigen Erzählens in der englischsprachigen Erzählliteratur.* Trier 1998.
Ochs, Elinor/Capps, Lisa: *Living Narrative. Creating Lives in Everyday Storytelling.* Cambridge/MA 2001.
Olrik, Axel: «Epische gesetze der volksdichtung». *Zeitschrift für deutsches Altertum* 51 (1909), S. 1–12.
Olson, Greta (Hg.): *Current Trends in Narratology.* Berlin/New York 2011.
Ong, Walter J.: *Oralität und Literalität. Die Technologisierung des Wortes.* Opladen 1987.
Pascal, Roy: *The Dual Voice. Free indirect speech and its functioning in the nineteenth-century European novel.* Manchester 1977.
Pavel, Thomas G.: *Fictional Worlds.* Cambridge, Mass./London 1986.
Pavel, Thomas G.: «Literary Narratives». In: Teun A. van Dijk (Hg.): *Discourse and Literature.* Amsterdam/Philadelphia 1985, S. 85–103.
Petersen, Jürgen H.: «Erzählen im Präsens. Die Korrektur herrschender Tempus-Theorien durch die poetische Praxis in der Moderne». *Euphorion* 86 (1992), S. 65–89.
Petersen, Jürgen H.: *Erzählsysteme. Eine Poetik epischer Texte.* Stuttgart 1993.
Petersen, Jürgen H.: *Fiktionalität und Ästhetik.* Berlin 1996.
Pfister, Manfred: *Das Drama.* 6. Aufl. München 1988.
Piatti, Barbara: *Die Geographie der Literatur. Schauplätze, Handlungsräume, Raumphantasien.* Göttingen 2008.
Platon: «Politeia». In: Ders.: *Werke.* Übers. v. Friedrich Schleiermacher. Hg. v. Walter F. Otto u. Ernesto Grassi. Reinbek 1958. Bd. 3, S. 67–310.
Pörksen, Uwe: *Der Erzähler im mittelhochdeutschen Epos. Formen seines Hervortretens bei Lamprecht, Konrad, Hartmann, in Wolframs ‹Willehalm› und in den ‹Spielmannsepen›.* Berlin 1971.
Pouillon, Jean: *Temps et roman.* Paris 1946.
Prince, Gerald: *A Dictionary of Narratology.* Lincoln/London 1987.
Prince, Gerald: *Narratology. The Form and Functioning of Narrative.* Berlin u. a. 1982.
Propp, Vladimir: *Die historischen Wurzeln des Zaubermärchens.* Übers. v. Martin Pfeiffer. München 1987.
Propp, Vladimir: *Morphologie des Märchens.* Übers. v. Christel Wendt. Frankfurt/M. 1975.
Rasch, Wolfdietrich: «Zur Frage des epischen Präteritums». *Wirkendes Wort.* Sonderheft 3 (1961), S. 68–81.
Rauh, Gisa: «Tempus und Erzähltheorie». In: Werner Hüllen/Rainer Schulze (Hg.): *Tempus, Zeit und Text.* Heidelberg 1985, S. 63–81.
Reuß, Roland: *‹Die Verlobung in St. Domingo› – eine Einführung in Kleists Erzählen.* (= Berliner Kleist-Blätter, Bd. 1). Basel/Frankfurt/M. 1988.
Richardson, Brian: *Unnatural Voices. Extreme Narration in Modern and Contemporary Fiction.* Columbus 2006.
Ricoeur, Paul: *Zeit und Erzählung.* 3 Bde. Übers. v. Rainer Rochlitz. München 1988/1989/1991.
Riggan, William: *Picaros, Madmen, Naifs, and Clowns. The Unreliable First-Person Narrator.* Norman 1981.
Rigney, Ann: «Narrativity and Historical Representation». *Poetics Today* 12 (1991), S. 591–605.

Rimmon-Kenan, Shlomith: *Narrative Fiction. Contemporary Poetics.* 2nd edition. London/New York 2002.
Ritter, Alexander (Hg.): *Zeitgestaltung in der Erzählkunst.* Darmstadt 1978.
Rösler, Wolfgang: «Die Entdeckung der Fiktionalität in der Antike». *Poetica* 12 (1980), S. 283–319.
Ronen, Ruth: *Possible Worlds in Literary Theory.* Cambridge 1994.
Rosenthal, Gabriele: *Erlebte und erzählte Lebensgeschichte. Gestalt und Struktur biographischer Selbstbeschreibungen.* Frankfurt/M. 1995.
Rossum-Guyon, Françoise van: «Point de vue ou perspective narrative. Théories et concepts critiques». *Poétique* 1 (1970), H. 4, S. 476–497.
Rühling, Lutz: «Fiktionalität und Poetizität». In: Heinz Ludwig Arnold/Heinrich Detering (Hg.): *Grundzüge der Literaturwissenschaft.* München 1996, S. 25–51.
Ryan, Marie-Laure: *Possible Worlds, Artificial Intelligence, and Narrative Theory.* Bloomington/Indianapolis 1991.
Ryan, Marie-Laure: «Space». In: Peter Hühn u. a. (Hg.): *Handbook of Narratology.* 2nd edition. Berlin/Boston 2014, Vol. 2, S. 756–811.
Said, Edward: *Kultur und Imperialismus.* Übers. v. Hans-Horst Henschen. Frankfurt/M. 1994
Sartre, Jean-Paul: «Notes sur ‹Madame Bovary›». In: Ders.: *L'Idiot de la famille. Gustave Flaubert de 1821 à 1857.* Nouvelle édition revue et completée. Bd. 3. Paris 1988, S. 661–811.
Sartre, Jean-Paul: *Was ist Literatur?* Hg. u. neu übers. v. Traugott König (= Gesammelte Werke. Schriften zur Literatur, Bd. 2). Reinbek 1981.
Sasse, Günter: «Literatursprache». In: Hans P. Althaus u. a. (Hg.): *Lexikon der Germanistischen Linguistik.* Tübingen 1980, S. 698–706.
Sauder, Gerhard: «Argumente der Fiktionskritik 1680–1730 und 1960–1970». *Germanisch-Romanische Monatsschrift.* N. F. 26 (1976), S. 129–140.
Schäfer, Walter Ernst: «Die Polemik gegen den Roman im 17. Jahrhundert. Hinweg nun Amadis und deinesgleichen Grillen». *Germanisch-Romanische Monatsschrift* 46 (= N. F. 15) (1965), S. 365–384.
Schaeffer, Jean-Marie: «Fictional vs. Factual Narration». In: Peter Hühn u. a. (Hg.): *Handbook of Narratology.* 2nd edition. Berlin/Boston 2014, Vol. 1, S. 179–196.
Schaeffer, Jean-Marie: *Pourquoi la fiction?* Paris 1999.
Schaper, Eva: «Fiction and the Suspension of Disbelief». *The British Journal of Aesthetics* 18 (1978), S. 31–44.
Scheffel, Michael: «Formen ‹episodischen Erzählens› oder: Zwei Lebensgeschichten vom ‹Frauenglück› in Romanen von Hans Jakob Christoffel von Grimmelshausen und Arthur Schnitzler». *Euphorion* 111:2 (2017), S. 225–246.
Scheffel, Michael: *Formen selbstreflexiven Erzählens. Eine Typologie und sechs exemplarische Analysen.* Tübingen 1997.
Scheffel, Michael: *Magischer Realismus. Die Geschichte eines Begriffes und ein Versuch seiner Bestimmung.* Tübingen 1990.
Scheffel, Michael: «Narrative Constitution». In: Peter Hühn u. a. (Hg.): *Handbook of Narratology.* 2nd edition. Berlin/Boston 2014, Vol. 2, S. 507–520.
Scheffel, Michael: «Narratologie – eine aus dem Geist des Strukturalismus geborene Disziplin?». In: Martin Endres/Leonhard Herrmann (Hg.): *Strukuralismus, heute. Brüche, Spuren, Kontinuitäten.* Stuttgart 2018, S. 45–59.

Scheffel, Michael: «Reader». In: Peter Melville Logan (Hg.): *The Blackwell Encyclopedia of the Novel.* Chichester 2014, S 522–525.

Scheffel, Michael: «Was ist Phantastik? Überlegungen zur Bestimmung eines literarischen Genres». In: Nicola Hömke/Manuel Baumbach (Hg.): *Fremde Wirklichkeiten. Literarische Phantastik und antike Literatur.* Heidelberg 2006, S. 1–17.

Scheffel, Michael/Weixler, Antonius/Werner, Lukas: «Time». In: Peter Hühn u.a. (Hg.): *Handbook of Narratology.* 2nd edition. Berlin/Boston 2014, Vol. 2, S. 868–886.

Schenda, Rudolf: *Von Mund zu Ohr. Bausteine zu einer Kulturgeschichte volkstümlichen Erzählens in Europa.* Göttingen 1993.

Schlaffer, Heinz: *Poesie und Wissen. Die Entstehung des ästhetischen Bewußtseins und der philologischen Erkenntnis.* Frankfurt/M. 1990.

Schmid, Wolf: «Der semiotische Status der narrativen Ebenen ‹Geschehen›, ‹Geschichte›, ‹Erzählung› und ‹Präsentation der Erzählung›». In: Klaus Oehler (Hg.): *Zeichen und Realität.* Tübingen 1984. Bd. 2, S. 477–486.

Schmid, Wolf: *Elemente der Narratologie.* 3., erw. u. überarb. Aufl. Berlin 2014.

Schmid-Cadalbert, Christian: *Der ‹Ortnit AW› als Brautwerbungsdichtung.* Bern 1985.

Schmidt, Siegfried J.: *Die Selbstorganisation des Sozialsystems Literatur im 18. Jahrhundert.* Frankfurt/M. 1989.

Schmidt, Siegfried J.: «Fiktionalität als texttheoretische Kategorie». In: Harald Weinrich (Hg.): *Positionen der Negativität.* (= Poetik und Hermeneutik, Bd. 6). München 1975, S. 526–528.

Schmidt, Siegfried J.: «The Fiction is that Reality Exists. A Constructivist Model of Reality, Fiction and Literature». *Poetics Today* 5 (1984), S. 253–274.

Schmitt, Arbogast: «Teleologie und Geschichte bei Aristoteles oder Wie kommen nach Aristoteles Anfang, Mitte und Ende in die Geschichte». In: Karlheinz Stierle/Rainer Warning (Hg.): *Das Ende. Figuren einer Denkform.* (= Poetik und Hermeneutik, Bd. 16). München 1996, S. 528–563.

Schneider, Ralf: *Grundriß zur kognitiven Theorie der Figurenrezeption am Beispiel des viktorianischen Romans.* Tübingen 2000.

Scholes, Robert: *Structuralism in Literature. An Introduction.* New Haven/London 1974.

Scholz-Williams, Gerhild: «Geschichte und die literarische Dimension: Narrativik und Historiographie in der anglo-amerikanischen Forschung der letzten Jahrzehnte. Ein Bericht». *Deutsche Vierteljahrsschrift für Literaturwissenschaft und Geistesgeschichte* 63 (1989), S. 315–392.

Schramke, Jürgen: *Zur Theorie des modernen Romans.* München 1974.

Schütz, Alfred/Luckmann, Thomas: *Strukturen der Lebenswelt.* 2 Bde. Frankfurt/M. 1979.

Searle, John R.: «Der logische Status fiktionalen Diskurses». In: Ders.: *Ausdruck und Bedeutung. Untersuchungen zur Sprechakttheorie.* Übers. v. Andreas Kemmerling. Frankfurt/M. 1982, S. 80–92.

Segre, Cesare: *Le strutture e il tempo.* Turin 1974.

Seiler, Bernd W.: *Die leidigen Tatsachen. Von den Grenzen der Wahrscheinlichkeit in der deutschen Literatur seit dem 18. Jahrhundert.* Stuttgart 1983.

Sidney, Sir Philip: *The Defence of Poesie.* Hg. v. A. V. Dorsten. Oxford 41975.

Smith, Barbara Herrnstein: «Narrative Versions, Narrative Theories». In: W. J. T[homas] Mitchell (Hg.): *On Narrative.* Chicago 1981, S. 209–232.

Smith, Barbara Herrnstein: *On the Margins of Discourse. The Relation of Literature to Language*. Chicago 1978.
Spielhagen, Friedrich: *Beiträge zur Theorie und Technik des Romans*. Leipzig 1883. Repr. Göttingen 1967.
Stanzel, Franz K.: *Die typischen Erzählsituationen im Roman. Dargestellt an Tom Jones, Moby-Dick, The Ambassadors, Ulysses u. a.* Wien/Stuttgart 1955.
Stanzel, Franz K.: *Theorie des Erzählens*. 8. Aufl. Göttingen 2008.
Stanzel, Franz K.: *Typische Formen des Romans*. Göttingen 1964.
Stanzel, Franz K.: «Wandlungen des narrativen Diskurses in der Moderne». In: Rolf Kloepfer/Gisela Janetzke-Dillner (Hg.): *Erzählung und Erzählforschung im 20. Jahrhundert*. Stuttgart u. a. 1981, S. 371–383.
Steinberg, Günter: *Erlebte Rede. Ihre Eigenart und ihre Formen in neuerer deutscher, französischer und englischer Erzählliteratur*. 2 Bde. Göppingen 1971.
Sternberg, Meir: *Expositional Modes and Temporal Ordering in Fiction*. Baltimore 1978.
Sternberg, Meir: «Telling in Time (I): Chronology and Narrative Theory». *Poetics Today* 11:4 (1990), S. 901–948.
Sternberg, Meir: «Telling in Time (II): Chronology, Teleology, Narrativity». *Poetics Today* 13:3 (1992), S. 463–541.
Stierle, Karlheinz: «Der Gebrauch der Negation in fiktionalen Texten». In: Harald Weinrich (Hg.): *Positionen der Negativität*. (= Poetik und Hermeneutik, Bd. 6). München 1975, S. 235–262.
Stierle, Karlheinz: «Geschehen, Geschichte, Text der Geschichte». In: Ders.: *Text als Handlung*. München 1975, S. 49–55.
Störmer-Caysa, Uta: *Grundstrukturen mittelalterlicher Erzählungen. Raum und Zeit im höfischen Roman*. Berlin/New York 2007.
Stolt, Birgit: «‹Dichtersprache ist Spielsprache› (Johan Huizinga). Ein Diskussionsbeitrag zu J. H. Petersen. Erzählsysteme». *Euphorion* 89 (1995), S. 71–94.
Tamir, Nomi: «Personal narrative and Its Linguistic Foundation». *PTL*. A Journal for Descriptive Poetics and Theory of Literature 1,3 (1976), S. 403–30.
Tarot, Rolf: *Narratio Viva. Untersuchungen zur Entwicklungsgeschichte der Erzählkunst vom Ausgang des 17. Jahrhunderts bis zum Beginn des 20. Jahrhunderts. Theoretische Grundlagen*. Bd. 1. Bern u. a. 1993.
Thorndyke, Perry W.: «Cognitive Structures in Comprehension and Memory of Narrative Discourse». *Cognitive Psychology* 9 (1977), S. 77–110.
Todorov, Tzvetan: *Einführung in die fantastische Literatur*. Frankfurt/M. u. a. 1975.
Todorov, Tzvetan: «Les catégories du récit littéraire». In: *Communications* 8 (1966), S. 125–151.
Todorov, Tzvetan: *Qu'est-ce que le structuralisme? 2. Poétique*. Paris 1973.
Todorov, Tzvetan: «Some Approaches to Russian Formalism». In: Stephen Bann/John E. Bowlt (Hg.): *Russian Formalism*. Edinburgh 1973, S. 6–19.
Tomaševskij, Boris: *Theorie der Literatur. Poetik*. Hg. v. Klaus-Dieter Seemann. Wiesbaden 1985.
Toolan, Michael J.: *Narrative. A Critical Linguistic Introduction*. London/New York 1988.

Turner, Victor: *Vom Ritual zum Theater. Der Ernst des menschlichen Spiels.* Übers. v. Sylvia M. Schomburg-Scherff. Frankfurt/M. 1989.

Uspenskij, Boris A.: *Poetik der Komposition. Struktur des künstlerischen Textes und Typologie der Kompositionsform.* Hg. u. nach einer rev. Fassung des Originals bearb. v. Karl Eimermacher. Übers. v. Georg Mayer. Frankfurt/M. 1975.

Vischer, Friedrich Theodor: *Aesthetik oder Wissenschaft des Schönen.* 2. Aufl. 6 Bde. München 1923.

Vogler, Christopher: *Die Odyssee des Drehbuchschreibers. Über mythologische Grundmuster des amerikanischen Erfolgskinos.* Übers. v. Frank Kuhnke. Frankfurt/M. 1997.

Vogt, Jochen: *Aspekte erzählender Prosa. Eine Einführung in Erzähltechnik und Romantheorie.* 8. durchges. und aktual. Aufl. Opladen 1998.

Vogt, Jochen: «Grundlagen narrativer Texte». In: Heinz Ludwig Arnold/Heinrich Detering (Hg.): *Grundzüge der Literaturwissenschaft.* München 1996, S. 287–307.

Vogt, Robert: *Theorie und Typologie narrativer Unzuverlässigkeit am Beispiel englischsprachiger Erzählliteratur.* Berlin/Boston 2018.

Volek, Emil: «Die Begriffe ‹Fabel› und ‹Sujet› in der modernen Literaturwissenschaft». *Poetica* 9 (1977), S. 141–166.

Walsh, Richard: *The Rhetoric of Fictionality. Narrative Theory and the Idea of Fiction.* Columbus 2007.

Warning, Rainer: «Der inszenierte Diskurs. Bemerkungen zur pragmatischen Relation der Fiktion». In: Dieter Henrich/Wolfgang Iser (Hg.): *Funktionen des Fiktiven.* (= Poetik und Hermeneutik, Bd. 10). München 1983, S. 183–206.

Warning, Rainer: «Ironiesignale und ironische Solidarisierung». In: Wolfgang Preisendanz/Rainer Warning (Hg.): *Das Komische* (= Poetik und Hermeneutik, Bd. 7). München 1976, S. 416–423.

Weber, Dietrich: *Theorie der analytischen Erzählung.* München 1975.

Weimann, Robert: «Erzählsituation und Romantypus». *Sinn und Form* 18 (1966), H. 1, S. 109–133.

Weimar, Klaus: «Diegesis». In: *Reallexikon der deutschen Literaturwissenschaft.* Bd. 1. Berlin/New York 1997, S. 360–363.

Weimar, Klaus: «Kritische Bemerkungen zur ‹Logik der Dichtung›». *Deutsche Vierteljahrsschrift für Literaturwissenschaft und Geistesgeschichte* 48 (1974), S. 10–24.

Weinrich, Harald: «Fiktionssignale». In: Ders. (Hg.): *Positionen der Negativität.* (= Poetik und Hermeneutik, Bd. 6). München 1975, S. 525 f.

Weinrich, Harald: *Linguistik der Lüge.* Heidelberg 1966.

Weinrich, Harald: *Tempus. Besprochene und erzählte Welt.* Neuausgabe. Stuttgart 1971.

Weinstock, Stefan: «Die platonische Homerkritik und ihre Nachwirkungen». *Philologus* 82 (1927), S. 121–153.

Werner, Lukas: «Zeit». In: Matías Martínez (Hg.): *Handbuch Erzählliteratur. Theorie, Analyse, Geschichte.* Stuttgart 2011, S. 150–158.

White, Hayden: *Auch Klio dichtet oder Die Fiktion des Faktischen. Studien zur Tropologie des historischen Diskurses.* Übers. v. Brigitte Brinkmann-Siepmann u. Thomas Siepmann. Stuttgart 1986.

White, Hayden: *Die Bedeutung der Form. Erzählstrukturen in der Geschichtsschreibung.* Übers. v. Margit Smuda. Frankfurt/M. 1990.

White, Hayden: *Metahistory. The Historical Imagination in Nineteenth-Century Europe.* Baltimore/London 1975.

Wild, Gerhard: «Manuscripts found in a Bottle? Zum Fiktionalitätsstatus (post-) arthurischer Schwellentexte». In: Volker Mertens/Friedrich Wolfzettel (Hg.): *Fiktionalität im Artusroman.* Tübingen 1993, S. 203–241.

Wildekamp, Ada/Van Montfoort, Ineke/Van Ruiswijk, Willem: «Fictionality and Convention». *Poetics* 9 (1980), H. 5/6, S. 547–567.

Wilson, W. Daniel: «Readers in Texts». *Publications of the Modern Language Association* 96 (1981), S. 848–863.

Winko, Simone: «Lost in hypertext? Autorkonzepte und neue Medien». In: Fotis Jannidis u. a. (Hg.): *Rückkehr des Autors. Zur Erneuerung eines umstrittenen Begriffs.* Tübingen 1999, S. 511–533.

Wirrer, Jan: «Learning to follow the Fiction Convention». *Poetics* 11 (1982), H. 4/6, S. 371–391.

Wolf, Werner: *Ästhetische Illusion und Illusionsdurchbrechung in der Erzählkunst. Theorie und Geschichte mit Schwerpunkt auf englischem illusionsstörenden Erzählen.* Tübingen 1993.

Wolpers, Theodor (Hg.): *Gelebte Literatur in der Literatur. Studien zu Erscheinungsformen und Geschichte eines literarischen Motivs.* Bericht über Kolloquien der Kommission für literaturwissenschaftliche Motiv- und Themenforschung 1983–1985. Göttingen 1986.

Zenke, Jürgen: *Die deutsche Monologerzählung im 20. Jahrhundert.* Köln/Wien 1976.

Zerbst, Rainer: *Die Fiktion der Realität – Die Realität der Fiktion. Prolegomena zur Grundlegung einer künftigen Romansoziologie.* Frankfurt/M. 1984.

Zimmermann, Hans Dieter: *Trivialliteratur? Schemaliteratur!* 2. Aufl. Stuttgart 1982.

Zipfel, Frank: «Autofiktion. Zwischen den Grenzen von Faktualität, Fiktionalität und Literarität?» In: Simone Winko/Fotis Jannidis/Gerhard Lauer (Hg.): *Grenzen der Literatur. Zum Begriff und Phänomen des Literarischen.* Berlin/New York 2009, S. 287–313.

Zipfel, Frank: *Fiktion, Fiktivität, Fiktionalität. Analysen zur Fiktion in der Literatur und zum Fiktionsbegriff in der Literaturwissenschaft.* Berlin 2001.

Zipfel, Frank: «Fiktionssignale». In: Tobias Klauk/Tilmann Köppe (Hg.): *Fiktionalität. Ein interdisziplinäres Handbuch.* Berlin/Boston 2014, S. 97–123.

Lexikon und Register erzähltheoretischer Begriffe

Achronie: Fehlen einer chronologischen Relation zwischen verschiedenen Ereignissen, die in einer Erzählung erzählt werden. 36

Affektstruktur: Erzählstruktur (→ *Erzählschema*) zur affektiven Steuerung des Lesers (um z. B. Überraschung, Spannung oder Neugier hervorzurufen). 173–175, 193

Anachronie: Umstellung der chronologischen Ereignisfolge in der erzählerischen Darstellung; entweder als → *Analepse* oder als → *Prolepse*, 35–38 Anachronien unterscheiden sich im Hinblick auf ihre *Reichweite* (zeitlicher Abstand zwischen den Zeitpunkten des Erzählens und des erzählten Ereignisses) und ihren *Umfang* (die Zeitdauer des anachronisch dargestellten Ereignisses), 37 f. Anachronien können *komplett* (wenn sie bis zur Gegenwart der erzählten Geschichte heranreichen) oder *partiell* sein. 38

Analepse (Rückwendung): Eine Form der → *Anachronie*; nachträgliche Darstellung eines Ereignisses, das zu einem früheren Zeitpunkt stattgefunden hat als dem, den die Haupthandlung gerade erreicht hat, 35 f. Analepsen können *aufbauend* sein (wenn z. B. am Anfang der Erzählung, im Anschluss an eine in medias res eingeführte Szene, Ereignisse ergänzt werden, die für das Verständnis dieser Szene und den folgenden Handlungszusammenhang von Bedeutung sind) oder *auflösend* (wenn – wie z. B. in manchen Fällen der → *analytischen Erzählung* – am Ende der Erzählung ein zunächst lückenhaft dargestelltes Ereignis nachträglich so vervollständigt wird, dass das bislang Erzählte in einem neuen Licht erscheint). 38 f.

analytische Erzählung: Analog zum analytischen Drama und im Gegensatz zur → *synthetischen Erzählung* beginnt die analytische Erzählung (wie sie z. B. viele Detektivgeschichten realisieren) mit einem rätselhaften Ereignis, dessen rätsellösende Vorgeschichte sie im folgenden → *analeptisch* (mehr oder weniger vollständig) erzählt. 41 f.

authentisch: → *faktuale Rede*

autodiegetische Erzählung: Spezieller Fall der → *homodiegetischen Erzählung*, in welchem der Ich-Erzähler zugleich auch die Hauptfigur ist. 87 f.

Bewusstseinsbericht (psycho-narration): Darstellung von Figurenbewusstsein im *narrativen Modus* mit einem relativ hohen Grad an → *Distanz* in der 3. Person (im Einzelfall auch in der 1. Person), Präteritum. Im Unterschied zur → *erlebten Rede* ‹spricht› hier eindeutig ein erzählendes Subjekt und nicht die erlebende Figur selbst. (‹Valtin hatte darüber nachgedacht, ob er Grete ein Geheimnis verraten sollte, und er war nun entschlossen, es auszuplaudern!›) 59, 66

Bewusstseinsstrom (stream of consciousness): Radikale Form des → *Inneren Monologs*, die auf eine geordnete Syntax verzichtet und rational nicht gesteuerte Bewusstseinsabläufe scheinbar ‹authentisch› in aller ihrer Inkohärenz darstellt. 65–67, 69, 111, 188

Darstellung: Die Form der erzählerischen Vermittlung einer ➞ *Handlung*. 26–28

Dauer (Erzählgeschwindigkeit): Das quantitative Verhältnis von ➞ *Erzählzeit* und ➞ *erzählter Zeit*; umfasst die fünf Grundformen ➞ *Szene*, ➞ *Raffung*, ➞ *Dehnung*, ➞ *Ellipse*, ➞ *Pause*. 34, 42–47

Dehnung (zeitdehnendes Erzählen): Eine zeitlupenartige Darstellungsweise, in der die ➞ *Erzählzeit* (Textlänge) im Verhältnis zum Geschehen, von dem sie erzählt, besonders umfangreich ist. 46 f.

Diegese: ➞ *Welt*

Diegesis: Eine dichterische darstellende Rede. Platon unterscheidet innerhalb der Diegesis anhand des sogenannten ‹Redekriteriums› drei Formen: (a) *einfache Diegesis* (der Dichter spricht ausschließlich als er selbst), (b) *Mimesis* (der Dichter lässt ausschließlich andere Sprecher als sich selbst in direkter Rede zu Wort kommen) und (c) einen *Mischtyp* mit übergeordneter Erzählerrede (= einfache Diegesis) und darin eingebetteter, direkt zitierter Figurenrede (= Mimesis). 26, 51, 187

direkte Rede: ➞ *zitierte Rede*

Distanz: Der Grad an Mittelbarkeit in der Präsentation des Erzählten. Die Darstellung von Geschehen kann im *narrativen* (mit Distanz, d. h. mittelbar) oder im *dramatischen Modus* (ohne Distanz, d. h. scheinbar unmittelbar) erfolgen. 50–52

dramatischer Modus: ➞ *Distanz*

dramatisierter Erzähler: ➞ *Erzähler*, der durch seine Erzählweise mehr oder weniger als eigenständiger Charakter erkennbar wird. 107

effet de réel: ➞ *Realitätseffekt*

Ellipse (Zeitsprung, Aussparung): Ein Zeitabschnitt des dargestellten Geschehens, der in der erzählerischen Darstellung ausgespart wird. Man unterscheidet je nach dem Grad der Rekonstruierbarkeit der Dauer des ausgesparten Geschehens durch den Leser *bestimmte* und *unbestimmte* Ellipsen; wird die Ellipse im Erzählzusammenhang markiert, ist sie *explizit* (‹viele Jahre später …›), andernfalls ist sie *implizit*. 45–47

emplotment: ➞ *Handlungsschema*

Episode: Eine Handlungseinheit mittlerer Größe zwischen einem einzelnen ➞ *Ereignis* und der umfassenden ➞ *Geschichte* eines narrativen Textes. Eine E. ist entweder ein in sich relativ abgeschlossener Teil der Haupthandlung oder eine Nebenhandlung. 117 f.

Ereignis: (1) ➞ *Motiv*. (2) ➞ *Sujet*

erlebte Rede: Eine Form der ➞ *transponierten Rede*; Darstellung einer (ausgesprochenen oder nur gedachten) Figurenrede in der 3. Person (in Ausnahmefällen auch in der 1. Person), Präteritum, Indikativ, ohne einleitendes verbum dicendi (‹Doch, jetzt wollte er Grete unbedingt von dem Nest erzählen!›). Im Unterschied zur ➞ *indirekten Rede* bleibt in dieser Zwischenform von direkter und indirekter Rede der individuelle Stil der Figurenrede stärker erhalten, und im Unterschied zu ➞ *Bewusstseinsbericht* und ➞ *Innerem Monolog* sind hier die unterschiedlichen Sprech- bzw. Wahrnehmungsorte von erzählendem Subjekt und erlebender Figur vermischt. 55 f., 61–64, 187 f.

Erzählen: Kommunikative Sprachhandlung, die eine ➞ *Erzählung* hervorbringt. 32, 183 f.

Erzähler (narrative Instanz, erzählendes Subjekt): Personifizierender Ausdruck für das Aussagesubjekt einer Erzählrede, das im Fall der ➞ *fiktionalen Rede* fiktiv und von dem realen Autor der Erzählung zu unterscheiden ist, 72 f. Zu den besonderen Möglichkeiten der fiktionalen Rede gehört, dass dieses fiktive Subjekt nicht notwendig im Sinne einer bestimmten männlichen oder weiblichen Person gestaltet sein muss: in diesem Fall können auch z. B. Kollektive, Tiere oder Gegenstände die Funktion eines E.s übernehmen; außerdem kann das erzählende Subjekt hier mehr oder weniger körperlos bleiben und scheinbar unabhängig von jeder festen Bindung an Raum und Zeit sprechen. Zur Unterscheidung verschiedener Typen von Erzählern dienen u. a. die Merkmale ➞ *extra- vs. intradiegetisch*, ➞ *homo- vs. heterodiegetisch*, ➞ *unzuverlässig vs. zuverlässig*, 80 f., 85–89, 94–100, 105–109, 188–190. Da alles ➞ *Erzählen* eine kommunikative Sprachhandlung darstellt, ist die Rolle des E.s immer auch im unmittelbaren Zusammenhang zur Rolle desjenigen zu sehen, dem das Erzählte vermittelt wird, d. h. des (fiktiven) Adressaten bzw. ➞ *Lesers*. 89–94, 167, 173–175, 189, 193

Erzählgeschwindigkeit: ➞ *Dauer*

Erzählschema (Erzählstruktur): Ein aus individuellen Erzählungen abstrahierter typischer Verlauf des Erzählens, der über ein stereotypes ➞ *Handlungsschema* hinaus auch Aspekte der Darstellung und der Erzählpragmatik einschließt. 131 f., 173–175, 193 f.

Erzählsituation: Vermittlungsform des Erzählens. F. K. Stanzel unterscheidet drei typische E. en: die *auktoriale* (berichtende Darstellung durch einen nicht der erzählten Welt zugehörigen ➞ *Erzähler*), die *personale* (szenische, quasi-unmittelbare Darstellung vom Wahrnehmungsstandpunkt einer Figur der erzählten Welt aus) und die *Ich-Erzählsituation* (berichtende Darstellung durch eine Figur der erzählten Welt). 94–100, 189

erzählte Rede: Analog zum ➞ *Bewusstseinsbericht* resümierende Darstellung von gesprochener Figurenrede im ➞ *narrativen Modus* mit einem relativ hohen Grad an ➞ *Distanz* in der 3. Person (im Einzelfall auch in der 1. Person), Präteritum, Indikativ. 53–59, 66

erzählte Welt: ➞ *Welt*

erzählte Zeit: Zeitdauer der erzählten Geschichte (im Unterschied zur ➞ *Erzählzeit*). 33 f.

Erzählung: Schriftliche oder mündliche Darstellung einer ➞ *Handlung*. 27, 32

Erzählzeit: Zeitdauer, die für die Darstellung der Geschichte aufgewendet wird (im Unterschied zur ➞ *erzählten Zeit*); sie wird am Textumfang (Seitenzahl) gemessen. 33

extradiegetisch: Standpunkt außerhalb der Welt der erzählten Geschichte; die in einer Erzählung erzählten Ereignisse sind ➞ *intradiegetisch*, der Erzählakt selbst ist extradiegetisch. 80 f., 86

extradiegetische Erzählung: Erzählung erster Stufe, die zur *Rahmenerzählung* wird, sobald sie eine Erzählung zweiter Stufe (➞ *intradiegetische Erzählung*) enthält. 80 f.

faktuale Rede: Authentische (schriftliche oder mündliche) Rede aus Aussagesätzen, die von einem realen Sprecher mit behauptender Kraft geäußert werden (im Gegensatz zu ➞ *fiktionaler Rede*). 12, 185 f.

Figur: Menschlicher oder menschenähnlicher Agent, dem man Intentionalität zuschreiben können muss, der aber ontologisch unvollständig und grundsätzlich von einer ‹Person› unserer realen Lebenswelt zu unterscheiden ist. Als

Handlungsträger sind Figuren ein zentrales Element erzählter Welten. Figuren können mehr oder weniger *komplex* und *dynamisch* konzipiert sein und gewinnen durch unterschiedliche *Charakterisierungstechniken* ihr Profil. 149–155

fiktionale Rede: Schriftliche oder mündliche Rede aus Aussagesätzen, die von einem realen Autor als authentische Behauptungen eines von ihm erfundenen Sprechers (➟ *Erzähler*) imaginiert werden. Als Aussagen des Autors im Rahmen der realen Kommunikation zwischen Autor und Leser verstanden, handelt es sich bei der f. R. um eine real-inauthentische Rede; als Sätze des Erzählers verstanden, handelt es sich um eine imaginär-authentische Rede im Rahmen einer erfundenen Kommunikation (im Gegensatz zur ➟ *faktualen Rede*). 19–22, 184–186

fiktiv: erfunden, imaginiert (im Gegensatz zu ‹real›). 16

fingiert: vorgetäuscht. 16

Fokalisierung: Die Perspektivierung der Darstellung relativ zum Standpunkt eines wahrnehmenden Subjekts. Man unterscheidet *Nullfokalisierung (= auktorial; Übersicht), interne F. (= aktorial; Mitsicht)* und *externe F. (= neutral; Außensicht)*; im besonderen Fall einer *internen F.* differenziert man zwischen *fixierter, variabler* und *multipler F.* 67–71, 188

free indirect style (free indirect speech): ➟ *erlebte Rede*

Frequenz: Wiederholungshäufigkeit von Ereignissen entweder auf der Ebene der Handlung oder auf der Ebene der Darstellung. Man unterscheidet *singulative* (‹einmal erzählen, was sich einmal ereignet hat›), *repetitive* (‹wiederholt erzählen, was sich einmal ereignet hat›) und *iterative* (‹einmal erzählen, was sich wiederholt ereignet hat›) Erzählungen. 34, 47–50

Gedankenzitat: Durch ein verbum dicendi oder credendi eingeleitete kürzere Darstellung von Gedanken einer Figur in direkter Rede (➟ *zitierte Rede*). 64

Geschehen: Folge von chronologisch aufeinander folgenden ➟ *Ereignissen* mit konstantem Subjekt. 27, 115–117

Geschichte: Das durch einen kausalen Erklärungszusammenhang motivierte (➟ *Motivierung*) und zu einem sinnvollen Ganzen integrierte ➟ *Geschehen* einer Erzählung. 27, 116 f.

Handlung: (1) Die Gesamtheit dessen, *was* sich ereignet – im Unterschied zur Art und Weise seiner erzählerischen ➟ *Darstellung*; umfasst die Elemente ➟ *Ereignis,* ➟ *Geschehen* und ➟ *Geschichte*, 26 f. (2) Aktion einer Figur.

Handlungsschema (Handlungsstruktur, Narrativ): Ein aus der individuellen Handlung einer Erzählung abstrahierter Grundriss mit einer abgeschlossenen und sinnhaften (z. B. archetypischen) Struktur (➟ *Erzählschema*). 27, 131 f., 175–181

heterodiegetische Erzählung: Erzählung, deren Erzähler nicht zu den Figuren seiner eigenen Geschichte gehört. 86–89

homodiegetische Erzählung: Erzählung, deren Erzähler als Figur in seiner eigenen Geschichte vorkommt. 86–89

Implikationen: Lediglich implizit oder unbestimmt gegebene, im Leseakt zu rekonstruierende Tatsachen der erzählten Welt. Zu unterscheiden sind *logisch-analytische, pragmatische* und *literarische* Implikationen. 137 f., 171 f., 179

indirekte Rede: Eine Form der ➟ *transponierten Rede*; Darstellung einer (ausgesprochenen oder nur gedachten) Figurenrede mit einer größeren ➟ *Distanz* als im Fall der ➟ *erlebten Rede*; im Unterschied zur *erlebten Rede* wird die i. R. durch ein verbum dicendi eingeleitet, und anders als dort sind die indikativischen Verbformen in den Konjunktiv verschoben. 55 f., 61 f., 66

Innerer Monolog: Eine Form der ➟ *zitierten Rede*; längere, im Unterschied zu ➟ *Bewusstseinsbericht* und ➟ *erlebter Rede* scheinbar ohne ➟ *Distanz* erfolgende Darstellung von Figurenbewusstsein in der 1. Person, Präsens; hat ein Prosatext keinerlei Erzählrahmen und besteht er durchgängig aus der Darstellung der Bewusstseinsvorgänge einer Figur, spricht man von einem *autonomen Inneren Monolog*. 63–67, 69 f., 104, 187 f.

intradiegetisch: Standpunkt innerhalb der Welt der erzählten Geschichte; im Unterschied zu dem ➟ *extradiegetischen* Erzählakt, der eine Erzählung hervorbringt, liegen die in dieser Erzählung erzählten Ereignisse auf einer zweiten, intradiegetischen Ebene. 80 f., 86

intradiegetische Erzählung (Binnenerzählung): Erzählung zweiter Stufe, d. h. Erzählung in der Erzählung einer Figur, die der erzählten Welt einer Rahmengeschichte angehört, 80 f. Rahmen- und Binnengeschichte können *konsekutiv (kausal)* oder *korrelativ* miteinander verknüpft sein. 83

Isochronie: ➟ *Szene (zeitdeckendes Erzählen)*

iteratives Erzählen: ➟ *Frequenz*

Leser (narrativer Adressat): Adressat einer Erzählrede, dem das Erzählte durch einen ➟ *Erzähler vermittelt* wird. Im Fall der ➟ *fiktionalen Rede* ist zwischen einem fiktiven und einem realen Leser zu unterscheiden, wobei der fiktive Leser in Analogie zum fiktiven Erzähler nicht notwendig mit einer empirisch möglichen Person gleichzusetzen ist. Berücksichtigt man, dass alles ➟ *Erzählen* eine kommunikative Sprachhandlung darstellt, so ist die Rolle des Lesers immer auch im unmittelbaren Zusammenhang zur Rolle des (fiktiven) Erzählers zu sehen. 89–94, 166 f., 170–175, 189

metadiegetische Erzählung: Erzählung dritter Stufe, d. h. Erzählung einer Figur, die der erzählten Welt einer ➟ *intradiegetischen Erzählung* angehört (also einer Binnengeschichte, die ihrerseits zu einer Rahmengeschichte wird); eine Erzählung vierter Stufe ist metametadiegetisch etc. 80 f.

Metalepse: Nur in ➟ *fiktionaler Rede* möglicher ‹narrativer Kurzschluss›, bei dem infolge einer Rahmenüberschreitung die Grenze zwischen ➟ *extra-* und ➟ *intradiegetischer* Position aufgehoben wird (indem z. B. die Figuren eines Romans über ihren Autor sprechen, oder der Leser eines Romans zu dessen Protagonisten gehört). 84, 93, 188

mise en abyme: Paradoxe Erzählkonstruktion, bei der Binnen- und Rahmenerzählung einander wechselseitig enthalten; Voraussetzung der m. e. a. ist eine narrative ➟ *Metalepse*. 84, 121, 188

mimetischer Satz: Aussagesatz, der (im Unterschied zum ➟ *theoretischen Satz*) die Existenz eines singulären und konkreten Sachverhalts behauptet. Mimetische Sätze vermitteln Informationen über die konkrete Beschaffenheit der erzählten Welt. Gehören sie der Erzählerrede an, sind sie in der Regel notwendig wahr und nur in einigen seltenen Fällen des ➟ *unzuverlässigen Erzählens* von zweifelhafter Gewissheit. 104 f., 107 f., 110, 189 f.

Modus: Der Grad an Mittelbarkeit (➟ *Distanz*) und Perspektivierung (➟

Fokalisierung) des Geschehens. 32, 50–71, 97, 187 f.

Motiv (Ereignis): Die kleinste thematische Einheit der Handlung, die aus Figurenhandlungen oder Geschehnissen bestehen kann. 27, 115 f., 160 f., 190

Motivation (Motivierung) des Geschehens: Inbegriff der Beweggründe für das erzählte Geschehen. Es sind *kausale, finale* und *ästhetisch-kompositorische* Arten der Motivation zu unterscheiden. 117–127, 171, 190

Narrativ: → *Handlungsschema*

narrativer Modus: → *Distanz*

narrative Sätze: Aussagesätze über Ereignisse, deren Wahrheit auch von späteren Ereignissen abhängt. 127

Ordnung: Verhältnis zwischen der Anordnung der Ereignisse in der erzählerischen Darstellung und ihrer quasi-realen Chronologie. Die Ordnung kann *chronologisch, anachronisch* oder *achronisch* sein. 34–42

Ort des Erzählens: Ebene, auf der der Erzählakt stattfindet. Man unterscheidet → *extradiegetisches*, → *intradiegetisches* und → *metadiegetisches* Erzählen. 79–85

Pause: Unterbrechung der fortlaufenden Darstellung des Geschehens zugunsten von Reflexionen, Beschreibungen oder Kommentaren. 46 f.

Prolepse (Vorausdeutung): Eine bestimmte Form der → *Anachronie*; ein in der Zukunft liegendes Ereignis wird vorwegnehmend erzählt, 35 f. Man unterscheidet *zukunftsgewisse* und *zukunftsungewisse* Prolepsen. 35–40, 103 f., 190

psycho-narration: → *Bewusstseinsbericht*

Raffung (*zeitraffendes* oder *summarisches Erzählen*): Stark zusammenfassendes Erzählen eines umfangreichen Geschehensabschnittes. 43, 45, 50

Raum: Der erzählte (diegetische) Raum besteht aus explizit thematisierten *Schauplätzen* der dargestellten Ereignisse und einem oft nur unbestimmt gegebenen *Hintergrundsraum*. Er enthält fiktive oder reale, mögliche oder unmögliche Bestandteile und kann diese miteinander kombinieren. Er kann konsistent und stabil sein, oder er ist in verschiedenen Episoden jeweils ad hoc handlungsfunktional motiviert. Wenn die Topographie der erzählten Welt semantisiert ist, bekommen Figurenbewegungen im Raum die Bedeutung *revolutionärer* oder *restitutiver* ‹Ereignisse› (Lotman). 155–165

Realitätseffekt (effet de réel): Entsteht durch das ausdrückliche Erwähnen von konkreten Details der erzählten Welt, das scheinbar disfunktional für die erzählerische Ökonomie ist und gerade dadurch zum Ausdruck der Widerständigkeit des Faktischen wird. 54, 124 f., 191

Reichweite: → *Anachronie*

repetitives Erzählen: → *Frequenz*

Rückwendung: → *Analepse*

Schemaliteratur: Literatur, die weniger durch künstlerische Innovation als durch Variation gattungstypischer Handlungs- und Erzählschemata bestimmt ist. 125 f., 133, 153 f., 173, 191

script: Mentale, nichtsprachliche Repräsentation einer typischen Ereignisfolge. 171–173

singulatives Erzählen: → *Frequenz*

Stil: (1) Im Sinne von ‹Sprachstil› eine Eigenschaft der Darstellungsebene von Erzählungen. (2) Der Stil einer erzählten Welt wird bestimmt durch die spezifische Füllung der Modalkategorien des Möglichen, Notwendigen und Wahrscheinlichen sowie durch das Verhältnis zwischen explizit und implizit Thematisiertem und dem Verhältnis zwischen thematischem Vordergrund und unthematischem Hintergrund. 147–149, 192

Stimme: Der (binnen-)pragmatische Akt des Erzählens; umfasst das Verhältnis von erzählendem Subjekt und Erzähltem sowie das Verhältnis von erzählendem Subjekt und Leser. 32, 71–94, 188 f.

stream of consciousness: → *Bewusstseinsstrom*

style indirect libre: → *erlebte Rede*

Suche (engl. *quest,* frz. *quête*): Ein weitverbreitetes → *Handlungsschema.* 165, 175–177, 194

Sujet: In der Erzähltheorie J. M. Lotmans ist die Sujethaftigkeit ein konstitutives Merkmal narrativer Texte. Sie besteht aus (dem Versuch) der Überschreitung einer klassifikatorischen Grenze zwischen zwei gegensätzlich semantisierten Teilräumen der erzählten Welt durch die Hauptfigur. Sujethafte Texte können in *revolutionäre* (bei gelungener Überschreitung) oder *restitutive* (bei misslungener Überschreitung) unterschieden werden; in restitutiven Texten misslingt die Überschreitung, weil sie entweder *scheitert* oder *aufgehoben* wird. 160–165, 193

synthetische Erzählung: Im Gegensatz zur → *analeptischen* → *analytischen Erzählung* erzählt die synthetische Erzählung ein Geschehen in seiner chronologischen Reihenfolge ohne → *Anachronien.* 41

Szene (zeitdeckendes Erzählen): Relativ enge Korrelation zwischen der Dauer der Erzählung und der Dauer des erzählten Geschehens, die vor allem in dialogischen Erzählpassagen erreicht wird. 42–45.

theoretischer Satz: Aussagesatz, der (im Unterschied zu einem → *mimetischen Satz*) die Existenz eines allgemeinen Sachverhalts behauptet. 105, 189 f.

transponierte Rede: Darstellung einer (ausgesprochenen oder nur gedachten) Figurenrede in einer Mischform von dramatischem und narrativem Modus; entweder als → *indirekte* oder als → *erlebte Rede.* 55 f., 58, 61, 66

Umfang: → *Anachronie*

Unbestimmt-Vorhandenes: → *Implikationen*

unzuverlässiges Erzählen: Behauptungen über die erzählte Welt, die als zweifelhaft oder falsch aufzufassen sind. Die Unzuverlässigkeit kann sich, teilweise oder insgesamt, auf die *Figurenrede* oder die *Erzählerrede*, auf die *theoretischen* oder die *mimetischen* Sätze eines narrativen Textes erstrecken. 105–110, 189 f.

Vorausdeutung: → *Prolepse*

Welt (erzählte Welt, Diegese): Inbegriff der Sachverhalte, die von einem narrativen Text als existent behauptet oder impliziert werden. Erzählte Welten können *homogen* oder *heterogen, uniregional* oder *pluriregional, stabil* oder *instabil, möglich* oder *unmöglich* sein. 26, 137–149, 186 f., 191 f.

Zeit: (1) Alle möglichen Formen des Verhältnisses zwischen der Zeit der Erzählung und der Zeit des Geschehens, 33–50, 187; umfasst die Parameter → *Ordnung,* → *Dauer,* → *Frequenz.* (2) Konstitutives Element der erzählten Welt (diegetische Zeit).

Zeitpunkt des Erzählens: Zeitliches Verhältnis des Erzählakts zu dem Zeitpunkt des erzählten Geschehens. Man unterscheidet *späteres, gleichzeitiges* und *früheres* Erzählen. 73–79

zitierte Rede: Darstellung einer (ausgesprochenen oder nur gedachten) Figurenrede, die im Unterschied zur → *erzählten* und → *transponierten Rede* scheinbar unmittelbar, d. h. ohne → *Distanz* im *dramatischen Modus* in der 1. Person, Präsens erfolgt; umfasst → *Bewusstseinsstrom,* → *direkte Rede,* → *Gedankenzitat,* → *Innerer Monolog.* 54 f., 63–67

Personen- und Werkregister

Aus dem Verlagsprogramm

C.H.Beck Studium

David E. Wellbery (Hrsg.)
Positionen der Literaturwissenschaft
Acht Modellanalysen am Beispiel von Kleists ‹Das Erdbeben in Chili›
5. Auflage. 2008. 200 Seiten. Broschiert

John Lyons
Einführung in die moderne Linguistik
Aus dem Englischen übertragen von W. Abraham und G. Abraham
8. Auflage. 1995. XXI, 538 Seiten. Broschiert

Katrin Lindner
Einführung in die germanistische Linguistik
2014. 320 Seiten. Broschiert

Christian Wagenknecht
Deutsche Metrik
Eine historische Einführung
5., erweiterte Auflage. 2007. 172 Seiten. Broschiert

Hilkert Weddige
Einführung in die germanistische Mediävistik
9., durchgesehene Auflage. 2017. 368 Seiten mit 24 Abbildungen.
Broschiert

Verlag C.H.Beck München

C.H.Beck Studium

Hilkert Weddige
Mittelhochdeutsch
Eine Einführung
9., durchgesehene Auflage. 2015. XII, 210 Seiten mit 10 Abbildungen. Broschiert

Uwe Böker, Christoph Houswitschka (Hrsg.)
Einführung in die Anglistik und Amerikanistik
2., überarbeitete Auflage. 2008. 424 Seiten mit zahlreichen Abbildungen, Tabellen und Graphiken. Broschiert

Peter Riemer, Michael Weißenberger, Bernhard Zimmermann
Einführung in das Studium der Latinistik
3., überarbeitete und aktualisierte Auflage. 2013. 232 Seiten mit 6 Abbildungen und 1 Karte. Broschiert

Peter Riemer, Michael Weißenberger, Bernhard Zimmermann
Einführung in das Studium der Gräzistik
2. Auflage. 2017. 252 Seiten mit 12 Abbildungen, 1 Karte und 4 Stammbäumen. Broschiert

Frank Büttner, Andrea Gottdang
Einführung in die Ikonographie
Wege zur Deutung von Bildinhalten
4., durchgesehene und aktualisierte Auflage. 2019. 304 Seiten mit 47 Abbildungen. Broschiert

Verlag C.H.Beck München